JEROME CHARYN
Der gute Bulle

SERIE PIPER

Zu diesem Buch

Nun ist ganz New York sein Revier. Der jüdische Großstadtromantiker Isaac Sidel ist zum obersten Polizeichef ernannt worden. Doch damit haben sich auch seine Probleme vergrößert. Schnell wird ihm klar, wer in New York wirklich die Fäden in den Händen hält. Korruption und Erpressung gehören zur Tagesordnung, und die Polizei ist nicht nur vollkommen machtlos, sondern hat ihre Finger ordentlich mit im Spiel. Frustriert versucht er das Übel an der Wurzel zu packen und entführt einen jugendlichen Mörder aus dem Gefängnis in St. Louis. Damit gerät er binnen kurzem in ein gefährliches Spiel und muß sich mit den Mächtigen der Stadt anlegen: Die Bürgermeisterin, die obersten Würdenträger von Staat und Kirche und die Bosse der Mafia sehen ihm nicht tatenlos zu. Da taucht auch noch Margaret Tolstoi auf, eine alte Flamme Isaac Sidels . . .

Jerome Charyn, 1937 in der Bronx geboren, war unter anderem Dozent an der Stanford University und lebt heute als freier Schriftsteller in New York und Paris. 1981 erhielt er den National Endowment of Arts Award. 1993 hat ihn die französische Regierung zum »Chevalier de l'Ordre des Lettres et des Arts« ernannt. Er schrieb über zwanzig Romane, darunter die Serie über den jüdischen Cop Isaac Sidel.

JEROME CHARYN

Der gute Bulle

Supercop Isaac Sidel
von der Lower East Side
Kriminalroman

Aus dem Amerikanischen von
Jürgen Bürger

Piper München Zürich

Von Jerome Charyn liegen in der Serie Piper
außerdem vor:
Marilyn the Wild (5660)
Blue Eyes (5667)
Patrick Silver (5681)

Ungekürzte Taschenbuchausgabe
Juli 1998

Titel der amerikanischen Originalausgabe:
»The Good Policeman«

Umschlag: Büro Hamburg
Simone Leitenberger, Susanne Schmitt, Andrea Lühr
Foto Umschlagvorderseite: H. Horenstein/photonica
Foto Umschlagrückseite: Kurt Oxenius, Köln
Druck und Bindung: Ebner Ulm
Printed in Germany ISBN 3-492-25678-3

TEIL EINS

Sie war der kleine Liebling der Puschkin Straße.· Mit Prinz Finkelshtein und Onkel Ferdinand kam sie in die Oper. Es war 1942. Das Opernhaus hatte einen Teil seines Daches verloren, was allerdings niemanden zu stören schien. Der deutsche Tenor Minos Schmidt war an diesem Abend Don Giovanni. Sie konnte den Speichel aus seinem Mund fliegen sehen. Finkelshtein weinte. Magda fand es unschicklich für einen Prinzen. Sie konnte einfach nicht verstehen, wieso ein Angehöriger des russischen Hochadels sich in seinem eigenen Haus für Ferdinand abrackerte. Außerdem hatte sie noch nie von einem Prinzen mit dem Namen Finkelshtein gehört.
»Ma jolie«, sagte der Prinz und hielt dabei ihre Hand.
Ferdinand verspottete ihn. »Finkelshtein, Sie haben nicht mehr lange zu leben ... Würden Sie gern mit dem Kind schlafen?«
»Nein, Euer Exzellenz.«
»Dann lassen Sie auch ihre Hand los.«
Sie konnte dieser eigenartigen Unterhaltung nicht ganz folgen - auf Französisch, Deutsch, Englisch, Rumänisch und Griechisch. Sie waren wie zwei Berlitz-Professoren auf der Pirsch. Ferdinand hatte den Prinzen einmal in aller Öffentlichkeit geschlagen. Finkelshtein. Vor dem Krieg war er der mächtigste Mann in Odessa gewesen. Es hatte irgend etwas mit Olivenöl zu tun. Er hatte seine eigene Geigenschule gegründet. Er hatte Opernensembles aus der ganzen Welt in die Lastochkina Straße gelockt. Und jetzt schuftete er in der Küche.
Ferdinand wollte alle Straßen Odessas umbenennen. Er stellte neue Schilder auf. Aus der Puschkin wurde die Donau Straße. Die Rote Allee hieß nun Schicksalsstraße. Die Deribasovka war die Kleiner Engel Straße. Doch die Schilder verärgerten die Menschen nur. Niemand wollte wissen, wo sich die Kleiner Engel Straße befand, gleichgültig, was auch immer auf den Straßenschildern stand.

Was Ferdinand verbitterte. Er gab dem Prinzen die Schuld.
»Die Leute sind Ihre Lakaien, Monsieur.«
»Aber ich habe keine Macht über ihre Augen.«
»Natürlich haben Sie. Das sind nur die Juden Odessas.«
»Die Juden sind geflüchtet, Eure Exzellenz.«
»Nein. Sie verstecken sich in den Katakomben.«
Die Katakomben waren der Ort, wo die bösen Menschen hausten. Die bösen Menschen haßten Ferdinand. Sie lebten in langen Tunneln unter der Stadt. Es war das Jahr 1942, und nur wenige Menschen hungerten. Onkel Ferdinand hatte seine Oper und einen Zirkus und Teile von Finkelshteins Musikschule.
Magda war zwölf Jahre alt. Sie lebte bei dem Onkel in einer Villa in der Kleiner Engel Straße. Eines Nachts kamen die Nazis, um Finkelshtein zu holen. Onkel hätte sie aufhalten können. Seine Unterschrift war Gold wert. Die Nazis packten Finkelshtein an den Füßen. Er brachte es fertig, Magda anzulächeln.
»Au revoir, ma jolie.«
»Au revoir, Monsieur le prince.«
Und als Ferdinand in dieser Nacht mit ihr schlief, sein großer massiger Körper auf ihr lag, bewegte sich Magda wie ein Stein. Wie sonst konnte sie ihn dafür bestrafen, daß er den Prinzen nicht gerettet hatte?
Sie weinte nicht. Ferdinand würde sie nur angebrüllt haben, und Finkelshtein hätte es auch nicht geholfen. Ferdinand trug seine Waffe auch im Bett, denn niemand konnte sagen, wann die bösen Menschen kommen würden, die Partisanen, die wie Fledermäuse in ihren Tunneln und Höhlen hausten. Einer der Köche erzählte ihr, es gäbe ein zweites Odessa unter der Erde. Mit einer Oper und Palästen und einer Puschkin Straße für die Partisanen, weil sie es nicht ertragen konnten, ohne die Stadt zu sein, die sie über alles liebten. Was wußte Magda denn schon über Menschen, die verrückt genug waren, in der Dunkelheit ihr eigenes Odessa zu bauen?
Sie verbrachte zwei oder drei Nächte mit Ferdinand, und dann zog er seine Uniform an und sagte: »Komm.«
»Wo gehen wir denn hin, Onkel?«
»Komm.«
Sie stiegen in Ferdinands Limousine und fuhren drei Blocks

weit. Der Imperator von Odessa ging nicht gern zu Fuß. Sie hielten vor dem Hauptquartier der Gestapo in der Gogol Straße. Onkel eilte mit ihr zu dem Unteroffizier am Tor.
»Major König, bitte.«
»Er ist beschäftigt, mein Herr.«
»Er ist immer beschäftigt«, sagte Ferdinand. »Meine Nichte kann aber nicht warten. Sie hat ihre Tanzstunden, Herr Unteroffizier.«
Und unangemeldet schneiten sie in das Büro des Majors. Seine Uniformjacke hing über dem Stuhl. All seine Orden funkelten Magda an. Eine Dame war bei ihm.
»Gräfin Leskow«, sagte er, »dies ist unser rumänischer Freund. Herr Ferdinand, Finanzminister des Bezirkes Odessa ... Und seine kleine Nichte.«
Unter ihrem Mantel war die Gräfin Leskow nackt. Ihr Lippenstift war auf ihr Kinn geblutet. Sie war die fetteste Gräfin, die Magda je gesehen hatte.
Der Major zog seine Uniformjacke an. Die Gräfin nahm sein Geld und ging.
»Wie geht es Ihnen, Mademoiselle Magda?« erkundigte sich der Major. Er hatte ein hübsches Gesicht mit einer winzigen Narbe auf der Lippe und blonde Haare.
»Lassen Sie sie in Ruhe«, fuhr Ferdinand ihn an. »Sie trauert um den Prinzen.«
»Ich verstehe nicht.«
»Finkelshtein. Sie vermißt diesen Mann.«
»Aber er ist ein Verbrecher gegen das Reich«, sagte der Major. »Er hat diesen Hunden in den Katakomben Waffen geliefert. Und außerdem ist er auch kein echter Prinz.«
»Ach, ich denke schon, daß er das ist«, sagte Ferdinand. »Die Zaren haben gern einige ihrer Bankiers in den Adelsstand erhoben. Und die Finkelshteins leben schon seit Generationen in Odessa.«
»Ein Ammenmärchen.«
»Vielleicht, aber ich will ihn zurückhaben.«
»Ich sagte es doch bereits, Herr Ferdinand. Er ist ein Verbrecher gegen das Reich. Ihm wird genau in diesem Augenblick der Prozeß gemacht.«
»Freut mich zu hören. Aber machen Sie das rückgängig. Sie werden mir den Prinzen ausleihen müssen.«

»Das ist unmöglich.«

»Dann werde ich zurücktreten, Herr Major. Oder vielleicht würden Sie mich und die Mademoiselle lieber festnehmen ... Ohne Herrn Finkelshtein werde ich dieses Gebäude nicht wieder verlassen.«

»Das wird Sie noch sehr teuer zu stehen kommen.«

»Ja, aber meine häusliche Situation wird sich erheblich bessern. Das ist alles, was mir im Moment wichtig ist.«

Es dauerte eine halbe Stunde, bis der Prinz gebracht wurde. Er mußte irgendwo im Gestapohauptquartier verlorengegangen sein. Sein Mund war blauschwarz. An seinen Ohren klebten winzige Ringe aus Blut. Die Augen lagen tief in seinem Schädel. Ferdinand besorgte ihm die Jacke eines deutschen Gefreiten.

Auf der Fahrt zurück nach Hause in die Kleiner Engel Straße sprach Finkelshtein kein Wort. Er war Magdas Soldaten-Prinz. Sein Gesicht war viel zu geschwollen, um lachen oder weinen zu können. Magda wollte ihn nach jenem Odessa der Dunkelheit fragen, in welchem die Gestapo-Majore die Gogol Straße nicht okkupiert hatten. Doch solange Ferdinand im Wagen saß, konnte sie kein Wort sagen. Finkelshtein flüsterte ihr aus dem Mundwinkel zu. »Merci, ma petite«, sagte er, »merci«, bevor er Ferdinands Eingangstufen zu dem Haus hinaufging, das nicht länger ihm gehörte.

1

Es hätte St. Louis sein können.

Über den Himmel spannte sich ein metallener Regenbogen, ein Bogen, der sich wie ein gigantisches Spielzeug über der Stadt erhob. Isaac stand nicht der Sinn nach Spielzeug. Er war nicht Klein-David, der mit seiner Lyra zu einem Picknick unterwegs war. Er war ein Police Chief, der als Gast des Justizministeriums eine Vortragsreise durch das Land gemacht hatte. Der Große Amerikanische Detective auf Tour. Das Justizministerium wollte, daß er die anderen Detectives des Landes traf, um ihnen sein Wissen zu vermitteln, seine Sachkenntnis, und um herauszufinden, wie die Polizei in Seattle oder St. Louis mit der gleichen sozialen Krankheit umgingen, der Isaac in New York gegenüberstand. Er hatte Henry Armstrong Lee verhaftet, den meistgesuchten Mann des FBI, einen Bankräuber, der sich gern als Frau verkleidete. Und nun war Isaac der erste *Alexander Hamilton Fellow*, hielt Vorträge vor Männern und Frauen, die über eine raffiniertere Technik verfügten, als Isaac sie je gesehen hatte. Sie konnten aus einem winzigen Haar ganze Abstammungslinien rekonstruieren, Serienmörder anhand eines Samenflecks identifizieren, waren aber genausowenig wie Isaac in der Lage, das Krankheitsbild als solches zu beseitigen.

Der Bogen schimmerte an diesem Morgen blutrot.

Welche andere Stadt besaß einen metallenen Regenbogen direkt an den Ufern des Flusses? Er war mit zehn anderen Chiefs aus Missouri und Kansas gekommen, die seinen Vortrag über die Krankheit der Gesellschaft gehört hatten. Armut und Zerfall. Das Niemandsland gewisser Sozialsiedlungen, in denen die Bewohner nur noch in bewaffneten Gruppen ihre Wohnungen verlassen konnten. Das stärkste Mittel gegen Verbrechen, hatte Isaac gesagt, wäre ein Lesebuch. »Bringt einem Kind Lesen bei, und seine Neugier wird sich nach innen richten. Es wird von Sindbad dem Seefahrer träumen und nicht dem alten Mann am Ende des Korridors die Zigaretten klauen.«

Und dann wurde Isaac vom Chief irgendeiner Grenzstadt in Kansas gefragt, ob ein Lesebuch New York von der Mafia kurieren könne. Isaac verneinte. »Es gibt nichts zu kurieren. Die Mafia ist Big Business. Aber sie wird nicht an der Börse notiert. Sie braucht keine Börse. Sie braucht nur Bürger, die von der Stadtverwaltung nicht bekommen, was sie brauchen, weil diese zu sehr mit Nabelschau und Schulterklopfen beschäftigt ist.«

Die Chiefs lächelten leise und fragten sich, wie lange dieser *Alexander Hamilton Fellow* im gleichen Bett mit dem Justizministerium überleben würde, wenn er so redete, als sei die Mafia nur eine weitere städtische Behörde. Aber sie mochten seine schroffe Art und seine ergrauenden Koteletten: Isaac Sidel, Police Commissioner und Großstadtjunge. Er gehörte mit Dick Tracy auf die Comic-Seiten der Zeitungen. Aber Dick

Tracy hatte nicht wie Isaac eine Flasche Milch in der Jackentasche. Isaac hatte immer eine Flasche Milch dabei. Er hatte einen Bandwurm, und wenn dieser hungrig wurde und Isaacs Innereien zu Brei stampfte, fütterte Isaac ihn mit einem Schluck Milch.

Er fuhr mit den Chiefs auf dem Daniel Boone Expressway, überquerte die Gravois Avenue, um eine »Jugendeinrichtung« zu besuchen, denn genau das war es, was Isaac sehen wollte. Und es brach ihm das Herz. Nicht etwa, weil die Aufseher ihm grausam vorkamen. Sie waren so aufgeklärt, wie man es bei einem städtischen Heim nur erwarten konnte. Die Krankenschwestern zeigten nicht einmal ihr professionelles Lächeln. Nein, es waren die Kinder. Isaac wußte, daß die Hälfte von ihnen zurückgeblieben waren. Und der anderen Hälfte war nicht mehr zu helfen. Sie hatten diesen verstümmelten Blick, dem Isaac schon in hundert anderen Klassenzimmern und Heimen begegnet war. Kids mit Augen, die keine Neugier mehr kannten.

Er ging mit seiner Delegation von Chiefs von Raum zu Raum. Er besuchte die Suppenküche, trank die Minestrone, die ihm angeboten wurde, nuckelte an seiner Flasche Milch. Doch diesen desinteressierten Augen konnte er nicht entkommen. Die Wände des Aufenthaltsraumes waren meergrün. Das Shuffleboard-Spiel war neu. Aber die Kinder schienen wie in Zeitlupe zu spielen, als wären sie völlig gleichgültig gegenüber den Holzscheiben, die sie über das Spielbrett schoben.

Isaac spielte mit ihnen. Den Chiefs blieb nichts anderes übrig als zuzuschauen, wie Isaac sein langes hölzernes Queue packte und eine perfekte Sieben landete. Die Scheibe besaß ihre eigene seltsame Musik, wie ein flach gepreßter Planet, der auf einem lasierten Boden entlangschlidderte. Doch nicht einmal Isaac und sein Queue konnten diese Kinder aus ihrem Dornröschenschlaf reißen.

Er kehrte dem Shuffleboard den Rücken, dabei blieben die Chiefs, die meisten von ihnen in Uniform, immer direkt hinter ihm wie eine kleine Armee vieler Jacken. Isaac wollte dieses Kindergefängnis verlassen. Er wollte nicht länger *Alexander Hamilton Fellow* sein und dem Justizministerium sagen, daß es sich zum Teufel scheren könne. Er hatte nichts zu lehren. Er war nicht Dick Tracy. Vielmehr war er ein Beamter, der

Detectives und Spitzel um sich scharte, war so etwas wie eine besonders raffinierte Spinne. Und während er Anstalten machte, mit den Chiefs zu gehen, aus diesem Gefängnis und von diesem metallenen Regenbogen, der sich über St. Louis spannte, zu entfliehen, wurde er von einem Gesicht aufgehalten. Es gehörte einem Jungen, genauso winzig wie die anderen, ein Junge in dem gleichen braunen Overall, der in diesem Gefängnis die vorgeschriebene Kleidung war. Eine Uniform mit vielen Taschen.

»Hallo«, sagte der Junge, griff sich Isaac aus den anderen Chiefs heraus. Sein Mund war zu einem schiefen Lächeln verzogen, und in seiner Stimme schwang ein spöttischer Tonfall mit, eine Art Spiel, wie es Isaac im Aufenthaltsraum nicht begegnet war. Der Junge hatte unzählige Falten. Sein Gesicht war verbraucht, aber er war kein kleiner Schlafwandler. Er sah aus wie ein kindlicher Greis mit den Augen eines alten Mannes.

»Wie alt bist du, mein Sohn?«

»Zwölf«, antwortete der Junge.

Isaac glaubte dem Jungen nicht. Wo waren seine Schultern?

»Wie heißt du?«

»Kingsley McCardle.«

»Und wie lange bist du schon hier?«

»Mein halbes Leben.«

Die Chiefs zerrten an Isaacs Ellbogen. Diese Unterhaltung gefiel ihnen nicht. Er sollte diese Kinder in kein vertrauliches Gespräch verwickeln. Dies waren Mündel von St. Louis, einer Stadt mit ihrem eigenen ungewöhnlichen Leben, da es zu keinem anderen County in Amerika gehörte. Sie war wie eine landgebundene Insel, benannt nach Louis IX., dem Kreuzritter-König, der über dieses alte französische Dorf am Mississippi wachte. Doch der Junge wollte nicht schweigen.

»Wer bist du, Grandpa?«

»Isaac Sidel ... Police Commissioner von New York.«

»Verdammt, kein besonders toller Job«, meinte der Junge, und die Cops zerrten weiter an Isaacs Ärmel.

»Loren«, sagte Isaac zum Chief of Detectives der Stadt, der ihn aus Kansas in dieses kleine Land unter dem metallenen Regenbogen gebracht hatte. »Ich möchte mich gern mit dem Jungen hier unterhalten.«

»Keine Zeit, Isaac. Wir werden zum Mittagessen im *Catfish & Crystal* erwartet. Der Bürgermeister wird auch dort sein.«
»Loren, ich habe schon zu viele Bürgermeister zum Mittagessen gehabt. Lassen Sie mich mit dem Jungen reden.«
Und Loren Cole, der wie ein Kreuzritter-König die Kriminalpolizei leitete, der genauso unbestechlich und charakterstark war wie Isaac, und genauso entschieden, was die Gerechtigkeit in St. Louis betraf, nahm Isaac zur Seite.
»Kingsley ist kein Fall, der öffentlich diskutiert werden kann.«
»Ich werde nichts über ihn schreiben, Loren.«
Captain Cole stand Bauch an Bauch mit diesem Cop aus New York. Er war größer als Isaac. Er hätte Isaac ins *Catfish & Crystal* schleifen können, doch Isaac würde ihn dann im Restaurant nur gequält haben, gequält wegen Kingsley. »Er ist einer unserer Unsichtbaren, Isaac. Angeblich verschwunden. Wir wollten nicht, daß er durch die Gerichte mußte. Also haben wir ihn hier in diese Ritze gesteckt, falls Sie verstehen, was ich meine?«
»Was zum Teufel hat er denn gemacht?«
»Gemacht? Er hat mit seinem Onkel in einer gottverdammten Hütte hinter dem *Busch Stadium* gelebt. Der Onkel hat ihn hin und her geschubst. Ich bin nicht sicher. Es gab keine weiteren Angehörigen. Irgendwann hat Kingsley eine Coke-Flasche genommen, den Flaschenhals geschärft, und als der alte Mann schlief, da hat er ihm das Ding in den Hals gerammt. Ich habe die Hütte gesehen. Ich habe das Blut des alten Mannes gesehen. Wir haben Kingsley mitgenommen, ihn untersucht, von einer Horde Kinderpsychologen die Farbe seiner Pisse untersuchen lassen. Der Junge hatte einen IQ, der höher war als ein Kirchturm. Er kannte alle großen Baseballspieler des St. Louis Cardinals. Er hatte die Bibel gelesen, Isaac, jeden einzelnen Vers. Er redete von den Sternen, und davon, daß überall alles starb. Ich kann nicht sagen, ob dieser Onkel eine Coke-Flasche in seinen Hals verdient hat. Aber ich wollte auf keinen Fall, daß der Junge Reportern in die Hände fiel. Ich wollte nicht, daß er wie ein Freak in den Sechs-Uhr-Nachrichten ausgestellt wurde. Ich habe ihn einem befreundeten Richter vorgeführt und ihn hier einweisen lassen. Der Fall liegt immer noch in meiner Schublade. Verpfuschen Sie ihn nicht, Isaac.«

»Ich führe kein Tagebuch, Loren. Ich arbeite nicht für das Justizministerium. Lassen Sie mich mit ihm reden.«
»Nein.«
Aber Isaac war stur und leicht reizbar, genau wie der Junge, und Loren wußte, was für ein Tag ihm bevorstehen würde, wenn Isaac nicht ein paar Worte mit McCardle wechseln durfte. Dick Tracy würde das *Catfish & Crystal* auseinandernehmen, das Restaurant dem Erdboden gleichmachen.
»Zwei Minuten, Isaac. Und falls sie unangenehme Themen anschneiden, ich schwöre bei Gott, dann werde ich Sie in Handschellen legen und auf der Toilette einsperren.«
»Was immer Sie wollen, Loren.«
Und während die anderen Chiefs warteten, steckte Loren Isaac und McCardle in eine Speisekammer zwischen Küche und Schwesternzimmer.
»Ich würde ihn wieder aufschlitzen, den alten Onkel Sol«, meinte der Junge, ohne von Isaac auch nur ansatzweise dazu provoziert worden zu sein. »Er war gemein wie nur was.«
»Ich habe dich nicht nach deiner Familie gefragt.«
McCardle lachte. »Ich weiß genau, was in deinem Kopf vorgeht, Grandpa. Wie alt bist du?«
Isaac nuckelte an seiner Milchflasche. »Vergiß es. Was willst du mal werden, wenn du groß bist?«
»Grandpa, bist du blöd?« sagte McCardle, rümpfte seine Nase. »Ich kann's mir nicht leisten, groß zu werden. Ich muß hier bei den Kindern bleiben. Frag den Cop. Ich bringe ihnen Mathematik bei.«
»Keine besonders tolle Zukunft«, meinte Isaac.
»Kommt drauf an, was man darunter versteht, Grandpa. Ich habe keine Zukunft. Ich kann das älteste Kind in St. Louis werden. Ich kann mir jeden Sommer am *Stan Musial Day* die *Cards* ansehen. Wie ich höre, hatte Enos Slaughter einen besseren Wurfarm als Stan. Stimmt das?«
»Slaughter hatte den besten Wurfarm im Baseball.«
»Woher weißt du das?« fragte McCardle, wobei diese Augen eines alten Mannes Isaacs Milchflasche fixierten.
»Ich bin mit den *New York Giants* aufgewachsen.«
»Wie war Slaughter?«
»Er hatte eine Glatze, und er hatte große Ohren, und er ist gelaufen wie ein Esel, und geworfen hat er wie ein Messer.«

»Genau, das ist Slaughter. Ich hab im *Guffy's Guide to St. Louis* über ihn gelesen ...«
Loren steckte den Kopf in die Speisekammer. »Die Zeit ist um«, verkündete er.
»Einen Moment noch«, sagte McCardle. »Ich rede gerade mit dem Mann.«
»Die Zeit ist um.«
Isaac verließ den Wandschrank und übergab Kingsley wieder seinen Wärtern. Er hatte sich nicht mal von dem Jungen verabschiedet. Wut braute sich langsam in Isaac zusammen. In der Limousine saß er neben Loren.
»Was haben Sie mit dem Jungen vor?« flüsterte Isaac.
»Da gibt's keine Geheimnisse«, sagte Loren. »Jeder kennt McCardle.«
»Und, was werden Sie tun? Sie können ihn doch nicht in diesem kleinen Knast verrotten lassen.«
»Verrotten?« sagte Loren. »Er geht dort auf die High School.«
»Und später?»
»Wir schleusen ihn durch den Hintereingang in die Washington University.«
»Und was, wenn der Hintereingang abgeschlossen ist?»
»Wir sind hier nicht in Moskau, Isaac. Wir können es jederzeit an einem anderen College versuchen. Wir bringen ihn schon irgendwo unter.«
»Er stirbt in diesem kleinen Gefängnis, Loren, sehen Sie das denn nicht? Sein Gesicht ist schon ganz runzlig.«
»So war er schon, als wir ihn gefunden haben.«
»Tja, vielleicht könnte er mal einen Tapetenwechsel vertragen.«
»Wir sind keine Bühnenbildner, Isaac. Wir haben ihm gegeben, was wir hatten.«
»Aber sie könnten ihn mir ausleihen.«
Loren senkte seinen Kopf und flüsterte in seine Hände. »Träumen Sie nicht mal davon, Isaac. Der Junge gehört uns. Falls Sie Stunk machen, wenn Sie bei irgendeinem Richter ein Geschrei veranstalten, dann werde ich dafür sorgen müssen, daß Sie nicht mehr sehr lange ein *Alexander Hamilton Fellow* sein werden ... In St. Louis leihen wir keine Waisenkinder aus.«
Die Chiefs saßen mit säuerlichen Gesichtern da. Sie trafen vor

dem *Catfish & Crystal* ein. Isaac ging dem Bürgermeister um den Bart, fesselte ihn mit Geschichten darüber, wie er Henry Armstrong Lee gefaßt hatte, den meistgesuchten Mann Amerikas. »Wir hatten unsere besten Spitzel auf den Fall angesetzt. Henry Armstrong hatte nicht die geringste Chance.«

Er verschlang ein Dutzend Krabbenpasteten. Und als Loren aufs Scheißhaus ging, folgte er ihm. »Ich entschuldige mich, Captain Cole. Ich bin ein bißchen gierig geworden. Aber ich dachte, ich könnte dem Jungen vielleicht helfen. In New York würde er keine Vergangenheit haben. Er könnte noch mal ganz von vorne anfangen. Ich könnte ihn in einer vernünftigen Schule unterbringen, ihm ein neues Zuhause geben.«

»Das würde auch nichts lösen. Dieser Onkel, er war der einzige Angehörige, den er hatte. Wir halten nichts davon, seine Herkunft zu vergessen ... Danke für die Ansprache, Isaac. Aber Kingsley würde in Manhattan an Einsamkeit sterben.«

»Ja, wahrscheinlich haben Sie recht.« Aber Isaac glaubte nicht daran. Entführungspläne spukten durch seinen Kopf. Aber er konnte nicht gegen ganz St. Louis Krieg führen. In dieser Stadt hatte er keine Spitzel.

Er verabschiedete sich vom Bürgermeister und ging in seine Suite im *Breckenridge*. Von seinem Schlafzimmerfenster konnte er genau ins *Busch Stadium* sehen. Es war ein windiger Nachmittag, und Isaac stellte sich vor, wie vor vierzig Jahren Ol' »Country« Slaughter seine nicht zu haltenden Bälle geschossen hatte. Warum hatte dieser Wicht ihn so aus dem Tritt gebracht? Hatte Isaac in McCardles Augen seine eigene Traurigkeit gelesen? Zusammen hätten sie zwei Waisen sein können. Isaacs Dad hatte ihn verlassen, um als Maler in Paris zu leben. Seine Mutter hatte angefangen, Lumpen zu sammeln. Und Isaac war mit Mordgedanken durch die Gegend gelaufen. Das war der Grund, warum er ein so guter Polizist war. Er liebte es, am äußersten Rand der Gewalt zu tanzen.

Er hatte ein Semester am Columbia College studiert, hatte wie ein Detektiv, der in einem Meer aus Worten nach Spuren fischte, den kompletten James Joyce verschlungen. Er hatte Durkheim und Veblen und Harry Stack Sullivan und Hunderte von Büchern über den kriminellen Verstand gelesen. Er hatte Vorträge an Polizeiakademien gehalten, hatte mit den besten Pathologen der Welt zu Mittag gegessen. Aber er war

nicht sicher, welche soziale Pathologie ein Phänomen wie McCardle erklären konnte. War dieser Onkel ein Dämon oder ein gewalttätiger Säufer, der eines Morgens ein wenig zu lange geschlafen hatte?
Das Telefon klingelte gegen Mitternacht. Isaac erwachte aus einem Fieber. Er war vor der Flimmerkiste eingeschlafen, hatte Steve McQueen als Cop mit steinernem Gesicht gesehen.
»Hallo?« knurrte er in den Hörer. »Loren, sind Sie das?«
»Nein, Grandpa. Was war Slaughters letztes Jahr bei den *Cards*?«
»Woher hast du meine Nummer, Junge? Hat Captain Cole dir gesagt, du sollst mich anrufen?«
»Ach, alle großen Cops steigen im *Breckenridge* ab. Was war Slaughters letztes Jahr bei den *Cards*?«
»Dreiundfünfzig.« Isaac besaß das Gedächtnis einer Fledermaus. Es waren metallene Regenbogen, die ihn verwirrten, nicht »Country« Slaughter. »Willst du sonst noch was wissen?«
»Trink deine Milch, Grandpa. Good bye.«
Isaac schlief wie ein Baby. Der Wurm störte ihn kein einziges Mal.
Um sieben stand er auf, hatte auf seinem Zimmer Toast und Tee zum Frühstück, kritzelte eine kurze Mitteilung an das Justizministerium und setzte sich in die nächste Maschine nach New York. Das Ministerium konnte sich einen neuen singenden Polizisten suchen. Er war nur Isaac Sidel. Er hatte keine Lust, in Seattle ins Bett zu gehen und zu denken, er wäre in St. Louis. Er saß im Himmel und mußte sich keine Sorgen darüber machen, gegen metallene Regenbogen zu knallen oder von einem Jungen wie Kingsley McCardle aufgeschreckt zu werden. Er las *Newsweek* und *Time*, trank einen Schluck Milch und landete als der ehemalige *Hamilton Fellow* in New York.

2

Um ihn herum tobte der übliche wütende Sturm, der wütende Sturm der vierzehnten Etage, wo die Commissioner in der One Police Plaza residierten. Isaac vermißte das alte Polizeipräsidium: Ein zerbröckelnder Palazzo in der Centre Street, der jetzt zu Eigentumswohnungen umgebaut wurde. Er würde umgeben von Marmor in Teddy Roosevelts Büro sitzen, wie ein launischer Prinz, ein Mann der Renaissance, der die aufreizenden Farben des Verbrechens erkannte. In dem Palazzo hatte er das Gefühl gehabt, gebraucht zu werden. Er würde die marmornen Stufen hinauftanzen, die zu seinem Büro führten, mit Reportern schwatzen, die jeden einzelnen seiner Schritte verfolgten, Kaffee mit heißer Milch trinken, der ihm zusammen mit kleinen runden Kuchen aus Ricotta-Käse aus dem Caffè Roma gebracht wurde. Isaac wurde verehrt in Little Italy. Er war Don Isacco, zufälligerweise auch *commandante di polizia*. Er wurde *dottore* genannt, wie jeder andere angesehene Mann mit einem High School-Diplom.

Doch das neue Polizeipräsidium war ein Grab aus Ziegelsteinen. Es gab weder Cafés noch steinerne Löwen noch die privaten Terrassen eines Palazzos, Hinterlassenschaften einer prächtigeren Zeit, als ein Polizist noch so etwas wie ein *consigliere* war, der bei Auseinandersetzungen schlichtete und Babies zur Welt brachte und Einbrechern eins auf den Kopf gab. Heute bestand die Schar von Isaacs Cops aus unnahbaren Funktionären, die aus einem Bunker im Himmel heraus operierten.

Zwei Wochen war er nicht in seinem Büro, und es war, als wäre er nie fortgewesen. Seine Deputies machten sich auch ohne Don Isacco prächtig. Sie hatten ihre eigenen kleinen Territorien zu schützen. Sie schlossen ihre eigenen Bündnisse, während der PC irgendwo in San Diego war und für sein Essen trällerte. Er mußte zwei seiner Sergeants bitten, das Gebäude nach seinem First Deputy Commissioner abzukämmen, der das Department leitete, ob Isaac nun fort war oder nicht. Isaac sprach auf Banketten. Isaac begleitete die Witwe eines Cops zur Beerdigung. Er nahm mit Euer Ehren Rebecca Karp, der Bürgermeisterin von New York, an Pressekonferenzen teil, aber er hätte nicht sagen können, wie viele Cops an einem bestimmten Tag draußen auf den Straßen waren.

Sein First Dep war ein Schwarzer von knapp zwei Metern. Carlton Montgomery III. Er kam aus der schwarzen Bourgeoisie. Sein Dad war Zahnarzt gewesen. Auf der Etage des Commissioners nannte ihn niemand Carlton. Er hieß einfach Sweets, nach Sweetwater Clifton, dem ersten schwarzen Basketball-Spieler bei den *New York Knicks*. Aber dieser Sweets war nie Basketball-Profi gewesen. Er hatte Isaac im *John Jay College of Criminal Justice* einen Vortrag halten hören, zitternd wie ein Unglücksprophet, der einen Sprechgesang über die Brutalitäten des Stadtlebens intonierte. Und Sweets hatte beschlossen, Cop zu werden. Er war Isaacs rechtmäßiger Erbe, vielleicht der nächste PC.

Sweets trudelte nach dem dritten oder vierten Aufruf ein. In Williamsburg gab es eine Krise. Die Chassidim befanden sich mitten in einem neuen Krieg gegen die Schwarzen. Kinder waren verletzt worden. Und Sweets mußte Rabbis und Geistliche und Aktivisten zusammenbringen, dafür sorgen, daß sie sich an einen Tisch setzten. Vor drei Jahren wäre Isaac noch selbst nach Williamsburg hinausgefahren. Aber er wurde zunehmend unnahbarer. Er hielt Vorträge und verschwand einfach wie ein Kardinal oder Staatschef.

»Sweets«, sagte er, »gibt es irgendwas, das ich wissen sollte?«

»Was zum Beispiel, Isaac? Die Moral in Manhattan North ist auf einem beschissenen Tiefpunkt. Die Polizeischule schickt uns Kids, die nicht mal mit einer Kanone umgehen können. Wir haben Sergeants, die zu alt sind, um sich auf den Beinen zu halten. Die Dienstaufsicht läßt mein bestes Revier hochgehen. Berichte über Polizeibrutalität sind über neun Prozent gestiegen. Wir haben immer noch zuwenig Latinos, die die Sergeant-Prüfung bestehen. Wir haben hier eine gottverdammte irische Hierarchie, die dauernd über ihren Nigger-First Dep und ihren Pink Commish meckert, der vor den *Knights of Columbus* über Stalin referiert.«

»Ja«, sagte Isaac, »aber was gibt's Neues?«

»Die Rastafaris kontrollieren immer größere Teile des Drogenhandels.«

»Jesus, ich bin nicht Rip Van Winkle. Ich schlafe nicht an meinem Schreibtisch. Die Rastas haben Brooklyn schon versorgt, als ich noch First Dep war.«

»Goodstein ist seit einem Monat nicht mehr aufgetaucht.«

»Aaah«, sagte Isaac. »Ein ganzer Monat.« Maurice Goodstein war der beste Mob-Anwalt, den New York je gehabt hatte. Angefangen hatte er als junger Assistant District Attorney in den Wäldern Brooklyns. Er hatte ein halbes Dutzend Mafiosi in den Knast geschickt. Sein Papa war als Richter gestorben. Er hatte die besten Rabbis der Stadt auf seiner Seite. Er hätte der neue Bundesanwalt für den Südbezirk von New York werden können. Was ihm vielleicht einen Sitz im Senat eingebracht hätte. Doch er fiel in Brooklyn in Ungnade und eröffnete seine eigene Kanzlei. Innerhalb eines Jahres bot ihm jeder wichtige Don von Syracuse bis Staten Island ein jährliches Fixum an. Die Feds kreischten und schrien und nannten ihn die größte Gefahr des Landes, den Al Capone der Gerichte. Aber er dinierte immer noch im *Four Seasons* und ging mit Botschaftern und ehemaligen Außenministern auf Parties.

»Lebt er noch?« sinnierte Isaac mehr zu sich selbst.

»Die Statistik spricht eigentlich dagegen, aber trotzdem würde ich sagen, ja. Maurice ist ein gerissener Bursche.«

»Aber was zum Teufel wird draußen auf der Straße geredet?«

»Gar nichts, Isaac. Das ist ja das Problem. Kaum erwähnt man Maurie Goodstein, schließt sofort jedes kleine Arschloch seine Äuglein und spielt toter Mann.«

»Kein einziger verdammter Don besitzt diese Macht. Sweets, es steckt was anderes dahinter.«

»Auf mich wartet Arbeit, Isaac. Wenn ich das nächste Mal auf dem Scheißhaus sitze, werde ich wieder über Mauries Schicksal nachgrübeln.«

Carlton Montgomery III ging zur Tür. Isaac fragte sich, wer der wirkliche Commissioner war. In diesem Ziegel-Grab kam er sich wie ein Pensionsgast vor. Aber er wußte, daß Sweets nie gegen ihn intrigieren würde. Der First Dep war Isaac gegenüber so loyal wie ein »Commish« einem anderen gegenüber nur sein konnte. Sicher, da gab es die Frage der Hautfarbe. Aber Isaac war viel zu wild, um hundertprozentig für einen Weißen gehalten zu werden. Und Sweets spielte auf der Commissioner-Etage nicht den Nigger. Er leitete das Department. Er ließ selbst die Peitsche knallen.

Vor der Tür des PC blieb er stehen. »Isaac, eins noch. Wieso bist du zurückgekommen?«

»Ich hatte es satt, mit Police Captains zu Mittag zu essen.«
»Du hast einen Vertrag mit dem Justizministerium. Du hättest die Rundreise zu Ende machen sollen. LeComte wird uns auf die Eier gehen. In Zukunft keine Gefälligkeiten mehr vom FBI. Keine Sonderbehandlung. Kein Bares.«
»Um LeComte kümmere ich mich schon«, sagte Isaac, und Sweets war fort.
Aber fünf Minuten später rief LeComte aus D.C. an. Isaac mußte sich wie ein rabbinischer Schüler entscheiden, ob er den Anruf annehmen oder LeComte eine Woche in der Luft hängen lassen, sich dumm stellen sollte, krank spielen oder den gestreßten Commissioner, der keine Zeit hatte, mit der Nummer Drei im Justizministerium zu sprechen. Er nahm den Anruf an.
Frederic LeComte war der Kulturkommissar des Justizministeriums. Das Finanzministerium hatte Angst vor ihm. Das Finanzamt schickte ihm Weihnachtskarten. Die CIA lud ihn zu ihren montäglichen Brunches nach Langley ein. Ihm standen sämtliche Ressourcen des FBI zur Verfügung. Er war aus Salt Lake City gekommen, ein Poet, der Polizist geworden war. Er war ehemaliger Rhodes-Stipendiat. Er hätte Diplomat werden können. Doch das Justizministerium war ihm lieber. Die *Hamilton Fellows* waren seine Idee gewesen. Er wollte, daß sich Cops aus dem ganzen Land trafen und sich aus ihrer gewohnten Trägheit schüttelten. Und Frederic LeComte hatte sich für Isaac entschieden, da Isaac der unorthodoxeste PC in ganz Amerika war, ein hebräischer Gelehrter des Verbrechens, der nicht an die Magie der Software glaubte. Aber Isaac war im Justizministerium alles andere als beliebt. Er mischte sich zu oft in FBI-Angelegenheiten, und LeComte hatte das Justizministerium erst überzeugen müssen, Isaac als ersten *Hamilton Fellow* zu akzeptieren. Und jetzt hatte Isaac LeComtes Vertrauen verraten.
»Sie Arschloch«, sagte LeComte, »Sie elendes, undankbares Arschloch.«
»Ich hoffe, Sie schneiden dieses Gespräch auf Band mit«, meinte Isaac. »Ich wäre enttäuscht, wenn Sie es nicht täten.«
»Ich kann den Gouverneur anrufen, Isaac. Ein Anruf, mehr ist nicht nötig. Wir kontrollieren die Hälfte Ihres Etats. Ich will, daß Sie um sechs in einer Maschine nach Wichita sitzen.«

»Geht nicht«, sagte Isaac.
»Wieso nicht?«
»Mein Bandwurm.«
»Bandwurm? Ich werde Ihnen Ihr gottverdammtes Herz rausreißen. Ich ziehe Ihnen diesen Wurm raus und erdrossele Sie eigenhändig damit. Sie schulden mir was, Isaac.«
»Ja, stimmt. Aber ich kann nicht mehr auf Tour gehen, LeComte. Ich kann nicht. In St. Louis habe ich einen Jungen kennengelernt, einen Waisen, und ich habe erkannt, daß mein ganzes Gerede nichts als Zeitverschwendung war.«
»Kommen Sie mir nicht mit Waisenkindern«, sagte LeComte. »Ich will, daß Sie diese Maschine nehmen.«
»In Ordnung, LeComte, lassen Sie mich doch rausschmeißen. Werfen Sie im *Bureau* einen Blick in meine Akten und finden Sie heraus, wie viele Frauen ich geküßt und wie viele illegale Festnahmen ich gemacht habe.«
»Ich könnte noch viel Schlimmeres tun, erheblich Schlimmeres.«
»Ich weiß«, sagte Isaac. »Aber Sie werden nicht. Ihnen ist doch auf diesem Stuhl ein Scheißkerl wie ich lieber als ein Kreuzzügler, mit dem Sie nicht zusammenarbeiten können ... Ich brauche eine Verschnaufpause. Ich werde schon wieder auf Tour gehen. Vielleicht. Nächsten Monat.«
»Zehn Tage, Isaac. Mehr haben Sie nicht.«
»Das werde ich entscheiden, wenn der Urlaub vorbei ist. Und jetzt erzählen Sie mir was über Maurice.«
Isaac konnte diesen winzigen Augenblick der Stille spüren. Er hatte LeComte erwischt, egal, was der Kommissar sagte.
»Sie meinen den kleinen Maurie Goodstein? Der befindet sich jetzt wahrscheinlich auf dem Grund irgendeines Sees. Wo er im übrigen auch hingehört.«
»Da höre ich aber was anderes«, sagte Isaac. »Ich höre, er lebt.«
»Nun, Sie haben Ihren Finger auf dem Puls der Action, Isaac. Ich sitze hier in Washington. Wir sprechen im Justizministerium nicht besonders oft über Maurie.«
»Jede Wette«, sagte Isaac. »Was für einen Deal haben Sie gemacht, um Maurie aus dem Verkehr zu ziehen? Er hat allen Ihren Anwälten eins übergebraten. Sie bringen keine Verurteilung zustande, solange Maurie frei rumläuft. Wo ist er, LeComte?«

»Sie sind doch hier der Zauberer, Isaac. Sie sind doch Sherlock Holmes. Sagen Sie's mir.«

Und LeComte legte auf. Isaac war nicht für Goodsteins Leben oder Tod zuständig. Er mochte Maurice nicht mal besonders. Aber er bewunderte Maurices Raffinesse im Gerichtssaal. Maurie war gerade mal einssechzig groß. Aber er konnte sich aufblasen wie ein junger Stier und jeden Zeugen der Staatsanwaltschaft in der Luft zerreißen.

LeComte hatte recht. Isaac hatte etwas von Sherlock Holmes, aber ohne die Geige oder das Kokain oder einen eingebildeten und schusseligen Doktor, der seine Geschichten erzählte. Er war ein »Amateur« des Verbrechens geworden.

Er marschierte aus dem Präsidium, nuckelte an seiner Milchflasche. Wie ein Soldat streunte er im Zickzack durch die Stadt, schüttelte jeden Schatten ab, den LeComte auf ihn angesetzt haben mochte. Er betrat und verließ Gebäude, benutzte Hintereingänge, die nicht einmal ein Bewohner des Viertels gekannt haben würde. Isaac besaß eine Karte jeder noch so kleinen Gasse in den fünf Boroughs. Er landete in einer alten Hemdenfabrik in der Nähe von Chinatown, stieg eine Treppe hinauf. Isaac war in seinen eigenen »Gewässern«, der Sonderabteilung des PC. Sie funktionierte wie ein Geheimdienst. Sie spürte radikale Gruppen, verrückte Bombenleger, die sicheren Häuser von Geheimagenten anderer Länder auf.

LeComte stellte das Geld zur Verfügung. LeComte brauchte einen Verbindungsmann in New York. Aber das Justizministerium wußte nichts vom wirklichen Umfang von Isaacs Bestrebungen. Der PC bespitzelte alle Spitzel. Er konnte in seiner Stadt nicht einfach hundert verschiedene Geheimdienste fröhlich unter dem Schutz von hundert verschiedenen Flaggen werkeln lassen. Isaac standen nicht die Ressourcen des Justizministeriums zur Verfügung. Er hatte nicht mal einen einzigen echten Agenten unter seinen Leuten. Aber er hatte seine Kontakte zu »Schläfern« des bulgarischen Geheimdienstes oder des KGB kultiviert: Verstimmte Männer oder Frauen, die sich gern mit Isaac in eine ruhige Ecke setzten und über Philosophie, Religion oder die Winter in New York schwadronierten. Isaac verlangte von diesen Schläfern nie, daß sie sich selbst kompromittierten, aber aus einem Wort hier und einem Wort da nähte er sich seine eigene Flickendecke und konnte sagen, ob der KGB irgendeine große Sache plante. Isaac konnte nicht selbst zuschlagen. Aber er konnte einen Observationstrupp abstellen und etwas von dem verrückten Tanz zwischen den verschiedenen Spionen mitkriegen. Wenigstens blieb er so nicht im Dunkeln über all die Armeen, die in seinem Dorf operierten.

Doch seine eigenen Schläfer hatten nichts Neues für Isaac. Es waren keine offiziellen Polizisten. Außerhalb der Sonderabteilung existierten sie nicht. Sie hatten weder einen Rentenanspruch noch einen Ort, an dem sie sich zur Ruhe setzen konnten. Aber die Abteilung besaß einen Codenamen: Ivanhoe. Und sie waren Isaacs abtrünnige Cops, ehemalige Söldner und Knastvögel, denen der PC sein Leben anvertrauen mußte. Isaacs Ivanhoes. Es war eigenartig mittelalterlich. Geächtete mit ihrem eigenen Geheimbund. Gefallene Ritter, die in einer alten Hemdenfabrik lebten.

Burton Bortelsman war ihr Kommandant. Er war ein Flüchtling aus Kapstadt. Er war Captain der Kriminalpolizei gewesen, mit hundert Detectives unter seinem Kommando. Aber er hatte im besoffenem Kopf einen Mann getötet, den ehemaligen Liebhaber einer Frau, von der er behauptete, sie wäre ihm gleichgültig. Und Bortelsman hatte das Land verlassen müssen. Er hatte seinen Weg zu Isaac gefunden. Und wurde ein weiterer Ivanhoe.

»Hecken die Ruskies irgendwas aus?« fragte Isaac pro forma.

»Nichts Besonderes. Sie mußten einen ihrer Dechiffrierer nach Moskau zurückschicken.«

»Eine kleine Liebelei außerhalb des Stundenplanes?«

»Genau. Hat sich in die Falsche verknallt. Sie kam direkt aus einer Wiege im britischen Geheimdienst. Der Mann tut mir leid. Sie ist eine echte Klassefrau, Isaac. Glaube mir.«

»Und die Syrer?«

»Die schlafen.«

»Dann tu mir einen Gefallen, Burt. Seit einem Monat wird ein Mob-Anwalt vermißt. Ich glaube nicht, daß die Mafia ihn kaltgestellt hat. Er ist viel zu wertvoll.«

»Maurice Goodstein.«

Isaac lächelte. »Ich wüßte gerne, was mit Maurice passiert ist.«

»Ich würde sagen, der hockt jetzt auf einem Hochseil zwischen Absturz und Zeugenschutzprogramm.«

»Dann hat das Justizministerium ihn gekascht. Und er wird sein Liedchen über ein paar der Dons singen. Aber das klingt nicht nach Maurice. Er ist ein Kämpfer.«
»Aber LeComte könnte ihm seine Kampflust ausgetrieben haben. Er legt die Menschen aufs Kreuz ... dauernd. Wieso nicht auch Maurice?«
»Sieh dich ein bißchen um, Burt.«
»Das könnte LeComte vor unsere Tür locken. Ich kann Maurice nicht ausfindig machen und dabei unsichtbar bleiben.«
»In Ordnung«, sagte Isaac. »Aber zieh nicht zu viele mit rein. Es macht mir Sorgen, daß Maurice einfach so verschwinden konnte. Und es gefällt mir nicht, daß LeComte in mein Territorium eindringt. Finde Maurice.«
Und Isaac verließ die alte Hemdenfabrik und seine Ivanhoes. Er dachte nicht mehr an Maurice. Er hatte Kingsley McCardle im Kopf, diesen Waisenjungen aus St. Louis.
Draußen auf der Straße lief es Isaac kalt den Rücken hinunter. »Enos Slaughter«, brummte er vor sich hin, bevor er sich auf seinen gewunden Weg zur One Police Plaza machte.

3

Scheiß auf das FBI. Irgendein anderer würde für Frederic LeComte den *Alexander Hamilton* spielen müssen. Isaac war nicht nach Verreisen. Die Nachmittage verbrachte er in seinem Büro und dachte über den braunen Overall des jungen McCardle nach. Was ihn in seine eigene Zeit als Schulschwänzer in der Lower East Side zurückversetzte, als er der Schrecken der P.S. 88 gewesen war, einer Schule, die wie eine französische Kathedrale aussah, mit Wasserspeiern in der Form irgendwelcher grotesker Dämonen, die auf den Fenstersimsen kauerten und einem blauen Regen auf den Kopf spuckten. Niemand hatte eine Erklärung für den blauen Regen. Vielleicht hatten die Wasserspeier eine kalkhaltige Substanz in ihren steinernen Mäulern. Isaacs Dad hatte die Familie verlassen, war nach Paris gegangen, um dort zu malen. Und Isaac blieb mit seinem kleinen Bruder Leo und seiner Mom zurück, die einen Trödelladen aufmachte. Er entwickelte sich zu einem schrecklichen Dieb. Er stahl, um zu überleben und um etwas von der Wut auf seinen Dad verrauchen zu lassen. Er fühlte sich zur Waise gemacht, wie McCardle. Der Junge trug Isaacs eigene innere Aufruhr in sich. Nach einer Weile kehrte Isaacs Dad zurück. Doch er gehörte nicht mehr zur Familie. Er war wie ein Mann in einem Spukhaus. Er fuhr wieder nach Paris, als Isaac achtzehn war. Und Isaac verließ das College, um zu heiraten und Supercop zu werden.

Er war eingeladen worden, vor dem *Christy Mathewson Club* zu sprechen, einer Bruderschaft von Süchtigen, die Aufzeichnungen und Memorabilien über den Baseball sammelten, wie er vor dem zweiten Weltkrieg gespielt wurde. Die *Christys* waren Antiquare. Joe DiMaggio war für sie fast schon zu modern. Die Geschichte hörte für sie nach dem Abstieg von Babe Ruth auf. Baseball war Isaacs große Leidenschaft gewesen, Baseball und Schach. Zweimal wöchentlich hatte er sich heimlich auf die *Polo Grounds* geschlichen, sich unter einem Zaun durchgebuddelt, um seine geliebten *Giants* zu sehen. Und er war sein eigener Enzyklopädist geworden. Sein Wissen hätte für die *Christys* nicht viel bedeutet, wäre Isaac nur irgendein einsamer Wolf gewesen, der in einem Verschlag lebte. Aber der Police Commissioner war schon was. Der Club konnte aus Isaacs Ruhm Kapital schlagen.

Isaac verstand den besonderen Kodex des Clubs. Die *Christys* glaubten an ein Amerika ohne Jackie Robinson, als Baseball noch die Domäne des weißen Mannes war und schwarze Männer in ihrer eigenen Little League lebten und starben. Aber die *Christys* waren nicht der Ku Klux Klan. Sie waren auf ihre eigene absonderliche Art rassistisch. Sie hatten schwarze Mitglieder, die sich die Fabeln weißer Männer über Ty Cobb und Tris Speaker und die Schande von Shoeless Joe anhörten. Isaac hätte den Club boykottieren können. Aber er wollte mit diesen Antiquaren reden. Die *Christys* wußten, daß es schon lange vor Jackie Robinson schwarze Spieler in den Big Leagues gegeben hatte. Wie zum Beispiel Bones McClintick, der als Indianer herausgeputzt wurde, als er vor hundert Jahren in Louisville spielte. Und die Gebrüder Emery, Slats und Charles, die um die Jahrhundertwende ihren Spaß in der National League hatten. Es hatte andere gegeben, die mit blauen Augen gesegnet (oder geschlagen) waren, Männer und

Jungen, die von irgendeiner Farm kamen und zweckmäßige Spitznamen wie Tadpoles oder Mad Tom annahmen. Isaac selbst hatte sich in die Namen der Fänger und Werfer und First Basemen verliebt, die zu einer Ära gehörten, als jedes Dorf seine eigene Mannschaft auf den Platz schicken konnte. Isaac war im Grunde seines Herzens ein Hillbilly. Er hielt seine Vorträge nie des Geldes wegen. Was er damit einnahm, stiftete er der Police Athletic League.
Und so kam er vor dem Club an, einem blauen Sandsteingebäude an der East Twenty-ninth. Die *Christys* besaßen ein eigenes Haus. Sie waren reich wie ein byzantinischer König. Dem Club gehörten mehrere Banken und ein ganzer Block dieser für New York typischen rotbraunen Sandsteingebäude. Auf einem Plakat vor dem Club sah Isaac sein eigenes Konterfei. Er sah aus wie ein Großvater, mit grauen Koteletten und tiefen Falten auf der Stirn. Es erschreckte ihn, wie sehr er gealtert war. Er war immer noch der Junge, der sich unter dem Zaun durchbuddelte.
Er hatte seinen Vortrag vorbereitet. Er wollte über die Litanei der Namen sprechen, die Isaacs Amerika ausgemacht hatten. Heutzutage war er vergeßlich und mußte sich die Namen seiner eigenen Commissioner und deren Frauen immer wieder ins Gedächtnis rufen, aber die Namen und Statistiken der Männer, die vor seiner Geburt gespielt hatten, kannte er auswendig. Baby Doll Jacobson. Sad Sam Jones. Roger Peckinpaugh.
Das Auditorium war bis auf den letzten Platz besetzt. Isaac wurde von Schyler Knott, dem Präsidenten des *Christy Mathewson Clubs*, begrüßt. Schylers Großvater war Captain der Baseball-Mannschaft von Princeton gewesen. Und Schyler selbst hatte auf der Swarthmore oder Hamilton oder irgendeiner anderen Schule, die Isaac einfach nicht im Kopf behalten konnte, als Second Baseman gespielt. Er war Investment-Banker in der Firma seines Großvaters. Ein merkwürdiger Mann von vielleicht sechs- oder siebenunddreißig Jahren. Er wirkte ganz und gar nicht wie ein Antiquar. Er trug die Kleidung eines Bankers, hatte aber nicht wie die übrigen *Christys* diese Ausstrahlung eines Absolventen einer Eliteschule. Schyler würde Jackie Robinson gefeiert haben. Aber er hatte den Vorsitz eines Clubs, der Willie Mays nicht einmal erwähnen durfte.

Er schüttelte Isaacs Hand. Er war blonder als ein Filmstar. Er machte sich nicht die Mühe, Isaac nach seiner Rede zu fragen. Und Isaac begann sich heimtückisch zu fühlen. Heute abend werde ich sogar mit Mord davonkommen.

»Wo ist Maurie Goodstein?« fragte Schyler.

Und Isaac zwang sich zu einem Lächeln. An der Wand hingen Fotos von Mathewson und Babe Ruth und Three Finger Brown. Little Maurice schien nicht in ihre Gesellschaft zu gehören.

»Ich bin mit ihm auf die Colgate gegangen«, sagte Schyler. »Er war ein Freund. Außerdem ist er Clubmitglied. Ich bin sicher, er hätte Ihre Rede auch hören wollen.«

»Mir gegenüber hat er die *Christys* nie erwähnt.«

»Sie kennen doch Maurice«, sagte Schyler. »Wollte den Ruf des Clubs nicht in Gefahr bringen. Aber er hat in unserem Vorstand gesessen. Er war unser bester Spendensammler.«

Urplötzlich kamen Isaac die *Christys* gar nicht mehr so antiquarisch vor. Hatte der Club vielleicht unter Mauries Regie für irgendeinen Don aus Staten Island Geld gewaschen? Es juckte Isaac, den Antiquaren einfach zu entfliehen, aus diesem Haus der Toten wegzulaufen.

»Schyler, wir haben nicht die geringste Spur von Maurice.«

»Aber Sie müssen doch irgendwelche Theorien haben.«

»Natürlich. Aber das ist polizeiintern. Ich würde niemals meine Detectives gefährden, die dort draußen arbeiten.«

»Das ist das Problem«, sagte Schyler. »Ich war der letzte, der Maurie gesehen hat. Und nicht einer Ihrer Detectives hat sich die Mühe gemacht, an unserer Tür anzuklopfen. Maurie hat mit mir im Club zu Mittag gegessen.«

»Wirkte er irgendwie beunruhigt?«

»Ganz und gar nicht.«

»Denken Sie nach, Schyler«, sagte Isaac, wieder ganz Polizist und nicht der große Baseball-Fan.

»Er war glücklich ... für Maurice' Verhältnisse. Hatte einen neuen Freund, nehme ich an.«

»Hat er Ihnen gegenüber einen Namen fallenlassen?«

»Nein.«

»Was ist mit einem Beruf? Was hat dieser Freund gemacht?«

»Ich bin nicht sicher. Könnte sein, daß er Krankenpfleger war. Maurie erwähnte irgendein Krankenhaus.«

»Welches Krankenhaus?«

»Ich kann mich nicht erinnern. Und es ist jetzt auch nicht der richtige Augenblick für ein Verhör, Isaac. Sie sind heute abend unser Gastredner.«

Schylers Blondheit war fort. Er hatte dieses geschmeidige, jugendliche Aussehen verloren. Er war nur ein weiterer Antiquar. Und Isaac begann, sich unter die anderen Mitglieder des Clubs zu mischen. Er wanderte ein Gesicht nach dem anderen ab, bis er schließlich vor einem anderen alten Mann stehenblieb. Isaac spürte eine erbarmungslose Anziehungskraft.

»Der Bomber«, keuchte er. »Harry Lieberman.«

Der alte Mann lachte. »Ja«, sagte er. »Ich bin Harry. Ich wollte Ihnen schon eine Ewigkeit mal sagen, wie sehr ich ihre Haltung bewundere. Sie sind der beste Commissioner, den wir haben.«

»Das sieht nicht jeder so. Aber sie hätten mir schreiben können ... oder mich anrufen sollen.«

»Ich bin viel zu schüchtern«, sagte der alte Mann, und Isaac erkannte die großen, unverwechselbaren Hände des Bombers wieder.

»Sie sind mein Held gewesen«, sagte Isaac. »Ich habe Ihnen zwei ganze Spielzeiten von der Tribüne aus zugesehen. 1944 haben Sie fünfundzwanzig *home runs* geschlagen.«

»Mr. Commissioner, die Hälfte unserer Talente war in Übersee. Ich bin nicht mal mehr in die Nähe der Mannschaft gekommen, als die Stammspieler zurück waren. Deshalb bin ich auch zur Mexikanischen Liga gegangen. Den größten Teil meines Lebens habe ich in 2. Ligen gespielt. Wenn es keinen Krieg gegeben hätte, wäre ich heute noch bei den *Jersey Giants*.«

Ja, das war die rabbinische Seite der Geschichte. Der zweite Weltkrieg hatte die 1. Ligen ausgetrocknet. Und ohne DiMaggio oder Greenberg oder Ted Williams war der Baseball zu einem einzigen großen Provinzler-Team verkommen. Aber der Bomber war kein zweitklassiger Spieler gewesen. Er hatte den Schläger und diese riesigen Baseballhandschuhe. Im Verlauf des Krieges war er besser geworden. Isaac erinnerte sich an seine katzenartigen Bewegungen, seine Art, das gesamte Infield der *Cardinals* zu verspotten. Er hätte der Joe DiMaggio der *New York Giants* werden können. Aber er erlag diesem

Mythos des zweitklassigen Baseballspielers und den Trash-Mannschaften, die der Krieg hervorbrachte. Der Bomber hätte 1946 nicht verschwinden dürfen. Er war das Opfer seines eigenen Bürgerkrieges. Hätte er nicht von einer Army-Uniform geträumt, wenn er am Schlagmal stand, hätte er noch hundert weitere *home runs* schlagen können.

»Ich hätte gern Ihr Autogramm«, sagte Isaac.

Der alte Mann bedeckte sein Gesicht mit diesen großen Händen. »Hören Sie auf. *Sie* sind heute der Bomber.«

»Ich bitte Sie«, sagte Isaac.

Und der Bomber setzte seine Unterschrift auf das Programmheft, das die *Christys* für Isaacs Vortrag vorbereitet hatten. *Für den Commissioner. Von Harry Lieberman, Ihrem größten Fan. 29. November 1982.*

Isaac hätte am liebsten geheult. Nicht weil er einfach nur traurig war, den Sportler erst als alten, ergrauten Mann kennenzulernen. Isaac hegte keinerlei Sentimentalitäten bezüglich der Sterblichkeit von irgendwem. Aber der Bomber war der Geist eines Spielers, der in Isaacs Herz eingedrungen und dann in irgendeine ewige Kindheits-Liga entschwunden war ...

Schyler Knott führte Isaac zum Podium.

Es wurde applaudiert.

Isaacs Schultern bebten. Er spürte, wie sich der Wurm regte. Doch der PC hatte seine Flasche Milch nicht dabei. Es war ihm egal. Der stinkende Wurm würde Isaac nicht zum Schweigen bringen. Er hätte über den *Black Sox*-Skandal aus dem Jahr 1919 sprechen können, und über den Untergang von Ed Cicotte, Swede Risberg, Chick Gandil und Shoeless Joe mit seinem Schläger-Quotienten von 0,356. Aber das alles wäre nur albernes Zeug gewesen, da Isaac von anderen Glücksspielern wußte, von anderen abgekarteten Spielen, die nie veröffentlicht, nie an die große Glocke gehängt worden waren, und wieso sollte er die Helden der *Christys* in den Schmutz ziehen? Don Isacco war nicht gemein. Aber er wollte die Antiquare ein bißchen quälen. Liebend gern hätte er Willie Mays erwähnt, aber er mußte sich im Rahmen der Club-Regeln bewegen. Also beschloß er, über Josh Gibson zu sprechen, den großen schwarzen Catcher der Nigger-Leagues, der während des zweiten Weltkrieges zu den *Washington Senators* gehen sollte. Die *Senators* kniffen und Josh verfiel in eine

Art Wahnsinn, hielt in seinem Kopf Zwiesprache mit DiMaggio, fragte Joe, wieso er Josh nicht erkannte.

Josh Gibson und Joe DiMaggio.

Das war das Thema von Isaacs Vortrag. Aber Schyler kam ihm in die Quere. Er begann mit einem langen, langen einleitenden Vorwort über die *Christys* und Isaac selbst. »... ein gleichgesinnter Antiquar, der noch Mel Otts auf dem alten grünen Feld der *Polo Gardens* spielen sah. Isaac Sidel ist einer von uns. Ein Baseball-Fan. Ich brauche seine Referenzen nicht erst aufzuzählen. Er macht zur Zeit im Auftrag des Justizministeriums als *Alexander Hamilton Fellow* eine Vortragsreise durchs ganze Land. Er fängt Psychopathen mit bloßen Händen. Es war Isaac, der diesen Bankräuber Henry Armstrong Lee dingfest gemacht hat, den gefährlichsten, heute in den Staaten lebenden Mann.«

Die Sache mit Henry Lee war Isaac peinlich. Sein bester Informant hatte ihm verraten, wo der Bankräuber steckte. Und die Medien hatten eine große Kopfjagd daraus gemacht. Jetzt wurde Isaac vergeßlich, was Josh betraf. Er hatte die Musik seiner Rede verloren, und Schyler war immer noch nicht fertig mit seiner Vorstellung. Don Isacco knirschte mit den Zähnen.

»Brüder, Schwestern«, sagte Schyler, »ich bitte um einen großen Applaus für Police Commissioner Isaac Sidel.«

Es war zu spät. Gibson war aus Isaacs Kopf entschwunden. Er blickte auf ein Meer von Gesichtern hinunter. Er legte seine Ellbogen auf das Podium. Er starrte wie ein Rhinozeros, suchte das Rätsel seiner eigenen Worte zu ergründen. Er dachte an Kingsley McCardle. Der Junge wäre begeistert gewesen von der Geschichte eines schwarzen Fängers, der danach hungerte, gegen DiMaggio in der Oberliga zu spielen. Das ganze gottverdammte Land ließ Gibson nicht erwachsen werden. Josh, brummte Isaac vor sich hin.

Trotz all seiner Streitlust bemerkte er im Publikum eine Frau. Er lächelte bitter, weil er Henry Armstrong Lee »gefangen« hatte, als der Bankräuber Frauenkleider angehabt hatte. Aber diese Frau sah nicht aus wie Henry Lee. Sie konnte kaum jünger sein als Isaac. Doch ihr Gesicht war glatt. Die Zeit hatte noch keine Spuren auf ihr hinterlassen. Und Isaac erinnerte sich an sie aus einer Zeit vor vierzig Jahren. Das Haar war

immer noch aufgesteckt. Der Lippenstift war blutrot. Die Lippen feucht. Die Wangenknochen glühten. Isaac fing an zu weinen.
»Anastasia«, keuchte er, bevor er in Schylers Arme taumelte.

4

Ein ganzer Trupp Ärzte stand um Isaacs Bett. Er trug einen langen Krankenhauskittel, wie ein Kleinkind. Da standen Blumen von Euer Ehren Rebecca Karp. Die Bastarde hatten Isaac Blut abgezapft. Deutlich spürte er die Einstiche in seinem Arm. Der Luftbefeuchter in dem Raum schnurrte wie ein kleines Monster. Die Ärzte trugen alle weiße Kittel.
»Commissioner Sidel, hatten Sie früher schon einmal einen solchen Ohnmachtsanfall?«
»Ja«, sagte Isaac. »Ich falle dauernd in Ohnmacht. Gehen Sie weg.«
»Aber Sie hätten in ein Koma fallen können ... Dann hätten wir ...«
»Gehen Sie weg.«
Er begann sich im Bett aufzurichten, und die Ärzte verschwanden bis auf Gordon Gould, Chefpathologe des Departments, der gelegentlich als Isaacs Hausarzt fungierte.
»Gordon, wo zum Teufel bin ich hier?«
»Im Beth Israel. Wir haben Sie in einem Krankenwagen hergebracht. Ihre Blutzuckerwerte waren extrem niedrig. Sie waren in einer Art Winterschlaf ... wie ein Eisbär. Sämtliche lebenswichtigen Körperfunktionen waren auf ein Minimum reduziert.«
»Wie spät ist es?«
»Wie spät?« sagte der Chefpathologe. »Ich würde sagen, sechs Uhr nachmittags. Ich trage keine Uhr.«
»Und ich liege hier so schon seit einem Tag?«
»Drei Tage, Isaac.«
»Das glaube ich nicht.«
»Was ist denn überhaupt passiert?«
»Nichts, gar nichts. Ich habe nur einen Geist gesehen.«
»Im *Christy Mathewson Club*?«

»Warum nicht?« sagte Isaac. »Dieser Club steckt doch voller Gespenster.«
»Ich denke, wir sollten eine Computertomographie machen.«
»Gordon, was werden Sie dabei schon finden? Bläschen in meinem Gehirn? Ich habe einen Wurm. Der fickt mich, wann immer ihm danach ist.«
»Ja«, sagte Gordon. »Es könnte der Wurm gewesen sein, der Ihnen die lebensnotwendigen Zuckerstoffe entzogen hat. Was ich allerdings bezweifle. Isaac, bitte ... Wir werden ein paar Tests durchführen müssen.«
»Nach Weihnachten«, brummte Isaac. »Dann bin ich vielleicht in festlicherer Stimmung. Wo ist Sweets?«
»Isaac, ich gehöre nicht zu Ihrem Kader. Ich bin Pathologe.«
»Noch arbeiten Sie für mich. Ich will Sweets.«
»In Ordnung. Ich werde Sweets kommen lassen.«
Und Isaac schloß die Augen, bevor sein Chefpathologe den Raum verließ. Er hatte fürchterliche Träume. Löwen fraßen an seinem Körper. Er hatte keine Beine mehr. Er weinte, wie er nicht mehr geweint hatte, seit er noch ein kleiner Junge war und sein Vater nach Paris gegangen war, um dort ein zweiter Cézanne zu werden.
Als er aufwachte, plärrte er immer noch wie ein Baby. Keine Löwen in der Nähe. Nur Frederic LeComte.
»Wer hat Sie hier reingelassen?« fragte Isaac, ohne sich die Mühe zu machen, über seine Augen zu wischen. »Ich bin der Commish. Ich sollte doch wohl einen Wachtposten vor der Tür haben.«
»Haben Sie auch«, sagte LeComte. Sein Gesicht wirkte verschwommen. Aber Isaac erkannte die blaue Farbe, für die LeComte eine Vorliebe hatte. Taubenblaue Hemden, die er aus Hongkong kommen ließ. Blaue Seidenkrawatten. Isaac dagegen kleidete sich wie ein Penner. Er liebte Secondhand-Schuhe, Hüte und Hosen. Sein Blick wurde klarer. Er konnte die aristokratische Nase des Kulturkommissars erkennen. Seine Lippen waren sehr sehr schmal. Isaac konnte sich LeComte sehr gut als intellektuellen Vollstrecker von Kardinal Richelieu vorstellen. Er hatte etwas Geistliches an sich, wie ein blutrünstiger Priester.
»Isaac, wir kümmern uns um sämtliche Rechnungen. Das ist einer der Vorteile, ein *Hamilton Fellow* zu sein.«

»LeComte, ich bin krankenversichert. Das Justizministerium braucht sich nicht um mich zu kümmern.«
»Wir haben Sie zu hart rangenommen«, sagte LeComte. »Wenn Sie wieder gesund sind, werden Sie nur noch zwei Städte pro Woche machen müssen.«
»Ich werde nicht in dieses Gulag zurückkehren«, sagte Isaac. Die aristokratische Nase begann zu zucken. »Ist Ihnen eigentlich bewußt, wie viele Bewerber ich hatte, Isaac? Eintausenddreihundertundzehn. Und ich habe *Sie* ausgewählt.« LeComte ging vom Fenster zum Bett und wieder zurück. »Und ich habe *Sie* ausgesucht.«
»LeComte, ich habe mich nie beworben.«
»Das ist es ja gerade. Man konnte nur berufen werden. Aber die Leute haben angefangen, sich zu bewerben ... Kongreßabgeordnete haben versucht, Druck zugunsten ihrer Lieblingskandidaten auszuüben. Aber mich hat der Hafer gestochen, und ich mußte ausgerechnet Sie auswählen. Außer mir hatten Sie auch nicht einen einzigen erbärmlichen Befürworter. Und *Sie* nennen es Gulag. TV-Berichterstattung in jeder Stadt. Nicht lange, und Sie haben einen Fan-Club wie Jack Nicholson.«
Isaac setzte sich in seinem Krankenhauskittel auf. »LeComte, warum sind Sie hier?«
»Sie sind mein Protegé.«
»Wieso sind Sie hier?«
»Um Sie zu warnen, Sie Arschloch. Ich will nicht, daß Ihr Geheimdienst weiter nach Maurie Goodstein sucht.«
»Ich habe keinen Geheimdienst«, sagte Isaac. »So was ist illegal.«
»Ich weiß. Ich finanziere ihn. Ich kann Burton Bortelsman jederzeit ausweisen lassen, Isaac. Ich kann ihn zurück nach Südafrika schicken. Wenn die Schwarzen ihn nicht umbringen, tun's die Afrikaander.«
»Könnte haarig werden«, sagte Isaac, »wenn die *Washington Post* je dahinterkommt, daß der alte Burt ein bezahlter Informant des Justizministeriums gewesen ist. Sie werden Burt schön in Ruhe lassen. Und jetzt sagen Sie mir, was Maurie gemacht hat. Hinter welchem Don sind Sie her?«
»Kümmern Sie sich um Ihren eigenen Kram, Isaac. Dann leben Sie länger. Good bye.«

Und Isaac ließ sich aufs Bett zurücksinken. Die Bürgermeisterin rief an. Isaac schlief zweimal im Monat mit Rebecca Karp. Er besuchte den kleinen Bunker unter ihrem Büro in der City Hall oder fuhr mitten in der Nacht rauf zum Gracie Mansion. Ihre Romanze gedieh auf dem vertrautem Boden zwischen Haß und Lust. Sie war mal Schönheitskönigin gewesen. *Miss Far Rockaway* von 1947. Ihre Popularität stieg mit Isaacs Triumphen. Entstanden war ihr Beischlafverhältnis aus der Einsamkeit zweier Menschen, die sich keine festen Beziehungen leisten konnten. Isaac war verheiratet gewesen, bevor er zwanzig wurde. Seine Frau Kathleen flüchtete nach Florida. Er war so vertraut mit ihr, wie er es mit einer Fremden nur werden konnte. Sie war völlig aus Isaacs Horizont herausgefallen. Sie hatten eine Tochter – Marilyn the Wild. Nur um ihren Dad zu ärgern, heiratete sie immer wieder. Sie lebte in Seattle. Und als Isaac in seiner Funktion als *Hamilton Fellow* in dieser Stadt gewesen war, war sie nicht mal ans Telefon gegangen. Sie hatte Manfred Coen, seinen »Engel«, geliebt, und Isaac hatte es geschafft, daß er im Verlauf einer seiner zahlreichen Winkelzüge gegen eine Brut peruanischer Zuhälter getötet wurde. Was sie Isaac nie verziehen hatte. Der Bandwurm stammte von dieser Brut. Der Bandwurm war ihr Geschenk an Isaac.

Und Becky Karp? Sie hätte in ihrem Terminkalender niemals Zeit für eine Hochzeit finden können. Isaac war genau richtig für sie. Er stellte niemals Forderungen. Mit ihren Gedanken waren sie immer woanders, doch sie hatten all die Zärtlichkeit, zu denen ihre Körper fähig waren. Sie liebte es, wegen Isaac lange aufzubleiben, und war mindestens ebenso glücklich, wenn er wieder ging. Darin bestand die Stärke ihrer Allianz. Ihr Wühlen im Bett war beinahe wie das Siegel der Stadt. Isaac war der zärtlichste Liebhaber, den sie je hatte.

»Wie geht es dir, Lieber?« fragte sie mit ihrem Rockaway-Akzent. »Du mußt mir bald wieder gesund werden, hörst du, Isaac? Solange du im Krankenhaus bist, kriege ich keine Presse mehr. Du hast die Sechs-Uhr-Nachrichten für dich allein.«

»Ist nicht meine Schuld«, sagte er. »Mir ist schwindlig geworden und ich bin gestürzt. Aber morgen bin ich hier wieder raus. Das verspreche ich.«

»Ich habe sechsmal angerufen«, sagte sie.

»Wahrscheinlich habe ich geschlafen.«
»Isaac, was ist mit Maurie Goodstein?«
Jesus, brummte Isaac. Sogar die Bürgermeisterin war hinter Maurie her. Die ganze Stadt hatte nur eine einzige Sorge: Der kleine Maurie Goodstein.
»Glaubst du, er könnte mit einem seiner *faigeles* durchgebrannt sein?« fragte Becky.
»Eine Woche vielleicht, ja. Aber nicht einen Monat. So romantisch ist Maurie nicht.«
»Aber wo steckt er dann?«
»Ich wette, die Feds haben ihn.«
»Aber unter dem Zeugenschutzprogramm könnte er unmöglich lange überleben. Er fällt viel zu sehr auf.«
»Da gebe ich dir recht.«
»Dann löse das Rätsel, Isaac. Deshalb bist du doch mein Polizeichef. Und werd' wieder gesund.«
Becky legte auf, und Isaac wurde immer deprimierter. Er wartete und wartete auf Sweets, aber sein First Dep kam nicht. Und dann materialisierte Sweets sich aus dem Rauch und Nebel von Isaacs Verdampfer. Isaac vermutete, daß es nur wieder ein weiteres Gespenst war, das gekommen war, um den PC heimzusuchen. »Wer bist du?« fragte er.
»Scheiße, du siehst ja fürchterlich aus«, sagte Sweets.
Isaac wußte, daß er wieder gesund war. »Gottverdammt, hol mich aus diesen Baby-Klamotten.«
»Geht nicht«, sagte Sweets.
»Ich bin dein Chef, Mr. Sweets. Ich könnte dich mit einem trockenen Lachen aus dem Präsidium jagen. Es wird dir gefallen, wieder mitten in der Nacht in der South Bronx deine Runden zu drehen.«
»Von mir aus kannst du mich ruhig Captain Midnight nennen. Aber im Bett bleibst du trotzdem.«
»Es geht um eine Frau«, brummte Isaac. »Es ist etwas Persönliches, Sweets. Ich muß mich absolut auf dich verlassen können.«
»Dann schieß mal los.«
»Da gibt's nicht viel zu erzählen. Ich wollte diese Rede im *Christy Mathewson Club* halten, und da war sie.«
»Wer?«
»Anastasia.«

»Isaac, geht's vielleicht auch noch ein bißchen genauer?«
»Du kennst doch die Geschichtsbücher. Anastasia war die jüngste Tochter von Zar Nikolaus. Die meisten Menschen glauben, sie wäre nach der Revolution mit den restlichen Mitgliedern der Zaren-Familie ermordet worden. Aber alle fünf oder zehn Jahre taucht eine Frau auf, die schwört, Anastasia zu sein.«
»Und du bist ihr bei den *Christys* begegnet.«
»Nein«, sagte Isaac. »Ich kannte eine andere Anastasia, als ich noch ein kleiner Junge in der Lower East Side war. Eines Winters kam sie auf unsere Schule, tauchte aus dem Nichts auf. Es war während des Krieges. Sie war ein Flüchtling. Aus Rußland, glaube ich. Ich weiß auch nicht, wie zum Teufel ihr die Flucht gelungen ist. Jedenfalls lebte sie bei irgendeinem Onkel oder einer Tante. Und sie besaß all diese europäische Kultur. In Moskau oder Budapest hatte sie Ballettunterricht bekommen. Sie konnte Französisch runterrasseln, daß unseren Lehrern nur so die Ohren klingelten. Sie hatte Turgenjew gelesen, und sie war dreizehn Jahre alt. Wir waren alle in sie verknallt. Und sie hat mit uns gespielt, hat gesagt, sie wäre Ihre Kaiserliche Hoheit Prinzessin Anastasia ... Anastasia, mit zerrissenen Kniestrümpfen.«
»Und was ist dann passiert?«
»Ich hab's doch schon mal gesagt, Sweets. Ich war verrückt nach ihr. Einmal hat sie mich zum Tee mit nach Hause genommen. Ihre Tante war arm wie eine Kirchenmaus, aber sie hatte einen Samowar, und diesen schwarzen, schwarzen Tee haben wir aus Gläsern mit silbernen Henkeln und mit Erdbeermarmelade dazu getrunken ... Es war richtig High Society.«
»Hast du sie geküßt?«
»Soweit ist es nie gekommen. Mit ihren zerrissenen Kniestrümpfen hat sie sich nur einen Winter gehalten. Und dann war sie fort ... Zu einem anderen Onkel oder einer anderen Tante. Aber, Sweets, sie hatte die weißeste Haut, die du dir vorstellen kannst. Man konnte praktisch die Knochen ihres Gesichtes ahnen, sehen, wie sie sich bewegten.«
»Und jetzt möchtest du, daß ich sie finde.«
»Ja.«
»Wie ist ihr richtiger Name?«

Isaac hielt sich seine Wange. »Anastasia. So haben wir sie wenigstens in der Schule immer genannt.«
»Okay, du willst also, daß ich diese namenlose Person mit einem Spitznamen finde, die vor einem halben Leben aufgetaucht und dann wieder spurlos verschwunden ist. Wie viele Männer soll ich auf den Fall ansetzen?«
»Ich hab's doch schon mal gesagt. Das ist persönlich. Ich möchte, daß du dich mit den Ivanhoes in Verbindung setzt.«
Sweets fischte in seinem Anzug und knallte dann eine goldene Dienstmarke in Isaacs Hand. »Ich gehe. Mit diesen Arschlöchern arbeite ich nicht zusammen.«
»Bitte«, flehte Isaac.
»Isaac, Burton Bortelsman war bei der Sicherheitspolizei in Johannesburg. Weißt du eigentlich, wie viele Schwarze er gefoltert und umgebracht hat?«
»Er war bei der Mordkommission in Kapstadt.«
»Ja, das ist seine Legende. Aber ich weiß es besser. Ich bringe den Kerl höchstpersönlich um.«
»Ich brauche dich ... und die Ivanhoes. Andernfalls werde ich sie nie finden.«
»Das sind deine Schakale, Isaac. Mach mit ihnen, was immer du willst. Ich jedenfalls arbeite nicht mit Bortelsman zusammen.«
»In Ordnung«, brummte Isaac, wobei er seinen Kopf halb in dem Kittel vergrub. »Aber nimm deine Marke zurück. Laß mich nicht einfach so sitzen.«
Sweets umklammerte die Marke in seiner Pranke. »Isaac, du wirst deine Prinzessin schon finden. Ist sie nicht auch auf der Suche nach dir bei den *Christys* gewesen? Sie wird weitersuchen.«
»Nein, nein. Das war totaler Zufall. Ich glaube nicht mal, daß sie mich überhaupt wiedererkannt hat. Ich war doch noch ein kleiner Junge ... und sie war Anastasia. Woher sollte sie denn wohl wissen, daß ich Cop geworden bin?«
»Sie wird dich finden«, sagte Sweets, stopfte Isaac unter seine Decke, und die Stimme des First Dep schien ganz weit fort zu sein, wie der Nebel aus irgendeinem magischen Verdampfer. Isaac schlief ein.

5

Er hätte krank und blaß aussehen sollen, doch er war im Krankenhaus von einem bleichgoldenen Schein überzogen, so als hätte er ein wenig Sonne verschluckt. Er mußte Dokumente unterschreiben. Die Bürgermeisterin rief an. Isaac konnte sich nicht mit den Akten auf seinem Schreibtisch befassen. *Anastasia.* Einer seiner Sergeants ertappte ihn beim Flennen. Der Sergeant hieß Malone. Er war Don Isaccos Bodyguard und Fahrer. Malone warf Isaac einen schrägen Blick zu. Aha, der alte Knabe ist in Trauer. Wahrscheinlich ein Todesfall in der Familie. Isaac trauerte um sich selbst. Ihm ging der kleine Junge ab, der er einmal gewesen war, der Junge, der sich heimlich auf die *Polo Grounds* schlich und Bomber beim Spiel zusah, mit der Hocharistokratie in einer Wohnung in der Lower East Side saß, während er Anastasia anstarrte, sich in tiefster Nacht nach ihr verzehrte. Jetzt verstand Isaac auch die eigentliche Melodie seines gesamten Liebeslebens. Er hatte Anastasia geheiratet, nicht Kathleen, aber er war ein Bräutigam ohne Braut. Auf eine naive Art, über die gewöhnlichen Träume eines Police Commissioners hinaus, hatte er sie all diese Jahre über vermißt. Er hatte nicht an Anastasia gedacht; er hatte ihre Abwesenheit in seinem bärenhaften Körper gelebt. Es war seine Tochter Marilyn, die die gleiche aristokratische Art besaß. Marilyn war zu seiner Erinnerung an russischen Tee geworden.

Burt, der Afrikaander, holte ihn aus seiner düsteren Stimmung. Er kam in die One Police Plaza, die eigentlich für die Ivanhoes tabu war. Aber Isaac war froh, ihn zu sehen. Burt würde all die Rätsel unerwiderter Liebe verstehen. Er würde den PC nicht wie Sweets wegen Anastasia quälen. Er war in der Tarnung eines österreichischen Polizeichefs mit der Sondererlaubnis gekommen, den Commish sprechen zu dürfen. Seine Papiere waren einwandfrei. Isaac hatte ausgezeichnete Fälscher in dieser Hemdenfabrik, wo die Ivanhoes lebten. Fast war er in der Stimmung, Burt zu küssen. Er brauchte seine Ivanhoes.

Burton flüsterte etwas.

»Kann Sie nicht verstehen«, sagte Isaac.

»Halten Sie mir diesen Nigger vom Hals.«

»Burt, was zum Teufel ...«

»Ich bin Herr Klein«, korrigierte Burt, zeigte auf seine österreichische Dienstmarke. Beide wußten, daß im Büro Wanzen versteckt waren. LeComte hatte Isaacs Flügel der Commissioner-Etage verwanzt. Seine Abhörspezialisten hatten sogar Isaacs Toilette nicht verschont. Der PC konnte nicht mal ungestört scheißen.

Sie gingen drei Etagen tiefer auf eine neutrale Toilette.

»Dein First Dep hat mich bedroht.«

»Tja, er ist ein bißchen empfindlich, was Afrikaander betrifft, Burt.«

»Ich hatte nichts mit der Sicherheitspolizei zu tun. Ich war bei der Kripo.«

»Ich glaube dir ja. Aber ich kann es Sweets nicht vorwerfen, wenn er's nicht tut.«

»Isaac, ich werde ihm weh tun, verdammt weh tun, wenn er anfängt, an meine Tür zu klopfen ... Ich habe übrigens diese Frau aufgespürt.«

»Welche Frau?«

»Die Prinzessin, von der Sweets mir erzählt hat.«

»Anastasia?« sagte Isaac. »Burton, wie hast du das geschafft?«

»Ich habe die Gästeliste der *Christys* gestohlen. Ich habe mit ein paar Leuten geredet, einschließlich Schyler Knott. Habe gesagt, ich käme vom Finanzministerium. Und schon wurde er gesprächig.«

»Und, wo ist sie?«

»Ihr Mädchenname ist Margaret Tolstoi.«

»Mädchenname?«

»Sie ist mit einem Mob-Buchhalter verheiratet.«

»Verdammt, du bist wohl nicht ganz bei Trost.«

»Isaac, nicht frech werden. Ihr Ehemann ist ein Baseball-Fanatiker. Sein Name ist Martin Crabbs. Er arbeitet für DiAngelis. Aber er ist nicht der typische kleine Ganove. Geboren wurde er als Martin Krabnikow. Seine Familie stammt aus der Ukraine. Columbia hat er magna cum laude verlassen.«

»Das ist meine Schule«, zischte Isaac zwischen zusammengepreßten Zähnen. Er hatte selbst ein Semester in Columbia studiert, bevor er abgehen mußte, um seine absaufende Familie zu unterstützen.

»Crabbs war in der Florett-Mannschaft ... Isaac, hörst du mir zu? Oder soll ich die Akte verbrennen?«
»Ich höre ja zu«, knurrte Isaac. »Wann hat er Anastasia geheiratet?«
»Margaret, meinst du wohl.«
»Ja, Margaret Tolstoi, die mit dem Loch in den Kniestrümpfen.«
Zwei Deputy Chief Inspectors kamen auf die Toilette marschiert, sahen den PC mit einem Fremden und marschierten sofort wieder raus. Isaac war geschäftlich hier, denn andernfalls wäre er nicht extra auf *ihre* Toilette heruntergekommen. Er war das Gehirn, der große Macher, und sie stellten seine Motive nicht in Frage.
Die Deputies lenkten ihn ab, und Isaac mußte sich wiederholen. »Wann hat dieser Krabnikow Margaret Tolstoi geheiratet?«
»Ich habe nicht gesagt, es wäre eine rechtmäßige Ehe gewesen.«
»Dann ist sie also seine Squaw. Aber wie lange sind sie schon zusammen?«
»Ein, höchstens zwei Jahre.«
»Und davor? Mit wem war sie da zusammen?«
»Das ist das große Rätsel, Isaac. Es existieren keinerlei Unterlagen über Margaret Tolstoi, bis sie diesen Buchhalter geheiratet hat. Sie ist urplötzlich wie aus dem Nichts aufgetaucht. Aus irgendeiner kleinen schwarzen Flasche.«
»Margaret Tolstoi, die mysteriöse Frau. Du bist mein Fänger, Burt. Ich will ein vollständiges Dossier.«
»Isaac, ich sagte es doch schon, Margaret Tolstoi hat nie existiert.«
»Laß mich nicht hängen, Burt. Falls sie eine andere Identität hatte, finde es heraus.«
»Es gibt nichts, absolut nichts.«
»Versuch es mit Anastasia«, sagte Isaac.
»Habe ich schon.«
»Dann geh zu Crabbs ... oder Krabnikow.«
»Nicht so einfach. Er ist untergetaucht. Es geht das Gerücht, daß LeComtes Jungs drauf und dran sind, ihn vorzuladen. Sie wollen DiAngelis.«
»Dann ist er also auch verschwunden ... genau wie Maurice.«

»Richtig«, sagte Burton.
»Wußtest du, daß Schyler Knott mit dem kleinen Maurie auf einer Schule gewesen ist? Und Maurie hat einen neuen Freund. Behauptet wenigstens Schyler. Irgendein Bursche, der als Krankenpfleger arbeitet. Aber Schyler kann sich nicht mehr an das Krankenhaus erinnern.«
»Ich könnte seiner Erinnerung ein bißchen auf die Sprünge helfen«, schlug Burton vor.
»Aber sei vorsichtig. Ich will nicht, daß Schyler angeschlagen durch die Gegend läuft. Und du mußt Umwege machen. LeComte ist uns auf der Spur.«
»Ich hab's doch schon immer gesagt, Isaac. Eines Tages wird er mich ficken, dieser LeComte.«
»Nicht ohne sich dabei selbst zu ficken. Das ist doch der Hauptgrund, warum wir sein Geld nehmen.«
»Mach dir doch nichts vor«, sagte der Afrikaander. »Du bist mit dem Mann verheiratet. Du bist sein *Hamilton Fellow*.«
»Das ist Vergangenheit.«
»Wessen Vergangenheit? Deine oder seine?«
Und dann ließ Burton ihn einfach stehen, den König der Scheißhäuser. Isaac hatte seinen Hosenstall nicht mal aufgeknöpft. Er starrte in den Spiegel und konnte hinter den silbernen Abmessungen des Glases beinahe den Bomber auf irgendeinem Center Field stehen sehen. Innerhalb weniger Spielzeiten hatte der Bomber Isaac stärker geprägt als jeder andere Mann oder Junge. Isaac träumte immer noch davon, während des Krieges ein idealer Center Fielder gewesen zu sein. Er konnte sich nichts Heldenhafteres vorstellen, als mitten am Nachmittag den Bällen hinterherzujagen. Er war ein Kind der Weltwirtschaftskrise. Er war mit dem Hunger groß geworden, in einer Zeit, in der ein Sandwich extra die beste Währung war, die ein Junge haben konnte. Seine glücklichste Zeit war während des Krieges gewesen, als er Lebensmittelmarken klaute, den Luftschutzwarten trotzte, Harry Lieberman hatte ... und Anastasia. Natürlich hatte er von den Todeslagern gehört, und ihm wurde klar, daß genau das auch ihm blühte, falls die Nazis je nach New York kommen sollten. Aber die Lower East Side besaß ihre eigene merkwürdige Immunität. Nicht einmal die Nazis hätten etwas gegen den Winter in der Orchard Street ausrichten können, wo Kleiderballen als

natürliche Verteidigungslinie gedient haben würden. Und er bekam das Aroma von russischem Tee einfach nicht aus der Nase.

Es war nicht besonders clever von ihm, mitten in einem Schneesturm die Mulberry Street hinunterzugehen und vor dem Baron di Napoli-Schießclub mit seinen dunkelgrünen Fenstern stehenzubleiben und so zu tun, als wäre er eine Vogelscheuche. Der Schießclub stand unter ständiger Observierung. Direkt gegenüber auf der anderen Straßenseite parkte ein Lieferwagen mit den raffiniertesten elektronischen Überwachungsgeräten, die das Bureau für Geld kaufen konnte. LeComtes Tontechniker konnten mit ihren Mikrophonen Isaacs Herzschlag aufzeichnen. Aber so war es Isaac immer noch lieber, als sich mit Jerry DiAngelis, dem jüngsten der Dons, irgendwo zu einem geheimen Rendezvous zu verabreden. DiAngelis war in keine der Familien hineingeboren worden. Er hatte auch keine Mafia-Prinzessin geheiratet. Er hatte sich seine Sporen auf der Straße verdient. Seine Frau war nicht einmal Sizilianerin. Sie war die Tochter eines am Hungertuch nagenden jüdischen Lehrers, eines Melamed, der weder die Position noch das Vermögen besaß, einem zukünftigen Don unter die Arme zu greifen. Jerry DiAngelis war von einer Hexe in den Arsch gekniffen worden, wie die Sizilianer sich gerne ausdrückten. Er hatte »verrückt« geheiratet – aus Liebe. Der Melamed wohnte bei DiAngelis und seiner Frau, unterrichtete heute nicht mehr und sprach mit den Vögeln. Aber keiner der Dons wagte es, Witze über diesen *pazzo* zu reißen, den schrulligen Schwiegervater. DiAngelis hatte blutige Kriege überlebt, er war im Knast gewesen. Andere Dons hatten versucht, ihn umzubringen. Sie hatten seinen Wagen in die Luft gejagt. Sie hatten seine Chauffeure hingerichtet. Aber DiAngelis verließ unverletzt das Gemetzel. Wie ein Tycoon der Straße tötete er, wenn er töten mußte. LeComte hatte während der letzten zwei Jahre dreimal Anklage gegen ihn erhoben. Doch anscheinend konnte er Jerry nicht hinter Schloß und Riegel bringen.

Isaac stand im frischen Schnee.

Hinter den grünen Scheiben schien sich nichts zu rühren.

Und dann trat DiAngelis ohne Leibwächter oder Wintermantel heraus. Er trug eine Strickjacke. Er war fünf oder sechs Jahre jünger als Don Isacco, und ihm gehörte New York auf eine Weise, wie es einem Bürgermeister oder Police Chief nie möglich sein würde. Ohne DiAngelis wurde nichts gebaut oder bewegt. Die *New York Times* der Bürgermeisterin wurde in einem von DiAngelis Lastwagen ausgeliefert. Ohne Jerry DiAngelis wäre die *City* zum Stillstand gekommen. Isaac wußte das wie jeder andere, außer LeComte.

Jerry war knapp drei Zentimeter größer als Isaac. Er machte eine erheblich bessere Figur. Er hatte silbergraues Haar und noch keine Glatze. Aber er verbeugte sich vor dem Police Commissioner.

»Es ist mir eine große Ehre, Don Isacco. Bringen Sie mir eine Nachricht von LeComte?«

»Kommen Sie raus, Jerry.«

Und DiAngelis walzte auf den nassen Bürgersteig hinaus.

»Gehen wir ein Stück spazieren«, sagte Isaac.

DiAngelis zog die Tür des Schießclubs hinter sich zu. Ein anderes Zeichen gab er nicht.

»Wie geht es Ihrem Schwiegervater?« erkundigte sich Isaac.

»Er macht sich Sorgen um Sie. Sie sind sein Lieblingsbeamter. Er hat in den Nachrichten gehört, daß Sie zusammengebrochen sind. Er hat Ihnen Blumen ins Krankenhaus geschickt, Isaac. Haben Sie sie bekommen?«

»Wahrscheinlich. Aber Sie wissen ja selbst. Alles wird gründlich überprüft, bevor es in mein Zimmer kommt. Sagen Sie ihm mein Dankeschön, Jerry. Ich mag den alten Mann. Wie ich höre, war er ein verdammt guter Melamed.«

»Isaac, was wollen Sie?«

»Sie haben einen Buchhalter namens Crabbs.«

Jerry DiAngelis blieb keine Sekunde im Schnee stehen. »Ich *hatte* einen Buchhalter. Er ist einfach so verschwunden. LeComte würde ihn liebend gern vor Gericht bringen. Aber ehrlich, Isaac, Martin Crabbs hat LeComte nur sehr sehr wenig anzubieten. Meine Buchführung mache ich im Kopf.«

»Crabbs interessiert mich nicht. Es geht um seine Frau.«

Jerry blieb stehen und veranstaltete einen kleinen Tanz, machte dabei das prächtige Leder seiner Schuhe schmutzig. »Diese kleine Nutte? Margaret, Margaret Tolstoi?«

»Sie ist eine kultivierte Frau«, sagte Isaac.

»Natürlich ist sie das. Aber warum belästigen Sie mich wegen ihr?«
»Ich brauche ihre Adresse.«
DiAngelis ging weiter. »Haben Sie mich deshalb in den Schnee rausgeholt? Sie sind genauso verkrüppelt im Kopf wie mein Schwiegervater.«
»Jerry, ihre Adresse ...«
»Isaac, wenn Sie auf Margaret Tolstoi scharf sind, dann ist das Ihr Problem. Ich bin nicht ihr Zuhälter.«
»Wir waren zusammen auf der Schule. Sie war in meiner Klasse.«
»Margaret? Sie kann kein Englisch lesen.«
»Sie war in meiner Klasse.«
»Wann? Im Zeitalter der Dinosaurier? Isaac, ich komm da nicht ganz mit. Sie wohnt Thirty-nine Grand Street. Apartment Elf. Zufrieden?«
»Ja«, sagte Isaac. »Danke, Jerry. Sie haben was bei mir gut.«
Und der PC ging weiter. Es war DiAngelis, der ihm nachrufen mußte.
»Sie können sich sofort revanchieren. Sagen Sie mir, wo Sie Maurice verstecken.«
Isaac zeigte auf LeComtes Lieferwagen. Und die beiden Männer schlurften um die Ecke.
»Er ist ein wahrer Zauberer, dieser LeComte ... mit seinen Mikrophonen. Alles, was er weiß, hat ihm der britische Geheimdienst beigebracht.«
»Maurice«, wiederholte DiAngelis.
»Ich habe ihn nicht, Jerry.«
»Schwören Sie's beim Leben Ihrer Tochter«, sagte DiAngelis.
»Ich will Marilyn da nicht mit reinziehen. Sie ist kein Soldat.«
»Schwören Sie.«
»Sie ist kein Soldat, habe ich gesagt.«
»Das reicht nicht, *dottore*. Schwören Sie.«
Isaac wußte, daß Jerrys Arm auch bis Seattle reichte, wann immer er wollte, und es würde keine Rolle spielen, unter welchem Schutz Marilyn stand. Aber der Prinz der Mulberry Street stellte Frauen nicht nach. Er war genauso skrupellos und altmodisch wie Isaac selbst. Beinahe ein weiterer Ivanhoe. Und der PC, der für keinen anderen Mann auf Marilyns Leben geschworen hätte, ließ Jerry seinen Willen.

»Ich schwöre«, sagte er.

»Aber wer verdammt noch mal hat dann Maurice?«

»LeComte. Das ist meine Vermutung. Er nimmt Ihren Rechtsberater in die Mangel.«

»Maurie kann vor Gericht nicht gegen mich aussagen.«

»Das muß er auch gar nicht. Aber Maurie kann LeComte wie ein Blindenhund in die richtige Richtung weisen.«

»Und LeComte kann mich im Knast sitzen lassen, während sich seine Ankläger einen weiteren getürkten Fall zusammenbasteln ... Aber es ist nicht Mauries Art zu singen, auch wenn er ein *faigele* ist. Was seine Geliebten betrifft, bin ich immer sehr vorsichtig gewesen. Ich überprüfe sie immer.«

»Maurie muß nicht singen«, sagte Isaac. »Er braucht nichts anderes zu tun, als einfach nur verschwinden. LeComte glaubt, Sie würden vor Gericht untergehen, wenn Maurie nicht in der Nähe ist.«

»LeComte ist nicht der einzige, der an dieser Sache beteiligt ist. Er leiht sich gern Ihre Jungs aus.«

»Ich bin der Police Commissioner, Jerry. Ich kaufe und verkaufe nichts.«

»Weiß LeComte, daß ich Ihnen geholfen habe, Henry Armstrong Lee zu schnappen?«

»Damit würden Sie bei ihm auch keine Punkte machen. Er ist stinksauer, daß seine eigenen Jungs die Verhaftung nicht durchgeführt haben.«

Das Justizministerium hatte alles Geld der Welt, aber von New York verstand es absolut nichts. DiAngelis stahl, betrog, mordete, aber er tötete immer nur *seine* Leute. Er war der beste Informant, den Isaac je gehabt hatte. Wenn ein Schlitzer frei herumlief, oder ein Bankräuber wie Henry Lee, dann war es DiAngelis, der auf der Straße Fragen stellte, DiAngelis, der die Spuren fand, denn der Prinz bevorzugte eine Stadt, in der kein Chaos herrschte. Er war ein Unterweltboss, und Isaacs Leute überwachten ihn, hörten seine Büros, seine Clubs, die Zimmer seiner Geliebten mit Wanzen ab, die LeComte zur Verfügung stellte, mit Mikrophonen, die sich in einer Stecknadel verkriechen konnten. Aber Isaac ließ ihn in Ruhe. Wenn Jerry vernichtet war, würde Isaac sich mit einem anderen Boss auseinandersetzen müssen, der womöglich nicht ganz so zuverlässig war und einen sinnlosen Krieg vom Zaun brechen könnte, bei dem dann womöglich noch kleine alte Ladies getötet würden.

Isaac verabschiedete sich von dem Prinzen, während sich Schnee zwischen ihnen sammelte. Sie umarmten sich nicht, wie Kameraden es tun würden. Sie berührten sich nicht, lächelten sich nicht einmal an. DiAngelis kehrte zu seinem Schießclub zurück. Und Isaac kämpfte sich durch den Schnee zur Grand Street. Es war ihm gleichgültig, wer hinter ihm war; Techniker, die in Lieferwagen mit Kameras hockten, die Aufnahmen durch Mauern machen konnten.

Thirty-nine Grand Street lag neben einem Geschäft für Hochzeitskleider. Die Bräute im Schaufenster hatten eine brandrote Haut. Die Kleider waren stattlich, hatten lange Spitzenärmel. Isaac mußte stehenbleiben und hinschauen, auch wenn er Besseres zu tun hatte. Die Schaufensterpuppen beunruhigten ihn. Sie waren anders als alle Schaufensterpuppen, die er je gesehen hatte. Der Hersteller hatte sie unter all dieser roten Haut mit perfekt geschwungenen Armen ausgestattet. Isaac beneidete ihre schwärmerischen Kurven. Die Puppen waren so monströs wie jeder Mensch.

Er hatte keine Schwierigkeiten, in die Thirty-nine Grand Street einzubrechen. An der Haustür befand sich ein mitleiderregendes Schloß. Doch im Hausflur begann Isaac zu zittern. Auf der Treppe wurde ihm kurz schwindlig. Nein, ich werde nicht in Ohnmacht fallen, ich werde nicht in Ohnmacht fallen, murmelte er vor sich hin, während er die schmutzigen Risse in der Wand fixierte. Das war kein Haus, in dem Anastasia hätte leben sollen. Und dann lachte er mit all der Verbitterung eines Liebhabers mit verwundetem Herzen. Es war das perfekte Haus für Margaret Tolstoi.

Er stand vor der Tür, lauschte auf Geräusche, die ihm verraten konnten, ob Margaret da war. Dann nahm er die Dietriche heraus, die er neben der Flasche Milch in seiner Jacke aufbewahrte. Er öffnete Margarets Tür und schlich sich wie ein Einbrecher in die Wohnung. Er wollte Margaret einatmen, Anastasia in allem zum Vorschein bringen, das er riechen konnte. Doch Isaac schnupperte nur Staub und die Gerüche von Fäulnis. Dieser Crabbs konnte kein besonders guter Buchhalter gewesen sein. Das Mobiliar war älter als Isaacs eigene Möbel, das Holz zeigte winzige Spuren von Bohrasseln. Nirgends ein

Schmuck, keine Fotos von Margaret, an der Wand keine Bilder. Und Isaac fragte sich, ob vielleicht vor ihm schon ein echter Einbrecher hier gewesen war. Die Schränke waren sauber ausgeräumt. Keine Unterwäsche von Anastasia in der Chiffonniere. Kein Lippenstift und keine Parfumflaschen. Keine Scheckhefte. Keine kleinen Anzeichen eines unsoliden Lebenswandels, wie sie jedes normale Paar hinterlassen haben würde. Der Einbrecher, wer immer es gewesen sein mochte, war kein normaler Dieb gewesen. Er oder sie arbeitete entweder für die Regierung oder für Jerry DiAngelis.

Isaacs Pieper begann loszuheulen. Es war ein japanisches Ding mit einem kleinen elektronischen Display. Isaac warf einen kurzen Blick darauf. ZAHLTAG. Euer Ehren wollte ihn im Rathaus sehen. Er schaltete das Gerät aus. Seine Gleichgewichtsstörung war verschwunden. Die Welt um ihn herum zog sich zusammen, und Isaac kam sich vor wie ein Pygmäe in der Dunkelheit. Er war zwei Wochen unterwegs gewesen, und alle Koordinaten hatten sich verändert. Irgendein Arsch saß in den Kulissen und dirigierte Isaac. Und Isaac mußte herausfinden, wer das war. Und warum.

6

Eingepackt wie ein Schneemann in einen zerlumpten Schal und einen Mantel, der gut aus dem Trödelladen seiner toten Mutter hätte stammen können, traf Don Isacco vor der City Hall ein. Er mischte sich weder unter die Presseleute noch das Gefolge der Bürgermeisterin. Er hätte ein Penner aus dem Armenhaus sein können, das einmal auf diesem Grundstück gestanden hatte.

Die alten englischen Herren hatten hier ein Gefängnis errichtet, Brideswell, und ihren eigenen Galgenbaum gehabt. Isaac fragte sich, wann der Baum wohl gefällt worden war. Vor oder nach der Revolution? Er ging zum Seiteneingang der City Hall, stieg eine kurze Treppe hinab, klopfte an die Tür. Einer seiner eigenen Männer, zu Becky Karp abgestellt, musterte Isaac und ließ ihn herein. Einem Bodyguard gegenüber mußte er sich nicht rechtfertigen. Aber bald begann die

Weihnachtszeit, und Isaac wollte nicht kurz angebunden erscheinen.

»Hallo, Tom. Wie geht's Ihrer Frau? Grüßen Sie sie von mir.«

»Das werde ich, Chief. Möchten Sie jetzt einen Kaffee?«

»Bin viel zu durchgefroren, um eine Tasse zu trinken«, sagte Isaac. »Ich würde sofort anfangen zu schmelzen.«

Und der Bodyguard lachte. Er war einer von der alten Garde, als das Department noch eine irische »Burg« gewesen war und die *Shamrock Society* den halben Laden geschmissen hatte; der Police Commissioner selbst war nur ein Handlanger desjenigen Kardinals, der gerade im *Powerhouse* saß, der Machtzentrale in der St. Patrick's Cathedral. Doch heute hatte das Department einen jüdischen PC und einen schwarzen First Dep, und die Iren wanderten allmählich zum FBI ab oder wurden Sheriffs in Arizona oder New Mexico, wo sie ihre Pensionsansprüche behalten und gleichzeitig weiterhin eine Waffe tragen konnten. Und Isaac mußte mit den neuen Indianerländern von Bushwick und der South Bronx fertigwerden. Er konnte sie nicht zurückerobern, weil er die Schulen nicht zurückerobern konnte, die zu bloßen Aufbewahrungsanstalten für Mondkinder verkommen waren, für Kids, die wie Raubtiere und durchgedrehte Wölfe lebten. Neunjährige mit Messern.

Er folgte den sich krümmenden Linien eines Wasserrohres in Rebeccas Bunker. Sie war nach dieser jüdischen Hexe aus *Ivanhoe* benannt worden. Rebecca. Dieser Mönch-Ritter Brian de Bois-Guilbert verdammt sich selbst und stirbt aus Liebe zu dieser märchenhaften Rebecca. Isaac hatte sich nie viel aus Wilfred of Ivanhoe gemacht, diesem Wunderknaben aus Sir Walter Scotts Erzählung. Aber seit er neun war, hatte Brian de Bois-Guilbert ihn nicht mehr losgelassen, weil er diesen Namen nie richtig aussprechen konnte, und Isaac war fasziniert von der Vorstellung eines Mönches mit einer Streitaxt.

»Bois-Guilbert«, brummte Isaac leise vor sich hin, während *seine* Rebecca in dem kleinen Schlafzimmer des Bunkers auf ihn wartete. Sie trug einen roten Morgenmantel. Isaacs Blicken blieb nichts verborgen. »Du kommst spät«, sagte sie, während sie ihre Armbanduhr aufzog. Sie war nie schwanger gewesen und hatte den Körper einer Fünfundzwanzigjährigen. Sie war immer noch *Rebecca of the Rockaways*.

»Komm ins Bett.«

»Euer Ehren«, sagte er zu ihr. »Ich möchte mein Amt niederlegen.«

»Hör auf mit der Scheiße. Das ist nicht der richtige Augenblick für so einen Quatsch. Um drei habe ich einen Termin im Schulamt.«

»Falls Sie einen neuen Dezernenten suchen, wie wär's mit mir?«

»Isaac, verminderte Zurechnungsfähigkeit gehört nicht zu deinen besten Eigenschaften.«

»Aber ich meine es ernst«, sagte er.

»Wir haben bereits einen Schuldezernenten.«

»Alejo Tomás? Der ist doch unsichtbar.«

»Und du bist nie über dein erstes Jahr auf dem College rausgekommen. Vom Standpunkt der Stadt aus gesehen bist du praktisch ein Analphabet. Und aus welchem Grund sollte ich dich unten in der Livingston Street haben wollen? Du würdest mich mit all deinen verrückten Projekten doch nur ruinieren. Wir würden uns ununterbrochen streiten.«

»Aber ich würde den Kids helfen, Rebecca. Ich würde den Kids helfen.«

»Welchen Kids?« fragte sie. »Isaac, ich weiß, was du wert bist. Ohne dich in der One Police Plaza würde ich bestimmt nicht wiedergewählt. Komm jetzt ins Bett.«

Und sie zog an Isaacs Lumpen.

Er setzte sich neben Rebecca, genauso verloren wie Brian de Bois-Guilbert.

»Isaac, ist es denn so eine große Sache, mit mir zu schlafen?«

»Becky«, sagte er. »Ich tauge nichts als Police Chief.«

»Dummkopf, du bist der beste Cop ganz Amerikas. Habe ich dich nicht dem Justizministerium ausgeliehen? Du bist der erste gottverdammte *Alexander Hamilton Fellow*.«

»Aber es sind die Schulen, Becky. Genau da fängt alles an.« Und Isaac ballte seine Hände zu Fäusten.

»Du hast eine andere«, sagte sie zu ihm. »Meine Deputies sagen, ›Schaff dir diesen Pink Commish vom Hals. Am Ende macht der dich nur fertig. Der ist in Joe Stalin verknallt.‹ Aber höre ich auf sie? Es steckt doch eine andere dahinter, stimmt's?«

Euer Ehren sprang aus dem Bett. Sie schleuderte ihren Morgenmantel von sich, und Isaac konnte die Musik ihres Kör-

pers, ihrer Brüste und der schmalen, athletischen Hüften und Waden spüren, die im Dunkeln schimmerten.
»Danke, auf Wiedersehen. Ich brauche dich nicht, während ich mich anziehe.«
Er stand da, schluckte die Strafe.
»Isaac, begleite mich zum Schulamt. Ich werde denen sagen, daß du Dezernent werden willst, und ich werde zusehen, wie sie dir ins Gesicht lachen.«
»Sie werden lachen«, sagte er. »Und dann werden sie vor einem Lakaien wie Alejo Tomás einen Diener machen.«
Er stapfte hinaus in seinen Lumpen, während Rebecca gakkernd lachte und zu weinen begann. »Mir doch egal, wenn du eine andere hast. Ist mir egal. Ist mir völlig egal.«

Er ging zum *Christy Mathewson Club*. An der Wand hingen neue Champions. Rabbit Maranville. Rogers Hornsby. Joe Judge. Wo zum Teufel waren Babe Ruth, Tris Speaker und Mathewson selbst? Isaac lächelte. Was hätten die Entschlüßler seiner »Ivanhoe«-Abteilung von den neuen Gesichter gehalten? Alte Männer tranken in der Haupthalle Sherry. Doch Schyler Knott konnte Isaac nirgends entdecken. Er stieg eine Treppe zu Schylers Büro hinauf. Er konnte kommen und gehen, wann immer er wollte. Wer würde den Commish schon nach seinen Gründen fragen? Vor dem dunklen Glas von Schylers Tür blieb er stehen. Er würde selbst die Geheimschrift entziffern und einen Blick in die Unterlagen der *Christys* werfen müssen. Vielleicht gab es ja Notizen, die sich Schyler über Maurie Goodstein und Margaret Tolstoi gemacht hatte.
Isaac kramte nach seinen Dietrichen. Die Tür ließ sich problemlos öffnen. Aber er würde im Dunkeln herumwühlen müssen. Er konnte nicht riskieren, Licht zu machen. Er tastete sich in Richtung auf Schylers Schreibtisch vor, und genau in diesem Augenblick legten sich mit der Kraft einer Python zwei Arme um seine Brust. Don Isacco konnte nicht mehr atmen. Bläschen bildeten sich in seinem Mund.
»Nicht bewegen.«
Don Isacco hörte auf, sich zu wehren.
Ein Lampe ging an. Und Isaac erkannte eine der Pranken des Bombers. Harry Lieberman, früher bei den *New York Giants*, stand hinter Isaac.

»Darf ich mich umdrehen?« fragte Isaac.
»Ja«, antwortete Harry, löste seinen Griff.
Isaac hustete. Der Bomber gab ihm ein Glas Wasser. »Langsam trinken«, sagte er.
Von seinem eigenen Helden erdrückt zu werden! Es kam Isaac angemessen vor. Aber im Gesicht des Bombers war kein grausamer Zug zu entdecken. Er war ein alternder Junge von den *Polo Grounds*, der nur einen Auftrag für Schyler Knotts ausführte.
»Sorry, Commissioner«, sagte der Bomber, während Isaac aus dem Glas trank.
»Wo ist Schyler?«
»Das darf ich nicht sagen.«
Wenn Isaac doch nur seine eigene Mannschaft mit dem Bomber im *center field* hätte haben können, dann wäre er nicht auf die Ivanhoes angewiesen. »Harry, ich bin Ihr Freund.«
»Das sieht Schyler aber anders.«
»Was ist passiert?«
»Dieser Bursche ist vorbeigekommen und hat hier seine Drohungen losgelassen.«
Der Afrikaander, brummte Isaac. Burt. »War es ein stämmiger Bursche mit Glatze?«
»So ungefähr. Er ist noch mal gekommen, und da mußte ich ihn die Treppe runterwerfen.«
»Ich entschuldige mich«, sagte Isaac. »Er ist einer meiner Ermittler. Ich hätte ihn an der Leine halten müssen. Aber ich war verzweifelt. Ich suche eine Frau namens Margaret Tolstoi.«
»Noch nie was von der Kleinen gehört.«
»Sie ist verheiratet. Er ist Mitglied bei den *Christys*. Martin Crabbs.«
»Der Buchhalter. Wieso haben Sie das nicht gleich gesagt? Wußte gar nicht, daß er verheiratet war.«
»Aber sie war hier ... an dem Abend, an dem ich meinen Vortrag gehalten habe.«
»Sie haben Ihren Vortrag nicht gehalten, Comissioner. Sie haben uns alle enttäuscht. Ich hatte mich schon einen ganzen Monat darauf gefreut.«
»Aber es war wegen Anastasia. Margaret, meine ich. Sie ist eine Jugendliebe von mir. Also, nicht direkt Jugendliebe. Ich war in sie verliebt, und ...«

»Ich erinnere mich an die Kleine. Sie hatte blonde Haare. Ziemlich attraktiv. Sie war vorher noch nie im Club ... Schyler hatte noch zwei andere Gäste.«

»Ich verstehe nicht.«

»Zwei andere Gäste. Die haben ihm mit einem Messer die Wange angeritzt. Die haben angefangen, ihn mit seiner eigenen Krawatte zu erwürgen ... Hier, bei uns im Club.«

»Was wollten sie?«

»Maurices Adresse. Aber sie haben sie nicht gekriegt. Schyler würde niemals einen *Christy* verraten.«

»Aber wieso ist er nicht zu den Cops gegangen? Er hätte mich anrufen können.«

»Das waren Cops«, sagte der Bomber.

»Sind Sie sicher?«

»Schyler hat niemandem außer Ihnen erzählt, daß Maurice Clubmitglied war. Das waren Ihre Leute, Mr. Isaac.«

»Waren sie nicht«, sagte Isaac. Keiner seiner Ivanhoes hätte sich an Schylers Gesicht zu schaffen gemacht. »Hören Sie zu, Bomber.«

»Ich heiße Harry«, sagte der Bomber. »Nehmen Sie sich keine Freiheiten heraus.«

»Es ist ein fürchterlicher Schlamassel. Schyler ist in großer Gefahr. Er muß unbedingt zu mir kommen. Sollte er wissen, wo Maurice steckt, wird es noch mehr Ärger geben.«

»Wir passen schon auf uns selbst auf Mr. Isaac. Wir erwürgen niemanden. Wir benutzen keine Messer. Aber wir haben uns früher oft und viel gebalgt, und wir haben noch nicht vergessen, wie man kämpft.«

»Verdammt, Harry, es gibt genug Detectives in der Stadt. Warnen Sie Schyler, hören Sie? Er muß sich mit mir in Verbindung setzen.«

»Mal sehen«, sagte der Bomber.

»Warum haben Sie die Bilder an der Wand ausgewechselt? Sie hatten Babe Ruth ... und jetzt hängt da Joe Judge.«

»Wir haben unser eigenes Nachrichtensystem, Mr. Isaac. Das ist eine clubinterne Sache. Und Sie sind kein *Christy*. Werden Sie nicht vorwitzig. Sie können unseren Code nicht knacken, auch wenn Sie der größte Cop sind.«

»Harry ...«

»Falls Sie noch mal wiederkommen, binden Sie sich eine Krawatte um. Das ist Vorschrift bei uns. Und lassen Sie Ihre raffinierten Zahnstocher zu Hause. Wir sind Gentlemen. Wir knacken keine Schlösser.«

Und Isaac schlich sich davon wie ein begossener Pudel. Der Bomber hatte ihn als Dieb entlarvt. Und es war schon verrückt - als der Schnee um ihn herum fiel, begann Isaac zu weinen. Der Wurm hatte ihn in dem blaugrauen Sandsteingebäude der *Christys* nicht ein einziges Mal belästigt. Trotzdem nuckelte Isaac an seiner Flasche Milch.

Er trottete zur Lower East Side, und selbst in seinem zerlumpten Mantel erkannten die Leute ihn. Sie küßten ihm die Hand. Alte jüdische Männer, chinesische Näherinnen, irische Witwen, vermögende und verwitwte Latino-Frauen aus Loisaida. Er konnte einfach nicht aus seiner bärengleichen Haut schlüpfen. »Don Isacco, Don Isacco.« Seit ein Police Chief im Viertel wohnte, waren die Drogendealer verschwunden. Die Überfall-Artisten überlegten sich's zweimal. Isaac hatte eine Wohnung in der Rivington Street. Das war seine offizielle Adresse, ein mietpreisgebundenes Apartment, das ihn weniger als zweitausend im Jahr kostete. Mit Isaac im Haus gab es keine Einbrüche mehr. Es gab genug heißes Wasser für einen König. Und auch wenn Isaacs Badewanne in der Küche stand - was spielte das schon für eine Rolle?

Er konnte in jedes x-beliebige Fitneß-Center gehen oder im *Pierre* duschen. Frauen schrieben ihm Liebesbriefe, schickten ihm Fotos mit der Post, zusammen mit Heiratsanträgen und genauen Auflistungen all ihrer Vermögenswerte. Aber Isaac suchte keine Millionärin. Zeitungskolumnisten zitierten ihn über das Verbrechen. Er war in den Sechs-Uhr-Nachrichten zu bewundern, der große Detective in den Kleidern irgendeines Kadavers. Er war erheblich populärer als Rebecca Karp. Er hatte Filmangebote bekommen. Isaac brauchte nichts anderes tun, als nur sich selbst zu spielen. Plötzlich war seine Rauheit schick geworden. Doch er konnte an nichts anderes denken als immer nur Anastasia.

Er würde sie nie wiederfinden.

Er hatte eine unheimliche Lust, mit den Händlern der Orchard Street zu feilschen, wie er es gemacht hatte, bevor er ein berühmter Cop geworden war. Es lag Isaac einfach im Blut. Seine Mom und sein Dad waren vor langer langer Zeit

Krämer gewesen. Und Isaac liebte es, einen Ladenbesitzer ein oder zwei Dollar herunterzuhandeln. Doch heute war es schwer für ihn geworden. Die Händler wollten nicht einen Penny von Don Isacco annehmen. Er mußte in seine Tasche nach einer falschen Nase greifen. Er wärmte die Knetmasse an und setzte die Nase auf.
Er ging in *Abraham's Laden*, wo er schon als kleiner Junge gefeilscht hatte. Der Mann war inzwischen über achtzig, und hatte einen jungen schwarzen Gehilfen, der ein härteres Jiddisch schnatterte als Isaac je gekonnt hätte. »*Traif*«, sagte der Gehilfe, nachdem er einen kurzen Blick auf Isaac geworfen hatte, womit er sagen wollte, daß dieser Penner nicht kosher und keine einzige kostbare Minute des alten Mannes wert war.
»Schlafanzüge«, sagte Isaac mit seiner falschen Nase. Er sah sich im Spiegel des Mannes: Halb Fagin, halb Frankenstein.
»Bügelfrei oder was?« fragte der alte Mann.
»Flanell«, erwiderte Isaac, als könnte es keine anderen Schlafanzüge auf der Welt geben.
»Für Flanell mußt du bezahlen«, sagte der alte Mann.
»*Nisht*, Abraham, *nisht*«, sagte der Gehilfe, versuchte das Gefeilsche noch zu verhindern, das jeden Moment beginnen würde.
»Zeig diesem Gentleman unsere Ware, Al, hörst du?«
»Das ist doch ein *Schnorrer*.«
»Zeig es ihm!«
»Ich bin um die Brust herum kräftig gebaut«, sagte Isaac. »Ich brauche Übergröße.«
»Was ist mit der Hose?« wollte Abraham wissen.
»Ich rolle sie gerne um die Knie herum auf.«
Und der Gehilfe schleppte große braune Kartons mit Abrahams Flanell-Schlafanzügen heran. Isaac sichtete die Schachteln, fühlte sich glücklicher als er es seit langer langer Zeit gewesen war. Er fand einen Schlafanzug mit weißen Streifen auf blauem Grund. Er sah aus wie ein Sträflingsanzug. »Wieviel?«
»Fünfzehn Dollar. Mich hat er sechzehn gekostet. Aber den gibt's im Sonderangebot.«
Isaac mußte aufpassen. Abraham war launisch, was seine Preise betraf.
»Dreizehn«, sagte Isaac.
»Mister, gehen Sie nach Hause.«

Aber Isaac konnte die Zeichen lesen. Abraham hatte die Kartons nicht wieder geschlossen.
»Sie sind ein *Schnorrer*«, sagte Abraham. »Sie kriegen Hongkong-Ware. Das Beste.«
»Dreizehn.«
Abraham nahm die dreizehn Dollar und stieß den Schlafanzug in eine Papiertüte, während Isaacs Herz im Taumel eines etwas merkwürdigen guten Schnitts jubelte. »Und jetzt nimm diese erbärmliche Maske ab«, sagte Abraham. Und Isaac war wieder bedrückt.
Er zog die Nase ab und zupfte an der Knetmasse.
»Wie lange kenne ich dich?« fragte Abraham.
»Vierzig Jahre.«
»Länger«, sagte der alte Mann. »Und du versuchst immer noch einen Vorteil daraus zu schlagen. Wenn du das nächste Mal feilschen willst, komm ohne die Nase.«
Und Isaac walzte mit seinem gestreiften Schlafanzug hinaus in den Schnee. Vielleicht sollte er doch ernsthaft über einen Filmvertrag nachdenken. Im Grunde war New York von der Polizei nicht zu kontrollieren. Und während er zu seiner Wohnung kroch, spürte er einen Schatten hinter sich. Er trug nicht die vergoldete Kanone, die LeComte ihm zum Start seiner Karriere als *Hamilton Fellow* geschenkt hatte. Ein teures Spielzeug aus der Waffenschmiede des Justizministeriums mit dem eingravierten Schriftzug des Generalstaatsanwalts auf dem Knauf. Isaac brauchte ein so perfektes Teil nicht. Er hatte seine Hände, mit denen er spielen konnte. Er warf flüchtige Blicke in die Schaufenster. Der Schatten trug einen Homburg, Gummistiefel und einen langen Mantel. Isaac begann zu grübeln. Jetzt schicken dir mir schon Kleinkinder mit Galoschen hinterher.
Er würde diesem Schatten eine fröhliche Verfolgungsjagd bieten. Das mußte ein Geschenk von LeComte oder Jerry DiAngelis sein. Isaac beschloß, das Geschenk mit nach Hause zu nehmen. Er trottete zur Rivington Street, umrundete die Straßenecke, sprang in einen Hauseingang. Und als das Geschenk endlich schwer atmend in seinen Gummistiefeln angelatscht kam, sprang Isaac ihn wie ein Werwolf an, wirbelte das Geschenk herum. Der Homburg fiel herunter. Er blickte in Anastasias Mandelaugen.

TEIL ZWEI

7

Er hätte nicht sagen können, ob es ein Traum war oder nicht. Aber seit seinem fünfzigsten Geburtstag war Isaac philosophisch geworden. Und er hätte sich auch auf den Standpunkt gestellt, daß es so oder so keine Rolle spielte. Was sich in seinem Gedächtnis festgesetzt hatte, besaß ein eigenes greifbares Leben, konnte genau wie die Zähne in seinem Mund berührt werden. Hatte er Kingsley McCardle nur geträumt? Waren das Justizministerium oder LeComte selbst nur ein weiteres Gespenst? LeComte konnte ihn jetzt nicht stören. Und McCardle war so tief in seine Psyche eingedrungen, daß das Kid zu Isaacs Stamm gehörte. Aber er dachte an eine Ikone, an eine Jesusfigur mit einer goldenen Dornenkrone. Isaac hatte die Ikone damals in Anastasias Haushalt gesehen und hatte fragen müssen, was zum Teufel das war. Er wußte alles über den Sohn Gottes. In der Lower East Side gab es sogar Kirchen mit Zwiebeltürmen, die von allen Ukrainern aufgesucht wurden. Die Priester trugen große Hüte. Und sie trugen Weihrauchfässer. Sie hatten Bärte wie die Zaddikim Brooklyns, aber sie waren größere, ungeschlachtere Männer, und ihre Augen brannten am hellichten Nachmittag mit der gelben Flamme eines Samowars.

Aber es war die Ikone in Anastasias Haus, dieser Jesus mit den goldenen Dornen. Sein Gesicht hatte all die Traurigkeit eines Mannes, der gesündigt haben mußte. Es war nur logisch. *Ihr* Jesus war ein Jude, wie jeder ruhelose Lumpensammler von der Hester Street, mit einem Bündel Kleider auf dem Rücken. Aber Isaac saß da und trank russisch-orthodoxen Tee, schwarz wie Blut, während Anastasias Tanten sich bekreuzigten und die Ikone um Erbarmen baten, weil sie einen kleinen Juden im Haus hatten. Sie liebten es, mit einem Stück bemalten Holz zu reden. Und dieses Stück Holz war für

Isaac zu einer Gottheit geworden, genau wie die Bilder von Moses auf dem Berg, Moses mit geschwärztem Gesicht. Anastasia hatte ihn erweckt, als er vierzehn war. Er konnte immer noch ihre dicken Strümpfe spüren, die kleinen Haare auf dem Kinn ihrer Tante sehen, und diesen Sohn Gottes an der Wand.

Sie war so schwach, diese Margaret Tolstoi, Isaac mußte sie die Treppe hinauftragen. Er hatte keinen schwarzen Tee, den er ihr anbieten konnte. Er sammelte keine Samoware. Er kochte eine Fleischbrühe mit Nudeln. Sie schlang die Suppe hinunter, und ihre Hände zitterten, als sie die Schale hielt. Sie wechselten nicht ein Wort, nicht ein Lächeln, nicht ein einziges, leise gebrummtes Hallo.

»Margaret«, sagte er.

»Sie haben Gerüchte gehört.«

»Sind Sie nicht Margaret Tolstoi?«

»Ich bin Anastasia.«

»Aber Sie leben mit dem Buchhalter. Mit Crabbs.«

»Trotzdem bin ich Anastasia.«

»Bitte«, sagte Isaac. »Ich bin Cop. Ich habe Sie suchen lassen. Sie nennen sich Margaret Tolstoi.«

»Eigentlich nur Fremden gegenüber. Es hat nichts zu bedeuten. Es ist ein Künstlername.«

»Welcher Kunst?« fragte Isaac.

Sie stellte die Schüssel zur Seite und zog an seinen Ohren. »Ach, Isaac. Ich bin Crabbs' Nutte.« Er wollte nicht zuhören, doch ihre Stimme führte ihn zurück ins Land der Samoware und Bratäpfel. Er war wieder dieser kleine Junge, Anastasias Sklave.

Sie zitterte. »Deine Kleider sind naß ... Ich gebe dir etwas, das du überziehen kannst.«

Der große Bär durchforstete seine Schränke. Schwachsinnig, brummte er leise. Er gab ihr den Schlafanzug, den er in Abrahams Laden gekauft hatte. Er baute Hausschuhe, Socken und einen Cashmere-Hausmantel vor ihr auf, den seine Frau Kathleen ihm zum Examen auf der Polizeiakademie geschenkt hatte. Anastasia zog sich vor Isaac aus. Er schloß seine Augen. Sie lachte ein tiefes, kehliges Lachen wie ein halbflüssiges Knurren. »Immer noch mein Beau, was, Isaac? Mein jüdischer Ritter.«

Er öffnete seine Augen. Da stand sie in seinem Schlafanzug und mit ihren Gummischuhen. »Dann erinnern Sie sich an mich?« sagte er.
»Wie könnte ich vergessen? Du bist mir von der Schule nach Hause gefolgt. Isaac, du warst wie eine Klette.«
»Aber wir haben uns nie geküßt.«
»Das mußten wir auch nicht«, sagte sie mit einem Lächeln, das plötzlich auf ihr Gesicht trat. Unter den Augen hatte sie ein Netz feiner Falten, Tränensäcke, aber sie hatte Isaac nicht falsch eingeschätzt. Er war ihr Ritter, und sie war seine Mam'selle ohne Erbarmen. Alles, was er im Leben erreicht hatte, fiel von ihm. Sein Status als Commissioner. Seine goldene Marke. Er hätte für sie getötet und hätte nicht mal um einen Kuß gebeten.
»Sie erinnern sich an mich ... nach all diesen Jahren?«
»Ich bin keine Heilige, Isaac. Ich habe mich erinnert. Ich habe vergessen. Aber du bist ein berühmter Mann.«
»Und mein Vortrag im *Christy Mathewson Club*. Wieso waren Sie da?«
»Ach, ich liebe Babe Ruth ...«
»Aber Sie sind Russin«, sagte er.
»Rumänin.«
»Diese Ikone«, sagte Isaac. »Und Ihre Tanten.«
»Das waren nicht meine Tanten. Ich war ihre Haushälterin.«
»Und dann sind Sie verschwunden.«
»So was passiert, wenn man Waisenkind ist. Ich bin oft umgezogen.«
»Aber Sie haben sich nicht mal verabschiedet.«
»Ach, die Agentur schreibt jedesmal Liebesgedichte, wenn sie einen zu einer neuen Tante schicken. Isaac, ich hatte nicht mal mehr die Zeit zum Pinkeln. Ich war eine Durchreisende. Was für einen Sinn hatten da Abschiede?«
»Aber ich hätte Bescheid gewußt. Es wäre nicht ein solches Geheimnis geblieben.«
»Isaac«, sagte sie und zog wieder an seinen Ohren. »Du brauchst Geheimnisse.« Sie kannte sein wahres Wesen. Deshalb hatte er sie geliebt. Sie hatte schon den Police Chief in ihm gespürt, als er noch vierzehn war.
»Ihr Mann ist ein *Christy*. Hat er Sie auf den Club aufmerksam gemacht?«

»Ich habe es doch schon mal gesagt«, erwiderte sie. »Ich bin seine Hure. Oder wenigstens war ich das.«
»Das verstehe ich nicht.«
»Jetzt habe ich so etwas wie den Status einer Witwe. DiAngelis Leute haben sich um ihn gekümmert. Und sie würden sich auch liebend gern um mich kümmern. Genau aus diesem Grund war ich bei deinem Vortrag. Ich brauchte Hilfe, Isaac. Es tut mir leid, wenn ich bezüglich unserer Vergangenheit nicht sentimental bin. Ich hatte jede Menge Beaus. Manche von ihnen habe ich geküßt. Andere nicht.«
»Aber ich habe Jerry DiAngelis getroffen. Er hat mir versprochen, daß er Ihren Mann nicht umgelegt hat.«
»Es waren seine Männer. Soll er sagen, was er will. Er kann sie nicht alle kontrollieren.«
»Aber er ist der große Mann, Anastasia.«
»Wenn er auf die Toilette geht. Wenn er Hände schüttelt. Aber nicht draußen auf der Straße.«
»Und welche Männer waren es dann?« fragte Don Isacco.
»Die von seinem Bruder.«
»Teddy Boy? Nose? Er ist Jerrys Laufbrusche.«
»Dann hat er aber einen tollen Laufburschen. Er versucht schon seit Wochen, mir das Licht auszublasen.«
Das ergibt keinen Sinn, brummte Isaac. Nose war LeComtes Spitzel. LeComte hatte ihn beim Dealen mit Drogen erwischt und Nose umgedreht. Ted hatte die Gang seines Bruders kompromittiert. Er war die Ratte, der Spitzel, den Jerry DiAngelis suchte. Doch das durfte Isaac nicht sagen. Isaac war der PC. Er konnte LeComte und das Bureau nicht verpfeifen. Nose stand auf der Gehaltsliste des FBI. LeComte ließ ihn Überfälle durchziehen und Leute zusammenschlagen. Nose machte die Drecksarbeit seines Bruders und nahm ihn gleichzeitig aus. Er konnte es sich leisten, Einzelgänger zu sein und gelegentlich durchzudrehen. Aber wer würde ihm die Erlaubnis gegeben haben, Martin Crabbs umzubringen? Nicht LeComte. Es mußte Jerry sein. Nose brauchte sich keine Sorgen wegen irgendwelcher Anklageerhebungen machen. Er war der Ratten-Prinz.
»Anastasia«, sagte Isaac, sah dabei die Schlafanzug-Lady an. Sie war atemberaubend in Gefängnis-Streifen. Sein Herz klopfte mit einem solchen Hunger, daß der Commish ganz

außer sich war. Würde er Anastasia je küssen? Aber er war immer noch Sherlock Holmes, der instinktive Detektiv. »Es muß mehr dahinterstecken. Hat Teddy sich an Sie rangemacht?«
»Isaac, ich sagte doch, ich war Crabbs' Hure. Ich würde nicht mal in Noses Nähe gehen.«
»Ich habe nicht gefragt, ob Sie ihn gemocht haben. Mochte Nose Sie?«
»Er hätte sicher nichts dagegen gehabt, mir an die Wäsche zu gehen. Doch das hat ihn nicht davon abgehalten, mir seine Killer auf den Hals zu hetzen.«
»Sind Sie sicher, daß es Nose gewesen ist? Ich meine, was, wenn es nur eine Verwechslung war, und eine andere Gang hat versucht, Teddy Boy die Verantwortung in die Schuhe zu schieben?«
»Es war Nose. Er hat Crabbs' Krawatte getragen. Damit wollte er mich erwürgen. Aber dann hat zufälligerweise irgendein Nachbar an die Tür geklopft. Und Nose hat sich durchs Fenster aus dem Staub gemacht. Danach hat er mir dann seine Killer auf den Hals gehetzt.«
»Hat er irgendeinen Grund genannt?«
»Nein, nicht direkt.«
»Und warum sind Sie überzeugt, daß Ihr Mann tot ist?«
»Hatte Nose nicht seine Krawatte? Und er hat zu mir gesagt: ›Der Dreckskerl schläft jetzt ein für allemal. Und du bist die nächste.‹ ... He, mir ist kalt in diesem Schlafanzug. Kannst du einem Mädchen nicht wenigstens eine Tasse Tee anbieten?«
»Sorry«, sagte Isaac. »Ich habe keinen Samowar.«
»Wer zum Teufel hat so was schon?« fragte Anastasia, und Isaac war perplex. Sie sprach nicht wie die alte Anastasia. All ihre Vornehmheit war verschwunden. Und wo war ihr französisches Vokabular? Crabbs' Hure. Er empfand so etwas wie leichtes Verständnis für Nose. Er hätte Crabbs selbst umgelegt.
Er setzte Wasser auf, legte kleine Kekse aus dem Feinkostgeschäft auf einen Teller, servierte ihr einen Bratapfel, den er in seinem Backofen zubereitet hatte. Er konnte nicht mehr in Restaurants essen. Aus jeder Ecke wären Leute aufgekreuzt, würden vor ihm auf die Knie fallen und den Pink Commish um die eine oder andere Gefälligkeit bitten. Es war peinlich

für Isaac, und er konnte seine Mahlzeit nicht richtig verdauen. Daher gab er Herbert, dem Mann aus dem Feinkostladen, einen Schlüssel zu seiner Wohnung. Herbert füllte Isaacs Kühlschrank mit allen Köstlichkeiten auf, die er jeweils für diesen Tag zubereitet hatte. Und Isaac lief mit Stör in der Jacke und einer Flasche Milch herum. Der Wurm hatte sich an Isaacs Diät gewöhnt und krümmte sich nicht mehr ganz so sehr.

Isaac entdeckte Blinis im Kühlschrank, von Herbert höchstpersönlich zubereitet. Er wärmte sie auf und servierte die Blinis mit Sauerrahm und einer kleinen Flasche Champagner. Er hatte dunkles, knuspriges Brot und Pumpkin Pie, obschon Thanksgiving ohne größere Beachtung gekommen und vorübergegangen war. Er konnte immer noch nicht glauben, daß Anastasia in seiner eigenen Küche saß, Isaacs Schlafanzug trug, einen Schlafanzug, den er noch nie getragen hatte. Er hatte keinen Appetit. Aber Anastasia machte sich wie eine rumänische Prinzessin über die Blinis her. Sie rülpste einmal, und entschuldigte sich. Sie trank den Champagner, ein heimliches Vergnügen auf den feuchten Lippen. Sie schaukelte auf dem Stuhl und sang ein Lied in einer Sprache, die Isaac noch nie gehört hatte. Sie schien keine Angst zu haben. Und das verblüffte ihn. Ihre Brüste hoben und senkten sich unter dem Schlafanzug. Gierig trank er den Duft ihres Parfums.

Und genau in diesem Augenblick bemerkte er einen Schatten, der sich über die Wand der Küche heranschlich. Ein Mann mit einer Schrotflinte stand auf der Feuerleiter. Er trug eine Kapuze mit Löchern für die Augen. Isaac erkannte die Flinte. Es war eine Mossberg Persuader Kaliber 12 mit genug Power, um Isaac den Kopf von den Schultern zu fetzen. Aber die Mossberg war nicht auf ihn gerichtet. Der Mann war wegen Margaret Tolstoi gekommen. Isaac stieß sie mit aller Kraft unter den Tisch. Ihre Mandelaugen klimperten den Pink Commish einmal an. Die Flinte krachte los. Der Tisch zersplitterte wie ein riesiger hölzerner Kuchen.

Isaac machte einen Satz auf das Fenster zu, doch der Mann mit der Kapuze kletterte bereits die Leiter hinunter. Isaac drehte sich wieder zu Margaret Tolstoi um. Sie lag in einem riesigen Meer aus Holz und Sauerrahm auf dem Boden. Er nahm sie in die Arme. Jetzt war es Isaac, der sang. Es war ein

Nonsenslied über ein Rudel streunender Hunde, das seine Mutter ihm beigebracht hatte. Ein Schlaflied. Er sang Crabbs' Witwe in den Schlaf.

Er war Don Isacco, und er hätte großen Stunk machen können. Doch er wollte sein eigenes Department nicht in den Ruinen seiner Küche herumschnüffeln lassen, Leute von der Kriminaltechnik mit Latex-Handschuhen und kleinen Pinzetten, Detectives auf dicken Gummisohlen. Er ließ die Küche von einem Tischler und einem Glaser wieder in Ordnung bringen. Doch die Nachbarn schienen sich jetzt weniger sicher zu fühlen, was seinen Wohnsitz betraf. Der Pate aus der One Police Plaza war genauso verwundbar wie sie. Es kamen keine Reporter. Nichts in den Sechs-Uhr-Nachrichten. Und in der Zwischenzeit kochte Isaacs Hirn. Nose oder einer seiner Killer waren in Isaacs Territorium eingedrungen. Und dafür würde jemand bezahlen müssen. Aber zuerst würde Isaac eine sichere Unterkunft für seine alte Liebe finden müssen.

Er brachte sie zu den Ivanhoes. Burt war in irgendeiner Mission unterwegs. Und Isaac vertraute sie Allan Locksley an, seinem Chef-Kryptologen. Locksley war einmal Professor für Griechisch und Latein auf einem der innerstädtischen Colleges gewesen. Aber als Griechisch und Latein aus dem Lehrplan genommen wurden, hatte Locksley seinen Abschied genommen, hatte seine feste Anstellung aufgegeben und sich den Ivanhoes angeschlossen. Er liebte geheime Sprachen und hatte eine Leidenschaft für das Knacken von Codes. Er braute diesen dunklen Tee, den Anastasia so über alles liebte.

»Allan«, sagte Isaac, »ich möchte, daß Sie zum *Christy Mathewson Club* gehen, wenn Burt zurückkommt. Die haben dort irgendeinen beschissenen Code an den Wänden. Sie benutzen die Porträts von Baseball-Spielern als Signale. Auf diese Weise tauschen sie Nachrichten aus. Ich will, daß Sie den Code knacken. Ich glaube, die verstecken Maurie Goodstein ... Anastasia, bist du Maurie jemals begegnet?«

»Dem Anwalt von Nose? Natürlich. Er ist ein kleiner Bursche.«

»Hat er dir irgendwas gesagt?«

»Diese Tunte? Der hat nicht mal mit mir geflirtet.«

»Was ist mit Crabbs? Haben die zwei je ihre Köpfe zusammengesteckt?«

»Crabbs und Maurice? Ob was zwischen ihnen war? Das bezweifle ich. Ich habe sie nie beim Küssen erwischt.«

»Geschäftlich, meine ich. Hatten sie Geschäfte miteinander?«

»Ja. Zwangsläufig. Crabbs war der Buchhalter der Familie.«

»Und hat dein Mann jemals von Maurie gesprochen?«

»Ein oder zweimal.«

»Hat er dir Papiere von Maurie gegeben, die du vielleicht verstecken solltest? Denk nach, Anastasia. Es ist wichtig.«

»Nein. Ich habe mich aus seinen Angelegenheiten herausgehalten ... Isaac, wann kommst du zurück?«

»Bald.«

»Es ist so dunkel hier. Wie in einer Fabrik.«

»Es ist eine Fabrik. Deshalb ist es ja auch sicher.«

Und vor Allan Locksleys Augen zog Anastasia Isaac an den Ohren. Sie küßte Isaac auf den Mund. Vierzig Jahre. Das war alles, woran Isaac denken konnte. Es hatte vierzig Jahre gedauert, bis er diesen Kuß fertigbrachte. Wäre Locksley nicht in der Nähe gewesen, hätte er womöglich fester an ihren Lippen gesaugt. Er konnte seine Gefühle in Gegenwart der Ivanhoes nicht allzu deutlich zeigen.

Er ging zu Fuß zum Cleveland Park, in die Nähe des alten Polizeipräsidiums, wo Jerry DiAngelis in einem bescheidenen Haus mit einer baufälligen kleinen Veranda lebte. Den größten Teil seines Lebens war DiAngelis arm gewesen. Er mußte eine Frau, einen Melamed und einen älteren Bruder ernähren. Er hatte sechs oder sieben Jahre im Gefängnis gesessen. Sein Aufstieg zur Macht war zuerst erbarmungslos langsam und dann sehr sehr schnell erfolgt. Er war der Chef seiner eigenen Gang gewesen. Andere Dons hatten versucht, ihn umzulegen. Aber er war über ihre Leichen geschritten. Und jetzt war es *seine* Familie. Er war siebenundvierzig Jahre alt. Er hatte nicht die winzigen Knopfaugen seines Bruders Teddy Boy, der nie geheiratet hatte und unter dem gleichen Dach lebte, ein Junggeselle in Isaacs Alter.

Leibwächter lungerten in der Nähe der Veranda, und Isaac mußte sich persönlich anmelden, vor DiAngelis Fernsehüberwachungsanlage treten – das gleiche High Tech-Modell, das

die Israelis in ihrem Konsulat verwendeten. »Jerry«, sagte Isaac, stand dort wie ein Narr. »Ich bin's.«
»Ich weiß, daß Sie es sind«, drang eine knackende Stimme aus dem Lautsprecher. »Ich bin schließlich nicht blind.«
»Kann ich reinkommen?«
»Don Isacco, ich glaube, ich hatte für eine Woche genug von Ihnen ... Ich bin mit meiner Frau zusammen, Motherfucker. Wir feiern Weihnachten.«
»Sie sollten nicht fluchen«, sagte Isaac.
»Halten Sie keine Vorträge.«
»Meine Mutter ist von einer Bande ausgelassener Kids zu Tode getrampelt worden.«
»Es bricht mir das Herz.«
»Das sollte es auch, Jerry. Das sollte es wirklich. Und kein Mensch feiert am neunten Dezember Weihnachten.«
»Jüdisches Weihnachten«, krächzte dieselbe Stimme. »Mein Schwiegervater war hebräischer Lehrer. Und meine Frau ist eine Jidd. Was ist los, Isaac? Haben Sie Ihre Religion vergessen?«
»Ach, gesegnet seien alle Heiligen, es ist Hanukkah-Zeit. Danke, daß Sie mich erinnert haben. Aber ich muß jetzt raufkommen.«
Isaac hörte ein kaum wahrnehmbares Klicken. Die Haustür sprang auf. Sie war mit Stahl gepanzert und hatte einmal zu einem Kühlraum gehört. Kein Vorschlaghammer hätte diese Tür kleingekriegt. Man müßte schon eine Kanone vorfahren, um hereinzukommen. Isaac stieg die Treppe hinauf. Der Melamed erwartete ihn am Kopfende der Treppe. Isadore Wasser. Der alte Mann hatte nichts Religiöses. Er trug eine von Jerrys alten Jacken und Slipper, die an Schneeschuhe erinnerten. Sein Haar war erstaunlich weiß. Er war gealtert wie ein Goldkind.
»Shalom, Iz«, sagte Isaac.
Der Melamed umarmte ihn. »Wie geht es meinem Lieblings-Stalinisten?«
»Nicht so besonders, Izzy. Nicht so besonders.«
DiAngelis tauchte auf. »Du mußt ihn nicht küssen, Dad, um Himmels willen. Er ist der verdammte Police Commissioner.«
Der Melamed war wütend. Er schüttelte seinen Kopf silberner Haare. »Jungchen, er ist auch unser Gast.« Und er lud Don

Isacco ins Wohnzimmer ein. Isaac verstand Jerrys Zögern, ihn ins Haus zu lassen. Zwei Techniker suchten den Raum gerade nach Wanzen ab. Einer von ihnen hielt eine lange elektronische Angel, mit der er die Decke absuchte. Der andere hatte ein kleines Röhrchen im Ohr und lauschte an den Wänden, als würde er nach irgendeinem verlorenen, zarten Herzschlag suchen. Und Isaac bekam etwas schlechtes Gewissen. LeComte hatte »Nadel«-Mikros in die Außenmauern der Gebäude links und rechts neben Jerrys Haus eingelassen, der damit gleichsam in einer Art von gewaltigem Sandwich gefangen saß. Isaac wußte, welche von Jerrys Zimmern »aktiv« und welche »passiv« waren. Er war gekommen wie ein Dieb, wo es nichts zu stehlen gab.

Jerry begann zu schimpfen. »LeComte, du Schwanzlutscher, hörst du mich, LeComte? Ich hoffe, du kriegst Masern an deinem Arsch und krepierst.«

»Jungchen«, sagte der alte Mann, »es ist nicht besonders smart, mit den Wänden zu reden.«

»Der macht mich fertig, Dad. Und Isaac arbeitet für ihn, für dieses Stück Dreck.«

»LeComte ist nicht mein Chef«, brummte Isaac.

»Klar«, sagte Jerry. »Er schickt Sie auf Tour, wie irgend so einen beschissenen Komiker ... Hörst du mich, LeComte?«

Der Melamed führte Isaac und Jerry in die Küche, während die Techniker nach Mikros suchten, die sie doch nie finden würden.

Die Küche war größer als Isaacs ganze Wohnung. Eileen DiAngelis stand mit Teddy vor dem Herd, dem Junggesellen, an dessen Fäden LeComte zog. Nose war ein wahrer Riese. Er konnte Isaac nicht in die Augen sehen. Er war gemeingefährlich, lebte aber wie ein unschuldiges Baby im Haus seines Bruders. Er ließ sich keine einzige Mahlzeit entgehen. Den Spitznamen hatte er bekommen, weil er als kleiner Junge eine ständige Erektion hatte, und die Kids lachten über den »Schnozzle« in Teddys Hosen. Er hatte seinen jüngeren Bruder tyrannisiert, bis Jerry kräftig genug wurde, um die Schläge seines Bruders einzustecken, und dann ging er mit einem Hammer auf ihn los. Ted war der Unterboss der Familie. Er hatte das Zepter in der Hand, wenn Jerry während einer von LeComtes Razzien in Green Haven oder dem Metropolitan

Correctional Center saß. Es war verdammt sinnvoll, daß LeComte Jerry aus dem Weg haben wollte. Er hätte eine Familie des organisierten Verbrechens ganz für sich allein haben können, mit der er nach Belieben spielen konnte.

»Wie geht's dir, Nose?« erkundigte sich Isaac.

»Halten Sie den Mund und setzen Sie sich«, sagte Eileen. »Und hacken Sie nicht auf dem Jungen herum.«

Sie setzten sich an den Tisch und aßen Spaghettini puttanesca, spießten schwarze Oliven auf ihre Gabeln. Abgesehen von dem alten Mann aßen sie schweigend. »Erzähl mir doch noch mal, Isaac, wieso Stalin so ein Genie war, wenn er doch zwanzig Millionen seiner eigenen Leute umbringen mußte.«

»Er war auch nicht schlimmer als irgendeiner der Zaren«, erwiderte Isaac. »Der perfekte Paranoiker in einer paranoiden Welt.«

»Hat seine eigene Frau vergiftet«, sagte der Melamed. »Reizender Mann.«

»Aber er hat überlebt, Izzy, und das ist der springende Punkt. Ich beglückwünsche ihn ja nicht.«

»Hat sich all seine Generäle und die größten Dichter vom Hals geschafft, die die Welt je gesehen hat. Er war ein rattenäugiger Seminarist, ein Polizeispitzel.«

»Aber Trotzki hatte die gesamte Rote Armee, und doch hat es ihm nichts genützt.«

»Jesus Christus, ihr macht mir Kopfschmerzen«, sagte Jerry.

»Jungchen«, sagte der Melamed, »es ist unsere Unterhaltung. Halt dich da raus.« Isaac bewunderte den alten Mann. Izzy Wasser hatte eine Karriere hinter sich, lange bevor er Melamed wurde. Isaac hatte sein Vorstrafenregister gelesen. Izzy graduierte von Einbruch zu hebräischen Schulen. Ohne ihn wäre sein Schwiegersohn niemals Don geworden. Der Melamed war Jerrys persönlicher *consigliere* und Taktiker, ein Lehrer des Verbrechens.

»Trotzki hätte die Dichter in Ruhe gelassen«, sagte Izzy. »Da hattest du dein Genie. Er mochte die Gesellschaft gebildeter Menschen. Es hätte nie Schauprozesse und Pogrome gegeben.«

»Es wäre noch viel schlimmer gekommen«, sagte Isaac. »Philosophen, die sich gegenseitig an die Kehle gegangen wären, während das Land verhungerte. Ihre Dichter hätten mit ihrem

eigenen Blut kritzeln müssen. Und wenn Onkel Josef nicht gewesen wäre, hätte Hitler im Kreml gesessen.«
»Ja, ja, der kleine Vater seines Volkes«, sagte der alte Mann. »Der perfekte Polizist. Wie du selbst.«
»Ich werde noch verrückt«, sagte Jerry. »Dad, Dad.«
»Ich bin fertig«, verkündete der alte Mann. Und Eileen lachte. Sie war Jerrys Schatz seit der Junior High. Der Melamed hatte ihre Beziehung gefördert. Er bewunderte Jerrys Hartnäckigkeit, seine Leidenschaft für Eileen. Er war Anarchist, und koshere Dinge waren ihm gleichgültig. Männer mit starkem Willen beeindruckten ihn. Es spielte keine Rolle, daß er mehrere Schüler verlor, weil deren Eltern wütend darüber waren, daß der Melamed Jerry DiAngelis in ein jüdisches Haus gebracht hatte. Er spuckte auf das Geld, das aus seinen Fingern flog. Er war Isadore Wasser, der beste Melamed der Stadt.
»Entschuldige dich«, sagte er, funkelte seinen Schwiegersohn wütend an, den Don aller Dons, auch wenn die Sterblichkeitsrate für einen Mafia-König wie Jerry recht hoch war.
»Für was soll ich mich entschuldigen?« sagte Jerry, dessen Zähne schimmerten wie bei einem Wolf.
»Ich habe dich an der Gegensprechanlage gehört. Du hast das Andenken von Sophie Sidel beschmutzt.«
»Wer zum Henker ist Sophie Sidel?«
»Isaacs Mutter, möge sie ruhen in Frieden.«
»Wie soll ich die denn beleidigt haben? Ich erinnere mich an nichts.«
»Du hast den Commish *Motherfucker* genannt. Sie ist eines gewaltsamen Todes gestorben. Sophie Sidel. Und du hast zu ihm gesagt: ›Es bricht mir das Herz.‹«
»Dad, das war doch nur so eine Redensart ... Herr im Himmel.«
»Bosheit lauerte hinter deinen Worten.«
Jerry stand vom Tisch auf, verbeugte sich und küßte Isaacs Hand. »Ich entschuldige mich, Don Isacco.«
»Aber bitte ohne Sarkasmus«, sagte der alte Mann.
»Isaac, ich bin zur Zeit ziemlich nervös«, sagte Jerry. »LeComte hat mich an den Eiern. Verzeihen Sie mir ... So, darf ich jetzt vielleicht zu Ende essen?«
Jerry bewunderte den alten Mann mindestens genauso wie Isaac.

Eileen verteilte Stücke von einem gewaltigen, mit Beeren und Walnüssen und Birnen gefüllten Kuchen. Jerry hatte seine *comare*, die er zweimal wöchentlich besuchte, aber die *comare*, blond und schön und gebürtige Argentinierin, hätte keinen solchen Kuchen backen können. Isaac selbst war ein wenig in Eileen verliebt, die von der *comare* wußte und sie niemals auch nur mit einer Silbe erwähnte. Sie war nicht weniger grimmig und stolz wie der Melamed. Und sie hatte in dieser Landschaft der Diebe eine Familie gegründet. Sie selbst konnte keine Kinder bekommen. Isaac kannte den Grund nicht. Er hätte nie danach gefragt. Jerry hatte ein Kind mit der *comare*, einen zehnjährigen Jungen. Und genau das war es, was an Eileen nagte. Sie hätte den Jungen gern in ihren Haushalt heimatloser Kinder aufgenommen: Der Melamed, der als Einbrecher angefangen hatte, der Ehemann, der im Gefängnis vermodern oder in irgendeinem sinnlosen Mafia-Krieg sterben würde, und Teddy Boy, abhängig von ihr, wenn er nicht gerade unterwegs war, um Leute mit einer Krawatte umzubringen. Sie mochte auch Isaac. Sie erkannte den ruhelosen Wanderer in ihm, trotz all seiner Festnahmen und glorreichen Stunden im Fernsehen.

»Isaac«, sagte sie, »noch ein Stück?« und packte einen Berg Beeren auf den Teller des Commissioners. Und dann machte sie schwarzen Kaffee mit Zitronenschale und heiße Milch für Isaacs Wurm. Sie war mit all seinen Leiden vertraut.

Als die Mahlzeit vorüber war, verließen Isaac und Jerry die Küche und gingen in einen Wandschrank, den Isaac aussuchte, weil er nicht in Reichweite von LeComtes parabolischen Mikros lag.

»Ich finde dieses verdammte Zeug noch, Isaac. Keine Angst. Ich habe die besten Wanzensucher der Branche.«

»Sie verschwenden nur Ihre Zeit. LeComte ist immer eine Nasenlänge voraus. Niemand ist immun. Mein Büro hört er auch ab.«

»Das ist unanständig«, sagte Jerry. »Sie sind der höchste Cop.«

»Das bedeutet ihm nichts. Aber ich habe ein Problem, Jerry. Sie haben mich angelogen.«

»Wegen was?«

»Margaret Tolstoi.«

»Isaac, sind Sie krank? Sie ist nicht mal Crabbs' *comare*. Sie ist nur ein Flittchen.«
»Nun, Ihr Bruder hat versucht, sie zu erwürgen, und fast hätte er's auch geschafft.«
»Und wozu sollte das verdammt noch mal gut sein?«
»Das würde ich auch gerne wissen. Er hat nicht besonders viele vernünftige Gedanken in seinem Kopf.«
»Und damit wollen Sie sagen, ich hätte das arrangiert, häh? Für käufliches Fleisch interessiere ich mich nicht, absolut nicht.«
»Und sie schwört, daß Teddy Boy auch Mr. Crabbs kaltgemacht hat.«
»Crabbs ist genauso lebendig wie Sie ... oder LeComte.«
»Schwer zu glauben. Jemand hat vor meinem Fenster gestanden, Jerry, mit einer Schrotflinte.«
»Irgendein Kid aus Ihrem Viertel, das sauer auf Sie war ... oder irgendein beschissener Junkie.«
»Junkies könnten sich keine Mossberg Persuader leisten. *Ihre* Familie weiß diese spezielle Waffe allerdings sehr zu schätzen.«
»Haben Sie den Schwanzlutscher erkannt?«
»Er trug eine Maske. Und er hat beide Läufe in meine Küche entleert, Jerry. Hat die Bude in einen Haufen Scheiße verwandelt. Er war hinter Margaret Tolstoi her.«
»Das ist doch Irrsinn, Isaac. Kommen Sie.«
Sie verließen den Schrank und kehrten in die Küche zurück, wo Teddy Boy gierig die Reste des Kuchens verschlang. Seine Hände waren dick beschmiert mit dem Blut all der Beeren. Sein Bruder erwischte ihn, als er gerade versuchte, sich ein weiteres Stück Kuchen in den Mund zu stopfen. Jerry stieß ihn vom Stuhl, packte seinen ergrauten Kopf und knallte ihn auf den Boden. »Nose, arbeitest du schon wieder auf eigene Rechnung?«
»Würd ich nie tun.«
»Du warst mit einer Krawatte hinter dieser *puttana* Margaret her ... und du hast einen Killer vor Isaacs Fenster postiert, dem Fenster des beschissenen Chief of Police.«
Jerry richtete sich auf, stand über seinem Bruder, und begann ihn wie einen Sack herumzuschleifen.
Nose fing an zu heulen.

Der Melamed betrat die Küche. »Er ist von deinem eigenen Blut, Jerry. Du bringst ihn noch um.«
»Ich werde noch was viel Schlimmeres machen«, sagte Jerry. »Ich werde dafür sorgen, daß er sich wünscht zu vergessen, überhaupt geboren worden zu sein.«
Doch als Eileen auftauchte, deren schwarze Augen sich in Jerrys bohrten, ließ er seinen Bruder los. »Wie zum Henker soll ich so vernünftig meine Geschäfte abwickeln? Ich habe Schwachsinnige um mich, die den Commissioner wegpusten wollen.«
Der Melamed raufte sich sein silbergraues Haar. »Die Wände, Jerry, die Wände.«
»Ich weiß Bescheid über die Wände, Dad. Teddy, ich will, daß dein Killer umgelegt wird ... Versteckst du Crabbs?«
Nose schüttelte seinen riesigen Kopf.
»Dann bring Isaac zu ihm.«
Nose begann sich wie ein Walfisch aufzurichten. Er flüsterte seinem Bruder etwas ins Ohr.
»Das ist mir gottverdammt scheißegal«, sagte Jerry. »Der Mann muß Isaac das selbst erklären. Hol deine Autoschlüssel, kleiner Bruder.« Dann drehte er sich zum Commish um. »Isaac, tun Sie mir einen Gefallen. Nehmen Sie ihn an die Hand. Und vergewissern Sie sich, daß keine Bombe in seiner alten Klapperkiste versteckt ist. Meine Jungs sind durchgedreht. Und außerdem läuft bei uns ein Spitzel frei rum. Könnte sein, daß LeComte ihm Geld gegeben hat, um meinen kleinen Bruder kalt zu machen. Was mir egal wäre. Er ist sowieso nur eine fürchterliche Nervensäge. Aber meine Frau würde ihren Teddybären vermissen.«
Und so ging Isaac zusammen mit Ted die Treppe hinunter. Der Melamed rief ihm nach. »Vergiß nicht, Isaac. Am Ende hat's auch Stalin erwischt. Es ist mir egal, was die Sowjets heute behaupten. Beria hat ihn vergiftet.«
»Vielleicht hat er das. Aber Beria ist im gleichen Jahr gestorben. Das macht ihn nicht zu einem zweiten Stalin. Wir sehen uns, Iz.«

8

Isaacs Zähne klapperten. Er wartete auf das brutale Ziehen des Wurmes, das immer einen Schwindelanfall ankündigte. Doch es kam nicht. Liebend gern hätte er Jerry und Eileen und Iz erzählt, wer der Spitzel wirklich war. Er wünschte sich, Jerry hätte seinen kleinen Bruder zu Tode geschleift. Aber Isaac würde den Dienst quittieren müssen, wenn er verriet, wer Informant M (für Manhattan) 76666 OC/TE war. Teddys FBI-Codename lautete, wegen seines ungewöhnlichen Aktenzeichens, *Vier Sechsen.* Vier Sechsen war LeComtes Star in dem Fall, den er gegen Jerry DiAngelis und seine Familie des organisierten Verbrechens aufbaute. Die Familie, die Jerry von den Rubino-Brüdern Vincent und Paul geerbt hatte, die ihn eingeführt, ihn in den Clan aufgenommen und anschließend versucht hatten, ihn zu beseitigen, als seine Manhattan-Gang fast genauso mächtig zu werden schien wie die Rubinos und ihr Neffe Sal. Aber die Rubinos waren in diesem Krieg gefallen. Und jetzt war Jerry der Prinz der Familie, in der es einige rebellische Banden gab, die immer noch loyal zu Sal standen und Jerry und seinem Bruder gegenüber eine ambivalente Haltung hatten.

Und so mußte der Prinz aus Autos klettern, in denen Bomben versteckt gewesen waren, und die Banden befrieden, die gegen ihn waren. Er hatte keine Vorliebe für Parties mit Schrotflinten. Er wollte alte Wunden heilen. Aber den einen oder anderen Unterführer hatte er doch umlegen müssen. Und während er tanzte und seine Politik durchsetzte, traf sich Informant 76666 mit LeComte und sang das Leben seines Bruders fort.

Sie gingen zu Teds cremefarbenem Coup de Ville. Isaac ließ sich unter die Limousine gleiten, um herauszufinden, ob irgendwo eine Bombe versteckt war. Aber es war eine müßige Geste. Die Bombe hätte durch Fernsteuerung gezündet werden können, und Isaac würde mindestens eine halbe Stunde gebraucht haben, um die »Uhr« auszugraben. Scheiß drauf, brummte er. Ted stand unter dem Schutz des FBI. LeComtes eigene Experten hatten den Wagen wahrscheinlich nach Plastiksprengstoff abgesucht.

Sie stiegen ein, und Isaac saß neben Ted. Nose war nicht so

blöd wie er tat. Es war nicht schwer, den Volltrottel zu spielen. Aber er war LeComtes Trumpfkarte, die Vier Sechsen.
Ted verließ Manhattan, überquerte die Washington Bridge. Und Isaac mußte lächeln, als Ted am *Red Apple Restaurant* hielt, dem Tor zu den Catskills und dem Borschtsch Belt. Das *Red Apple* war während Isaacs Kindheit eine jüdische Kolonie gewesen. Heute war es nur noch eine bessere Hot Dog-Bude. Nose verschlang ein halbes Dutzend Dogs. Es war erst eine halbe Stunde her, seit er sich über Eileens Kuchen hergemacht hatte. Isaac erinnerte sich an die politischen Diskussionen, die er auf einer Bank des *Red Apple* mit Kellner-Kollegen gehabt hatte, die im Borschtsch Belt arbeiteten, um irgendeine Millionärstochter zu finden, die man heiraten konnte ... oder, falls das nicht klappte, um was zum Bumsen zu finden.
»*Das Kapital*«, brummte Isaac.
»Was?« sagte Vier Sechsen. »Du wirst mich doch nicht verpfeifen, Isaac, oder? Ich meine, was ich gemacht habe, das mußte ich tun. Der Große Mann, der hat mich in die Patsche geritten. Ich konnte's im Knast nicht aushalten. Der Fraß da taugt nichts. Und ich kann auch nicht kacken, wenn die Schließer die ganze Zeit glotzen. Ich brauche Eileens Küche.«
»Halt gottverdammt die Schnauze«, sagte Isaac, »oder ich bring das zu Ende, was Jerry angefangen hat.«
»Er ist mein großer Bruder«, sagte Vier Sechsen mit einem irren Grinsen. »Er kann mit mir machen, was er will.«
»Du bist fünf Jahre älter als Jerry.«
»Er ist mein großer Bruder. Er kümmert sich um mich.«
»Und du verrätst ihn an eine Drecksbande von FBI-Männern.«
Ted begann zu plärren. »Ich kann nicht in den Knast gehen. Mein Bruder schon. Aber ich kann nicht darüber sprechen.«
Sie fuhren zum Swan Lake, und Isaac verfiel in eine giftige Stimmung, weil er nicht über seine Tage und Nächte in einer Borschtsch Belt-Küche nachdenken wollte, als er noch siebzehn gewesen war. Damals mußte er sich gegen ganze Banden von Bedienungshilfen behaupten, um sich einen Platz zu sichern. Etwa hundert Meter vom See und dem Grundstück eines verlassenen Hotels entfernt, hielt Teddy Boy an. Der See war zugefroren. Es war Winter in den Catskills. Das Eis knackte leise wie atmende Haut. Isaac erkannte das Hotel. Die

Reklametafel war abmontiert worden. Es war ein großes weißes Haus, das über den See hinausragte, mit Veranden bis unter das Dach. Das Hotel *Gardenia*, in dem Isaac Lenny Bruce im großen Kasino entdeckt hatte. Es war kurz nach Kriegsende, und Bruce rackerte sich als kleiner Komiker ab, ein ausgehungerter jüdischer Junge. Sie waren wie die Insassen eines Waisenhauses aus dem gleichen Wirbelwind gekommen, in dem Geld und gesellschaftliche Stellung so bedeutungslos waren wie der Mond. Isaac lebte immer noch in diesem Waisenhaus. Er hatte nicht mal tausend Dollar auf der Bank. Er war ein armer Mann mit einem fetten Gehalt. Und er hatte in diesem Hotel gearbeitet, in der Küche geschuftet, mit den Frauen von Doktoren getanzt und brutal mit ihnen geschlafen, während ihre wackeren Männer in Manhattan waren.

»Was zum Teufel macht Crabbs denn hier?« fragte Isaac, während sie den Berg über den See hinaufstiegen und auf das Knacken des Eises lauschten. Hatte sich die Mafia den Borschtsch Belt unter den Nagel gerissen, nachdem er zu einem Friedhof verkommen war?

»Ein Prachtstück, was, Isaac? Wie eine beschissene Burg. Und von der Rückseite kommt man nicht ran. Der Berg ist viel zu steil.«

»Wer hat den Laden gefunden?«

»Ich.«

»Es ist nicht eines von LeComtes sicheren Häusern?«

»LeComte hat noch nie was von diesem Hotel gehört.«

»Dann hast du also einen kleinen Sonntagsausflug gemacht, und Bingo, du hast das weiße Hotel gesehen und dir gesagt: ›Das ist genau das Richtige für Teddy Boy?‹«

»So ungefähr. Aber ich hatte einen leichten Vorteil. Crabbsy war früher schon mal an diesem See. Er ist mit der Gegend gut vertraut.«

»Er ist mit der Gegend gut vertraut? Jetzt spricht wieder LeComte. Hat er dich durch den FBI-Kurs in Quantico geschleust? Hat er dich mit all den G-Men auf die Schulbank geschickt, damit du eine gebildete Ratte bist? Mr. Vier Sechsen. Wirst du dich hier mal zur Ruhe setzen, Nose, wenn sie dich ins Zeugenschutzprogramm aufnehmen?«

»Ich brauche das Programm nicht. Ich werde meinem Bruder nicht schaden.«

»Du knabberst einfach nur solange an seinen Fingern, bis er irgendwann ganz weg ist. Ich habe dich was gefragt, Nose. Wieso zum Teufel ist Crabbs hier?«

»Er versteckt sich.«

»Vor wem?«

»Der Regierung.«

»Dann bist du also sein Wächter, häh?«

»Ich bin sein Freund. Er macht meine Steuern. Er gibt mir Taschengeld. Er investiert mein Bares. Aber ich kann's nicht genau sagen.«

Ein Mann trat auf die unterste Veranda heraus. In der Hand hielt er eine Mossberg Kaliber 12, genau wie der Bursche mit der Maske. Er sah nicht aus wie ein Buchhalter, wie Isaac ihn sich vorstellte. Er hatte weder eine Brille noch einen breitgesessenen Arsch. Isaac wurde sofort eifersüchtig. »Margarets Mann«, knurrte er, weil er das Gefühl hatte, daß dies nicht irgendein Buffalo Bill aus den Catskills war. Es war Crabbs. Er hatte dunkle Augen und dichtes, kurzgeschnittenes Haar, und er verströmte diesen ganz speziellen Gestank der Intelligenz.

»Nose, bist du bescheuert?« sagte er.

»Crabbs, darf ich vorstellen ...«

»Ich weiß, wer das ist. Isaac Sidel, der singende Polizist. Ich habe bei Banketten schon neben ihm gesessen. Ich habe ihn in den Nachrichten gesehen. Nose, du hättest ihn nicht mit zum See rausbringen dürfen.«

»Ich hatte keine andere Wahl, Crabbs. Er hat meinen Bruder besucht. Er hat ihm von Margaret erzählt, und ...«

»Kommt endlich rein«, sagte Crabbs. »Wir geben alle wunderbare Zielscheiben ab. Das Licht vom See ist schrecklich hell.«

Sie gingen in das *Hotel Gardenia*. Das Foyer war ausgeräumt worden. Die Kronleuchter waren fort; die Rezeption war einfach aus der Wand gerissen worden. Es gab auch keine Porträts mehr von den jüdischen Größen Gardenias: Hank Greenberg, Al Jolson, Eddie Cantor ... Pappfiguren, die in der Lobby gestanden und für einen siebzehnjährigen Jungen so lebendig gewirkt hatten, daß Isaac sich noch genau erinnern konnte, wie er mit Al Jolson getuschelt und Hank gefragt hatte, wieso er sich 1947 zurückgezogen hatte, nachdem er fünfundzwanzig *home runs* für die *Pirates* geschlagen hatte.

»Mr. Crabbs, sind Sie ein alter Borschtsch Belter?«
»Weg von den Fenstern, okay? Das Licht ist immer noch verdammt hell.« Crabbs legte sich eine Decke über die Schultern. »Ja, ich bin ein Swan Lake-Veteran. Ich habe eine Weile im Ressort gearbeitet. Allerdings nicht in diesem speziellen Käseladen ... Mir hat's hier oben am See schon immer ausgesprochen gut gefallen. Man konnte sein Echo über Meilen hören. Es war wunderschön damals. Laternen über dem Wasser. Bootsfahrten um Mitternacht.«
»Vor wem verstecken Sie sich? LeComte?«
»Commissioner, ich mache hier Urlaub.«
»Die Mossberg ist keine Spatzenflinte. Damit macht man Menschen und Bären zum Krüppel. Wovor haben Sie Angst?«
»Vor Cops wie Ihnen ... kapieren Sie das nicht? Jerry geht den Bach runter. Und ich mache das kleine Einmaleins für ihn. Die Feds haben es auf mich abgesehen. Ich bin der Trottel genau mittendrin. Wenn die ihre Haftbefehle austeilen, gedenke ich nicht, in der Nähe zu sein.«
»Also sind Sie der Einsiedler vom Swan Lake geworden.«
»Allemal besser als ein Sarg.«
»Aber wer genau möchte Sie tot sehen?«
»Genau in diesem Augenblick? Keine Ahnung. Aber ich kann die Zeichen auf der Wand lesen. Mob-Buchhalter unter Anklage. Messer an seiner Kehle in City Hall.«
»Hat LeComte schon irgendwelche Annäherungsversuche gemacht?«
»Das ist gar nicht nötig. Commissioner, seien Sie doch nicht blöd. Ich sitze in der Falle. LeComte hat die größere Feuerkraft. Jerry hat sein gutes Aussehen und einen sensationellen Schwiegervater. Aber er kann nicht alle seine Gangs kontrollieren. Eines Tages legen sie ihn um. Und ich will dann nicht in der Nähe sein. Ich ziehe einen klaren Schlußstrich.«
»Schließt das auch Margaret Tolstoi mit ein?«
Crabbs zog die Decke hoch. Die Mossberg drückte er an seine Brust. In dieser gewaltigen Lobby des *Gardenia* schienen seine Augen ihren Glanz zu verlieren. »Diese Frau ist allein meine Sache.«
»Nicht, wenn Sie Nose losschicken, um sie zu erwürgen.«
»Das ist eine Familienangelegenheit.«

»Versuchter Mord? Ich könnte Sie auf der Stelle mit ins Präsidium nehmen.«
»Aber ich habe die Persuader in der Hand«, sagte er.
»Dann benutzen Sie sie auch, Mr. Crabbs. Denn ohne eine Antwort werde ich nicht wieder gehen.«
»Ist Madame Tolstoi eine Freundin von Ihnen?«
»Ich habe Margaret kennengelernt, als ich vierzehn war. Damals nannte sie sich noch Anastasia.«
»Ja, die Letzte der Romanows. Sie ist eine billige kleine Schlampe. Ich habe sie geheiratet. Das Problem ist nur, ich hatte schon eine Frau.«
»Also war Margaret Ihre *comare.*«
»›Blutsauger‹ ist das bessere Wort für dieses kleine Miststück.«
Isaac schlug den Buchhalter. Die Mossberg fiel auf den Boden. Weder Crabbs noch Teddy Boy griffen nach der Waffe. Crabbs vergrub sich noch tiefer in seiner Decke. Teddy wippte auf seinen Fußballen. Und Isaac dachte, er wäre am Südufer des Swan Lake in einem Heim für Katatoniker gelandet.
»Was hatte sie denn, das Ihnen so sehr schaden konnte?«
»Details«, sagte Crabbs. »Aspekte, die sie dem FBI erzählen könnte. Kleine Notizen, die ich für den Fall bei ihr deponiert hatte, daß ich mal fliehen mußte. Sie träumte von Erpressung, das hat Margaret gemacht.«
»Hat sie einen Preis genannt?«
»Nein, aber ich konnte es in ihren Augen sehen. Ich war nicht sicher, Mr. Sidel, solange Margaret lebte.«
Isaac schlug ihn wieder. »Du Arsch. Du hattest die Hose gestrichen voll, also hast du Margaret zum Sündenbock gemacht.«
Crabbs wischte einen Tropfen Blut von seinem Mund.
»Bitte, schlagen Sie ihn nicht«, sagte Nose, dessen Pranken beinahe genauso groß waren wie die von Harry Lieberman von den *New York Giants.*
»Sündenbock?« sagte Crabbs, dessen irres Lachen sich zum Dach hinaufschraubte. »Sie hatte Jerry am Gängelband. Sie war seine Frau. Aber er hatte schon eine Frau und eine *comare*, und mit Margaret wurde er nicht fertig. Also hat er sie an mich weitergereicht. Ich war Jerrys Mülleimer.«
»Wie hat Jerry sie kennengelernt?«

»Sie ist irgendwann aufgetaucht«, sagte Crabbs. »Aus heiterem Himmel. Und sie hat sich der Gang angeschlossen. Oder vielleicht hat Jerry sie auch von einem der Rubinos geerbt. Ich kann mich nicht erinnern.«

»Zuerst war sie nicht da«, sagte Nose, »und dann war sie da.«

»Einfach so«, sagte Isaac. »Sie ist aus dem Hut eines Zauberers gesprungen.«

Nose dachte über das nach, was Isaac gesagt hatte. »Schon möglich.«

»Und mit Ihnen, Mr. Crabbs, hat sie nie darüber gesprochen, wo sie war oder wer sie war, bevor sie Ihre *comare* wurde.«

»Ich hab's doch schon mal gesagt. Sie hat nicht viel geredet.«

»Nicht mal über Baseball?« fragte Isaac.

»Sie ist Rumänin, um Himmels willen. Bukarest war ihr Revier. Nicht Baseball.«

»Aber Sie sind doch ein *Christy*, oder?«

»Na und? Zufälligerweise liebe ich diesen Sport. Aber Margaret bedeutet es nichts.«

»Wußten Sie übrigens, daß Schyler Knott auch verschwunden ist? Jemand hat versucht, ihn zu erwürgen ... mit einer Krawatte. Klingt das nicht irgendwie vertraut?«

»Nose ist nie auch nur in der Nähe des *Christy Mathewson Club* gewesen, oder, Nose?«

»Wer ist Christy Mathewson?« fragte die Nose.

»Ein Werfer der *New York Giants*«, sagte Crabbs. »Hat Neunzehnhundertacht siebenunddreißig Spiele gewonnen.«

»Ich war Neunzehnhundertacht noch nicht im Rennen«, sagte Nose. »Und Baseball ist außerdem auch nicht mein Ding.«

»Sehen Sie«, sagte Crabbs. »Was dieses Thema betrifft, äußert er sich eindeutig.«

»Und was ist mit Ihnen?«

Der Buchhalter tauchte unter seiner Decke auf. »Mit mir?«

»Ja. Vielleicht sind Sie und Schyler ja aus dem gleichen Grund verschwunden.«

»Und der wäre?«

»Maurice Goodstein ... vom *Christy Mathewson Club*.«

»Ich habe Maurice nicht nahe gestanden.«

»Sie standen sich nahe genug. Sagen Sie, wer hat Ihnen den Job als Buchhalter bei Jerry besorgt? Sie sind Einzelgänger.

Sie haben keine große Kanzlei im Rücken. Sie haben nichts mit Firmen zu tun, die Jerrys Aktiva verstecken könnten ... Also, wer hat Ihnen den Job besorgt?«
»Maurice. Wir kannten uns aus dem Club. Er hat mich empfohlen ... und das Treffen mit Jerry arrangiert.«
»Und so haben Sie auch Margaret Tolstoi kennengelernt.«
»Ich hab's Ihnen doch schon mal gesagt. Jerry hat uns bekanntgemacht.«
»Hat sie Ihnen weitergereicht. Wie einen Paradiesvogel ... eine rumänische Prinzessin.«
»Eine Prinzessin, die auf der Straße zur Welt gekommen ist.«
Isaacs Augen verwandelten sich zu Perlen im dunklen Schacht unter dem Dach des *Gardenia*. Er hätte Großinquisitor sein können, aus einer anderen Zeit, lange bevor es weiße Hotels am Swan Lake gab. »Wo ist Maurice?«
Der Buchhalter versuchte sich unter seiner Decke zu verkriechen, doch Isaac ließ ihm keine Chance. »Wo ist Maurice? Halten die *Christys* ihn versteckt?«
»Ich glaube, ja. Hören Sie, ich gehöre nicht zum inneren Kreis. Schyler hat mir nie vertraut.«
»Sie sind nicht mal der Buchhalter des Clubs. Und doch hat Maurice Sie Jerry empfohlen. Und Sie beide verschwinden zur gleichen Zeit. Besitzen die *Christys* ihr eigenes Spukhotel?«
»Vielleicht. Woher soll ich wissen, was in Schylers Kopf vorgeht?«
»Aber Maurice ist nicht wie Sie. Da müßte es schon härter kommen, um ihn zur Flucht zu bewegen. Maurice rollt über alles und jeden weg, wie ein beschissener Panzer.«
»Aber LeComte hat neue Saiten aufgezogen. Es ist verdammt gespenstisch da draußen. Jerrys Gang ist gespalten. LeComte bastelt sich seinen eigenen Kriegsschauplatz. Er ist das FBI, die CIA, das Finanzministerium, was immer Sie wollen. Ihm kommen Geheimdienste aus dem Arsch gekrochen. Keiner kann gewinnen. Es ist nicht nur eine Behörde, Commissioner. Es sind die ganzen Vereinigten Staaten. LeComte beweist die Existenz einer Familie des organisierten Verbrechens vor Gericht, und Maurice kann sich nicht raushalten. Er gehört zu dieser Familie. Das Geld, das er von Jerry kassiert, ist schmutziges Geld, genau wie Jerry selbst. Er hatte keine andere Wahl, Commissioner. Er mußte fliehen ... oder sich auf Le-

Comtes Seite schlagen. Maurice ist nicht der richtige Mann für so was. Genausowenig wie ich.«

»Also sitzen Sie hier in Ihrem weißen Hotel und warten auf was?«

»Darauf, daß LeComte ein anderes Hobby findet. Oder daß er es leid wird, Jerry DiAngelis zu jagen, und stattdessen beschließt, Außenminister zu werden.«

»Das ist kein besonders effektives Amt«, sagte Isaac.

»Mit LeComte schon.«

Isaac konnte mit dem Buchhalter nicht streiten. Er ließ Crabbs in seinem winzigen Königreich am Swan Lake zurück. Der Wurm in Isaacs Innereien sagte ihm, daß Crabbs nicht mehr lange zu leben hatte. Eine Gang würde ihn erwischen, und es spielte keine Rolle, welche. Der Wind fegte vom Eis herüber. Und der See brüllte Isaac an, als er zusammen mit Teddy Boy den Berg hinunterstieg. Isaac konnte nicht einen Stern am Himmel über den Catskills entdecken. Nur ein Stück vom Mond, wie eine Sichel auf einer endlosen Flagge. Nose versuchte, ihn in eine Unterhaltung zu verwickeln, doch Isaac ging voraus. Die Sterne hatten den Borschtsch Belt verlassen. Und nichts auf der Welt konnte brasilianische Nächte in das große Kasino zurückbringen, wie damals als Isaac den Samba tanzte, in einem weißen Smoking, den Schweiß der Küche hinter den Ohren und mit dem Traum im Kopf, eine Beziehung mit der Tochter irgendeines Arztes anzufangen, vorzugsweise stalinistisch, wie er selbst.

9

Isaac kehrte zu seinen Ivanhoes zurück. Es war drei Uhr morgens, und es schneite wieder. Er liebte den Winter, selbst wenn es in seiner Wohnung an der Rivington Street wie Klein Sibirien war. Der Wind pfiff durch die Zimmer und ließ Isaac frösteln. Doch jetzt befand er sich in der Hemdenfabrik. Locksley, der Professor für Griechisch und Latein, spielte eine Art Offizier vom Dienst. Isaac mußte ihn nicht erst wecken. Die anderen Ivanhoes schliefen in ihren Pritschen.

»Allan«, sagte Isaac, »wie ist es bei den *Christys* gelaufen?

Haben Sie einen Sinn in den Porträts an der Wand finden können? ... Also, haben Sie sie entschlüsselt oder nicht? Es sind schließlich nur Amateure, um Himmels willen.«
»Genau das macht es gerade doppelt schwer«, sagte Locksley.
»Also haben Sie nichts gefunden.«
»Das habe ich nicht gesagt. Aber es gehörte schon ein bißchen Arbeit dazu.«
Locksley hielt ihm einen winzigen Notizblock mit einem grünen Deckblatt entgegen. »Wir sind in den Laden eingestiegen und haben das hier in einer von Schyler Knotts Schubladen gefunden. Ziemlich nachlässig von ihm, wenn Sie mich fragen.«
»Was ist das?«
»Schylers Codebuch.«
»In Ordnung, Allan, schießen Sie los.«
»Es ist eine *x* plus *y* plus eins-Sache. Wie eine sich periodisch wiederholende Melodie. Beinahe sogar eine Konstellation. Schyler erfindet sein eigenes Alphabet. Hat nichts mit den Namen selbst zu tun. Das wäre zu simpel. Schyler ist in Geburtstage vernarrt. Sehen Sie sich Babe Ruth an. Geboren am sechsten Februar. Achtzehnhundertund ...«
»Der ganze Schmu interessiert mich nicht. Die Botschaft, Allan, wie lautet die Botschaft, die Sie letzte Nacht herausgefunden haben?«
»Aus den Geburtstagen der Männer an der Wand?«
»Ja, Allan. Muß ich Sie vielleicht erst schütteln wie ein kleines Kind? Geben Sie mir die verdammte Botschaft. Bitte!«
»Also, jeder Geburtstag steht für ein eigenes Symbol.«
»Ich vertraue Ihnen, Allan. Sie sind ein Houdini mit einem Codebuch.«
»Bruchlandung.«
»Was zum Teufel soll das wieder heißen?«
»Ich würde sagen, Sie bringen Maurice an einen anderen Ort. Und sie haben es schrecklich eilig.«
»Aber das ist nichts als pure Spekulation. Es könnte praktisch alles bedeuten. Und mal angenommen, Schyler hat das Notizbuch absichtlich für uns dort liegenlassen.«
»Das bezweifle ich, Isaac. Es war viel zu detailliert.«
»Aber er könnte sich trotzdem auf unsere Kosten amüsieren. Wo ist Margaret Tolstoi?«

»Sie hat sich aus dem Staub gemacht, während ich bei den *Christys* war.«
»Sie haben sie allein hier zurückgelassen?«
»Isaac, sie hatte sechs Ivanhoes als Babysitter.«
»Aber ich habe Ihnen doch ausdrücklich gesagt, Sie sollten sie auf keinen Fall allein lassen, bis Burt zurück wäre.«
»Er ist zurückgekommen, aber er mußte wieder los ... Isaac, wir konnten nichts tun. Wir waren nicht ihre Gefängniswärter. Die Prinzessin hat gesagt, sie müßte mal auf die Toilette.«
»Prinzessin?« brummte Isaac, die Augen wie Knochen in seinem Kopf.
»Isaac, Sie haben sie Anastasia genannt. Und ich bin Kryptologe. Ich suche immer nach Namen in der Dunkelheit.«
»Also ist sie auf die Toilette gewalzt und dann einfach verschwunden. Meine Champions. Meine beschissenen besten Männer.«
»Ach, wir hätten sie in Ketten legen können, aber das war nicht die Botschaft, die wir bekommen haben. Eine Freundin von Ihnen, aus grauer grauer Vorzeit. Die eine Zuflucht suchte, die wir ihr bieten konnten.«
Das Telefon klingelte, und Isaacs größter Wunsch war es, daß Anastasia in der Leitung war, bereit, für Isaac zu schnurren und zu beichten, daß sie ein ungezogenes Mädchen gewesen war, das mitten in der Nacht losgezogen war, um sich ein Schinken-Sandwich zu besorgen. Aber in der Fabrik gab es Schinken und soviel Brot, wie Anastasia nur essen konnte. Es war Burt, der von einer öffentlichen Telefonzelle anrief.
»Wir haben den *faigele* gefunden«, sagte er. Burt mußte sich wiederholen, da Isaac immer noch von seiner rumänischen Prinzessin träumte. »Isaac, der Krankenpfleger. Maurice' Freund. Er wartet hier auf dich. Im Süßigkeitenladen.«
Das war eines von Isaacs sicheren Häusern, genau wie die Hemdenfabrik. Isaac hatte sie über die ganze Stadt verteilt. Der Süßigkeitenladen war ein Keller im East Village, direkt gegenüber der ukrainischen Kathedrale. Er nahm ein Taxi zu der Kirche, wartete, wartete, verschwand dann verstohlen wie der Police Chief, der er war, mit geblähten Nüstern in dem Keller. Er klopfte einmal gegen die Kellertür und lauschte auf Burts Knurren. »Wer ist da?«
»Brian de Bois-Guilbert.«

Die Tür öffnete sich, und dort stand Burt in einem weißen Arztkittel.
»Jesus«, sagte Isaac, »hast du den armen Bastard gekidnappt?«
»Worauf du dich verlassen kannst!«
»Hast Arzt gespielt und ihn von wo genau entführt?«
»St. Jude's. Das ist ein Pflegeheim im Norden der Insel. Wird, soweit ich weiß, von den *Catholic Charities* geleitet. Wie auch immer, wir mußten ihn an ein paar Priestern vorbeischmuggeln.«
»Weiß er, wer wir sind?«
»Noch nicht, Isaac. Ich wußte nicht, wie du es durchziehen willst. Der Bursche hat jedenfalls eine Scheißangst. Ich habe ihm den Furz in den Kopf gesetzt, daß er möglicherweise die Nacht nicht überleben wird.«
Isaac griff nach seiner Knet-Nase, steckte sie dann jedoch wieder in die Tasche. »Wie heißt er?«
»Jaime Cortez. Ein echtes Latino-Prachtexemplar, mit Wimpern wie ein kleines Mädchen.«
Isaac folgte Burt in die Tiefen des Süßigkeitenladens. Jaime Cortez saß auf einem schlichten Stuhl. Er hatte tatsächlich ein sagenhaftes Gesicht, wie ein leicht brutaler Chorknabe, der aus seinen kurzen Hosen rausgewachsen war.
»Jaime«, sagte Isaac, »wissen Sie, wer ich bin?«
»Ja«, sagte der Junge. Er konnte kaum älter als neunzehn oder zwanzig sein. »Der große Polizist.«
»Dann werden Sie auch verstehen, daß wir Maurice nur helfen wollen. Wir möchten uns einfach mit ihm in Verbindung setzen. Glauben Sie mir?«
»Nein. Sie haben zu viele Schläger wie den hier. Er hätte nicht so grob zu mir sein dürfen.«
»Aaah, aber Sie wären doch nicht mitgekommen, Jaime, wenn er Sie ganz ruhig darum gebeten hätte.«
»Spielt keine Rolle. Der große Polizist sollte eigentlich auf unserer Seite stehen.«
»Das tue ich ja auch, Jaime.«
»Und wieso haben Sie mich dann entführen lassen, häh? Kommen Sie ins St. Jude. Da rede ich mit Ihnen. Ich mache uns einen Kakao. Ich mache ihn mit heißer Milch.«
»Aber das wäre möglicherweise durchgesickert. Das wäre gar

nicht kosher für Maurice gewesen. Andere Leute hätten kommen können, böse Menschen.«
»Der ist böse«, sagte Jaime und zeigte auf Burt.
Burton seufzte. »Isaac, läßt du ihn noch lange so einen Stuß reden?«
»Ssssshh«, machte Isaac, kniete sich vor den Krankenpfleger. »Jaime, wir wollen doch nur helfen. Aber ohne Sie können wir das nicht. Hat Maurice sich mit Ihnen in Verbindung gesetzt?«
»Ja.«
»Warum ist er verschwunden?«
Jaime lächelte. »Für mich ist er nicht verschwunden, Mr. Isaac. Er ruft an. Wir treffen uns. Wir lieben uns. Er hat mir einen Hochzeitsring gekauft, aber im Jude's trage ich ihn natürlich nicht. Das würde den Patres nicht gefallen. Ich bin ein guter Krankenpfleger.«
»Und wo treffen Sie sich?«
»In sicheren Häusern«, sagte Jaime mit einem Glanz in den Augen, der Isaac und all seine Ivanhoes klein wirken ließ. »Einmal hat er mich mit in den Club genommen.«
»In welchen Club?«
Jaime legte eine Faust über die andere als würde er einen Baseballschläger umklammern.
»Er hat Sie mit zu den *Christys* genommen?«
»Wir sind nach oben gegangen«, sagte Jaime. »Wir haben getanzt. Wir hatten Hühnchen und Kirschkuchen. Wir haben geduscht.«
»Himmel«, sagte Burt mit schiefem Gesicht. »Müssen wir uns die Details anhören? Isaac, schlägst du ihm den Schädel ein oder muß ich es tun? ... Gottverdammte beschissene Schwuchtel. Hat wie eine echte Braut mit Maurice getanzt! Ich könnte kotzen.«
»Halt's Maul, Burt.«
»Das tue ich nicht. Schmeiß mich doch raus, Isaac. Aber *ich* habe die Schwuchtel gefunden. Und du kitzelst gottverdammt besser aus ihm raus, was du rausholen kannst. Denn er redet Scheiße.«
»Warte draußen auf mich, Burt. Danke.«
»Ich mache die Drecksarbeit. Ich entführe den Scheißkerl. Und dann werde ich auch noch dafür bestraft.«

»Burt.«
»In Ordnung. Aber wenn er nicht gottverdammt bald singt wie ein Vögelchen, Boss, dann gib ihm ein paar auf die Ohren. Dann wird er schon reden. Bewahre, daß meine Kinder mit so einem Abschaum zu tun hätten.«
»Du hast keine Kinder«, sagte Isaac.
»Das ist nebensächlich. Es geht ums Prinzip.«
Und Burt marschierte aus dem Süßigkeitenladen.
»Tanzen Sie mit mir«, sagte Jaime.
»Aber wir haben hier doch gar keine Musik ...«
»Tanzen Sie mit mir.«
»Ich wüßte nicht wie«, sagte Isaac. Jaime stand auf, und Isaac tanzte mit ihm durch den Laden. Es war ein komisches Gefühl, denn in Isaacs Armen hätte Jaime auch ein Mädchen sein können. Der PC dachte an Margaret.
Jaime setzte sich wieder.
»Er sagt, keiner kann ihm helfen. Nicht Sie, Mr. Isaac. Nicht Jerry DiAngelis. Er läuft vor dem Teufel davon.«
»Hat der Teufel vielleicht den Namen LeComte?«
»Das hat Maurie nicht gesagt. Nur der Teufel, das ist alles.«

Isaac ließ Jaime ins St. Jude's zurückkehren. Aber Burt konnte er draußen vor dem Süßigkeitenladen nirgendwo finden. Er schaute auf die andere Straßenseite hinüber. Der Chef der Ivanhoes saß auf den Stufen der ukrainischen Kathedrale, kauerte im Schnee, wirkte so verloren wie ein Dämon aus Isaacs Vergangenheit.
»Du gefährdest uns, Isaac, verschenkst deine Trümpfe. Und wir haben nicht mal Maurice geschnappt.«
»Hast du Margaret Tolstoi in der Fabrik gesehen?«
»Habe ich nicht. Ich hatte eine anstrengende Nacht ... diese ›Schwester‹ an Land zu ziehen.«
»Ich möchte, daß du zum Swan Lake rausfährst. Margarets Mann versteckt sich dort in einem weißen Hotel, das wie ein Südstaaten-Herrenhaus aussieht. Du kannst es gar nicht verfehlen.«
»Wo zum Teufel ist der Swan Lake?«
»In den Catskill, Burt. Ich vermute, in Kapstadt gab's wohl keinen Borschtsch Belt.«

»Da hast du gottverdammt recht. Und was soll ich mit dem Kerl machen? Babysitter spielen?«
»Genau. Er hat keine große Zukunft mehr. Wenn es geht, möchte ich, daß er am Leben bleibt. Nimm zwei von unseren Jungs mit, Burt. Nur für alle Fälle.«
»Wer ist hinter dem Arschloch her?«
»Ich würde mal so sagen: Jerrys Rivalen, aber sicher bin ich nicht.«
»Der alte Rubino-Haufen?«
»Meine Vermutung lautet, daß sie von anderen Familien finanziert werden ... oder sie arbeiten auf eigene Kappe und würden gern Jerrys Buchhalter einsacken, ihn ausquetschen, so gut sie nur können, und ihn anschließend umlegen.«
»Rubinos Captains? Das sind doch kleine Fische. Jerry könnte sie zertreten wie Wanzen.«
»Nicht, wenn ihnen irgendwer den Rücken stärkt.«
»Der Engel auf meiner Schulter, ist es das? Der große weiße Vater LeComte? Der wie immer seine Finger im Spiel hat. Spielt die eine Hälfte der Gang gegen die andere aus, damit er Bruder Jerry ins Loch bringen kann. Mutiger kleiner Dreckskerl, was? Unser nomineller Chef, Kronprinz der Ivanhoes. Wünschte, wir könnten auf seine Kohle verzichten.«
»Kein Problem«, sagte Isaac. »Stell ein Kommandounternehmen zusammen und überfall ein paar Banken.«
»Auf lange Sicht gesehen wären wir besser dran«, meinte Burt.
»Da gebe ich dir recht. Aber die kurzfristigen Aspekte sind es, die mir Sorgen machen. Fahr raus zum Swan Lake. Und halt dem Buchhalter das Händchen.«
Burt erhob sich von den Stufen der Kathedrale und schob in den Schnee ab. Isaac schaute ihm nach, doch der Afrikaander war nach dreißig Metern nicht mehr zu sehen. *Mandrake der Zauberer*. Der PC hatte ihn als Junge vergöttert. Mandrake konnte warmblütige Gespenster heraufbeschwören und sie zu Schnee dahinschmelzen lassen. Er war verliebt in Prinzessin Narda. Er trug einen Zylinder und ein Cape, selbst wenn er in irgendeinem Bayou festsaß. Und er hatte Lothar, den großen schwarzen Riesen mit dem Fes. Mandrake und Isaac hatten ihre Prinzessinnen, aber Narda war ein wenig zuverlässiger.
Der PC erreichte die Rivington Street, hoffte, daß Anastasia

vor seiner Tür warten würde. Aber er hatte nichts als den Wurm und das schwere Klopfen seines eigenen schwarzen Herzens. Er war nicht Mandrake. Er schlief in seinen schlampigen Kleidern ein.

10

Isaac mußte um sechs aufstehen. Er machte eine Tour durch die Schulen der Stadt. Er hatte keine richtige Einladung von der Schulbehörde. Der PC hatte sich selbst eingeladen. Er lag in einer privaten Fehde mit Alejo Tomás, dem Schuldezernenten, einem Hombre, der an die Parteimaschine der Demokraten gekettet war. Tomás hatte die Berichte über Schulabbrecher geschönt. Er faselte dauernd von Innovationen. Er frisierte die Noten der Schulen für das Lesen, so daß Analphabetentum nur ein weiterer weißer Elefant war. Er redete von Computereinsatz in Kindergartenklassen und von Vorschulprogrammen, die nur auf dem Papier existierten. Tomás hatte keinen Einfluß auf die Gewerkschaften, die Lehrer oder die Schulen. Unter zwölfjährigen Mädchen blühte die Prostitution. Vierzehnjährige Kids leiteten Rauschgift-Ringe. In Alejos Schulsystem gab es dreizehnjährige werdende Mütter. Hausmeister schliefen mit Jungen und Mädchen. Eine brandneue High School versank im Boden. Eine weitere war mit Ratten verseucht. Aber Alejo hatte immer noch seinen Posten als Schuldezernent. Und Isaac war fest entschlossen, ihn von seinem bequemen Sessel zu vertreiben.

Sein Chauffeur, Sergeant Malone, kam um sieben. In Isaacs winziger Küche tranken sie eine Tasse Kaffee. Isaac kochte ihm ein Ei. Und Malone bedauerte den PC, der in schlechteren Verhältnissen lebte als jeder frischgebackene junge Cop, mit der Badewanne in der Küche und einem Eßzimmer ohne Fenster. Was macht der nur mit seinem Gehalt? fragte sich der Sergeant. Brachte er es mit Mädchen der besseren Gesellschaft durch oder gab er es für Medikamente aus, die seinen Wurm schlafen legten? Er hatte es fertiggebracht, daß sein eigener »Engel« umgebracht wurde, Manfred Coen, der das Pech hatte, daß Isaacs Tochter sich für ihn interessierte. Aber man konnte mit dem Commish nicht über Coen reden. Isaacs Wurm war auf eine Art eng mit Coens Tod verbunden, die der Sergeant nicht ganz verstand. Isaac hatte mit einer Bande Zuhälter im Clinch gelegen. Er ging in den Untergrund, lebte mit den Zuhältern in ihrem Süßwarenladen. Und die Zuhälter, die mit Manfred in einem miesen Teil der Bronx aufgewachsen waren, hatten Isaac den Wurm verpaßt. Aber es war keine Geschichte, die man sich auch nur flüsternd erzählte, denn der Wurm besaß einen verborgenen Sinn. Der Wurm war wie ein gottverdammtes Radar für alles, das mit Coen zu tun hatte.

Laßt die Geister ruhen, sagte der Sergeant gern. Besser, diesem Commish nicht zu nahe zu kommen, denn andernfalls tauchte womöglich die Tochter auf, und was würde dann mit einem passieren?

»Hast du deinen Smoking mitgebracht?« fragte Isaac.

»Habe ich.«

Und auch das war eine weitere wundersame Sache für Sergeant Malone. Der Police Commissioner der City of New York lieh sich für den *Governor's Manhattan Ball* einen Smoking von seinem Chauffeur. Sie hatten die gleiche Statur, das war schon richtig. Der Smoking hatte Malones Dad gehört, und vor ihm wiederum dessen Dad, im County Clare. Und Malone selbst hatte den Smoking schon aus Anlaß von hundert Hochzeiten und Zusammenkünften der *Shamrock Society* getragen. Zwischen den Beinen war er im Verlauf all dieser Jahre enger geworden. Der Kummerbund war eine Spur zu glänzend. Eine Schulter hing durch. Aber Isaac, der Malone einmal in diesem formellen Anzug gesehen hatte, hatte darauf bestanden, ihn zum Ball tragen zu wollen. »Soll ich ihn jetzt raufholen, Chief? Dauert nur eine Minute. Sie können ihn anprobieren. Und falls es ein Problem gibt, tja, die Missus kann's jederzeit richten. Sie ist so was wie eine Schneiderin, wissen Sie. War sie schon immer.«

Isaac zuckte mit den Achseln. »Ist noch jede Menge Zeit.«

Und es gab nicht die geringste Möglichkeit, eine Vermutung zu wagen, an was der PC dachte. Verschlagener Kerl, der er war. Sherlock Holmes ohne die Geige. Und stell sich nur einer vor, er war ein Judd. Er hatte sich für die Iren in der One Police Plaza stark gemacht, hatte vor der *Shamrock Society* gesprochen, hatte den Kumpeln Ehre erwiesen, selbst wenn er einen Nigger als First Dep hatte. Unter Tiger John Rathgar, dem früheren PC, hatten das Department den Iren gehört, aber Tiger John saß jetzt in einer Zelle in Green Haven, ein beschissener Dieb und eine Schande für all seine Landsleute. Es war Isaac, der sein First Dep gewesen war, unterrichtet und großgezogen von den Kumpeln persönlich, akzeptiert in der Herde, Judd, der er war, weil er nämlich einen Tropfen irisches Blut besaß, reden konnte wie sie, sich den irischen Dialekt selbst beigebracht hatte. Jetzt saß ein weiterer Judd im Rathaus, Rebecca Karp, und die Iren wurden immer weiter aus den Ämtern gedrängt. Spielte keine Rolle. Malone war sicher in der Nähe von Isaac, dem Tapferen. Isaac würde die Brüderschaft nicht im Stich lassen. Aber er war der letzte Mohikaner, denn eins war klar wie Kloßbrühe: Mr. Sweets wurde der nächste PC.

Sie tranken ihren zweiten Kaffee mit kochender Milch. Und dann gingen Malone und Isaac zur Straße hinunter. Isaac wollte nicht mit der Limousine fahren. Er bevorzugte einen alten Dodge, der in der Werkstatt des Departments zusammengeschustert worden war. Isaac war ein Mann des Volkes. Der Pink Commish eben. Aber er war kein Bolschie, gleichgültig, was die Politiker auch immer sagten. Er hatte ein irisches Herz, das hatte Isaac. Geradeheraus war er, und voller wütender Tränen. Hatte er sich nicht ein irisches Mädchen zur Frau gesucht? Die gute Kathleen, die ihn früher zu den Dinners der *Shamrock Society* begleitet hatte. Kathleen mit ihren roten roten Haaren. Das irische Mädchen war aus seinem Leben verschwunden. Aber er war den Söhnen Shannons immer noch eng verbunden.

»Wohin?« fragte Malone, nachdem er sich hinters Steuer geklemmt hatte.

»Sweets Haus«, sagte der Commissioner, und Malone wurde bedrückt, weil er nicht damit gerechnet hatte, den schwarzen Riesen zu chauffieren. Isaac und Sweets hatten separate Büros und separate Leben. Malone holte Sweets in seinem Haus in Greenwich Village ab. Einsachtundneunzig groß war er. Und er mußte sich Gott weiß wie tief bücken, um in den Dodge einzusteigen.

»Wie läuft's im Büro?« erkundigte sich Isaac.

»Ich versuche immer noch, mit den Chassidim Frieden zu schließen, Isaac. Die halten mich für einen *dybbuk*.«

»Aber Crown Heights hast du jetzt unter Kontrolle.«

»Für den Augenblick, ja.« Und dann, das Knie praktisch in Kopfhöhe, fragte er: »Wie geht es Ihnen, Mr. Malone?«

»Super, Commissioner, einfach super.«

Ein neuer U-Bahn-Gangster machte die Stadt unsicher. Ein Latino, der sich in der U-Bahn entblößte und Frauen die Handtaschen klaute, und es war Sweets, der vor die Fernsehkameras trat. Sweets, und nicht Isaac, war es, der die Interviews gab. »Ich glaube nicht, daß ich allein erscheinen sollte, Isaac. Ich sollte nicht die Taktik bestimmen. Es kommt mir einfach nicht richtig vor. Die Presse fängt schon an, dich den Unsichtbaren zu nennen.«

»Ich fühle mich geschmeichelt«, sagte Isaac. »Sergeant, sagen Sie es ihm. Als er im Fernsehen war, hat er da nicht ausgesehen, als könnte er ein paar Köpfe einschlagen? Wie war er?«

»Super.«

»Und jetzt kein Wort mehr über das Protokoll«, sagte Isaac.

»Aber wieso mache ich bei dieser Tour mit?«

»Weil ich will, daß du mit eigenen Augen die Schulen siehst.«

»Ich habe sie schon gemeinsam mit dem Schuldezernenten besucht, Isaac. Ich habe mit High School-Schülern der letzten Klassen über das Department diskutiert.«

»Das war kein Besuch«, sagte Isaac. »Tomás bereitet sich vor, baut Potemkinsche Dörfer, stellt zusätzliches Wachpersonal ein und pickt sich eine Schule raus, schafft dort erbarmungslos Ruhe, versteckt die bösen Kids im Keller ... und man sieht einen Scheißdreck.«

»Isaac, ich will nicht in deine Fehde mit Schuldezernent Tomás reingezogen werden. Führ deinen Guerillakrieg gegen die Schulbehörde allein. Ich habe auch so schon mehr als genug Probleme.«

»Könntest du vielleicht einmal ruhig sitzenbleiben«, sagte Isaac, »und selbständig entscheiden?«

»Und du glaubst, der Schuldezernent hält still, wenn du in seine Domäne eindringst?«

»Soll er sich doch die Lunge aus dem Leib schreien.«

»Aber wir besitzen dort keinerlei Befugnisse, Isaac. Die Schulen gehören ihm.«

»Ich bin der Police Commissioner«, sagte Isaac. »Die ganze gottverdammte Stadt gehört mir.«

»Falls Tomás diesbezüglich eine harte Position einnehmen will, könnte er uns zwingen, uns einen Durchsuchungsbefehl zu besorgen. Und es könnte durchaus sein, daß du keinen freundlich gesinnten Richter finden wirst. Tomás ist der Mann der Partei, nicht du.«

»Durchsuchungsbefehl?« sagte Isaac. »Ich gehe da nicht hin, weil ich irgendwelche Festnahmen durchführen will. Wir befinden uns auf einer beschissenen Erkundungsfahrt.«

»Was für eine Erkundungsfahrt?«

»Sagen Sie's ihm, Sergeant.«

Und Malone mußte einen Teil von Isaacs Schmus verbraten. »Um uns zu vergewissern, ob die Hausmeister nicht elektrischen Strom für ihre eigenen privaten Zwecke abzwacken ... und ob die Jungs und Mädchen im Rahmen des Programmes der kostenlosen Schulverpflegung auch wirklich ihre frische Milch bekommen.«

»Das ist nicht Sache der Polizei«, sagte Sweets.

»Bin noch nicht fertig, Sir ... Um zu sehen, ob sexuelle Belästigungen auf schuleigenem Grund nicht überhand nehmen, ob Rowdys und Süchtige die Gebäude und Einrichtungen nicht zu ihrem Vorteil mißbrauchen, ob die Schreibkräfte nicht ...«

»Es reicht«, unterbrach Sweets. »Ich bin überzeugt. Es ist eine Erkundungsfahrt.« Der First Dep war mit Irren unterwegs, und er würde mitspielen, wenn es das war, was Isaac von ihm erwartete. Sweets wußte, daß er irgendwann in nächster Zeit einen Rüffel bekommen würde, denn Alejo würde nicht mehr mit Isaac reden. Sweets würde dann wie immer die ganze Bürde zu tragen haben und diesem verrückten Commish den Rücken decken. Der PC würde sich das Gesetz zu seinem Vorteil zurechtbiegen, aber er hatte keine Sparbücher gebunkert, wie Tiger John Rathgar, der alte, in Ungnade gefallene Commish, der jetzt in Green Haven einsaß. Isaac besuchte ihn gelegentlich.

Der PC hatte keine vorgeschriebene Route. Er war Mandrake der Zauberer ohne das Cape. Zusammen mit seinem Chauffeur und Sweets betrat er das Hinterland von Manhattan. Die erste Station war eine Junior High auf der Avenue A. Der

Schulzaun war kurz und klein geschlagen worden. Kids lungerten auf dem Schulhof, trugen mitten im Winter Halloween-Masken.
»Hallo, Papa«, sagten sie zu Isaac, doch von dem schwarzen Riesen hielten sie sich fern.
»Isaac, soll ich die Typen filzen?« fragte Sweets. »Die könnten irgendeine Scheiße bei sich haben.«
»Wir sind als Gäste hier«, sagte Isaac. »Wir wollen unser Gewissen doch nicht mit einer illegalen Durchsuchung belasten, oder? Außerdem, Tomás' Anwälte könnten uns an die Gurgel springen. Ich bin nicht hergekommen, um zu provozieren, Sweets. Wir sind nur Touristen in diesem Stadtteil, das ist alles.«
Sie betraten die Schule, sie drei, Isaac, Sweets und Sergeant Malone. Der Schulwächter war betreten. Er erkannte Isaac und dachte, es handele sich um eine Razzia. In seiner Gesäßtasche steckte eine Marihuana-Kippe und ein Zehnerpiece Koks. Aber Isaac ließ ihn in Ruhe. »Arbeiten Sie hart, mein Sohn? Halten Sie die Streuner draußen?«
»Ja, das tue ich, Commissioner Sidel.«
»Sie dürfen mich Isaac nennen.«
Und der PC marschierte zum Büro des Rektors, um sich anzumelden. Aber der Rektor hatte einen Nervenzusammenbruch und befand sich auf einem sehr langen Urlaub, weilte zur Zeit unten in Miami. Niemand wußte, wo der stellvertretende Rektor steckte. Es war ein ganz gewöhnlicher Angestellter, der Isaac herumführte.
Die Schulpsychologin steckte ihren Kopf aus einer offenen Tür. »Ist das Norman Mailer?« fragte sie, als sie Isaacs buschiges graues Haar sah. »Sie sind nicht Mailer. Sie sind dieser faschistische Chief of Police ... Sie prügeln Schwarze.«
»Das würde ich nie zulassen, Ma'am«, sagte Sweets.
»Und Sie sind sein Onkel Tom. Sie haben ihm geholfen, Henry Armstrong Lee zu fassen.«
»Henry Lee war ein Bankräuber, Ma'am. Er stand an erster Stelle der Liste der zehn meistgesuchten Männer des FBI.«
»Das ist doch alles nur dummes Zeug«, sagte sie. »Er war unser Robin Hood. Er hat von den Reichen genommen und den Armen gegeben.«
»Aber die meisten Banken, die er überfallen hat, lagen in

Harlem, Ma'am, in denen arme Menschen ihr Geld deponieren.«
»Was wissen Sie denn schon von armen Menschen?« brummte sie.
Isaac mußte Sweets mit dem Ellbogen von der Frau fortziehen. »Du wirst nie gewinnen, Sweets. Henry Lee hat eine Menge Weihnachtsbäume leuchten lassen. Er war arm wie eine Kirchenmaus, als wir ihn festgenommen haben. Ich mochte Henry Lee.«
Und sie marschierten unbelästigt von Klasse zu Klasse. Isaac sah die gleichen toten Augen, die er auch in dem Kinderheim in St. Louis bemerkt hatte. Kingsley McCardle fehlte ihm. Die Klassenzimmer strahlten eine Stille aus, die Isaac immer wieder Angst machte. Es gab keinen Austausch zwischen den Kindern und ihren Lehrern, die in irgendeiner Finsternis gefangen zu sein schienen. Es war tiefe Nacht um neun Uhr morgens. Die Hälfte der Schüler hatte keine Bücher. Sie lutschten an ihrem eigenen Speichel.
»Das ist nur *eine* Schule«, sagte Sweets. »Der Rektor ist fort. Es ist niemand da, der den Laden schmeißt. Isaac, könntest du diese Kids unterrichten?«
»Mach die Augen auf. Es ist gottverdammt zu spät. Die Hälfte dieser kleinen Mädchen wird innerhalb des nächsten Jahres schwanger werden.«
»Das weißt du nicht«, sagte Sweets. »Du ziehst einfach nur irgendwelche Statistiken aus einem Papierhut.«
»Und selbst wenn das so wäre«, sagte Isaac. »Selbst wenn es so wäre, dann liege ich doch nur ganz leicht daneben.«

Es war die dritte Schule. Und Isaac war in die Kantine gegangen. Er hatte diese mageren, kläglichen Sandwiches gesehen, die Landäpfel, die Gläser mit Milch. Und er hatte angefangen zu weinen.
»Ist's der Wurm, Chief?« fragte Malone. »Ich könnte ein Glas Milch borgen.«
Aber Sweets verstand, um was es bei diesem Weinen ging. Es war kein normaler Anfall von Melancholie. All diese Schulen strahlten eine Hoffnungslosigkeit aus, die Sweets nie für möglich gehalten hätte. Er hatte Eishockey auf der *Horace Mann* gespielt. Er war im Diskussionsclub gewesen. Er hatte Ta-

schengeld bekommen, und zum Mittagessen Roastbeef. Er hatte Referate über Malcolm und Martin Luther King geschrieben. Und jetzt, als First Deputy Police Commissioner, hatte er mit den besten Schülern der letzten Klasse der *Bronx High School of Science* diskutiert. Er hatte sich mit Elternversammlungen an einen Tisch gesetzt. Er hatte mit Alejo Tomás seine Modell-Junior Highs Schools besucht. Aber in Schulen wie dieser war er noch nie gewesen. Sweets machte sich Vorwürfe. Es war sein eigener Bezirk, nicht irgendein Sandloch draußen in der Bronx. Es war schlimmer als Riker's, wo die Häftlinge aus Protest toben oder auf den Boden scheißen konnten. Diese Kids sahen aus, als wären sie von irgendwelchen Vampiren ausgesaugt worden. Sweets besaß nicht Isaacs Fähigkeit, einfach zu weinen. Er setzte sich und teilte mit einem der Kids eine Orange. Und dann sah er zu, daß er gottverdammt schnell mit Isaac und Malone dort herauskam.

»Scheiß auf Alejo Tomás«, sagte er auf dem Rücksitz von Isaacs Dodge.

»Er wird zu Becky Karp rennen und Stunk machen. Sie wird Erklärungen und Entschuldigungen verlangen.«

»Scheiß auf Becky Karp.«

»Aaah, so ist recht«, sagte Malone, der den großen schwarzen Riesen allmählich zu mögen begann. Sein Bauch verkrampfte sich, und einen Augenblick lang glaubte der Sergeant, daß er Isaacs Wurm geerbt hatte. Er hatte keine irischen Kinder in diesen Schulen bemerkt, aber das spielte keine Rolle. Schwarz waren sie, und manche braun. Aber Jesus, es sah aus, als würden sie hungern. Er hatte gesehen, wie ein Junge eine dünnflüssige, farblose Galle in einen Papierkorb erbrochen hatte. Die Sicherheitsbeamten sahen aus wie Schwachköpfe, die in die Irrenanstalt im County Cork gehörten. Die Lehrer hier hätten müde Dompteure sein können. Es war keine Bildungseinrichtung, nicht mal ein effizienter Zoo, sondern ein Leichenschauhaus, in dem die Kadaver ihre eigenen kleinen Stühle hatten. Das war kein Ort für Kinder.

Er setzte Sweets an der One Police Plaza ab. Und dann holte er den Smoking seines Grandpas aus dem Kofferraum. Isaac lächelte nicht.

»Wo ist das Cape?«

»Das Cape?« sagte Malone. »Das Cape? Das ist schon seit hundert Jahren nicht mehr in Mode.«
»Aber ich habe gesehen, wie Sie das Cape getragen haben«, sagte Isaac.
Der Sergeant mußte nachdenken. »Ach, Sie meinen auf der Halloween-Party. Das war nur ein Witz, ein Spaß, Isaac.«
»Ohne Cape kann ich nicht auf den Ball gehen.«
»Dann fahre ich Sie nach Hause zur Missus«, sagte der Sergeant, »und sie wird das Cape für Sie aufbügeln.«
»Super.«

11

Er hatte weder Mandrakes perfektes Profil noch den bleistiftdünnen Schnurrbart und die geschniegelten schwarzen Haare, die ihn an Warren William erinnerten, einen längst vergessenen Filmschauspieler, der in Isaacs Kindheit den Lone Wolf spielte. Der Wolf war ein ehemaliger Juwelendieb, der seinen eigenen Kammerdiener hatte. Er bevorzugte Smokings und befreite ständig irgendwelche Frauen aus Schwierigkeiten. Isaac hatte ihn in Gedanken schon immer mit Mandrake dem Zauberer verbunden.
Er schaute in den Spiegel, versuchte gerade seine Fliege zu binden, als er das Klopfen an der Tür hörte. »Herein«, sagte er, ohne auch nur einen Gedanken an das Holster in seiner Kommode zu verschwenden. Er war nicht Pancho Villa.
Es war Burt, zurück vom Swan Lake, und er lachte über Isaacs Kostüm. Der Zylinder, das Cape, die Fliege, die schief um seinen Hals hing. »Mach dich nützlich, okay?« sagte Isaac. »Bring das verdammte Ding hier in Ordnung.«
Der Afrikaander griff von hinten um Isaac und packte die Fliege.
»Wie geht's dem Buchhalter?«
»Tot.«
»Paßt. Aber *wie* hat's ihn erwischt?« fragte Isaac.
»Das ist der interessante Teil. Es gab keinerlei Spuren eines Kampfes. Selbst wenn jemand versucht hätte, nach dem Mord aufzuräumen, hätte ich es doch gemerkt. Ich besitze übernatürliche Kräfte, was solche Sachen angeht.«

»Nein, besitzt du nicht. Du bist einfach nur ein guter Polizist.«
»Er hat aus nächster Nähe eine Kugel ins Ohr bekommen.«
»Die Kanone gefunden?«
»Nein. Aber nach dem Loch zu urteilen, würde ich sagen, es war eine ziemlich kleinkalibrige Waffe. Wie zum Beispiel eine Derringer, die man bequem in einer Handtasche verstecken könnte.«
»Du meinst, die Waffe einer Frau. Eine Einschüssige.«
»Isaac, unsere Ballistiker habe ich nicht verständigt. Ich habe ihn liegenlassen. Einer der dortigen Sheriffs wird die Leiche finden.«
»Aber du deutest doch an, daß es Margaret Tolstoi war, die an die Tür ihres Mannes geklopft, ihn ein bißchen becirct und dem armen Trottel dann ins Ohr geschossen hat.«
»Ja, es könnte eine Frau gewesen sein. Oder doch zumindest jemand, der eine Vorliebe für Derringers hat und uns glauben machen wollte, es wäre Margaret gewesen.«
»Und welche Möglichkeit bevorzugst du, Burt?«
»Alles deutet auf Margaret.«
»Und das Motiv, Burt?«
»Isaac, ich bin kein Zauberer. Aber diese Frau taucht aus dem Nichts auf, nennt sich selbst Margaret Tolstoi, schleicht sich bei Jerrys Leuten ein. Das ist nicht kosher. Dann kommt sie zu dir, die große Liebe deines Lebens.«
»Ich habe sie noch nicht mal geküßt.«
»Was es nur noch romantischer macht. Schwört Stein und Bein, Nose würde versuchen, sie umzulegen. Du bringst sie bei uns unter. Sie läuft weg. Sie könnte dir zum Swan Lake gefolgt sein. Vielleicht war sie auf Geld aus. Oder hat auf Befehl eines unbekannten Dritten gehandelt.«
»Die Rubinos.«
»Warum nicht?«
»Und du behauptest also, sie wäre eine Professionelle.«
»Was weißt du über die Vergangenheit dieser Frau von der Zeit, als du ihr das erste Mal begegnet bist, bis heute? Da klafft eine gottverdammt große Lücke.«
»Dann finde sie für mich, Burt.«
»Aber was, wenn sie nicht zur freundlichen Sorte gehört und ich ihr den Hals umdrehen muß? Wirst du mir dann Vorwürfe machen, Isaac?«

»Ja, das werde ich.«
»Dann schick einen anderen Ivanhoe, um das Päckchen zu holen. Mir ist diese Woche nicht nach Selbstmord.«
»Ich habe nicht gesagt, du sollst sie zurückbringen. Finde sie einfach.«
»Du meinst, ich soll dir die Koordinaten von Margarets Karte liefern.«
»Ja, wenn's sein muß.«
»Ich hätte bei den Buren bleiben sollen. Da hätte ich eine größere Überlebenschance gehabt.«
»Du hast einen Mann getötet, Burt. Du warst ein kompromittierter Cop.«
»Genau wie du, Isaac ... aber ich muß schon sagen, deinen Anzug finde ich toll. Du wirst der Star der Party sein. Geht gar nicht anders. Grüß den Gov von mir.«

Die Karte für das Wohltätigkeitsbankett und den Ball kostete fünfhundert Dollar. Der Gouverneur nahm nicht einen einzigen Nickel für seine eigene Tasche. Die ganze Kohle war für die Krankenhäuser und Schulen der Stadt bestimmt. Aber beim *Manhattan Ball* ging es eigentlich gar nicht um das Sammeln von Geld. Es war eher ein Sehen-und-gesehen-werden. Der Kardinal war da. Die Bürgermeisterin. Die großen Immobilienmakler. Der Ball hatte sich zu einem Paradies für Politiker entwickelt. Hinter den Knochen einer Truthahnbrust wurden Geschäfte gemacht. Aber es war schon ein merkwürdiges Durcheinander. Denn der Gouverneur, dessen Ball es war, besaß hier nur sehr wenig Macht. Er blieb auf die Intrigen von Albany beschränkt, obwohl er die Hälfte seiner Zeit in Manhattan verbrachte. Er wachte über den Etat der Stadt, konnte Bürgermeister und Dezernenten und Polizeichefs ihres Amtes entheben, aber er war keine besonders wichtige Figur im Dickicht Manhattans. Er war ein überaus erfahrener Staatsmann, jünger als Isaac oder Becky Karp und Alejo Tomás ... und jünger als James Kardinal O'Bannon alias Kardinal Jim, Verteidiger der Erzbistums New York, was Staten Island, Manhattan, die Bronx und sieben weitere Counties bedeutete. Doch sein Einfluß machte sich überall bemerkbar. Makler küßten den Ring, den der Papst persönlich Kardinal Jim überreicht hatte. Er war sechsundsechzig Jahre alt, und er hatte den Händedruck eines Hafenarbeiters. Er flirtete gern mit den Damen und trank gern einen Fingerhut voll Whiskey, trank auf die Gesundheit der Katholiken, Protestanten und Juden. Er war der Kardinal des ganzen Dorfes geworden, und der größte Teil des Dorfes mußte ihm seine Aufwartung machen.

Aber Isaac dachte nicht daran, sich in der Schlange anzustellen, um den Ring des Kardinals zu küssen. Er wollte um keine Gefälligkeiten bitten. Er konnte Kardinal Jim in einem günstigeren Augenblick abpassen, in sicherem Abstand zu den Politikern. Dann konnten sie über die *New York Giants*, über Joe DiMaggios Schwung, über die aussterbende Art der irischen Cops in New York City oder das Dublin diskutieren, das Isaac besucht hatte. Der Kardinal liebte es, unter Ausschluß der Öffentlichkeit zu rauchen und derbe Witze zu erzählen.

Und so mischte sich Isaac unter die Politiker im Penthouse-Ballsaal des *St. Moritz*. Er war nicht sonderlich erpicht darauf, sich zu unterhalten. Er trat auf die Terrasse und starrte hinunter auf diese längliche, intensive Halluzination, genannt Central Park, dessen Reservoir und Seen zugefroren waren. Der Commish war beinahe glücklich, wenn man berücksichtigte, wer er war: Ein melancholischer Detective, der sein eigenes kleines Bistum besaß. Er trug Malones formellen Anzug mit dem Cape, das über seine Schultern fiel wie bei einem konföderierten General. Er nuckelte an seiner Flasche Milch. Stadträte konnte ihn in keine Gespräche verwickeln. Aber Kardinal Jim gelang es schließlich, all die Händeschüttler loszuwerden, und schlenderte auf die Terrasse hinaus, um mit Isaac frische Luft zu schnappen. Der Kardinal trug das rot gefütterte Cape seines Amtes, und Isaac wurde bewußt, wie albern er in Malones Anzug aussah. Er war nicht Mandrake der Zauberer. Er war ein Relikt aus dem Bürgerkrieg via Malone und County Cork.

Isaac deutete eine Verbeugung an, um das hohe Amt des Kardinals anzuerkennen. »Es ist eine wunderbare Aussicht, nicht wahr, Euer Eminenz?«

»Vergessen Sie die Titel. Ich hatte genug Förmlichkeiten für einen Tag, danke ... Isaac, die sind wie Maden. Die lassen einen niemals in Ruhe.«

»Und wieso gehen Sie dann noch auf solche Anlässe?«

»Ich kann meine Herde doch nicht im Stich lassen. Ach übrigens, meine Glückwünsche. Daß Sie Henry Armstrong Lee geschnappt haben. Dazu gehört Courage, Isaac. Zugegeben. In ein verlassenes Gebäude zu gehen, um den meistgesuchten Mann des FBI festzunehmen. Und da war's, im Fernsehen. Ich habe für Sie gebetet, Isaac. So sehr hat mein Herz geklopft. Ich konnte nicht an mich halten. Vor all meinen Priestern habe ich geflennt.«

»Aber er war doch nicht mal bewaffnet.«

»Um so schlimmer für Sie. Das machte ihn doppelt gefährlich, meiner Meinung nach.«

»Er trug Frauenkleider.«

»Um sich und sein mieses Wesen zu verkleiden. Bei mir brauchen Sie nicht den Bescheidenen zu spielen. Akzeptieren Sie die Glückwünsche eines alten Pfarrers. Ich bin ein Kirchenfürst, und dessen schäme ich mich nicht. Sie sind unser bester Polizist. Aber mußten Sie unbedingt die Schulen des Schuldezernenten aufsuchen, ohne ihn zuvor davon in Kenntnis zu setzen? Er ist ein guter Katholik. Hat hart gearbeitet, um seinen Doktor zu bekommen. Wäre mir gar nicht recht, wenn sein Ruf leiden müßte.«

»Aber es geht um die Kinder«, sagte Isaac. »Wegen diesem Kerl müssen sie leiden. Wir werden die Mittelschicht nie in die Schulen zurückbekommen, solange Alejo im Amt ist. Es gibt eine ernste Krise, Kardinal Jim. Und Alejo ist einfach nicht der richtige Bursche für den Job. Er will die Bürgermeisterin nicht verärgern. Er will Sie nicht verärgern. Er tanzt mit den Bürokraten und der Parteimaschine. Er schafft Verwahranstalten für Kids, die eine Weile mit ihm verbringen müssen und dann in den Ruinen verschwinden.«

»Aber es könnte doch auch sein, daß sie auf jeden Fall verschwinden, gleichgültig, was Alejo tut oder getan hat. Es sind nicht die schwarzen und braunen Politiker, die sich beschwert haben, Isaac. Nur Sie allein.«

»Weil das nämlich nur fette, reiche Geldsäcke sind, Kardinal Jim.«

»Ich möchte, daß Sie sich bei Alejo Tomás entschuldigen.«

»Ich kann nicht.«

»Isaac, wenn Sie in den öffentlichen Schulen Aufruhr machen, könnte das ein größeres Feuer entfachen. Und ich muß an

meine eigenen Schulen denken. Wir brauchen eine vereinheitlichte Strategie, keinen Police Commissioner, der mit Schrotflinten loszieht und Krieg gegen die städtischen Schulen führt.«
»Wir hatten keine Schrotflinten dabei, Jim.«
»Sie wissen schon, was ich meine«, sagte der Kardinal. »Ich habe Sie verteidigt, Isaac. Ich habe mich noch nie eingemischt. Tun Sie es für den alten Pfarrer? Entschuldigen Sie sich.«
»In Ordnung«, brummte Isaac. »Ich werde ihn auf beide Wangen küssen, wenn Sie das glücklich macht.«
Der Kardinal lachte. »Eine Wange reicht.«
Und sie marschierten in ihren Capes von der Terrasse, der Vikar der St. Patrick's Cathedral und Isaac Sidel, der unsichtbare Polizist. Die Politiker versuchten, ihn abzufangen und den Ring des Kardinals zu küssen, doch der stieß beide Hände in die Taschen seiner schwarzen Seidenjacke und führte Isaac zum Dezernenten. Alejo Tomás war einsachtzig groß. Er war Amateurboxer gewesen und hatte einen winzigen Höcker auf seiner Nase. Mit sechzehn gab er das Boxen auf und fand eine neue Heimat in den politischen Sphären von Manhattan und der Bronx. Der Parteiapparat der Bronx hatte Alejo unterstützt, hatte einen Teil seines Studiums an der *Notre Dame* Universität bezahlt, und er war ein Schläger mit Doktortitel geworden. Isaac wußte, daß er Provisionen von gewissen Bauunternehmern kassierte, die seine Schulen bauten und instandhielten, aber so liefen die Geschäfte eben im Staate New York, und Alejo war schlau genug, seine Spuren zu verwischen. Der Diebstahl machte Isaac nichts aus. Es waren vielmehr die politischen Mauscheleien mit Rebecca Karp und den Reichen des Landes. Er hatte die Schulen zu einem weiteren Erbbesitz eines verkommenen Apparates gemacht. Ein Schuldezernent sollte sich von Politikern fernhalten und die Sache der Kids vertreten. Aber Tomás war genau das Gegenteil davon.
Alejo hatte mit einer Gruppe Schulkonzessionäre zusammengestanden, diesen Geiern, die von seiner Patronage profitierten. Doch sie zerstreuten sich, als sie den Kardinal kommen sahen. »Alejo«, sagte der Kardinal. »Ich habe einen alten Freund mitgebracht. Ich glaube, er möchte gern ein paar Worte mit Ihnen wechseln.«

Doch der Dezernent war nicht in versöhnlicher Stimmung. »Das nächste Mal, Isaac, werde ich dafür sorgen, daß Sie von Wachpersonal mit automatischen Waffen erwartet werden. Dann werden wir ja sehen, wer mehr *cojones* hat. Setzen Sie nie wieder einen Fuß in meine Schulen, andernfalls schlage ich Ihnen höchstpersönlich den Schädel ein.«

»Heilige Mutter Gottes. Sie können wohl kaum erwarten, daß sich der Mann nach einer solchen Kanonade noch entschuldigt.«

»Ich will seine Entschuldigungen nicht, Jim. Der Kerl geht mir schon auf die Eier, seit ich den ersten Tag in der Schulbehörde sitze. Hält sich für einen großen Pädagogen, während er doch nichts anderes ist als ein ungebildetes Arschloch.«

»Achten Sie darauf, was Sie sagen«, sagte der Kardinal, doch Jim amüsierte sich köstlich. Die Vorstellung eines Boxkampfes auf dem Dach des *St. Moritz* gefiel ihm ausgesprochen gut.

»Dezernent«, sagte Isaac. »Es war falsch von mir. Ich hätte erst um Ihren Segen bitten sollen. Aber sagen Sie, haben Sie schon diese Computer in Ihren Kindergärten installiert? Denn wenn dem so sein sollte, möchte ich mich gern zum Unterricht anmelden.«

Er zwinkerte dem Kardinal zu und ließ den Dezernenten stehen. Doch der Dezernent hielt Isaacs Arm fest. »Ich bin noch nicht fertig mit dir, Sidel.«

»Laß mich los, Alejo.«

»Du willst eine Vendetta, also kriegst du eine Vendetta. Sprich mit Becky Karp. Schon sehr bald bist du Commissioner ohne Geschäftsbereich. Du bist ja nicht mehr bei Verstand. Deine Freunde haben die Eigenschaft, dir wegzusterben ... Erinnerst du dich noch an Manfred Coen?«

Isaac holte mit seinem freien Arm nach Alejo aus. Aber der Kardinal stellte sich dazwischen und bekam den Schlag ab. Einen Moment lang wurde er bleich, dann lächelte er. Doch seine Zähne waren dabei fest aufeinander gepreßt.

»Tut mir leid«, sagte Isaac. »Euer Eminenz, ich ...«

»Ist schon in Ordnung, mein Sohn«, sagte der Kardinal. »Ich habe früher selbst ein wenig geboxt. Wie Alejo. Bantamgewicht, können Sie sich das vorstellen?«

Seine Lippen waren immer noch angespannt, und graue

Flecken tauchten um seinen Mund auf. Alejo war gegangen, um ein Glas Wasser zu holen. Und Isaac stand da wie ein Idiot. Der ganze Ballsaal hatte gesehen, wie der Police Commissioner Kardinal O'Bannon vor die Brust geschlagen hatte.

12

Er saß an dem Tisch, der Beckys höheren Beamten vorbehalten war. Am liebsten wäre er in seinem Cape nach Hause gerannt und hätte den Mond angeheult. Aber in dieser Nacht gab es keinen Mond. Und seine Abwesenheit hätte die Bürgermeisterin nur noch mehr erzürnt, die Isaac jetzt gegenübersaß und ihn wütend anfunkelte, während der Gouverneur seine Ansprache hielt. Der Gouverneur war ein alberner Mann. Er stand auf dem Podium und redete über irgendeine Stadt seiner Träume, in der weiße und schwarze Kinder in Alejo Tomás' Schulen eine Traum-Zukunft bauen würden.

»Und ich sage Ihnen«, sagte der Gouverneur, wobei er sein attraktiv unbewegliches Gesicht dicht vor das Mikrophon schob, »ich sage Ihnen, daß wir eine Partnerschaft erreichen werden, bei der die Hautfarbe eines Mannes oder einer Frau völlig bedeutungslos sein wird. Ich bin herausragendem Talent verpflichtet, nicht einer geheimen Verschwörung von Bevorzugten. Und wenn unsere heutigen Schulkinder das nächste Jahrhundert erobern, dann sollen sie Jäger der Tugend sein, Sucher nach dem Schönen und Guten, nicht faul, nicht egoistisch, nicht allein. Wir werden unserem Schuldezernenten geben, was immer er begehrt, um diese Mission erfüllen zu können.«

Die Politiker applaudierten fünf Minuten. Der Gouverneur tupfte seinen Mund mit einem Taschentuch ab. Der Parteiapparat war dabei, ihn als Präsidentschaftskandidat aufzubauen. Er hatte eine wunderschöne Frau, einen Sohn in Dartmouth und eine Tochter in Yale, und er konnte ein paar Ideen entwickeln. Aber weder hatte er Humor noch echtes Mitgefühl oder ein Bewußtsein für die Dinge, die die Stadt wirklich retten würden. Er hätte genausogut in einer Schachtel auf die Welt gekommen sein können. Er war gut präsen-

tiert worden, und die Politiker wollten sicher sein, daß er in Indiana und Idaho geliebt wurde, nicht aber, daß er den Gestank von New York an sich hatte.
Er nahm neben seiner wunderschönen Frau Platz, während sich Hände über den Tisch streckten, um seinen Ärmel als Glücksbringer zu berühren. Und dann erhob sich Kardinal Jim von seinem Stuhl und stieg auf das Podium. Er hustete in seine Faust. Er war nach Isaacs Schlag immer noch ganz blaß. Er setzte seine Lesebrille auf, zog seine kurze Rede aus der Tasche und strich die Seite glatt. Man konnte die elektrostatische Aufladung des Papieres hören. Der Kardinal fing noch nicht an. Er starrte auf all seine Schäfchen und die Politiker herab.
»Wir sind gierig«, sagte er.
Und die Leute fragten sich, ob der Schlag gegen die Brust ihn ein bißchen aus dem Gleichgewicht geworfen hatte.
»Wir sind gierig.«
Der Kardinal umklammerte die Seiten des Pultes. Seine Hände waren rot. Und mit seinem Cape sah er aus wie ein Racheengel, der gekommen war, um die Gäste des Gouverneurs abzuschlachten. Der Wurm in Isaacs Bauch schnurrte. Und jetzt wußte Isaac, daß er sich trotz seiner Erniedrigung köstlich amüsieren würde.
»Ich bin ein alter Mann«, sagte der Kardinal, »und ich beabsichtige nicht, den jungen Menschen dieser Stadt ein düsteres Schicksal zu hinterlassen. Ich bin nicht naiv, wissen Sie, sondern ein Junge aus Chicago, aufgewachsen im Dschungel, unter den Ärmsten der Armen. Und ich war auch ein kleiner Ganove, bis die Fratres in der St. Benedict mich irgendwann so windelweich geschlagen haben, daß ich endlich die Musik meiner Christenseele hören konnte. Und ich frage mich, während ich jetzt hier vor Ihnen stehe, ich frage mich, ob wir nicht alle gezüchtigt werden sollten.«
Es erhob sich ein Raunen, eine Art Gelächter, und dann wurde es sehr still im *St. Moritz*.
»Es ist nicht Ihr weltlicher Besitz, auf den ich es abgesehen habe. Es sind Ihre Herzen. Und genau dort sind wir alle gierig gewesen. Einen Schuldezernenten einzustellen und unsere Augen zu verschließen und zu denken, all unsere Probleme würden einfach verschwinden. Aber unsere Kinder sitzen auf ei-

nem Schlachtfeld, kämpfen gegen die Dämonen in sich selbst und gegen die Gleichgültigkeit überall um sie herum.« Und der Kardinal schloß die Augen, sein rötliches Gesicht war wie eine Porzellanmaske, da jede Farbe auf rätselhafte Weise verschwunden war. »Das ist der Dämon: Gleichgültigkeit. *Unsere* Kinder gehen nicht in Dezernent Tomás' Schulen. Und so sitzen wir hier und essen und bitten ihn, Wunder zu vollbringen, ohne Alejo unsere Kinder anzuvertrauen. Wir können uns keine Schulen leisten, die lediglich Objekte unserer Wohltätigkeit sind.«

Der Kardinal schlug seine Augen wieder auf. »Ich bin Junggeselle. Aber ich habe auch Kinder in diesem großen Salon ... Die meisten von Ihnen gehören mir. Und ich fordere mein Recht als Pfarrer ein. Ich möchte, daß Sie sich Alejo zur Verfügung stellen. Geben Sie ihm, was er benötigt. Nicht Ihre schicken Brieftaschen, sondern Ihre Söhne und Töchter. Und erinnern Sie sich bitte: wenn die Schulen untergehen, wird die Stadt untergehen. Sie werden eine Bevölkerung gebrochener Kinder bekommen, denen keiner von uns mehr helfen können wird.« Der Kardinal starrte auf die kleinen Inseln von Gesichtern im *St. Moritz.* »Werden Sie Ihrem Vikar jetzt helfen?«

Er stieg vom Podest, und es erhob sich ein donnernder Beifall klatschender Hände und der Sprechchor: »Ja, ja, ja zum Vikar. Ja.«

Es war alles Quatsch. Die Politiker würden ihre Söhne und Töchter natürlich nicht herausgeben. Alejos eigene Kinder besuchten die Konfessionsschulen des Kardinals. Aber wenigstens hatte der alte Jim die Mistkerle ein bißchen aufgerüttelt. Und Isaac vergrub sich in seinen Tapioka-Pudding. Der Ball würde jeden Augenblick beginnen. Die Musiker hatten wie stumme Krähen hinter dem Kardinal gewartet, und jetzt klimperten sie auf ihren Instrumenten. Isaac erhob sich vom Tisch und schlenderte ein wenig herum. Er war überrascht, an einem anderen Tisch Jerry DiAngelis zu sehen, seine Frau und seinen Schwiegervater. Sie saßen allein. Den Politikern war es peinlich, da sie auf dem Ball des Gouverneurs keine Geschäfte mit Jerry machen konnten. Aber Jerry hatte für seine Eintrittskarten bezahlt. Er war mehr ein Prinz als die meisten anderen Gäste des Gouverneurs. Und Kardinal Jim wußte das. Er brach das verdammte Eis. Er ging rüber an Jerrys Tisch,

plauderte mit dem Melamed und forderte dann Jerrys Frau zum Tanz auf. Und plötzlich sagten alle Politiker hallo. Es waren feige Menschen, die sich nur im Kielwasser des Kardinals sicher fühlen konnten.
Und Jim war schlau. Er würde auf der Titelseite jeder Morgenzeitung zu sehen sein, wie er mit DiAngelis Frau tanzte. Was konnte es schaden? Es war galant vom Kardinal, die Frau eines Mafiosi im Penthouse des *St. Moritz* auf die Tanzfläche zu begleiten. Warum sollte sie für Jerrys Sünden bezahlen müssen?
Isaac wartete, bis die Politiker Jerry die Hand schüttelten. Und dann setzte er sich zwischen den Melamed und den Prinzen.
»Jerry, sind das Beerdigungskleider, die Sie da tragen?«
»Warum?« fragte DiAngelis in einem blauen Smoking, der ihn ein paar Tausend gekostet haben mußte.
»Ihr Buchhalter ist tot.«
»Crabbs? Ich dachte, Sie hätten ihn zusammen mit meinem Bruder besucht.«
»Das habe ich. Aber ich habe nach dem Besuch ein paar Mann hingeschickt.«
»Eines Ihrer berühmten Kommandos, Isaac?«
»Was spielt das für eine Rolle?«
»Das Kommando könnte ihn umgebracht haben.«
Der Melamed legte beschwichtigend eine Hand auf Isaacs und Jerrys Hand. »Das hier ist nicht der richtige Ort für philosophische Diskussionen. Wir sind auf einem Bankett. Lächelt. Der Kardinal tanzt mit Jerrys Frau. Was wird die Welt von uns denken, wenn wir eine finstere Miene aufsetzen?«
»Sie haben recht, Iz«, sagte der Commissioner.
»Wir werden Crabbs morgen betrauern. Nicht heute nacht. Und jetzt steh auf, Isaac«, sagte der Melamed. »Du hast lange genug bei uns gesessen.«
Und Isaac schob in seinem Cape ab. Der Kardinal hatte Eileen DiAngelis an Jerrys Tisch zurückgebracht. Fotografen lichteten ihn von allen Seiten ab. Niemand schien sich um Becky Karp zu kümmern, während Jim durch den Raum ging. Er schüttelte die Fotografen ab und schlich sich neben den PC.

»Wie war die Rede, mein Sohn?«
»Erstaunlich«, sagte Isaac. »Aber haben Sie es auch wirklich so gemeint?«
»Jedes Wort.«
»Wenn die Mittelschicht zurückkommt, was wird dann aus den Konfessionsschulen?«
»Wir haben mehr als genug, Isaac. Wir sind überlaufen. Wartelisten von zwei Jahren, wie man mir sagt. Ein Teil der Leute sollte zum Dezernenten gehen.«
»Wird aber nicht«, sagte Isaac. »Tut mir leid, daß ich Sie geschlagen habe. Es war ...«
»Das ist gut für den Kreislauf, ein kräftiger Schlag aufs Herz. Mir geht's gut. Aber werden Sie Ihren Frieden mit Alejo schließen?«
»Es ist zu spät, Jim.«
»Zu schade«, sagte der Kardinal. »Weil ich ihn bei dieser Sache unterstützen muß. Und Sie haben jetzt schon etwas von einem Paria. Achten Sie auf Ihre Flanken, mein Sohn. Andernfalls werden die Haie Ihnen die Beine abbeißen, angefangen mit Becky Karp. Sie ist sauer auf ihren Lieblings-Commish.«
Und dann war er wieder zu einem anderen Teil des Ballsaales entschwunden, wo er mit der Frau eines Politikers tanzte, während der Rest seiner Herde, die Menschen, die ihn liebten und fürchteten, ihm aus dem Weg glitt.
Isaac spürte eine Hand auf seiner Schulter. Er wollte schon knurren, bis er das attraktive, farblose Gesicht des Gouverneurs erkannte, die perfekt überkronten Zähne, die Augen mit all der Sympathie eines Fisches.
»Isaac, schaffen Sie sich Ihre Gestapo vom Hals.«
»Gestapo, Gouverneur?«
»Spielen Sie nicht den Unschuldigen. Ich kann und werde eine Geheimpolizei nicht dulden.«
»Wer erzählt Ihnen Gutenachtgeschichten, Sir?«
»Vergessen Sie's. Ich will Zusicherungen, Isaac. Können Sie mir schwören, daß Sie sich nicht Ihre eigene Truppe von Spionen halten?«
»Ja.«
»Ich glaube Ihnen nicht.«
»Möchten Sie vielleicht, daß ich auf den Ring des Kardinals schwöre?«

»Lassen Sie Jim aus dem Spiel. Ihm gehört jetzt schon die Hälfte aller Immobilien der Stadt. Isaac, ich möchte nicht, daß Sie zu einer Belastung werden. Ich denke an die Kandidatur für das Präsidentenamt. Dessen sind Sie sich bewußt. Und falls ich jemals von irgendeinem Reporter beschuldigt werden sollte, eine Art von gottverdammter Gestapo zu finanzieren, bin ich aus dem Rennen.«

»Ich bin sauber, Gouverneur.«

»Sicher«, sagte der Gouverneur, wandte sich von Isaac ab. »Ivanhoes, nennen Sie sie nicht so?«

»Keine Ahnung, Eure Exzellenz.«

Doch der Gouverneur ließ Isaac stehen, um jede Hand zu schütteln, die er nur finden konnte. Und Isaac steckte bis zum Hals in der Scheiße. Wenn der Gouverneur, der keine Informationsquellen von Insidern besitzen konnte, schon von den Ivanhoes wußte, dann war Isaac verloren. Wer zum Teufel hatte ihn verpfiffen? LeComte? Aber dann hätte der Kulturkommissar auch seinen eigenen Anteil an der Schaffung der Ivanhoes enthüllen müssen.

Darüber dachte Isaac nach, als er Schyler Knott bemerkte. Der Präsident des *Christy Mathewson Club* war aus seinem Versteck gekommen, um am Ball teilzunehmen. Der Bomber war als Leibwächter bei ihm. Harry Lieberman in einem Smoking, der durchaus auch als Schürze eines Metzgers hätte durchgehen können. Und Isaac hatte immer noch das dringende Bedürfnis, ihm zu sagen, Harry, Sie hätten nach dem Krieg nicht zur Mexican League wechseln sollen. Bei den *Giants* hätten Sie eine größere Chance gehabt. Aber das war Geschichte, eine alte Wunde, die niemals heilen würde, weder für Isaac noch für Harry.

»Hallo, Schyler«, sagte Isaac, klang dabei so traurig wie er nur konnte.

»Sie sind nicht witzig«, sagte Schyler. »Ich habe Ihnen vertraut, und Sie haben uns verraten.«

»Ich? Ich bin ein ehrenhaftes Mitglied des Clubs. Ich würde niemals das Andenken von Mathewson und Mel Ott verraten. Mein ganzes beschissenes Leben war Baseball. Ich wollte nie etwas anderes sein als ein *New York Giant.*« Eine Bosheit beschlich Isaac. »Harry war ein *Giant*, aber Harry ist abgesprungen.«

»Wir reden hier nicht von Baseball. Und Harrys Karriere ist allein seine Sache. Sie haben Schläger in unser Haus gebracht.«

»Niemals«, sagte Isaac. »Das würde ich niemals tun.«

»Ich habe keiner Menschenseele von Maurie erzählt, Isaac, niemandem, außer Ihnen ... Niemand sonst konnte gewußt haben, daß er Mitglied unseres Clubs war. Er hat sich mit unserem Vorstand immer auf Geheimsitzungen getroffen. Maurie wollte uns nicht kompromittieren.«

»Und Sie glauben, ich hätte?«

»Ja.«

»Und Sie, Schyler, sind ja so gottverdammt ehrlich. Wir haben Maurice' Freund gefunden. Den Krankenpfleger. Er hat uns erzählt, daß Maurie den Club als Privat-Bordell benutzt hat.«

»Bordell? Hätten Sie das auch gesagt, Isaac, wenn der Krankenpfleger eine Frau und nicht ein Mann gewesen wäre? Wo sonst konnte sich Maurie denn mit ihm treffen? Im *St. Moritz*?«

»Okay, wenn ich so ein Arschloch bin, wieso zum Teufel sind Sie dann hier?«

»Ich lasse mir den *Manhattan Ball* niemals entgehen. Der Gouverneur ist ein persönlicher Freund von mir.«

»Sie haben nicht zufälligerweise in Gegenwart Ihrer Exzellenz das Wort ›Ivanhoe‹ fallen lassen, oder?«

»Isaac, ich kann mich nicht erinnern, jemals einem Ivanhoe begegnet zu sein, es sei denn, Sie meinen Tilly Ivanhoe, der neunzehnsiebzehn bei den *Reds* geworfen hat. Er ist heute in einem Sanatorium ... entschuldigen Sie mich, ich würde dem Gouverneur gern Guten Tag sagen.«

Und Isaac stand da mit der Schmach einer weiteren mißglückten Begegnung. Er schaute sich um und entdeckte Sal Rubino, Hauptdrahtzieher und Gehirn hinter den rebellischen Rubino-Captains. Er hatte den Kampf gegen Jerry DiAngelis Aufstieg auf den Rubino-Thron angeführt. Seine Onkel waren getötet worden, und Sal gab Jerry DiAngelis die Schuld. Er hätte nicht auf den Ball kommen sollen. Aber er war rücksichtslos, genau wie die beiden DiAngelis-Brüder. Er tanzte mit einer Lady. Isaac konnte nur ihren Rücken sehen. Doch der Wurm zerrte an ihm. Margaret Tolstoi lag in Sal Rubinos Armen.

Sie hatte jetzt einen neuen Beschützer. Sie brauchte den Commish nicht. Ihr Rückgrat zuckte unter ihrem seidenen Abendkleid. Ihr Lachen klang wie heiße Kohlen. Sal und Margaret drehten sich, und für einen Augenblick begegneten sich ihre Blicke. Da war weder Traurigkeit noch Überraschung. Er hätte irgendein x-beliebiger Gast auf dem Ball des Gouverneurs sein können.
Isaac holte seinen Zylinder und Wintermantel und verließ das *St. Moritz*.

13

Er ließ sich wie der einsame Wolf, der er war, in die Innenstadt treiben. Er hätte jeden Streifenwagen anhalten und sich fahren lassen können. Aber ihm war nach einem Spaziergang: Ein Narr in einem Cape und mit einem Zylinder, der hundert Jahre alt war. Die Menschen starrten ihn an. Eine Frau bot ihm einen Dime an, hielt ihn für einen Bettler, der herausgekommen war, um im Karnevalskostüm die Straßen Manhattans unsicher zu machen. Er nahm den Dime, denn es schien erheblich einfacher als sich erklären zu müssen. Er, Isaac, der als Mandrake der Zauberer im *St. Moritz* eingetroffen war, einen Kardinal geschlagen und die große Liebe seines Lebens in den Armen eines Mafia-Bosses gesehen hatte – kein Prinz wie Jerry, sondern der Präsident einer Beton-Firma. Sal Rubino.
Isaac überlegte bereits, wie er den tödlichen Schuß arrangieren konnte. Es beruhigte ihn, sich das ganze Szenario vorzustellen. Er konnte eine Kanone aus der Waffenkammer stehlen, sich seine Knetnase aufsetzen und den Betonproduzenten in irgendeinem Café stellen, ihm dann ein Ding hinters Ohr setzen und wieder rausmarschieren, eins-zwei-drei. Wer würde je auch nur im Traum darauf kommen, daß es der Police Commissioner war? Aber damit würde er nur den Kleinkrieg zwischen den alten Rubino-Captains und Jerry DiAngelis komplizieren, und dabei könnte der Melamed Schaden nehmen. Trotzdem, es war ein herrlicher Gedanke ...
Isaac zog gerade seinen Smoking aus, als das Telefon klingelte. Er nahm den verdammten Hörer ab. »Hallo.«

»Du Schwanzlutscher.«
Es war Becky Karp.
»Mein Prachtstück, und er läßt mich einfach sitzen.«
»Hatte Kopfschmerzen«, sagte Isaac.
»Du meinst wohl, einen Ständer. Ich habe dich erwischt, wie du Sal Rubinos Nutte angestarrt hast. Margaret Tolstoi. Heißt sie nicht so? Sie ist deine neue Flamme. Dachte mir doch, daß eine andere Frau im Spiel ist. Und du fällst auf eine Fotze wie die rein.«
»Wir sind zusammen auf die Schule gegangen, Euer Ehren.«
»Komm mir nicht mit ›Euer Ehren.‹ Wir sind so gut wie verlobt.«
»Becky, ich ...«
»Halt's Maul. Welcher Vollidiot schlägt einen Kardinal? Isaac, willst du meine gesamte Verwaltung den Bach runtergehen lassen?«
»Das war ein Unfall«, brummte Isaac. »Ich wollte deinen Schuldezernenten schlagen.«
»Das ist wirklich brillant«, sagte Rebecca. »Krieg zwischen den Puertorikanern und Juden. Die Zeitungen werden es lieben. Und Alejo wird dich in der Luft zerreißen. Er war Boxer. Ich dachte, du würdest wenigstens einen Funken Verstand besitzen. Und wer hat dir überhaupt erlaubt, den Tisch zu verlassen? Unmittelbar, nachdem du gegangen warst, brach ein Streit vom Zaun. Zwischen Rubino und Jerry DiAngelis.«
»Das paßt.«
»Und wieso warst du dann nicht da, um es zu verhindern, Isaac? Ist es nicht genau das, wofür ich dich bezahle?«
»Rebecca, ich bin kein Kampfrichter. Um was ging's denn bei diesem Streit?«
»Um diese Schlampe. Margaret Tolstoi. Daher weiß ich, wer sie ist. Jerry hat sie beschimpft. Und Sal hat angefangen, sich über Jerry herzumachen.«
»Und hat dein Boxer den Kampf unterbrochen?«
»Nein. Das war Jim. Der Kardinal hat sich zwischen die kriegführenden Parteien geschoben, und beide waren zutiefst beschämt, es sich mit dem Vatikan verdorben zu haben. Jim jedenfalls kriegt die ganze Publicity, und ich kriege nicht mal einen Fick, weil mein Police Commissioner in Sal Rubinos kleine Mätresse verknallt ist.«

»Wir waren Klassenkameraden«, sagte Isaac. »Margaret und ...«
Aber die Bürgermeisterin hatte einfach aufgelegt. Sie würde kochen und wieder anrufen. Ein Anruf reichte Rebecca nicht. Er löste die Fliege und spielte mit den Kragenknöpfen. Er zog Schuhe und Socken aus. Das Telefon klingelte, und Isaac überlegte, nicht ranzugehen, aber Euer Ehren würde das Ding die ganze beschissene Nacht klingeln lassen. Er konnte ein merkwürdiges Zwitschern in der Leitung hören.
»Wer ist da?« knurrte er.
»Anastasia. Kann ich raufkommen?«

Isaac empfing sie in seiner Robe wie ein Aristokrat. Sie hatte ein Veilchen auf dem Auge.
»Hat Sal dich geschlagen?«
»Das ist nichts«, sagte sie.
»Ich sorge dafür, daß er sich wünscht, nie vom *Manhattan Ball* gehört zu haben.«
»Es ist wirklich nichts.«
Sie ließ ihren Mantel auf den Boden gleiten, und da stand sie in ihrem seidenen Abendkleid, mit einem eigenartigen Leuchten in Isaacs verdunkelten Zimmern, seiner Bärenhöhle an der Rivington Street. Sie begann zu zittern.
»Dir ist kalt«, brummte er. »Ich hole dir einen Pullover.«
»Nein. Ich hätte gern was zu trinken.«
Isaac suchte in den Schränken und entdeckte einen polnischen Birnenschnaps. Sein Wurm mochte keinen Whiskey, und Isaac hatte nicht viel Alkohol im Haus. Aber er schenkte Margaret und sich ein Glas ein.
»*Santé*«, sagte sie, stieß mit Isaac an.
»Du mußt in Paris gewesen sein. Mein Dad lebt dort. Er ist Maler. Malt Porträts reicher Amerikaner. Er wollte ein zweiter Cézanne werden.«
»Ja, ich war in Paris. Und in Brüssel. Und Amsterdam.«
»Bevor du Margaret Tolstoi wurdest.«
Sie kippte ihren Schnaps. »Ich wollte dich heute abend sehen.«
»In Erinnerung an alte Zeiten. Stimmt's? Von einem Schulkamerad zum anderen.«
»Ich dachte eigentlich nicht an alte Zeiten. Ich habe meinen Arsch riskiert, um herzukommen, Isaac. Sal wollte nicht, daß ich ihn allein ließ.«

»Bist du so zu deinem blauen Auge gekommen?«
»Nein. Das ist im *St. Moritz* passiert. Sal fand, daß ich nicht rüber an Jerrys Tisch hätte gehen sollen. Aber ich mag den hebräischen Lehrer. Isadore war immer nett zu mir.«
»Herzchen, wußtest du, daß dein Mann tot ist?«
Sie knabberte am Rand ihres Glases. »Welcher Mann?«
»Hör endlich auf, Margaret. Das hier ist kein beschissenes Stück von Tschechow. Der Buchhalter. Crabbs. Er hat einen Schuß ins Ohr bekommen, von jemandem, der verdammt dicht an ihn rangekommen ist.«
»Jemand wie ich. Ist es nicht das, was du damit sagen willst?«
»Ja. Für den Anfang. Du erzählst mir, Nose würde versuchen, dich umzubringen. Irgendein Arschloch taucht mit einer Mafia-Flinte vor meinem Fenster auf, richtet sie auf deinen Kopf. Ich habe dich in ein sicheres Haus gebracht, Margaret. Ich habe dich bei meinen Leuten gelassen. Und du bist weggelaufen.«
»Sie wurden ziemlich vertraulich. Ich bin pinkeln gegangen, und einer von ihnen ist auf die Toilette gekommen und fängt eine Unterhaltung an.«
»Wer?«
»Ich habe mir nicht die Zeit genommen, danach zu fragen. Ich bin verduftet.«
»Also, wie hat er ausgesehen?«
»Es war dunkel, Isaac. Er trug ein Holster. Ich weiß nicht ...«
»Und du bist zu Sal Rubino gelaufen.«
»Ich hatte keine besonders große Wahl. Hätte ich denn vielleicht zum FBI gehen sollen? Sal mochte mich.«
»Ich weiß. Er hat mit dir getanzt. Er hat dich auf den Ball des Gouverneurs gebracht, damit DiAngelis vor Eifersucht zerplatzen sollte.«
»Ich habe ihn gebeten, mich mitzunehmen«, sagte Margaret. »Ich bin noch nie auf einem solchen Ball gewesen.«
»Ich hätte dich mitnehmen können.«
»Ja, aber du warst nicht greifbar.« Und die rumänische Prinzessin begann zu lachen.
»Was ist so komisch?«
Sie legte eine Hand über ihren Mund, um das Lachen zu unterdrücken. »Dein Smoking«, sagte sie.
»Das sollte nicht komisch sein.«

»Aber ich fand ihn hinreißend. Deshalb bin ich hier. Mein kleiner süßer Isaac.«

»So süß bin ich nicht«, sagte Isaac. Er packe Margarets Handgelenke. »Es gibt mir hier gottverdammt zuviel Gedächtnisschwund. Wo bist du gewesen, Margaret, bevor du den Buchhalter geheiratet hast? Und *wer* bist du gewesen?«

»Du tust mir weh«, sagte sie.

Und Isaac fühlte sich fürchterlich in seinem Polizistenherzen. Er konnte sich nicht von Anastasia kurieren. Er hing an irgendeinem beschissenen Haken, und wurde immer wieder zurück zu Samowaren und schwarzem Tee gezogen. Nur wenn sie eine Derringer in ihrer Handtasche hatte, würde er sie fortschicken. Sein Kopf beugte sich eine Idee nach vorn. Er konnte ihre Nasenflügel und die Hitze ihres Mundes spüren. Und schließlich, nach ungefähr siebenunddreißig Jahren, küßten sie sich. Es war ein merkwürdiges Gefühl, so als würde Isaac sich in einem Spiegel beobachten. Küßte er Margaret oder den Geist eines kleinen Mädchens? Das Abendkleid rutschte von ihren Schultern. Und Isaac hatte Angst. Sie nahm ihn an der Hand, und er fand sich mit Margaret Tolstoi in seinem Schlafzimmer wieder.

Es war eher wie Frieden als irgendeine besondere Leidenschaft. Er war in der Prinzessin zur Ruhe gekommen. Er hatte keinerlei Verlangen, sein Bett zu verlassen. Er kam zweimal, wie ein großer glücklicher Bär. Und die ganze Zeit beobachtete er ihr Gesicht. Ihre Mandelaugen wechselten die Farbe. Unter Isaacs Gewicht wurden sie grün. Ihr Mund schmeckte nach Tee. Keine andere Frau hatte ihn jemals so gehalten wie jetzt Anastasia. Sie berührte die Wolle auf seiner Brust, während ein Arm seinen Rücken streichelte, als wäre er ein riesiges Baby.Er schloß seine Augen, um sie besser sehen zu können, um sie sich an seiner Seite vorstellen zu können, als er ein leises raschelndes Geräusch hörte, wie ein Motor, der atmen konnte. Anastasia war bereits in den Kleidern. Isaac starrte auf die Uhr auf seinem Nachttisch. Es war eine Minute vor fünf. Und Isaacs Fenster waren schwarz wie ein tiefer Brunnen.

»Wo willst du hin?«

»Zu Sal«, sagte sie. »Ich habe versprochen, daß ich nicht die ganze Nacht bleiben würde.«

»Dann hat er dich also an mich ausgeliehen. Du hast einen Handel mit Sal Rubino gemacht.«
»Isaac, es war die einzige Möglichkeit, kommen zu können.«
»Was, wenn ich dich wie eine beschissene Gefangene bei mir behalte?«
»Er würde seine Leute schicken, um bei dir anzuklopfen.«
»Ich könnte in zehn Minuten zwei Überfallkommandos hier haben, mit kugelsicheren Westen und allem. Die würden Sal bis in seine Zementfabrik kicken.«
»Isaac, ich habe es ihm versprochen.«
»Margaret, bleib bei mir. Ich meine es ernst. Wir haben schon siebenunddreißig Jahre verloren.«
»Ich kann nicht«, sagte sie.
»Ich kann keine weiteren siebenunddreißig Jahre warten. Ich verliere jetzt schon meine Zähne. Ich hatte eine Bruch-Operation. Ich habe dunkle Flecken vor den Augen. Ich kann mich an die Hälfte der Namen meiner Deputies nicht mehr erinnern. Und ich habe einen Wurm in meinen Eingeweiden, der mich bei lebendigem Leib auffrißt.«
»Du bist immer noch ein kleiner Junge«, sagte sie, lächelte Isaac an. Sie beugte sich vor, um ihn zwischen die Augen zu küssen, und er war viel zu schwach, um Margaret mit Handschellen an sein Bett zu fesseln.
Sie entglitt Isaac. Die Tür fiel mit einem leisen Klicken ins Schloß. Und er wußte, daß er von Samowaren träumen würde, noch bevor er eingeschlafen war.

TEIL DREI

14

Er nannte sich Ismail. Er war Dechiffrierer bei der syrischen UN-Delegation. Ein kleiner Angestellter von etwa einsfünfzig. Isaac stellte sich vor, daß sein Büro in irgendeinem Keller lag. Aber der kleine Angestellte las den größten Teil der syrischen Daten. Isaac bat Ismail niemals, sich selbst zu kompromittieren, Dokumente zu liefern oder sein Land zu verraten. Er hatte den kleinen Mann auf einer Party kennengelernt. Und es war schon merkwürdig, daß ausgerechnet ein Mitarbeiter der syrischen Delegation eine Leidenschaft für Baseball entwikkelt haben sollte. Ismail sammelte, genau wie Isaac, Karten von großen Baseballspielern. Er kannte die Trefferquotienten. Er war qualifiziert, dem *Christy Mathewson Club* beizutreten, doch das würden die Syrer niemals zugelassen haben. Als kleiner Junge in Damaskus hatte er ein Baseball-Buch aufgestöbert, und irgend etwas an den Uniformen, den Kappen und den aufbauschenden Hosen hatte ihn für sein ganzes weiteres Leben gefesselt.

Er fühlte sich allein in Amerika, und er konnte keine Beziehung zu den jetzigen Mannschaften finden, weil sie nicht mehr diese weiten Hosen trugen, an die er sich aus seinem Buch erinnerte. Und so hielt er sich an die Helden seiner Kindheit. Er war nicht verheiratet. Sein einziger Bruder war in Damaskus gestorben. Er schrieb Gedichte und half Isaac, wann immer er konnte. Der PC hielt sich Ismail als Informant und Freund warm.

Sie aßen zusammen in Chinatown zu Mittag, in kleinen Restaurants, wo die Köche, die Besitzer und die Kellner über Isaacs Ungestörtheit wachten. Der Syrer war immer dankbar. Sie unterhielten sich über ihre Kartensammlungen, was jede einzelne Karte wohl wert sein mochte. Ismail besaß Karten, die bis 1920 zurückgingen. Er war ein viel ernsthafterer

Sammler, als Isaac es je sein würde. Die Karten waren Ismails Amerika. Sein Ty Cobb war Tausende von Dollar wert. Aber er würde sich nie von seiner Sammlung trennen.

Erst nach dem Essen sprachen sie über Geschäfte.

Der kleine Mann war in der Lage gewesen, Einzelheiten über Margaret Tolstois Leben zu einem größeren Bild zusammenzufügen. Er mußte zu einer russischen Quelle gegangen sein, doch Isaac hatte nie gefragt, woher Ismail seine Informationen bekam. Er führte nie irgendwelche schriftlichen Unterlagen mit sich. Was er zu sagen hatte, speicherte er allein in seinem Kopf.

»Sie ist Rumänin«, sagte Ismail. »Ihren Geburtstag habe ich nicht feststellen können.«

»Das ist nicht wichtig, Ismail. Sie ist etwa in meinem Alter. Aber wurde sie als Margaret Tolstoi geboren?«

Der Syrer lächelte. »Isaac, klingt Tolstoi für Sie wie ein rumänischer Name? Magda heißt sie. Magda Antonescu, glaube ich. Sie war eine Waise. Aber sie könnte das Kind reicher Leute gewesen sein. Um neunzehnhundertvierzig lebte sie in Paris. Und in Amerika traf sie gegen neunzehndreiundvierzig ein. Ohne Eltern.«

»War sie Jüdin?« fragte Isaac.

»Nein. Dafür habe ich keinerlei Hinweise gefunden.«

»Aber wieso ist sie dann hergekommen? Rumänien hat doch auf Seiten der Nazis gekämpft. Ihre Soldaten hatten Odessa besetzt, oder? Sie wäre in Paris sicher gewesen.«

»Vielleicht. Aber sie kam mit einer Gruppe rumänischer Kinder. Sie wurden auf verschiedene Pflegefamilien aufgeteilt. Manche hatten Glück, andere nicht. Magda schien kein dauerhaftes Zuhause finden zu können. Sie hatte eine ganze Reihe von Onkeln und Tanten. Vielleicht hat sie das Familiensilber gestohlen, wer weiß?«

»Aber ich habe sie während des Krieges kennengelernt«, sagte Isaac. »Und die Leute, bei denen sie wohnte, waren sehr vornehm. Sie hatten einen Samowar.«

Ismail lachte über seinen Freund. »Wenn ein Samowar ein Kennzeichen für Vornehmheit war, Isaac, dann hätten sie allein in Manhattan eine Million Aristokraten gehabt.«

»Das meine ich nicht«, protestierte Isaac. »Es war die Art, wie sie sich verhielt. Sie sprach Französisch.«

»Natürlich.«

»Aber es war nicht nur das Französisch, Ismail. Sie war anders. Die Lehrer liebten sie. Wir alle. Und dann war sie urplötzlich verschwunden.«

»Verschwunden? Nein, sie ist nach Bukarest zurückgekehrt ... nach dem Krieg. Da war ein verloren geglaubter Onkel, der sie zurückholte.«

»König Karol?«

»Kein König, Isaac. Ferdinand Antonescu. Irgendein Bankier. Und dann wird alles ein wenig vage. Sie war Ballettänzerin, Schauspielerin. Und Onkel Ferdinand betätigte sich nebenbei auf dem Schwarzmarkt. Er wurde verhaftet und hingerichtet. Die Nichte fiel in Ungnade. Lebte wie eine Bettlerin von der Hand in den Mund. Als Mätresse eines rumänischen Generals taucht sie dann wieder auf. Von da an nur noch Kaviar und Champagner. Die Russen wurden auf sie aufmerksam. Und sie wird in einen sowjetischen ›Kindergarten‹ gesteckt.«

»Kindergarten?« brummte Isaac. Margarets Reisen hatten begonnen, ihn zu verwirren.

»Eine Schule für Spione. Nichts besonderes. Absolut unterstes Niveau. Ihre Lehrer vertrauten ihr nie wirklich. Sie war in Amerika gewesen. Das FBI hatte Magda Antonescu möglicherweise schon beeinflußt.«

»Sie war auf der Junior High, um Himmels willen. Mit dreizehn, höchstens vierzehn Jahren.«

»Es wäre nicht das erste Mal gewesen.«

»Ich glaube Ihnen nicht.«

»Dann nennen Sie es von mir aus Spekulation. Eine Theorie, Isaac, eine Ahnung. Wie auch immer, sie macht jedenfalls ihr Examen im ›Kindergarten‹. Jetzt war sie eine Schwalbe. Sie wissen, was eine Schwalbe ist?«

»Ja, Ismail«, brummte Isaac. »Eine Nutte.«

»Ihre Herren statten sie mit sämtlichen erforderlichen Dokumenten aus, die sie je brauchen würde. Sie hatte in Amerika gelebt. Also schickten die Russkies Magda zurück auf ›heimischen Boden‹. Sie gibt sich als rumänischer Flüchtling aus, was nahe genug an die Wahrheit herankam. Sie hat sechs oder sieben Decknamen. Und sie macht die Runde. Verführt Männer in Washington, San Francisco, Los Angeles ... Kleine Diplomaten, Soldaten, Matrosen, Wissenschaftler. Ich sagte es bereits. Sie vertrauten Magda nicht. Sie lieferte ihnen kleine Informationsbröckchen, genug, daß sie weiterhin auf ihrer Gehaltsliste blieb. Aber sie war eine viel zu eindrucksvolle Frau, um unbemerkt zu bleiben, auch wenn ihre Agentenführer sie von einem Ort an den anderen schickten. Sie hatte ein Dutzend guter Jahre. Und dann kam das FBI der geheimnisvollen Magda auf die Schliche.«

»Ich dachte, Sie hätten vorhin gesagt, sie wäre schon mit dreizehn rekrutiert worden.«

»Das ist nur so eine Theorie von mir, Isaac. Nicht mehr. Aber jetzt fängt der Spaß erst an. Das Bureau verhaftet Magda nicht. Und die Russen machen sich nicht wirklich Sorgen, daß sie enttarnt worden sein könnte. Sie weiß nur sehr wenig über ihre Operationen. Sie hatten ihr Schlupfwinkel zur Verfügung gestellt, wo sie Magda und ihre ›Freier‹ in kompromittierenden Stellungen fotografieren konnten, um den armen Bastard später erpressen oder ihm eine Scheißangst einjagen zu können. Und jetzt beschloß das Bureau, Magda als Informantin zu benutzen. Die Russen haben nicht mal was dagegen. Sie bieten sie dem FBI als ›Osterei‹ an – ein sehr kleines Geschenk. Aber unter einer Bedingung. Das Bureau darf sie nicht auf den internationalen Markt bringen. Sie darf nur Jagd auf amerikanisches Wild machen. Was dem Bureau nur recht ist. Magda ›stirbt‹. Und damit Auftritt für Margaret Tolstoi.«

»Und wer ist ihr Agentenführer?«

Ismail trank eine Tasse grünen Tee.

»LeComte, natürlich.«

Isaac schlug sich vor die Stirn. »Mein Gott, was bin ich doch für ein Idiot. Jerry windet sich immer wieder aus LeComtes Griff. Es gelingt ihm nicht, eine hieb- und stichfeste Anklage zusammenzubekommen. Geschworene haben die Eigenart, sich in Jerry DiAngelis zu verlieben. Also wirft LeComte Margaret Tolstoi ins Süppchen. Sie zieht zu Jerrys Buchhalter. Sal Rubino ist verrückt nach ihr. Margaret ist so was wie ein Kampfgebiet. Sie heizt den Krieg an. Und dann, quasi als Zuckerguß, taucht sie im *Christy Mathewson Club* auf, und ich werde in die ganze Geschichte mit hineingezogen ... kompromittiert, noch bevor ich Margaret auch nur hallo sagen kann.«

»Sie ist ein richtiges Prachtstück, unsere Margaret«, sagte der kleine Mann. »Fünfzig, und immer noch recht gut in Schuß.

Erinnern Sie sich, Isaac, Graf Dracula war Rumäne. Und sie ist Draculas Tochter. Und genau so wird sie in manchen Dechiffrierabteilungen auch genannt. Sie saugt den Männern in ihrem Leben das Blut aus. Ich wäre in ihrer Nähe sehr vorsichtig. Sie könnte immer noch nebenbei für den einen oder anderen ihrer alten Herren arbeiten. Verraten Sie nicht zuviel von sich selbst.«

Habe sie bereits mit den Ivanhoes bekanntgemacht, brummte Isaac lautlos vor sich hin. Er sehnte sich nach einem Cappuccino, nicht nach einem Tee. Er zog eine Baseball-Karte aus der Tasche, eingeschlagen in Zellophan. Es war Goose Goslin, 1921.

Ismail hielt die Karte mit zitternden Händen. »Isaac, das kann ich nicht annehmen. Nicht guten Gewissens. Es würde Ihre Sammlung ungemein schmälern.«

»Kiddo, Sie haben sich die Karte verdient.«

Isaac stand auf, um zu zahlen. Es war immer ein ziemlicher Tanz. Der PC war ein gern gesehener Gast, der Lord High Commissioner. Und Isaac würde antworten müssen, daß die Mahlzeit selbst eine Ehre war, und daß der Lord High Commissioner wie jeder andere auch für diese Ehre bezahlen mußte. Der Koch persönlich würde aus der Küche kommen und irgendwelche Zeichen auf einen leeren weißen Block kritzeln. Und das mit einer solch ungeheuren Sorgfalt, daß ein Essen für zwei Personen Isaac neun Dollar und siebzig Cents kostete.

Ismail ging auf die Toilette, und Isaac machte sich auf den Weg quer durch die ganze Stadt zur Hemdenfabrik. Etwas, mehr als nur Margaret Tolstoi, ließ ihm keine Ruhe. Ismail schien *zuviel* über Draculas Tochter zu wissen. Er konnte kein einfacher Dechiffrierer der syrischen Delegation sein. Und was zum Teufel machte ein Kid aus Damaskus mit Baseball-Karten? Isaac schien von Zauberern umgeben zu sein.

Er betrat die Fabrik. Er wurde von dem Afrikaander empfangen.

»Burt, du hast gelogen. Du hast gesagt, du hättest Margaret nicht in der Fabrik gesehen. Aber du bist ihr auf die Toilette gefolgt, stimmt's?«

»Ja, bin ich.«

»Wozu denn, zum Teufel?«

»Ich wollte ihr ein paar gottverdammte Fragen stellen, und die Frau ging mir aus dem Weg. Isaac, ich habe ihr nicht unter den Rock geguckt. Das ist nicht mein Ding. Jesus, das weißt du doch.«
»Nun, wir müssen umziehen. Denn die Lady arbeitet für LeComte, und es könnte auch gut sein, daß sie noch erheblich mehr solcher Klienten hat.«
»Du bist ein gottverdammter Gedankenleser. Weil ich nämlich genau die gleichen Gedanken hatte.«
»Ich erwarte, daß ihr in zwanzig Minuten zusammengepackt habt.«
»Aber wir haben einen ganzen Schlafsaal voller Pritschen. Wir haben Bettzeug. Hundert Kissen.«
»Vergiß den Schlafsaal. Nimm das ganze andere Zeug.«
»Und was ist unsere neue Adresse?«
»Wir haben keine. Es ist zu riskant, eine permanente Basis zu haben. Der Gouverneur sitzt mir im Nacken. Öffne den Safe, Burt. Teil alles auf, was drin ist. Und dann wartest du in diesem weißen Hotel auf mich.«
»Wo der Buchhalter mit einer Kugel im Hirn liegt?«
»Ich wäre bereit zu beschwören, daß die Leiche inzwischen beseitigt worden ist. Und nicht von der Catskill-Polizei. Ich denke, unsere Freunde werden schon okay sein ... für eine Weile. Ich verlasse mich auf dein Urteilsvermögen, Burt. Wenn es nicht richtig riecht, mietest du ein anderes Haus. Die Berge sind voll davon.«
»Aber ich werde mit einer Armee kommen, Isaac. Irgendwer muß uns zwangsläufig bemerken.«
»Dann werdet ihr euch eben trennen müssen. Und wenn du anrufst, Burt, meldest du dich als Bruder Tuck.«
»Würde das für irgendeine kleine Sekretärin nicht verdächtig klingen?«
»Nein. Sie wird denken, du wärst ein Mönch.«

Er hatte seinen Pieper nicht bei sich, weil Isaac Rebecca Karp nicht auf Gedeih und Verderb ausgeliefert sein wollte. Aber als er ins Präsidium kam, war es nicht die Bürgermeisterin, die ihm an den Fersen klebte. Sweets wartete mit all der düsteren Laune eines enterbten Mannes vor Isaacs Büro.
»Ich piepe dich jetzt schon seit einer Stunde an.«

»Ich hatte wichtige Geschäfte«, sagte Isaac.
»Das ist mir scheißegal. Du bist hier der beschissene Chief. Und du schuldest uns vierundzwanzig Stunden am Tag dein Blut.«
Der First Dep schrie Isaac vor all seinen Sergeants und Commissioner-Kollegen an, aber Isaac schrie nicht zurück. »Tut mir leid«, sagte er.
»Spar dir deine Entschuldigungen, Mr. Isaac. Der Mob hat eine Party veranstaltet. Jerrys Schwiegervater ist angeschossen worden.«
»Wo ist er jetzt?«
»Im St. Vincent's. Ich glaube, er wird durchkommen.«
Sergeant Malone brachte Isaac in dem alten Dodge aus der One Police Plaza, während die Sirenen gegen den Verkehr ankreischten. Sie schafften es in sieben Minuten zum St. Vincent's. Isaac tappte durch das Krankenhaus, ließ die Sterne seiner Commissioner-Dienstmarke aufblitzen. Ärzte, Schwestern und Nonnen konnten den Commish nicht aufhalten. Er fand die DiAngelis-Brüder, Jerry und Nose, mit Eileen DiAngelis vor der Intensivstation. Jerry ließ die Intensivstation von sechs seiner Männer bewachen. Das Krankenhaus war wie eine Armeekaserne.
Eine der Krankenschwestern beschwerte sich. »Ich werde die Polizei rufen.«
»Ma'am«, sagte Isaac. »Entschuldigen Sie die Störung. Ich bin Commissioner Isaac Sidel.«
»Das ist unerhört«, sagte die Schwester. »Diese Leute haben hier nichts zu suchen.«
Stirnrunzelnd sah sie die Sterne auf Isaacs Dienstmarke an und stahl sich kleinlaut auf eine andere Station.
»Ich habe ihm nahegelegt, nicht allein spazierenzugehen«, brummte Jerry. »Jesus, das hier ist kein Country Club. Sie haben ein Kid geschickt, irgendeinen Halbstarken mit einer Spielzeugkanone, um Izzy zu erschießen. Isaac, er hat ausgesehen wie ein Botenjunge. Er ist Fahrrad gefahren ... aber jetzt ist Schluß. Sal Rubino ... ich werde diesen verdammten Dreckskerl umlegen.«
Eileen stand in der Ecke und begann zu weinen. Isaac sah Nose an.
»Ach«, meinte Teddy Boy, »man vergreift sich nicht an einem Melamed. Er ist heilig. Wie Kardinal Jim.«

Ein Arzt kam aus der Station. »Ist Commissioner Sidel hier?«
»Ja«, sagte Isaac. »Das bin ich.«
»Mr. Wasser möchte mit Ihnen sprechen.«
»Doc«, fragte Jerry, »wie geht es meinem Schwiegervater?«
»Er wird schon wieder«, sagte der Arzt. »Aber jetzt möchte er mit Mr. Sidel sprechen.«
Und Isaac trat durch die magische Tür der Intensivstation. Männer und Frauen lagen im Koma nach ihren Operationen auf ihren Lagern, die an Kinderbetten erinnerten. Aber der Melamed hatte seine eigene, durch einen Vorhang abgetrennte Ecke. Isaac trat hinter den Vorhang. Es hätte Ali Babas Zelt sein können. Der Melamed hatte Schläuche in den Armen, aber er war so bei Bewußtsein wie man nur sein konnte.
»Izzy«, sagte Isaac. »Ich bin froh, daß Sie leben.«
Der Melamed winkte Isaac mit einem Finger heran. Und Isaac trat an die Krippe. »Ich verrate dir ein Geheimnis«, flüsterte Izzy. »Ich auch. Aber ich bin abergläubisch. Ich mag keine Zimmer mit Kreuzen an jeder Wand.«
»Es ist ein katholisches Krankenhaus, um Himmels willen. Seien Sie ein bißchen tolerant. Ihre Tochter hat einen Katholiken geheiratet.«
»Das ist was anderes«, sagte der Melamed. »Sprich mit Jerry, Isaac. Bitte. Wenn er Sal den Krieg erklärt, wird keiner gewinnen.«
»Ich werde mich selbst um Sal Rubino kümmern.«
»Pssst«, machte der Melamed. »Du bist der Chief of Police. Aber versprich mir, Isaac. Du wirst mit Jerry reden. Er darf keinen Finger krümmen, bis ich wieder aus dem St. Vincent's raus bin. Sie haben versucht, uns zu demütigen, das ist alles. Also haben sie ein Kind auf einem Fahrrad geschickt.«
»Ich sehe das anders, Iz. Es war ein cleverer Schachzug von Sal. Ein Kind würde keinen Verdacht erregen. Ein Kind könnte sich durch die Linien schleichen.«
»Aber er hatte eine Erbsenpistole. Wenn ich nicht gestürzt wäre, hätte ich mich zu Hause auskurieren können. Nein, nein, Isaac. Es sollte kein Mord sein. Es war eine Botschaft. ›Lieber Jerry. Ein kleines Geschenk von deinen Captains. Ein Gruß zum Valentinstag.‹«
»Aber es ist Januar, Iz.«
»Na und? Sal Rubino feiert gern so früh wie nur möglich.

Und jetzt raus hier. Ich bin ein alter Mann. Ich brauche Zeit, um zu genesen.«

15

Er fuhr zur St. Andrews Plaza, wo LeComte im gleichen Gebäude wie der US Attorney für den Southern District ein Büro hatte. Isaac hatte keine Ahnung, ob LeComte da war. Der verdammte Dreckskerl konnte gut und gerne mit dem Generalstaatsanwalt auf den Weiden Virginias Golf spielen oder ein spätes, sehr spätes Frühstück auf dem Capitol Hill einnehmen.

Er hatte eine Wohnung in Georgetown und eine Zweitwohnung in Manhattan, die größer war als Isaacs ganzes Apartment. Aber LeComte mußte sein Golfspiel abgesagt haben. Isaac fand ihn in seinem Büro. Seine Ärmel waren aufgekrempelt.

Isaac sah das Muskelspiel seiner Unterarme. »Sie arbeiten aber lange, was, LeComte?«

Der Prinzregent des Justizministeriums machte sich nicht die Mühe aufzuschauen. »Isaac, ich erinnere mich nicht, Sie in meinem Terminkalender gesehen zu haben.«

»Das liegt nur daran, daß Ihre Sekretärin zerstreut ist. Ich stehe in ihrem Buch, LeComte. Sie haben sich nur nicht die Zeit genommen, es zu registrieren. Sie sind der große Zauberer. Sie sind der Chef der ganzen verdammten Show. Sie haben sich diese Alexander Hamilton-Sache einfallen lassen. Isaac Sidel, der erste *Hamilton Fellow*. Es war nur ein Spiel, um mich aus der Stadt zu bekommen.«

»Da irren Sie aber. Ich bin der letzte Verbündete, der Ihnen noch geblieben ist. Becky Karp und der Gouverneur werden Sie den Hunden vorwerfen.«

»Ja, der Gouverneur. Toller Mann. Ich frage mich, wer ihm wohl von den Ivanhoes erzählt hat.«

»Ich. Sie waren nachlässig, Isaac. Haben Spuren hinterlassen. Wenn ich es ihm nicht gesagt hätte, würde es jemand anderer im Justizministerium gemacht haben. Und ich hätte meine Glaubwürdigkeit beim Gov verloren. Er wird unser nächster

Präsident. Das wissen Sie. Er ist so ein heißer Kandidat, er könnte die Wahl niemals verlieren.«

»Und Frederic LeComte wird sein Außenminister.«

»Nein. Mir gefällt es beim Justizministerium. Das entspricht meinem Naturell.«

»Genau. Sie können sich unsichtbar machen, wann immer Ihnen danach ist. Sie können sich Agenten wie Magda Antonescu halten.«

LeComte rollte seine Ärmel runter. »Ich bin tief beeindruckt. Sie müssen sich in einem Ihrer chinesischen Restaurants mit Faruk getroffen haben.«

»Wer ist Faruk?«

»Ihr syrischer Informant. Wir nennen ihn König Faruk. Möchten Sie vielleicht einen Drink?«

»Nein, danke. Ich habe meine eigene Flasche Milch dabei.«

»Für Ihren Bandwurm, richtig? Ich könnte einen Wunderdoktor empfehlen, Isaac. Der würde Sie in einem Monat kurieren.«

»Ich mag den Wurm«, sagte Isaac. »Er ist der beste Begleiter, den ich je hatte.«

»Abgesehen von Manfred Coen.«

»Sagen Sie, LeComte, wie ist mein Spitznamen in FBI-Kreisen?«

»Wir haben uns daran gewöhnt, Sie einfach Isaac zu nennen. Für uns werden Sie immer Isaac sein ... oder Alec.«

Isaacs Nase begann zu zucken. Nicht mehr lange, und der Wurm würde wieder an ihm nagen. »Ah, Alec. Für Alexander Hamilton. Ich sollte mich geschmeichelt fühlen. Aber ich bin heute etwas langsam. Was ist mit Magda? Wie ich höre, wird sie von einigen Geheimdiensten Draculas Tochter genannt.«

LeComte schwieg. Dann lachte er. »Faruk ist besser als ich dachte.«

Isaac schaute aus dem Fenster. Er konnte den großen roten Monolithen des Polizeipräsidiums sehen, die Lichter der Wall Street, den dunklen Bogen der Brooklyn Bridge. Aber er fühlte sich angeschlagen, und er zog seine Flasche Milch heraus.

»Magda«, brummte er. »Sie haben sie in den *Christy Mathewson Club* geschickt.«

»Nein. Sie war ungezogen. Das hat sie von sich aus gemacht.«

»Aber Sie wußten von Magda und mir ... daß ich all die Jahre in sie verliebt gewesen bin.«
»Ich habe es vermutet, nachdem ich erfuhr, daß sie in Ihrer Klasse gewesen ist. Und ich habe mir die größte Mühe gegeben, Sie von Margaret fernzuhalten.«
»Erzählen Sie mir von ihrem Onkel Ferdinand.«
»Der Schlächter von Bukarest.«
»Ich verstehe nicht. Laut König Faruk war er Bankier.«
»Ja, während des zweiten Weltkrieges Finanzminister der rumänischen Provinz in Odessa. Die Rumänen hatten einen Traum von ihrem eigenen kleinen Land. Transnistrien. Ferdinand war der Architekt dieses Traumes. Odessa sollte die Hauptstadt werden. Er war ein geschickter Taktiker, beinahe sogar brillant, mit seinem kleinen Land am Schwarzen Meer. Aber er hatte eine Kleinigkeit vergessen. Transnistrien hatte keine Fluchtwege. Es war nur eine Insel, Isaac, umgeben von einem beschissenen Kontinent, der seinen deutschen Brüdern niemals gehören konnte. Sie sind bis vor die Tore Moskaus gekommen, aber reingekommen sind sie nie. Also war Ferdinand auf seinem Eiland isoliert. Er hat die Bevölkerung zur Ader gelassen. Er hat Zigeuner und Juden massakriert. Allerdings hatte er sehr ruhige Abende. Er spielte Schach mit einem der dortigen Champions. Er amüsierte sich mit seiner ›Nichte‹, die er aus Rumänien mitgebracht hatte. Sie waren keine Blutsverwandte, Isaac. Sie hieß Magda Antonescu, und sie war seine zwölfjährige Konkubine.«
»Sie sind doch verrückt«, sagte Isaac. »Magda war bei mir.«
»Nicht vor neunzehnhundertvierundvierzig ... Ferdinands Land zerbrach, also schmuggelte er das Mädchen aus Odessa heraus, setzte sie in einen Lazarettzug. Und mit all den Diamanten und dem Silber, das er den jüdischen Händlern gestohlen hatte, bestach er genug Wachmannschaften, um sie nach Schweden schicken zu können ... und auf ein Hilfsschiff nach Amerika.«
»Ich glaube Ihnen nicht.«
»Sie war in Odessa, Isaac, glauben Sie's oder nicht.«
»Und ich nehme an, das FBI hat sie sich warmgehalten, als sie rübergekommen ist, hat aus ihr einen Teenager-Spion gemacht. Das ist wenigstens Faruks Theorie.«
»Nicht Spion, Isaac. Aber das Bureau hat sie verhört. Das

war damals so üblich. Also war Faruk schon auf der richtigen Fährte.«

»Und was geschah dann?«

»Transnistrien löst sich völlig auf. Die Faschisten werden aus Rumänien hinausgeworfen. Karols Sohn, König Michael, steht inzwischen auf der russischen Seite, ist ein Genosse von Onkel Joe. Ferdinand taucht unter. Der arme König bekommt nicht mal die Chance, den Schlächter von Bukarest zu hängen. Und Stalin konnte seiner nie habhaft werden.«

»Ist er wie Adolf Eichmann nach Argentinien geflohen?«

»Nein, Isaac. Das ist das Schönste daran. Er setzt sein Schachspiel fort. Aber er erfindet eine neue Eröffnung. Die Ferdinand-Verteidigung. Unter falschem Namen kehrt er so bald wie möglich nach Bukarest zurück. Gründet einen kleinen Zirkus.«

»Und mimt den Zauberer, nehme ich an.«

»Den Zauberer ... und den Clown. Und nach Kriegsende läßt er Magda kommen, indem er sich als Verwandter ausgibt. Doch das war eine dumme Idee. Wir schicken das kleine Paket zurück.«

»Wir?« sagte Isaac. »Sechsundvierzig, siebenundvierzig waren Sie noch nicht mal auf der Welt.«

»Richtig. Dann eben die Regierung, Isaac. Sind Sie jetzt zufrieden? Aber das Bureau weiß alles über Onkel Ferdinand. Und auch den Rumänen geht langsam ein Licht auf, was sich da abspielt. Sie verhaften den Zirkus-Chef. Ihm wird der Prozeß gemacht. Er flennt im Zeugenstand. Verbrechen gegen das Volk. All diese Scheiße. Aber sein Geflenne kann ihn auch nicht retten. Ein Exekutionskommando bläst seinen Kopf in tausend Stücke.«

»Aber er hätte die Rumänen vielleicht mit seinem kleinen Zirkus austricksen können, wenn er Magda nicht hätte kommen lassen. Warum hat er das getan?«

»Er hat sie geliebt, Dummkopf. Er konnte nicht ohne Magda Antonescu leben.«

»Aber sie war doch noch ein kleines Mädchen, LeComte.«

»*So* klein war sie nun auch wieder nicht. Und ich bin auch nicht sein Richter. Die Rumänen verhaften Magda. Sie klagen sie wegen Verbrechen in Ferdinands Land am Meer an. Sie behaupten, daß Dracula und seine Tochter jüdisches Blut getrunken haben. Vielleicht hätten sie sie auch erschossen, wenn die Russen sie nicht schnell nach Moskau geholt hätten. Sie lebt mit einigen Generalen oder Admiralen zusammen, ich weiß es nicht. Als eine Art Schauspielerin kehrt sie schließlich nach Rumänien zurück. Sie spielt in einigen Filmen mit. Dann verschwindet sie in der Versenkung. Und mit ein bißchen Zauberei des KGB ist sie plötzlich wieder in Amerika. Fängt an, Diplomaten zu verführen. Aber das Bureau war nicht gottverdammt blind. Es war dieselbe Orphan Annie – Magda Antonescu. Also drehen wir sie um – sorry, Isaac, zu der Zeit bin ich noch ein kleiner Junge. Und Magda, sie beginnt, ihre russischen Herren mit falschen Informationen zu füttern. Sie ist unser kleiner Liebling des kalten Krieges. Aber ich glaube eigentlich nicht, daß die Russen ihr Geplapper übermäßig hoch angesetzt haben.«

»Aber sie haben sie in Ruhe gelassen, oder?«

»Das ist richtig.«

»Und sie könnte auch auf unsere Kosten noch nebenbei aktiv gewesen sein.«

»Das spielte keine Rolle, Isaac. Was auch immer sie erfahren haben mochte, es war unbedeutend. Und dann kam mein Auftritt beim Justizministerium, der Junior G-Man. Und ich erbte diese abgehalfterte Nutte. Ich glaube, sie hat mit fünfhundert Männern geschlafen – offiziell, heißt das. Ich vermute, sie wird wohl auch ein Privatleben gehabt haben. Aber sie war immer noch eine durchaus attraktive Frau, und so beschloß ich, Magda Antonescu alias Margaret Malone alias Rita Danzig für innere Angelegenheiten zu verwenden. Ich setzte sie auf eine Reihe von Gangs in Chicago an. Wir färbten ihre Haare rot. In einen oder zwei der großen Bosse verliebte sie sich. Sie trug eine Wanze. Bevor wir Rita Danzig zurückzogen, bekamen wir neun oder zehn Verurteilungen.«

»Und dann sind Sie in den Big Apple gekommen. Sie haben sie hergebracht.«

»Drängen Sie mich nicht, Isaac. Ich erzähle meine Geschichten gern allein. Zuerst war es Seattle. Dann San Diego. Danach St. Louis. Und Daytona Beach.«

»Sie hätten ihr meine Marke geben und sie zu Ihrem *Hamilton Fellow* machen sollen, LeComte.«

»Sie brauchte keine Marke. Die großen Ganoven waren verrückt nach ...«

»Draculas Tochter.«

»Sie hatte was. Ferdinand muß ein guter Lehrer gewesen sein.«

Isaac dachte daran, LeComte eine Ohrfeige zu geben, seinen Kopf aus dem Fenster zu stoßen, damit er das Klima über der St. Andrews Plaza schnuppern konnte. Doch das hätte an seinem Status bei dem G-Man nicht das Geringste geändert.

»Schließlich haben Sie Margaret nach New York geholt. Ihre Ankläger konnten gegen Jerry nichts ausrichten. Die Medien lieben einen Mafia-Mann mit Stil. Er hatte nicht die Bildung. Aber er lernte, wie ein Fürst zu reden.«

»Nicht von sich aus, Isaac«, sagte LeComte, wobei sich sein Mund spöttisch verzog. »Er hatte Isadore.«

»Einen hebräischen Ex-Schullehrer, der gleichzeitig ein alter Knastvogel war. Er hätte niemals einen Fürsten aus Jerry machen können.«

»Aber er hat. Kommen Sie, Isaac. Geben Sie's zu. Ohne den Melamed ist Jerry ein Nichts.«

»Vielleicht ist das so, vielleicht auch nicht. Aber Sie haben ihn ja im Sack. Sein Bruder ist Ihr bester Informant.«

»Isaac, würden Sie sich auf Teddy Boy verlassen? Ich glaube nicht die Hälfte seiner Scheiße. Könnte sein, daß der Melamed ihn zu mir geschickt hat.«

»Daran habe ich auch schon gedacht«, sagte Isaac. »Oft. Aber wieso macht Jerry DiAngelis Sie so stinksauer?«

»Weil die Öffentlichkeit zu ihm aufschaut und eine Art Ritter in ihm sieht. Er ist ein mieser Ganove, Isaac, Abschaum. Er hat Menschen umgebracht.«

»Es ist mir ziemlich egal, wen er umbringt, solange er in seiner Ecke bleibt. LeComte, trauern Sie den Rubino-Brüdern wirklich nach? Soll er doch so viele seiner Soldaten beseitigen, wie er will.«

»Ich rede nicht von seinen Soldaten«, sagte LeComte. »Er hat schon unschuldige Menschen geschlagen, die ihn nur schräg von der Seite angesehen haben.«

»Sie wären mindestens genauso paranoid, wenn Sie der Chef einer Familie des organisierten Verbrechens mit Captains wären, die Sie am liebsten tot sehen würden.«

Der Prinzregent drückte einen Augenblick auf seine Schläfen und atmete tief durch die Nase ein. »Sie kapieren es einfach nicht, Isaac. Für Sie ist er ein Held der Straße. Der arme Junge, der in Amerika seinen Weg an die Spitze gemacht hat. Und es spielt keine Rolle, wie viele Kehlen er dafür durchschneiden oder wie vielen kleinen Ladenbesitzern er die Geschäfte abfackeln mußte.«

»Sie leben in Georgetown. Sie kommen zweimal die Woche nach Manhattan. Die Stadt läuft nicht ohne DiAngelis. Becky Karp hat ihre Milliarden-Dollar-Etats. Aber ohne ein Kopfnicken von Jerry kann keine Schule gebaut werden. Er ist ehrlicher als die Hälfte der städtischen Angestellten, und erheblich direkter. Wenn Sie es mit Jerry zu tun haben, gibt es keinen bürokratischen Kleinkrieg.«

»Natürlich. Es ist sein Königreich, nicht wahr? Er ist besser dran als Ferdinand Antonescu. Er muß sich nicht erst ein Phantasie-Land erfinden. Er kassiert einfach nur ein paar Pennies von den Hähnchen, die Sie im Supermarkt kaufen. Ich werde ihn festnageln, Isaac, und auch diesen Melamed. Denn es ist der Verstand des alten Mannes, dem er es zu verdanken hat, daß er nicht auf den Arsch knallt. Und wagen Sie nicht mal dran zu denken, mir in die Quere zu kommen. Sie sind Zivilist, Isaac. Sie können nicht mal eine Festnahme durchführen. Und ich habe erheblich mehr Soldaten als Sie.«

»Margaret Tolstoi ist der beste Soldat der Stadt. Sie heiratet Jerrys Buchhalter, und auf einmal ist der Buchhalter tot.«

»Crabbs?«

»Er ist in einem weißen Hotel gestorben. Irgend jemand hat ihn mit einer Lady's Special kaltgemacht.«

»Und Sie glauben, es wäre Margaret gewesen, Sie Trottel. Wieso sollte sie ihn umbringen, wenn sie Crabbs doch dazu gebracht hat, zu singen?«

»Wenn sie wirklich so heiß ist, LeComte, sagen Sie ihr doch, daß sie Maurie Goodstein finden soll. Oder vielleicht möchten Sie Maurie ja auch lieber draußen halten, während Draculas Tochter den ganzen Rubino-Clan verschlingt. Denn wenn Maurie auftaucht, wird er Ihren Arsch vor Gericht peitschen. Er hat's auch früher schon gemacht.«

»Nicht mit einer Vorladung am Hals. Ich kann ihn mit Jerrys Geschäften in Verbindung bringen. Und ich habe den

Schmock auf Band. Er wird untergehen. Zusammen mit Jerry und dem alten Mann. Er gehört auch zu der Gang. Er wird sich gegen Jerry stellen müssen. Er hat überhaupt keine andere Wahl. Genau deshalb ist er ja auch verschwunden ... So, und jetzt bin ich müde, Isaac. Womit kann ich Ihnen helfen?«

»Das haben Sie schon.«

»Können Sie mir das vielleicht auch mal erklären? Ich bin seit einer Woche nicht mehr in meinem Fitneß-Center gewesen. Nach Einbruch der Dunkelheit werde ich immer etwas groggy.«

»Es hat mir Spaß gemacht, dieses Märchen über Margaret in Odessa zu hören. Ich würde ihr gerne noch ein paar Fragen stellen.«

»Halten Sie sich von ihr fern, Isaac.«

»Wieso denn? Weil ich stören könnte, wie sie Sal Rubino umgarnt?«

»Finger weg!«

»Ich kann nicht, LeComte. Ich kann es nicht.«

Und Isaac verließ LeComtes Bau an der St. Andrews Plaza. Der Wurm regte sich so heftig in seinen Eingeweiden, daß er kurz stehenbleiben und die ganze Milch austrinken mußte, die er bei sich hatte. Doch der Wurm war nicht zufrieden. Bis zum Polizeipräsidium war es ein Katzensprung. Doch Isaac zockelte in die andere Richtung, vorbei an der romanischen Kirche, vorbei am Bundesgericht und weiter zum Foley Square. Im Thomas Paine Park hing immer noch Weihnachtsschmuck, Lichterketten in den Bäumen, die irgendein Parkarbeiter noch nicht abgehängt hatte, vermutlich in Ermangelung einer Leiter. Isaac selbst war der Januar-Nikolaus, der den Weg zu seinem eigenen Department verloren hatte. Liebend gern wäre er wie Tom Paine Verfasser von Flugschriften gewesen. Aber für Tom gab es heute nicht mehr besonders viel Platz. LeComte hatte sein eigenes *Rights of Man* geschrieben. Es war ein beschissenes Buch voller Spione.

Der Wurm zerrte an Isaac. Er mußte sich in Tom Paines Park ausruhen. Wo zum Teufel konnte er eine Flasche Milch auftreiben?

16

Isaac sprang in Restaurants hinein und wieder hinaus. Im *Red Dot* an der Park Row füllte er seine Milchflasche auf. Die Milchflasche war fast genauso berühmt wie Isaac. Sie war wie ein Benzintank, den er ständig bei sich trug. Und die Barflies hörten nicht auf, ihn wegen der Verhaftung von Henry Armstrong Lee zu loben. Es wurde immer und immer peinlicher, aber Isaac mußte zugeben, daß seine Verschnaufpause in einem leerstehenden Haus mit Henry wahrscheinlich das letzte Mal gewesen war, daß er sich wie ein richtiger Cop verhalten hatte. Er hatte seine Ivanhoes nicht eingesetzt. Er war mit einem mobilen Einsatzkommando, einem SWAT-Team, mit Sweets und Reportern aus seiner näheren Umgebung dort eingetroffen, doch der meistgesuchte Mann der USA wollte sich niemand anderem als nur Isaac Sidel ergeben. So lautete die Nachricht, die Henry Lee von einem seiner Laufburschen aus dem Gebäude hatte bringen lassen. Und schon hatten die Reporter ihre Schlagzeilen: High Noon in Harlem Heights.

Isaac gab seine Kanone Sweets, der Isaac bereits für die Zukunft betrauerte. »Das da drinnen ist doch ein Verrückter. Wir könnten ihn mit Gewalt rausholen. Wir haben eine ganze Einsatztruppe zu unserer direkten Verfügung.«

»Ich komme schon klar.«

Hatte er Angst? Ja. Er ging durch Bauschutt, seine Füße stießen gegen zerbrochene Ziegel. Das Gebäude betrat er durch ein zerbrochenes Fenster, und da war Henry Lee, der sich in Rock, Bluse und Perücke versteckte. Isaac zeigte sein leeres Holster. »Ich bin unbewaffnet«, sagte er.

»Ich weiß.«

Und Henry fing an zu weinen. Das Schluchzen war so unheimlich, daß der PC nicht wußte, was er tun sollte. »Kann ich irgendwie helfen?«

»Halten Sie meine Hand.«

Und Isaac umklammerte die Hand von diesem Geächteten, von Henry Lee. Das Schluchzen verebbte. »Bin vor den FBIs weggelaufen«, sagte Henry Lee. »Habe seit neunzehn Tagen nicht mehr geschlafen. Ich hab' Hunger und mir ist kalt. Ohne Ihre Connections zur Mafia hätten Sie mich nie gefunden, Mr. Isaac.«

Der Geächtete hatte recht. Sein Laufbursche hatte Shit auf der Straße verkauft. Wovon Jerry DiAngelis hörte. Und Jerry war es dann auch, der Henry Lee verpfiffen hatte.
Isaac ging mit Henry in seinen Frauenkleidern aus dem Gebäude, und seitdem war das Leben des PC nicht mehr wie vorher. Isaacs Gesicht tauchte auf dem Cover des *New York Magazine* auf. »Megacop« nannten sie ihn. Ein niederländisches Fernsehteam kam, um mit Isaac zu plaudern. Sie nannten ihn *El Grande* in Mexico und Madrid. Er war Sidel *le Superflic* in der *Paris Match*. Aber Isaac litt unter einem Verfall. Sein Heldenstatus trennte ihn von den meisten anderen Männern im Department. Er war Isaac der Unberührbare geworden. Und er trieb auf die Ivanhoes zu… .
In seinem fünften Restaurant trank er Milch und russischen Wodka. Der Wodka war das reinste Gift für ihn. Er aß ein Kalbskotelett. Er war sich nicht einmal der Richtung bewußt, die er einschlug. Aber irgendwie wußte er, daß er am Ende in Margarets Gesellschaft landen würde. Der Wurm dirigierte ihn mit einem eigenen Radar. Isaac betrat ein Steak House in den East Twenties. Doch er spürte, daß irgend etwas nicht stimmte. Kein einfaches Steak House würde drei Türsteher mit Walkie-talkies und verdächtig ausgebeulten Jacken gehabt haben, was nur Schrotflinten mit abgesägten Läufen bedeuten konnte. *Sein* Mann, Coen, hatte auch eine Schrotflinte bevorzugt. Coen trug seine Schrotflinte in einer Einkaufstüte. Niemals hätte er sie wie ein Bodyguard oder ein kleiner Mafiosi unter der Jacke getragen. Das hier waren Sals Soldaten. Sie ließen den Commish in Ruhe. Sie flüsterten in ihre Walkie-talkies, während Isaac das Lokal betrat.
Sie saß mit Sal an einem Tisch. An den Tischen um sie herum hockten kleine Ganoven. Sal hatte den Krieg intensiviert. Er hatte einen Jungen auf einem Fahrrad losgeschickt, um dem Melamed einen blutige Kuß zu geben. Und er ging keine Risiken ein. Er umgab sich mit Soldaten.
Isaac stolperte von Tisch zu Tisch. Er hatte zuviel Wodka und Milch getrunken. Doch er nahm keine Sekunde seinen Blick von Draculas Tochter. Heute abend war sie eine Babuschka. Ihre Haar war zu einem Knoten zurückgekämmt. Ihre Augen leuchteten im trüben Halbdunkel, wie diese Murmeln, die Isaac als kleiner Junge so geliebt hatte.

Es war kein russisches Restaurant. Und er konnte auch keinen Tee aus einem Samowar bekommen. Er dachte an die Generäle, mit denen sie zusammen gewesen war, die fünfhundert Freier. Isaac war mehr als eifersüchtig. Es war Haß. Er wollte dieser Margaret Tolstoi weh tun, auch wenn der Wurm in sie verliebt war.
Er bestellte Wodka und Milch. Er aß *Mississippi mud pie*. Seine Lippen waren dunkel vor Schokolade. »Hey, Magda«, brüllte er. Er hämmerte mit der Faust auf den Tisch. »Wie geht's dir, Schätzchen?«
Es war Sal, der ihm antwortete. »Isaac, wir haben Zeugen. Was willst du verdammt noch mal?«
»Sag Magda, sie soll zu ihrem Lieblingsschulkameraden kommen.«
»Isaac«, sagte Sal, »bist du verrückt oder was? Wer ist diese Magda?«
»Er macht Witze«, sagte Margaret, hielt Sals Hand. »Ich bin zusammen mit Isaac auf die Schule gegangen ... für kurze Zeit.«
»Das wußte ich nicht.«
»Ach, es ist ein siebenunddreißigjähriges Geheimnis«, sagte sie. »Laß mich hallo sagen.«
»Kommt nicht in Frage«, sagte Sal kategorisch. »Ich teile dich nicht mit dem Commish. Er hat hier nichts zu suchen.« Sal stand auf. Seine Serviette ragte wie eine obszöne Flagge aus seinem Gürtel hervor. »Ich habe kein beschissenes Gesetz übertreten.«
»Laß mich zu ihm gehen, Baby, nur einen Augenblick«, sagte Margaret. »Ich bin gleich wieder zurück.«
»Nein. Soll er doch seine beschissene Marke fressen. Ich bin ein freier Bürger. Ich bezahle meine Steuern.«
Margaret stand auf und kraulte Sals Nacken. »Baby, ich bin gleich wieder zurück. Versprochen.«
Sie machte einen Schritt um den Tisch herum, und Sal schlug sie mit der offenen Handfläche.
Isaac sah das Blut auf ihrem Mund, und er stürzte sich auf Sal. Er war schon über einen Tisch geklettert und hätte beinahe Sals Gurgel erwischt. Doch einer der Soldaten verpaßte Isaac mit einem Säckchen voller Dimes einen Schlag auf den Kopf. Das Säckchen riß auf, und ein wunderbarer Silberregen

legte sich über das Restaurant. Aber Isaac sah nicht die Dimes. Er landete auf dem Boden. Und derselbe Soldat packte ihn am Kragen und schleppte Isaac auf die Herrentoilette.

»Ach, tu ihm nichts, Eddie«, sagte Sal. »Das ist doch der Commish.«

Sal nahm wieder Platz, und er sonnte sich so in der Herrlichkeit des Augenblickes, daß ihm gar nicht aufgefallen war, daß Margaret nicht mehr da war. Sie war Eddie auf die Herrentoilette gefolgt. Sie öffnete die Tür. Er beugte sich über Isaac, würgte ihn ein bißchen. Und Margaret schlug ihn zweimal mit der flachen Hand hinter das Ohr. Eddies Augen wurden glasig, dann schwankte er und stürzte.

»Du bist ein Narr«, sagte sie zu Isaac, der hustend auf dem Boden der Herrentoilette kauerte. »Wieso bist du hergekommen?«

»Ich wollte etwas über Odessa hören.«

Die Andeutung eines Lächelns spielte um Margarets Lippen. Und Isaac fragte sich, ob sie auch ihn niederschlagen würde, so wie sie es mit Eddie getan hatte.

»Du hattest nie wirklich Angst vor Nose. Das war alles nur ein Trick.«

»Isaac, mir fehlt die Zeit. Sals kleine Helferlein werden jeden Augenblick hier sein.«

»Sag mir nur eins. Warst du während des Krieges in Odessa ... bei Onkel Ferdinand?«

»Ja«, sagte sie. »Isaac, es gibt noch einen zweiten Ausgang. Halt dich rechts, wenn du aus der Toilette kommst. Du wirst eine Tür finden.«

»Margaret?«

»Good bye.«

Sie stieg über Eddie, wischte das Blut von ihrem Mund und kehrte an Sals Tisch zurück. Er juchzte immer noch. »Hast du diesen Schlag gesehen? Eddie hat's Isaac gegeben.« Er drehte sich zu Margaret. »Wo warst du?«

»Auf der Toilette, Sal. Ich mußte mich frischmachen. Willst du denn nicht, daß ich hübsch aussehe?«

»Ja, ja«, sagte er. »Aber schleich dich nicht so heimlich weg. Ich fühle mich so allein ohne dich, Margaret.«

»Ja, ich weiß, Baby. Ich werde dich nicht mehr verlassen.«

Er stolperte nach Hause, ein wilder Mann, in Gedanken damit beschäftigt, wie er Sal Rubinos kleine Armee vernichten konnte. Aber eigentlich war es nicht Sal. Er konnte Margaret Tolstoi nicht aus dem Kopf bekommen. Sie hatte ihn aus der Scheiße einer Männertoilette gerettet, hatte einen von Rubinos Soldaten wie ein bionisches Mädchen ausgeknockt, Margaret von Rumänien, Absolventin eines russischen Kindergartens und LeComtes eigener kleiner Schule für Spione und Agenten. Isaac fühlte sich viel zu beschissen, um zu baden. Sein Telefon klingelte. »Scheiße«, sagte er. Das Klingeln würde aufhören und wieder anfangen. Isaac packte den Hörer.
»Wer ist da?« knurrte er.
»Bruder Tuck.«
Die ganze beschissene Welt war auf einmal verrückt geworden. Sie war voller Freaks aus dem Sherwood Forest. Isaac legte einfach auf. Er versenkte seinen Kopf in einem Waschbecken voller Wasser. Und dann stöhnte er. Bruder Tuck war das Kennwort *und* Signal, das er mit dem Afrikaander Burton Bortelsman vereinbart hatte. Jetzt würde Burt denken, daß Isaac aus irgendeinem Grund nicht sprechen konnte. Und Gott allein wußte, wann Isaac wieder von seinen Ivanhoes hören würde.
»Komm schon, Burt, versuch's noch mal, hörst du?«
Isaac zog sich seinen flanellenen Schlafanzug an. Er roch nach Margaret Tolstoi, und Isaac weinte. Er stellte sie sich als Kindfrau in diesem Land vor, über das Ferdinand Antonescu in der Ukraine geherrscht hatte. Antonescu hatte ein zwölfjähriges Mädchen gekidnappt und nach Odessa gebracht. Irgendwer würde dafür bezahlen müssen, aber Ferdinand war tot. Und genauso das rumänische Odessa. Das Telefon klingelte. Isaac behielt einen klaren Kopf.
»Hallo, Bruder.«
»Werd nicht abartig.«
Es war Margaret Tolstoi. Sie wollte von Isaac wissen, ob mit ihm alles in Ordnung wäre.
Die Bestie in seinem Bauch begann zu schnurren. »Margaret, wann kann ich dich sehen?«
»Ich weiß nicht genau.«
»Kannst du nicht von Sal loskommen?«
»Isaac, ich riskiere schon mit diesem Anruf meinen Arsch.

Der Mann hält mich vierundzwanzig Stunden am Tag an der Leine.«

»Aber du könntest ihm das Genick brechen.«

Sie lachte. »Ich muß Schluß machen.« Er hörte Stimmen im Hintergrund, und die Leitung war wieder tot. Isaac zog seinen Schlafanzug aus und ließ Wasser in die Wanne in der Küche einlaufen. Die kurze Unterhaltung mit Margaret hatte den Commish wieder munter gemacht, und ihm war danach, sich eine halbe Stunde einweichen zu lassen. Kaum hatte er sich in die Wanne gesetzt, da klingelte auch schon das Telefon.

»Scheißding.«

Er kletterte heraus und stapfte mit nackten Füßen los, um ans Telefon zu gehen, wünschte sich, daß es Margaret war, die ihm sagen wollte, daß sie Sal Rubino abschütteln und in Isaacs Wohnung kommen konnte. Aber es war der First Dep.

»Sei in fünf Minuten auf der Straße. Ich komme dich abholen.«

Isaac konnte nicht einmal ein Hallo aus Sweets herausbekommen, und dabei war es vier Uhr morgens. Er trocknete sich ab, zog sich an. Er hatte nicht mal Zeit zu gähnen. Sweets wartete in einem der grünen Chevrolets des Departments auf ihn.

»Wo fahren wir hin?«

»Isaac, steig ein.«

Sie fuhren über die Brooklyn Bridge, und die Schleppkähne unter ihnen zogen hinaus, zogen hinaus in die Nacht. Vor einem Lagerhaus gegenüber von Gravesend hielten sie an. Das Lagerhaus gehörte einer von DiAngelis Firmen, in der sein Geld gewaschen wurde. Den größten Teil von Jerrys Geschäften arrangierte der Melamed, und nicht eine von Sweets Sondereinheiten konnte eine eindeutige Verbindung zwischen DiAngelis und der Geldwäscherei herstellen. Sweets und Isaac betraten das Lagerhaus. Hinter der Tür war ein Police Sergeant postiert. In seiner Uniform sah er aus wie ein Kobold. Isaacs Blick wanderte über den Kopf des Kobolds weg.

»Oh, Scheiße«, brummte er.

An einer der Fenstersprossen hing ein Junge, die verbogenen Speichen eines Fahrrades um seinen Hals gewickelt. Wahrscheinlich war er älter, aber aussehen tat er wie zwölf. Seine

Ohren hatten sich blau verfärbt, und seine Zunge füllte den ganzen Mund aus.
»Jesus, schneidet ihn doch ab«, sagte Isaac.
»Ich würde gern warten, bis die Leute von der Pathologie hier sind«, sagte der First Dep. »Und auf dem Draht könnten sich auch Fingerabdrücke befinden.«
»Dann hängt ihm wenigstens was über den Kopf.«
Sweets kletterte auf einen Stuhl und band sein Taschentuch wie ein Halstuch vor das Gesicht des Jungen. Dann stieg er wieder herunter und schickte den Sergeant fort.
»Das ist vielleicht eine reizende Familie, mit der du dich da eingelassen hast, Isaac ... Ich weiß, daß es der Balg ist, der sich an Isadore rangemacht hat, einer von Sal Rubinos kleinen Handlangern. Und vielleicht hat er ja auch eine Tracht Prügel verdient, aber auf keinen Fall das hier.«
»Wieso bist du so sicher, daß Jerry dahintersteckt? Ich kenne den Melamed. Dazu hätte er niemals sein Okay gegeben.«
»Aber Jerry. Er ist nicht so kultiviert wie sein Schwiegervater.«
»Aber es trägt nicht Jerrys Markenzeichen. Viel zu ausgefallen, Sweets. Viel zu poetisch.«
»Poetisch, häh? Das Kinn verpackt in Draht.«
»Das stinkt doch nach Sal Rubino. Er engagiert einen Jungen auf einem Fahrrad, der den alten Mann umlegen soll, und dann macht er den Jungen mit den Speichen seines eigenen Fahrrades kalt, damit wir denken, Jerry würde dahinterstecken. Und es ist ein echter Bandenkrieg ... Nein, das ist nicht Jerrys Werk. Es ist mir scheißegal, was die Gerichtsmediziner uns erzählen werden.«
»Was sollte Sal davon haben?«
»Sympathie. Wenn das Morden losgeht, spielt er einfach den beschissenen Märtyrer. Das FBI wird Jerry aus dem Verkehr ziehen, und Sal wird die Familie seines Onkels zurückbekommen. Er ist der Henker, Sweets.«
»Bist du nicht ein wenig voreingenommen, Isaac? Du feierst mit Jerry Weihnachten. Und du hilfst dem Melamed, seinen Hanuka-Busch anzustecken. Manchmal glaube ich, du stehst denen näher als dem Department. Du steckst in echten Schwierigkeiten, Isaac. Und das weißt du auch genau. Wir haben schrecklich viel Scheiße zwischen dir und Jerry auf Band. Die Dienstaufsicht hat schon ein dickes, fettes Dossier über

dich. Und Beckys Sonderbeauftragter für Korruption hört gar nicht mehr auf zu pfeifen, wenn er deinen Namen hört.«

»Du meinst Michaelson, diesen kleinen Schwanz? Der möchte mir gern auf den Kopf springen, seine Zukunft in die Hand nehmen und König von Manhattan werden.«

»Isaac, sei vorsichtig. Halt dich von dem Melamed fern, andernfalls werde ich dir nicht mehr helfen können.«

»Ich wende mich nicht gegen meine Freunde, Sweets. Du kennst mich.«

»Aber du bist auch der Commish.«

»Ach«, sagte Isaac. »Ich werd's mir merken.«

Er schnarchte laut, und Margaret kroch aus dem Bett. Sal hatte die miese Angewohnheit, im Schlaf auf den Laken zu kauen. Sein Mund war feucht, und unter seiner Nase hatte sich eine Art Kruste gebildet. Sie zog sich bis auf die Schuhe an. Sie trug sie zur Tür. Er würde nicht vor Mittag aufwachen, bis einer seiner Leibwächter die Vorhänge aufzog und ihm einen *caffelatte* und ein Stück Mailänder Kuchen brachte und berichtete, was seine Captains während der Nacht eingenommen hatten. Sal würde jedem einzelnen verlorenen Penny nachjammern. Er hatte eine Betonfirma, ein paar Bau-Trupps, aber es war sein Geldverleih, der ihm wirklich am Herzen lag. Er mochte es, wenn das Geld auf der Straße zirkulierte. Er würde die kleinen Quittungen höchstpersönlich addieren, während er seinen *caffelatte* trank. Und dann würde er mit ihr schlafen wollen. Der Gedanke an Geld erregte ihn mehr als Margaret es je vermochte.

Sie mußte an Eddie vorbei, dem Bodyguard, den sie auf der Toilette schachmatt gesetzt hatte, als Isaac auf dem Boden von Sals Lieblingsrestaurant lag. Eddie war überzeugt, daß einer von Isaacs Engeln ihn niedergeschlagen hatte, ein Engel wie Manfred Coen, aber dieser Manfred sollte doch angeblich tot sein. Eddie trug einen Verband über dem Ohr. Er war ein bißchen benebelt, aber Margaret wußte, daß sie nie an ihm vorbeikommen würde, ohne daß er sie vorher ein paar mal abgegrabscht hatte. Er hatte Angst, sie offen in sein Bett einzuladen, aber er redete gern mit seinen Händen.

»He, was glaubst du, wo du hingehst, Schlampe?«

»Spazieren«, sagte sie. »Ich bin nicht müde.«

»Was ist mit Jerry und dem alten Juden. Sal würde es gar nicht gefallen, wenn die dich auf der Straße kassieren würden. Er würde in seinen Kaffee flennen.«
»Der Jude liegt im Krankenhaus«, sagte Margaret. »Und Jerry mag die Nacht nicht.«
»Na und?« sagte Eddie. Und er nagelte Margaret gegen die Tür. Mit ein paar kurzen harten Schlägen hätte sie seine Nieren kaputt machen können, doch sie rührte sich nicht, während seine Hände unbeholfen unter ihren Mantel und in ihre Bluse glitten. »Nett«, sagte er. »Sehr nett.« Er schloß einen Moment seine Augen, als er ihre Brüste streichelte.
Sie flüsterte in sein verbundenes Ohr: »Was, wenn ich das Sal sage?«
Seine gelben Augen sprangen auf. »Würdest du nie tun«, sagte er. »Das würdest du nicht.«
»Dann nimm deine Pfoten von meinen Titten.«
Und während er noch an ihrem Mantel fummelte, erreichte Margaret die Tür.
Die beiden Leibwächter auf der Straße stellten ihr keine Fragen. Sie interessierten sich nur für Leute, die herein wollten, nicht für Margaret Tolstoi. Sie ging ein paar Blocks und nahm dann ein Taxi in den Norden der Stadt zu einem von LeComtes sicheren Häusern. Er wartete im Bett auf sie, trug einen Morgenmantel, den Margaret bei Saks für ihn gekauft hatte: Eine Art Weihnachtsgeschenk, das er nicht verdient hatte. Aber Margaret mußte die Schlange in ihm besänftigen.
»Frederic«, sagte sie. »Ich hoffe, du weißt das hier auch wirklich zu schätzen. Es wird immer schwieriger, diese kleinen Séancen zu arrangieren. Sal hat einen leichten Schlaf.«
»Fick Sal.«
»Das mache ich immer.«
»Jede Wette«, meinte LeComte trocken.
Margaret zog sich langsam, langsam aus, während seine Schlangenaugen die Kurven ihres Fleisches beobachteten. Sie war fünfzig, und sie mußte die *danseuse* spielen. Sie würde Männer betrügen, bis sie eines Tages in irgendeinem vergessenen Grab starb. LeComte war genau so ein großer Dieb wie Sal oder Jerry, aber sein Ding war nicht die Kohle. Das Justizministerium versorgte ihn mit allem Kapital, das er brauchte. LeComte mochte es, nach der Seele der Menschen zu greifen.

Sie war seine Hure und sein Soldat, seine Sklavin und seine Spionin. Er konnte sie in fünf Minuten abschieben oder sie in den tiefen Weltraum hinaustreiben lassen. Denn ohne ihn besaß sie eigentlich keine wirkliche Identität. Manchmal wachte sie auf und wußte nicht mehr, welchen Namen sie tragen mußte. Margaret Tolstoi, Margaret Tolstoi, sie mußte es sich immer wieder vorsagen. Margaret Tolstoi. Aber so war es schon besser. Sie brauchte nicht mit der Illusion zu spielen, daß sie irgendeine Art Wesen war, ein gehendes, sprechendes Selbst. Sie war eine mechanische Puppe mit der Gabe des Lebens.
»Erzähl mir von Sal.«
»Er ist toll im Bett.«
»Und ich, Margaret?« Seine Schlangenaugen schlossen und öffneten sich wieder.
»Du, du bist mit Abstand die mieseste Nummer der Stadt.«
Er lächelte. »Freut mich zu hören. Das bedeutet, wir sind so was wie ein Ehepaar. Was ist mit dem Kreuzritter persönlich, mit Sir Wilfred of Ivanhoe?«
»Mit wem?«
»Isaac. Was ist mit Isaac?«
»Das geht dich nichts an.«
»Alles geht mich was an«, sagte LeComte.
»Er ist wie ein kleiner Junge ... Er liebt mich.«
»Weiß ich. Aber wie ist er im Bett?«
»Zärtlich. Lieb. Er schafft es, daß ich am liebsten weinen würde. Er ist genauso einsam wie ich.«
»Einsam? Du hast doch Sal. Du hattest Jerry DiAngelis. Du hast mich. Und Isaac hat seinen Wurm.«
»Warum hast du ihm von Ferdinand erzählt?«
»Mußte ich«, sagte LeComte. »Er hat seine syrische Connection, König Faruk. Und Faruk hat ihm von deinen Nächten und Tagen in Odessa erzählt. Ich konnte nicht alles abstreiten. Er hätte nur noch weiter gegraben.«
»Er ist mir in das Restaurant gefolgt. Er hat mich Magda genannt. Ich mußte ihn dort rausbekommen, bevor Sal noch mißtrauisch wurde.«
»Scheiß Ivanhoe. Der versaut uns noch alles. Ich muß den kleinen Mann eine Weile beschäftigen. Aber das ist nur deine Schuld, Margaret. Wieso bist du auch in diesen Baseball-Club gegangen?«

»Ich war neugierig. Isaac ist die einzige Geschichte, die ich besitze. Er ist so was wie ein verlorener Verwandter, ein Cousin, der mir aus der Schule nach Hause gefolgt ist. Selbst damals wollte ich ihn schon verführen. Aber er war so gottverdammt schüchtern. Kaum daß er mich sah, fingen seine Hände auch schon an zu zittern. Und ich habe mit dem Hausmeister der Schule geschlafen. Und mit einem meiner Lehrer.«

»Du bist schon immer ein emsiges Mädchen gewesen. Aber was, wenn ich dich aus dem Verkehr ziehen würde ... nachdem wir den Rubino-Clan im Sack haben? Es ist schon viel zuviel herausgekommen. Wir können nicht ewig deine Haare färben. Die bösen Jungs aus Chicago könnten sich mit Jerry DiAngelis zusammentun.«

»Ich bin unsichtbar«, sagte sie. »Männer sehen nur das, was sie sehen wollen. Ich könnte noch mal fünfzig Jahre so weitermachen. Aber wenn ich erst siebzig bin, könnte es sein, daß meine Titten schlaff werden. Du würdest mich mit Hormonen vollpumpen müssen. Wer weiß? Vielleicht wächst mir ja sogar eine dritte Titte?«

»Nein. Wir werden dich in den Ruhestand schicken, Margaret. Es ist zu riskant.«

»Und was passiert dann?«

»Ich werde dir ein kleines Haus an der G Street besorgen. Ich werde dich zweimal wöchentlich besuchen kommen. Ich könnte dich sogar heiraten. Natürlich nur inoffiziell. Aber du könntest trotzdem Mrs. Frederic LeComte sein.«

»In zehn Jahren würde ich wie deine Mutter aussehen. Du bist der Mann, der immer jünger wird. Das liegt daran, weil du Microchips anstelle eines Herzens hast. Du pißt Lemon Soda, und du blutest nie.«

»Soll ich mir für dich in den Finger schneiden, Margaret?«

»Vergiß es.«

Und er fing an, in ihre Lippen zu beißen.

Nachdem er zwanzig Minuten auf ihr geritten war, schlief er ein wie ein Baby. Margaret hockte in der Dunkelheit, sammelte ihre Kleider ein. Noch vor sechs würde sie wieder bei Sal sein.

TEIL VIER

17

Er wurde das Bild der extrem angeschwollenen Zunge des Jungen mit dem Fahrrad einfach nicht los. Die blauen Augen des Erstickens. Und aus irgendeinem verrückten Grund erinnerte der Junge ihn an Coen. Er hatte Manfred in seinen privaten Krieg mit den Guzmanns geworfen, peruanischen Zuhältern, die in jenen Jahren Isaacs Bezirk unsicher machten, als er noch ganz New York als seinen Privatbesitz betrachtete. Und wegen ihm war Manfred gestorben, Manfred, der mit Isaacs Tochter geschlafen hatte, mit Marilyn the Wild. Und Isaac hatte den Wurm geerbt, der nun seinen Körper quälte, wie Coen seinen Verstand peinigte.

Er war noch nie religiös gewesen. Aber Isaac wünschte sich, er könnte jetzt in irgendeine kleine *shul*, eine Synagoge, gehen, einen Gebetsschal über sein schütter werdendes Haupt ziehen und sich zu Gott durchsingen. Aber eine solche *shul* gab es nicht, außer vielleicht in der Traumwelt von Transnistrien, aber Isaac hatte keine magische Glaskugel, die das russische Rumänien zurückbringen konnte. Aber wegen dem Jungen würde er irgend etwas unternehmen müssen.

Er spürte, daß jemand hinter ihm stand. Isaac war immer allergisch gegen Schatten, die über seinem Rücken huschten. Er verschwand schnell in einen Laden und rannte Burton Bortelsman fast über den Haufen, als er unvermittelt wieder heraustrat. »Verdammt, Burt. Du solltest mir nicht so nachschleichen.«

»Isaac, ich habe das Zeichen durchgegeben, Bruder Tuck, und du hast einfach aufgelegt.«

»Ja, weil mir alle möglichen Sachen durch den Kopf gingen.«

»Also, ich habe schon gedacht, dir wäre vielleicht irgendwas zugestoßen. Was für einen Sinn hat es außerdem, die Ivanhoes an den Swan Lake ins Exil zu schicken? Wir können weder die Russen noch die Saudis oder die Franzosen im Auge behalten.«

»Es gibt wichtigere Dinge als die Russen und die Saudis.«

»Wie zum Beispiel was?«

»Sal Rubino und seine Korona von Captains.«

Der Afrikaander lachte. »Du möchtest dir Sal vom Hals schaffen?«

»Ich bin kein Henker. Ich würde ihm gern in seiner Brieftasche weh tun, Sals Kedithai-Unternehmen ruinieren. Aber es muß sehr schlau eingefädelt werden. Und sei vorsichtig bei Margaret Tolstoi. Ich will, daß sie in Ruhe gelassen wird.«

»Ich werde nett zu der Prinzessin sein«, sagte Burt. »Hast du etwas über ihre Vorgeschichte herausbekommen ... ich meine, bevor sie als Margaret Tolstoi nach Manhattan gekommen ist?«

»Habe ich das nicht erzählt? Sie ist LeComtes Trumpfkarte. Sie läßt für ihn von Florida bis Seattle Gangs auffliegen.«

»Und wie ist er an dieses As gekommen?«

»Über das Bureau via KGB.«

»Interessant«, sagte Burt. »Und ich nehme an, mit ihren dunklen Augen war sie wohl so was wie eine Schwalbe.«

»Sie hatte schon eine Menge Erfahrung gesammelt, bevor sie in einen KGB-Kindergarten gekommen ist. Sie war die minderjährige Mätresse eines Verrückten, Ferdinand Antonescu. Während des Krieges hatten sie ausgiebige Flitterwochen in Odessa.«

»Klingt etwas an den Haaren herbeigezogen. Glaubst du, Moskau hätte die Geschichte vielleicht ein bißchen ausgeschmückt? Sei vorsichtig, Isaac. Die Prinzessin könnte immer noch für den KGB arbeiten.«

»Das ist der eigentliche Grund, warum ich euch in die Catskills geschickt habe. Aber vergiß Margaret. Ich will Sals Arsch. Nichts Grobes, Burt. Niemanden zusammenschlagen. Keine Bomben. Erleichtere ihn einfach auf jede nur erdenkliche Art um sein Geld. Ich möchte, daß er Ende des Monats zu den Armen dieser Stadt gehört.«

»Keine Panik. Wir werden den Mann finanziell ruinieren. Aber unsere Freunde brauchen eine neue Basis. Von deinem weißen Hotel aus werden wir nicht viel ausrichten können.«

»Benutzt eines unserer Lagerhäuser. Aber wenn du mit Sal fertig bist, müßt ihr an den Swan Lake zurückkehren.«
»Scheiß Exil«, sagte Burt, und schlenderte von dannen. Und Isaac ging zur One Police Plaza. Er registrierte eine gewisse Kälte auf der Etage des Commissioners, beinahe so, als wäre er bereits zum Paria geworden. Sein Schreibtisch war leer und sauber. Er mußte ein oder zwei Papiere unterschreiben. Seine Sergeants und Sekretärinnen waren höflich, aber er hätte genausogut in einer Kolonie von Leprakranken sein können. Sein Gerichts-Commissioner hatte den Termin zum Mittagessen abgesagt. Sweets war irgendwo unterwegs. Und Isaac hatte den gefürchteten Gestank der Dienstaufsicht an sich. Er war ein PC, der unter Verdacht stand, und wer auch immer Isaac zu nahe kam, ging das Risiko ein, angesteckt zu werden. Beckys Leute hatten ihn aus seinem eigenen Department gedrängt. Er hätte toben können, sich wehren, sich einen verdammten Anwalt besorgen können. Aber er war die Intrigen satt. Sein Fahrer, Malone, legte diese störrische Loyalität der Iren an den Tag. Er war ein Cop der alten Schule, ein Relikt aus der Centre Street, wo der Commish seinen Privat-Fahrstuhl gehabt und unter Kronleuchtern gearbeitet hatte.
»Isaac«, sagte Malone, »in dieser Stadt gibt es mehr als einen Judas. Und einige von denen befinden sich direkt auf dieser Etage.«
»Ich weiß.«
»Ich spucke auf die Dreckskerle. Ich war dabei, als sie Tiger John genau aus diesem Raum in Handschellen abgeführt haben. Das war keine Art, wie man einen Commish behandelt. Sie können vor diesen Schakalen nicht weglaufen, Isaac. Was wollen Sie tun?«
»Nichts.«
»Dann verschwinden Sie von hier, um Himmels willen.«
»Ich bin niemand, der sich verkriecht wie Maurie Goodstein.«
»Es ist auch nicht Maurie, um den ich mir Sorgen mache«, sagte Malone. »Diese Anwälte, Isaac, die haben ihre eigene Little League. Aber Sie sind Freiwild für jeden Ankläger, der sich einen Namen machen will ... Isaac, ich bin jetzt achtunddreißig Jahre beim Department. Ich habe sie aufsteigen und stürzen sehen. Und Sie sind ein stürzender Mann.«

Er ging zu den *Christys*, um sich die Bilder an der Wand anzusehen. Home Run Baker. Heinie Zimmerman. Und der Big Train, Walter Johnson. Es war eine Liturgie, über die er gern sinnierte. Diese kleinen untergegangenen Götter des Baseball. Wer würde schon noch Heinie Zimmerman verehren, nachdem Babe Ruth gekommen war? Niemand außer den *Christys*.

Er saß auf einem Ledersessel im Salon. Und während Isaac meditierte, tauchte der Bomber mit seinen großen Händen auf.

»Isaac, kommen Sie mit.«

»Ich bin müde, Harry. Ich denke, ich werde lieber ausruhen. Es ist so friedlich hier im Club. Ich kann von meinen alten Favoriten träumen. Erinnern Sie sich an diesen einarmigen Banditen, den die *Brownies* neunzehnfünfundvierzig von den *Memphis Chicks* raufgeholt haben? Pete Gray. Alle sagten damals, das wäre nur ein Gag. Die *Brownies* brauchten Auftrieb. Aber ich habe ihn gesehen, Harry. Er hat sich bewegt wie ein Zauberer. Er konnte in einem einzigen beschissenen Bewegungsablauf den Ball fangen, den Handschuh von seiner Hand abstreifen und dann wahre Geschosse ins Infield ballern.«

»Isaac, Schyler möchte Sie sprechen.«

»Sie meinen den Präsidenten, der aus seinem eigenen Club verschwunden ist?«

»Hören Sie auf mit dem Quatsch. Ich könnte Ihnen eine scheuern.«

»Aber ich bin hier Gast, Harry, sitze im Salon, kümmere mich um meinen eigenen Kram. Ich könnte mich beim Steward des Clubs beschweren.«

»Ich bin hier der Steward. Bin's schon immer gewesen.«

Isaac erhob sich aus seinem Sessel und folgte dem Bomber aus dem *Christy Mathewson Club*. Harry hatte einen eigenen Wagen. Und Isaac fragte sich, wohin ihn der Bomber wohl bringen würde. »Wollen Sie mir nicht die Augen verbinden?«

»Nein. Aber Sie können ruhig hinten sitzen. Das hier ist ein reiner Chauffeur-Job.«

Isaac stieg in den Wagen. Er konnte die Haare auf dem Nacken des Bombers sehen, die leicht welke Haut auf dem

Hals seines alten Helden, der in die *Mexican League* gegangen war und die *Giants* sitzengelassen hatte.
»Harry, wie war das damals? Für Veracruz zu spielen?«
Die Haare auf dem Nacken des Bombers schienen sich zu verknoten. Er gab dem PC keine Antwort. Und Isaac konnte die Route des Bombers nicht entwirren. Er fuhr im Halbkreis, kam immer wieder an den gleichen Straßen vorbei.
»Commissioner«, sagte er schließlich. »Es war Baseball, und neunzehnsechsundvierzig wäre für mich bei den *Giants* kein Platz mehr gewesen. Die Soldaten des Teams kehrten zurück. Ich hätte einen verdammt langen Schlaf auf der Reservebank vor mir gehabt.«
»Harry, woher wollen Sie das wissen?«
Der Bomber neigte seinen Kopf. »Isaac, ich war ein Kriegskind. Ist Ihnen das nicht aufgefallen? Also bin ich nach Veracruz gegangen. Es war nicht wegen dem Geld. Bei jedem einzelnen Spiel hat es auf den Tribünen gebrannt. Das Essen hat mir nicht geschmeckt. Ich hab' Dünnschiß gekriegt. Ich hab' eine Frau gefunden. Habe sie geheiratet. Habe gespielt.«
»*El béisbal mexicano.*«
»Meine Augen wurden schlechter. Ich hatte ein Kind mit meiner *mujer*. Ein Mädchen. Sie kriegte die Masern. Und dann ist sie gestorben. Lange Bälle konnte ich immer noch schlagen. Aber ganz tief reinkommende Bälle gingen direkt zwischen meinen Beinen durch. Ich habe angefangen, in die Zäune zu knallen. Im Outfield habe ich eine Brille getragen. Ich war mit neunundzwanzig ein alter Mann. Die *mujer* ist in Mexiko geblieben. Und ich bin zurück nach Hause, nach New York gerannt... Isaac, machen Sie mich nicht fertig mit Ihren Träumen.«
»Tut mir leid. Ich habe Sie geliebt, wenn Sie im Outfield waren, das ist alles.«
»Dann lieben Sie mich ein bißchen weniger.«
»Kann ich nicht«, sagte Isaac. »Das liegt nicht in meiner Natur.«
Der Bomber parkte zwei Blocks vom *Christy Mathewson Club*. Beide stiegen aus dem Wagen. »Sie haben Maurie nie woanders hingebracht, stimmt's? Er steckt in irgendeinem geheimen Nebenzimmer des Clubs.«
»Das werden Sie schon noch rausfinden«, sagte der Bomber.

Sie kehrten über die Dächer zum *Christy Mathewson Club* zurück. Sie standen fünf Minuten auf der Dachterrasse des Clubs, bis der Bomber es für sicher genug hielt. Er rauchte eine Zigarette, wippte an der Dachrinne entlang und musterte aufmerksam die Straßen. Isaac war egal, was der Bomber darüber gesagt hatte, mit neunundzwanzig Grandpa zu sein. Er hatte immer noch den geschmeidigen Gang eines Outfielders der *Mexican League*.

Er klopfte gegen die schmale Tür auf dem Dach. »Schyler, wir sind's, der Bomber und Isaac Sidel.«

Die Tür öffnete sich. Der Bomber verschwand zuerst. Und dann stieg Isaac in die Dunkelheit hinab. Er war der größte Trottel aller Zeiten. Er hätte dem Krankenpfleger aufmerksamer zuhören sollen. Der Krankenpfleger besuchte Maurie im Club, weil sich Maurie genau dort versteckt hielt. Und all der Unsinn von wegen der codierten Bilder an der Wand der *Christys* war nur ein Spiel, um Isaac auf eine falsche Fährte zu locken. Wenn Allan Locksley den Code der *Christys* »geknackt« hatte, dann war es ein Code, von dem Schyler wollte, daß er ihn knackte. Wie hatte die Nachricht gelautet? *Bruchlandung*. Isaac war der einzige, der eine Bruchlandung gemacht hatte.

Er fand sich in einem längst vergessenen Dienstbotenzimmer unter dem Dach wieder. Schyler Knott lehnte an der Wand. Er trug seinen *Christy Mathewson*-Blazer, dunkelblau mit dem goldenen Emblem eines Baseballhandschuhes über dem Herzen.

»Wo ist Maurie?« knurrte Isaac.

»Alles zu seiner Zeit, Isaac.«

»Ich habe Ihnen unbesehen geglaubt, Schyler. Das war mein Fehler. Und kein Mensch hat wirklich versucht, Sie zu erwürgen. Sie haben die Geschichte erfunden.«

»Ganz und gar nicht. Es stimmte.«

»Aber ich habe keinem Menschen gegenüber auch nur eine Silbe über Ihre Verbindung zu Maurice verloren.«

»Abgesehen von Ihren albernen Ivanhoes ... aber das spielt keine Rolle. Ich glaube nicht, daß Sie den Killer geschickt haben. Das war Jerry DiAngelis.«

»Aber Maurie ist der einzige Trumpf, den DiAngelis hat. Ohne ihn kann er nicht vor Gericht.«

»Doch, er kann. Aber lieber würde er überhaupt nicht vor Gericht erscheinen. Und möglicherweise muß er auch gar nicht ... wenn Maurie untergetaucht bleibt.«
Isaac grinste. »Untergetaucht unter dem Dach der *Christys.*«
»Oh, ich vergaß. Sie sind der singende Polizist. So gottverdammt clever. Maurie *ist* untergetaucht. Dieses Dach ist ein ebenso gutes Grab wie jeder andere Ort.«
»Und wieso haben Sie mich dann kommen lassen, wo ich doch so ein Trottel bin?«
»Isaac, ich habe nur den Bomber und ein paar alte Männer. Das ist kein besonders tolles Team. Und ich wollte, daß Sie Maurice sehen. Er tendiert zu Selbstmordgedanken. Wenn ich ihn in ein Erholungsheim bringe, kommt LeComte sofort dahinter, gleichgültig, welchen Namen ich mir für Maurice einfallen lasse. Er hat Angst vor LeComte. Er glaubt, das FBI hört seine Hirnströme ab.«
»Was kann ich da tun?«
»Ich bin nicht sicher. Aber Sie sind der einzige, vor dem er keine Panik hat. Und ich weiß, in welchen Schwierigkeiten Sie selbst stecken. Vielleicht haben Sie sogar noch weniger Zukunft als Maurice. Was mich irgendwie tröstet. Ich glaube nicht, daß Sie uns verraten werden ... Kommen Sie. Ich bringe Sie jetzt zu Maurice.«
Sie krochen aus dem Dienstbotenzimmer und gingen in ein anderes, das überheizt war und ein winziges, von innen vergittertes Mansardenfenster besaß. Maurice Goodstein saß auf einem Kinder-Schaukelstuhl, dessen Latten rot gestrichen waren. Er trug Hose und Unterhemd. Er hatte keine Schuhe an. Einer der *Christys* bewachte ihn, ein älterer Mann in dem Blazer des Clubs. Der alte Mann verließ das Zimmer, als Schyler und Isaac hereinkamen.
Maurie schaukelte nicht auf seinem Stuhl. Er sah Isaac an und sabberte auf sein Unterhemd. Doch seine Anwaltsaugen waren so wach und scharf, wie sie immer gewesen waren.
»Die werden Sie kreuzigen, Sie armer dummer Bastard«, sagte er.
»Kommt immer wieder vor. Mein Vorgänger sitzt in Green Haven.«
»Ihr Vorgänger war ein Dieb.«
»Aber Sie hätten ihn rausbekommen, Maurie.«

»Keine Chance. Wissen Sie, wie man Sie im Justizministerium nennt? Ivanhoe. Was in deren Sprache soviel wie Schmock bedeutet. Sie sind der Kreuzritter. Der immer wieder gegen Windmühlen anrennt. Isaac Sidel will die staatlichen Schulen retten, der neue Schuldezernent werden. Kein Mensch interessiert sich auch nur einen Furz für die Schulen. Im Schulamt machen sie nichts anderes, als Aktennotizen hin und her zu schieben. Aber Ivanhoe will da rein. Ich wünschte, Sie täten es. Die würden Sie unter einer Papierlawine begraben.«

»Nein, das würden sie nicht«, sagte Isaac. »Und Maurie, Ihnen liegen doch die Schulen genauso am Herzen wie mir, auch wenn die meisten Ihrer Mandanten Abschaum sind. Wieso haben sie mich kommen lassen?«

»Weil ich sterbe, Isaac«, sagte er, und er begann auf seinem winzigen Stuhl zu schaukeln. »Isaac, ich habe meine Finger in die Ladenkasse gesteckt. Ich habe für Jerry DiAngelis faule Firmen und Konten eingerichtet und bin mit Fässern voller Bargeld verduftet. Ich habe Morde arrangiert.«

»Auf Druck Jerrys oder des Melamed?«

»Nein, nein. Einmal im Leben wollte ich Jesse James sein. Jüdischer Junge aus der Park Avenue schließt sich dem Mob an. Ich bin in die Gerichtssäle gewalzt, der große Matador persönlich, und zwischen den Verhandlungen habe ich Koks geschnupft.«

»Was hat das alles mit Sterben zu tun?«

»Es ist das Bureau. Die machen mein Gehirn kaputt. Die haben die Apparate, Isaac. Sagen Sie LeComte, er soll damit aufhören.«

»Wenn die wissen, wo Sie sind, Maurie, wieso kommen sie Sie nicht holen und stellen Sie unter Anklage?«

»So ist es doch viel einfacher. Weniger Publicity.«

»Und wieso dann die Mühe, sich zu verstecken?«

»Weil ich Maurie Goodstein bin. Mein Vater war Richter. Ich würde die Schwanzlutscher bei einem öffentlichen Prozeß doch in Verlegenheit bringen.«

»Aber wieso sollte LeComte auf Ivanhoe hören?«

»Er mag Sie. Sie sind sein *Hamilton Fellow*. Sie haben Henry Lee geschnappt.«

Maurie schaukelte schneller und schneller und fing an zu heulen. Schyler mußte den Schaukelstuhl festhalten. »Es ist schon gut, Maurice.«

»Ich habe seit Wochen Verstopfung«, sagte Maurie. »Ich habe viel zuviel Angst, um zu scheißen. Mein Stuhl ist radioaktiv. Das Bureau kann Bomben daraus machen.«

Schyler rief Maurices Wächter wieder herein und ging dann mit Isaac das Treppenhaus hinunter, bis sie schließlich die oberste Etage des Clubs erreichten. Und plötzlich befand Isaac sich wieder im Land der Menschen, mit Gästezimmern und einer Fotogalerie an der Wand.

»Sie können ihn nicht für immer und ewig hinter verschlossenen Türen halten«, sagte Isaac. »Er wird noch den Verstand verlieren. Machen Sie einen Deal mit LeComte.«

»Wenn wir an die Öffentlichkeit gingen, würde DiAngelis die *Christys* auslöschen, einen nach dem anderen.«

»Was soll ich dann für Sie tun? Ich bin der Commish. Wenigstens vorläufig noch.«

»Ich wollte einfach nur, daß Sie ihn sehen, Isaac, das ist alles. Ich denke, Sie finden allein heraus. Und ich würde an Ihrer Stelle nicht versuchen, über das Dach reinzukommen. Sie könnten ausrutschen. Und ich würde mich dann dafür verantwortlich fühlen. Good bye, Isaac.«

Der PC ging die sich windende Treppe hinunter. Er wurde aus dem beschissenen Fall immer noch nicht schlau. Den Bomber traf er im Salon wieder. Vielleicht irrte sich Isaac bezüglich Harry. Veracruz war womöglich doch besser gewesen als die *Polo Grounds*. Der Bomber hatte seinen Militärdienst in der *Mexican League* abgeleistet.

Isaac fuhr nach Hause. Seine Tür war nicht verschlossen. Vorsichtig, vorsichtig ging er hinein, fragte sich, wer ihn wohl umlegen wollte. Aus der Küche hörte er Geräusche. Scheiß Amateure.

Er nahm sich ein Stück Staubsaugerrohr aus dem Schrank im Flur. Das Rohr hielt er in der Hand. Waren Sal Rubinos kleine Soldaten gekommen, um ihn fertigzumachen? Der Commish würde sich auf keinen Fall kampflos in Luft auflösen. Er betrat die Küche und sah ein Gespenst. Es war der Fahrrad-Junge, der kleine Laufbursche, der den Melamed angeschossen hatte. Aber er hatte keine Speichen mehr um den Hals. Er trank ein Glas Milch aus Isaacs Kühlschrank.

»Hallo, Grandpa.«
Isaac wurde rot.

18

Captain Cole, der Chief of Detectives aus St. Louis, stand wie ein übermütiger Bär hinter der Küchentür, die Pranken in einer Schachtel *Rice Krispies.*
»Freut mich, daß Ihnen meine Wohnung gefällt, Loren. Wie zum Teufel sind Sie reingekommen?«
»Sorry, Isaac. Ich hätte vorher angerufen, aber es ist keine offizielle Polizeisache. Ich mußte heimlich kommen.«
»Ich habe gefragt, wie Sie hier reingekommen sind. Diese Tür da soll eigentlich einbruchsicher sein.«
»Irgendein Schlossermeister hat Ihnen da eine Menge Lügen aufgetischt.«
»Zeigen Sie mir Ihren Dietrich«, sagte Isaac.
Loren nahm ein Ledertuch aus seiner Tasche. In dem Tuch lag ein Satz langer silberner Nadeln, die zierlichsten Dietriche, die Isaac je gesehen hatte.
»Die habe ich einem Fassadenkletterer abgenommen. Sind Sie jetzt zufrieden?«
»Und wie geht's Mr. McCardle?«
»Fragen Sie ihn doch selbst«, sagte Loren.
»Ich muß nicht gefragt werden«, sagte Kingsley McCardle.
»Mir geht's bestens, Grandpa. In New York kümmert man sich todsicher nicht gut um Police Chiefs. Das hier ist ein Dreckloch.«
»Dann kannst du ja auch vielleicht aufhören, meine Milch zu trinken.«
»Aaach, das meint er nicht so. Er ist ganz aus dem Häuschen, weil er nicht mehr in St. Louis ist. Er hat sein halbes Leben in diesem Kinderheim verbracht.«
»Ich dachte, Sie wären ziemlich zufrieden damit gewesen, ihn dort zu lassen.«
»War ich auch ... bis gestern abend. Wir haben eine gerichtliche Anordnung erhalten, den Jungen laufenzulassen. Einer meiner eigenen Leute hat den Fetzen vorbeigebracht. Die

glauben, daß sie Kingsley wegen Totschlags drankriegen können. Aber nicht, solange ich noch lebe.«
»Das ergibt doch alles keinen Sinn. Sie haben ihn all diese Jahre versteckt. Und jetzt wachen die Gerichte auf einmal auf und finden Kingsley McCardle.«
»Denken Sie nicht drüber nach, Isaac. Das ist eine dieser merkwürdigen Wendungen des Schicksals. Aber ich würde ihn gern für eine Weile bei Ihnen lassen. Ich muß wieder zurück nach St. Louis.«
Loren zwinkerte dem Jungen zu, eine Hand immer noch in die *Rice Krispies*. »Ich werde meine Maschine verpassen«, sagte er. »Und jetzt sei schön brav, Kingsley, und hör auf das, was der Mann dir sagt.«
»Mit Grandpa komm' ich schon klar«, sagte Kingsley.
Captain Cole machte sich mit den *Rice Krispies* auf den Weg hinaus. Dann drehte er sich noch einmal zu Isaac um. »Oh, wollte Ihnen nicht das Frühstück klauen.«
»Schon okay. Dann haben Sie was, das Sie auf dem Flughafen mampfen können.«
»Und tun Sie mir einen Gefallen, Isaac. Rufen Sie mich nicht im Präsidium an. Ich melde mich bei Ihnen.«

Es war eigenartig, mit jemanden in der gleichen Wohnung zu leben. Er war jetzt schon so lange Junggeselle, ohne seine Tochter und Kathleen.
Isaac wußte nicht so genau, wie er sich in Kingsleys Gegenwart bewegen sollte. Doch der Junge schien in Isaacs Räumen mit seinem eigenen unsichtbaren Ruder zu navigieren. Er war nie auf dem Klo, wenn Isaac mußte. Er nahm nicht den Kühlschrank in Beschlag. Er spülte das Geschirr ab, das er benutzte. Er brachte den Müll raus. Er war gekommen mit Zahncreme und Zahnseide und einem Päckchen Zwanzig-Dollarscheinen in der Tasche.
»Ist das so was wie ein Taschengeld?« fragte Isaac.
»Nein. Das ist meine Mitgift.«
»Verstehe ich nicht.«
»Das hat der Captain mir gegeben, weil ich mir in diesem Waisenhaus den Arsch abgearbeitet habe.«
»Soll ich für dich ein Konto eröffnen?«
»Ich vertraue den Banken nicht«, sagte der Junge.

»Wie du willst. Aber ich würde nicht mit all dem Geld rumlaufen. Bewahre es in deinem Zimmer auf.«
»Könnte aber ein Einbrecher kommen.«
»Also, dann gib mir das Bündel. Ich heb's für dich auf.«
»Zahlst du auch Zinsen, Grandpa?«
»Wozu verdammt noch mal? Ich leihe mir nichts von dir.«
»Dann behalte ich das Bündel lieber selbst.«
»In Ordnung«, knurrte Isaac. »Aber wir werden eine Schule für dich finden müssen, Mr. McCardle. Du bist doch zwölf, oder?«
»Kann ich nicht genau sagen.«
»Aber mir hast du doch erzählt, du wärest zwölf. Daran kann ich mich noch ganz genau erinnern.«
»Ich könnte auch vierzehn sein. Onkel Sol war nicht besonders zuverlässig, was Daten betraf.«
»Hast du denn keine Geburtsurkunde?«
»Nicht, daß ich wüßte.«
»Also, für mich siehst du nicht wie vierzehn aus. Ich würde sagen, eher so um die elf. Aber wir werden dir eine Geburtsurkunde und einen anderen Namen besorgen müssen.«
»Was ist nicht in Ordnung mit McCardle?«
»Alles bestens, aber die Gerichte suchen dich. Und wir wollen doch den Captain nicht in Schwierigkeiten bringen, oder?«
»Ach, was! Der Captain wird schon alles wieder richten. Er ist Mr. St. Louis.«
»Tja, wir haben nur leider keinen Mr. New York. Wir haben Kardinäle, Bürgermeister und Police Chiefs.«
»Das ist nicht besonders viel, Grandpa.«
Die neue Elternschaft hatte Isaac bereits erschöpft. Er mußte unbedingt aus der kleinen Hutschachtel raus, in der sie saßen, und ein bißchen frische Winterluft schnappen. McCardle trieb ihn in den Wahnsinn. Isaac rief seinen Chauffeur an. »Sergeant, können Sie mir meinen Bus vorbeibringen?« Und zehn Minuten später stand Malone vor der Tür. Isaac stellte den Jungen vor.
»Sergeant Malone, das hier ist mein Neffe, Kingsley McCardle.«
McCardle starrte Isaac an. »Ich dachte, ich würde nicht mehr Kingsley heißen?«
»Beachten Sie ihn nicht weiter«, brummte Isaac Malone zu. »Mein Neffe hat ziemlich schlechte Manieren.«

Der Sergeant setzte die beiden an einem verlassenen Reitstall ab, in dem die Ivanhoes jetzt ihre Zelte aufgeschlagen hatten. McCardle liebte die hohen Fenster, die Balkone und die Großzügigkeit des Reitstalles, der ihn an ein Baseballstadion ohne die Zuschauertribünen erinnerte. Der Junge interessierte sich nicht besonders für Isaacs Männer. Er kletterte auf die Balkone hinauf und blieb dort wie ein Totempfahl hocken.

Der Afrikaander bemerkte ihn als erster. Er war gerade damit beschäftigt gewesen, einen Plan zur Vernichtung von Sal Rubino auszuhecken, als er aufschaute und diesen fremden Jungen auf dem unteren Balkon entdeckte. »Isaac, ist das einer deiner Commissioners?«

»Ich werde eine Geburtsurkunde benötigen«, sagte Isaac. »Eine komplette neue Legende.«

»Ach, so, du hast mir einen Illegalen gebracht.«

»Burt, ich habe jetzt nicht die Zeit«, knurrte Isaac.

»In Ordnung«, sagte der Afrikaander und griff nach einem Block. »Name?«

»Mortimer Sidel.«

»Initiale des zweiten Vornamens?«

»Keine.«

»Geburtsort?«

»St. Mary's County, Maryland.«

»Geburtsdatum?«

»Fünfundzwanzigster Dezember neunzehnhundertsiebenundsechzig.«

»Ein Weihnachtskind.«

»Wieso nicht? Ich werde Schulzeugnisse und solches Zeugs brauchen. Such dir eine ländliche kleine Schule in Maryland aus, von der noch nie ein Mensch was gehört hat. Und ich werde Sterbeurkunden für seine beiden Eltern benötigen. Mutter: Eva Gallant. Vater: Samuel Sidel. Geboren und gestorben in Maryland. Die Einzelheiten überlasse ich dir.«

»Und wann willst du die Ware haben?«

»Morgen.«

»Unmöglich. Ich muß Stempel fälschen. Ich kann nicht Sal fertigmachen und mich gleichzeitig um diese lächerliche Sache hier kümmern.«

»Der Junge muß auf die Schule.«

»Dann soll er noch das verdammte Wochenende abwarten.«

»Schön, dann also Montagmorgen. Aber als erstes.«
Isaac wollte schon nach McCardle pfeifen, aber der Junge war bereits an seiner Seite, als hätte er ein Gespür für Isaacs inneren Kalender und Uhr. Sie verließen den Reitstall, und Sergeant Malone brachte sie in die Orchard Street. McCardle strich einen Zwanzig-Dollar-Schein glatt. »Sarge, danke für die Fahrt.«
»Du brauchst ihm kein Geld zu geben«, sagte Isaac. »Der Sergeant arbeitet für mich.«
»Es gibt mehr im Leben als nur Gehälter. Und es ist meine Mitgift, Grandpa, nicht deine.«
Malone sah den Jungen an. »Das ist sehr nett von Ihnen, Mr. McCardle. Aber der Commissioner hat schon recht. Ich könnte nicht ...« Er sah diese schreckliche Kränkung in den Augen des Jungen, als hätte er, Malone, einen Schlag ausgeteilt. »Dieses eine Mal mache ich noch eine Ausnahme, aber Sie müssen mir versprechen, daß Sie mit dem PC zum Dinner zu mir nach Hause kommen.«
»Keine Versprechungen«, sagte McCardle, während er aus dem Wagen kletterte. »Aber ich werd' sehen, was sich machen läßt.«
Der Sergeant kehrte zur One Police Plaza zurück, und Isaac und der Junge gingen in *Abraham's Laden* an der Orchard Street, um Kingsley McCardle Kleidung für die Schule zu kaufen. Aber in dem Geschäft entbrannte ein heftiger Streit. Der Junge interessierte sich für Jeans und Halstücher und Gürtel mit silbernen Schnallen.
»Mr. McCardle, in der St. Paul's ist nicht viel Platz für Cowboys.«
Isaac beabsichtigte, den Jungen in einer von Kardinal Jims Konfessionsschulen zu verstecken. Es interessierte ihn nicht, wie lang die Warteliste der Schule war. Er würde Kardinal Jim unter Druck setzen. Er würde *seinen* Jungen auf gar keinen Fall diesen faulen Irren von der Schulbehörde überlassen, nicht, solange Alejo noch Dezernent war.
»Okay«, sagte Isaac, »also dann Jeans *und* normale Hosen und eine Jacke.«
»Die normale Hose bezahle ich nicht.«
»Dann nennen wir's einfach ein Geschenk von deinem Grandpa.«

»*Meshuga*«, meinte Abrahams schwarzer Assistent, lachte über den Commissioner mit seinen grauen Koteletten und diesen verbissenen, grau aussehenden Jungen.
»Über was lacht der?« fragte McCardle.
»Über dich und mich.« Und Isaac bezahlte McCardles Hose.
Als sie das Geschäft verließen, trug Kingsley seine neue Garderobe in einer großen Einkaufstüte. Mitten auf der Straße blieb er stehen. »Grandpa, irgendwer folgt uns.«
»Ich weiß.«
»Folgt uns schon ziemlich lange. Mir gefällt das nicht.«
Kingsley hatte einen Mann in einem Londoner Nebelmantel und mit einer Donegal-Mütze entdeckt.
»Er macht nur seinen Job«, sagte Isaac.
»Gefällt mir trotzdem nicht.«
Isaac rief zu dem Mann hinüber: »Sergeant Hayes, könnten Sie mal eine Minute rüberkommen?«
Der Mann mit der Sherlock-Holmes-Mütze kam zu Isaac herüber und zuckte wie ein riesiges, unbeholfenes Baby mit den Schultern. »Commissioner, tut mir leid ...«
»Mr. McCardle, das hier ist Sergeant Hayes von der Dienstaufsicht. Er ist so was wie mein Schatten ... wenn er mich finden kann.«
Hayes nahm seine Mütze ab und schüttelte McCardle die Hand. Dann verzog er sich zu einem anderen Block.
»So ist's schon besser«, sagte McCardle. »Jetzt können wir ungestört spazieren gehen.«

Isaac, der an seinem ganz persönlichen Abgrund entlangwanderte, verfolgt vom Justizministerium und Beckys nach Korruption schnüffelnden Beamten, gefiel es, Kingsleys Grandpa zu spielen, den heimlichen Nikolaus. Er hätte mit dem Jungen zu den *Christys* gehen, ihm all die Schläger und Fänger an der Wand zeigen können, doch der Bomber würde das nur als List mißverstanden haben, als eine Möglichkeit, Maurie und den Club zu bespitzeln. Er fragte sich, wieviel Einfluß ihm noch geblieben war. Würde das Management der *Yankees* ihn und McCardle zum ersten Spiel der neuen Saison bei Champagner in die Ehrenloge des *Stadium* einladen? Am ersten Spieltag der 1981er Saison hatte er Maurie zum letzten Mal als geistig gesunden Menschen gesehen. Maurie war wie ein

König hereinstolziert. Politiker beider Parteien schüttelten ihm die Hand. Selbst der Gouverneur und Kardinal Jim wollten ein paar Worte mit Maurie Goodstein wechseln, dem Mob-Anwalt.

Aber Isaac konnte sich keine Träume leisten, bis er aus McCardle Mortimer Sidel gemacht hatte, mit Schulzeugnissen und falschen Eltern und einem Platz in der St. Paul's Konfessionsschule. In Chinatown aßen Sie Pekingente und *Red-bean Ice Cream.* McCardle rollte die Haut und das Fleisch der Ente in winzige Pfannkuchen, die er dann verschlang. »Damit ist St. Louis endgültig gelaufen«, sagte er. »Ich gehe nie wieder zurück.«

»Aber der *Stan Musial Day* wird dir fehlen.«

»Werd' schon nicht heulen.«

»Und was ist mit Captain Cole?«

»Dem werd ich 'ne Karte schicken«, meinte Kingsley.

»Grandpa, kannst du mir mal die Ente rüberschieben?«

Sie saßen in einer Nische eines von Isaacs Refugien. Und als Isaac aufschaute, um McCardle noch etwas Pekingente zu reichen, bemerkte er den massigen Rumpf seines First Deputy Commissioner. Sweets war in die Nische gerutscht, saß jetzt neben dem Jungen, als würde er zur Familie gehören.

»Ich glaube, ihr habt euch noch nicht kennengelernt«, brummte Isaac. »Das ist ...«

»Ich weiß, wer er ist, Isaac. Tu uns einen Gefallen, ja?«

»Uns?« fragte Isaac.

»Ja. Ich habe mich entschlossen, einen kleinen Trupp Krieger mitzubringen.«

Und Isaac bemerkte drei seiner eigenen Detectives, die mit betretenem Grinsen in der Nähe des Restauranteinganges standen.

»Isaac, würdest du dem jungen Mann bitte sagen, daß er sich mal kurz die Beine vertreten soll. Vielleicht zeigt ihm der Koch ja die Küche.«

»Du könntest dich ruhig wie ein zivilisierter Mensch benehmen, Sweets, und dem Jungen wenigstens hallo sagen.«

»Mir fehlt die Zeit, Isaac. Ich muß ein Department leiten. Mein Boss hat sich auf eigene Faust ins Indianerland abgesetzt. Und jetzt ist er ein Abtrünniger.«

»Sag dem Jungen hallo.«

»Hallo, Kingsley«, sagte Sweets, schüttelte mit seiner gewaltigen Pranke die Hand des Jungen.
»Grandpa, wessen Hand schüttle ich hier?«
»Schon in Ordnung, Mr. McCardle. Das hier ist Carlton Montgomery der Dritte. Wir nennen ihn einfach Sweets. Er ist einer meiner Deputy Commissioner.«
»So einen Commissioner wollte ich nicht haben.«
Isaac lächelte. »Ach, es ist nicht seine Schuld. Ich bin der große einsame Elefant des Police Departments geworden.«
McCardle musterte Isaac skeptisch. »Grandpa, für mich siehst du nicht wie ein Elefant aus.«
»Das ist wirklich schrecklich nett von dir, Mr. McCardle. Aber schnapp dir ein Stück Ente und etwas Eiscreme, und ich bin gleich wieder bei dir.«
McCardle sprang wie ein riesiger Grashüpfer um Sweets Knie, wobei er eine Schale Pekingente und eine Schüssel Eiscreme an sich drückte. Und dann war er fort.
»Isaac, du bist wohl nicht mehr ganz bei Verstand. Du beherbergst einen entflohenen Kriminellen.«
»Er ist noch ein Kind, Sweets, siehst du das denn nicht?«
»Zufälligerweise hat er einen Mann umgebracht. Und außerdem ist er das Eigentum von St. Louis. Es ist mir egal, ob die Gerichte einen König aus ihm machen. Aber das ist auf gar keinen Fall deine Entscheidung.«
»Jetzt verstehe ich auch, wie du mich so schnell gefunden hast. Das Justizministerium hat dir ein Liedchen ins Ohr geflüstert. Es war LeComte, der den Jungen verpfiffen hat, LeComte war es, der die Gerichte überredet hat, die Akte des Jungen wieder zu öffnen, LeComte, der ihn bis nach Manhattan hat beschatten lassen, LeComte, der dir gesagt hat, wo du ihn finden kannst.«
»Das hast du dir selbst zuzuschreiben, Isaac. Du hast ihn stinksauer gemacht. Er war drauf und dran, erneut Anklage gegen DiAngelis zu erheben, und du bist ihm dabei in die Quere gekommen. Verdammt auch, mußtest du Sal unbedingt deine Ivanhoes auf den Hals hetzen? Konntest du sie nicht in ihrem Schrank lassen?«
»Ich habe es schon mal gesagt. Es gefällt mir nicht, daß Rubino den kleinen Jungen mit dem Fahrrad erdrosselt hat.«
»Es war nicht Sal, Isaac. Es war nicht Sal. Wir haben zwei

Zeugen. Es war Jerrys Bruder Nose, der den Jungen fertiggemacht hat.«
»Das glaube ich nicht.«
»Zwei alte Lagerarbeiter haben ihn mit einen großen Sack am Tatort gesehen. Ich mache jede Wette, daß der Junge da drin war.«
»Und wieso verhaftest du Nose dann gottverdammt nicht?«
»Weil die alten Männer eine Scheißangst haben. Sie würden nie vor Gericht aussagen.«
»Wieso buddelst du nicht ein bißchen und siehst mal, ob deine beiden alten Männer nicht vielleicht FBI-Informanten sind?«
»Und angenommen, sie wären?«
»Das ist doch faul, Sweets. LeComte wird alles tun, um Jerry festzunageln. Sal war es, der den Jungen ermordet hat. Vergiß LeComtes Zeugen.«
»Aber Kingsley McCardle kann ich nicht vergessen. Ich werde ihn in ein Flugzeug nach St. Louis setzen.«
»Vorher mußt du mich umbringen.«
»Isaac ... du hast die Detectives gesehen. Wir könnten dir Hände und Füße in Ketten legen.«
»Mir egal. Du wirst mich umbringen müssen.«
Der First Dep machte sich über Isaacs Eiscreme her.
»Sweets«, sagte Isaac. »Gib mir nur noch einen einzigen Tag. Und dann werde ich Mr. McCardle ausliefern. Versprochen. Aber überlass mir das Wie und Wo.«
»Isaac, du bist ein einsamer Elefant. Ich traue dir glatt zu, den Jungen irgendwo zu verstecken. Und wir werden ihn niemals finden.«
»Hier«, sagte Isaac, umklammerte einen Kugelschreiber. »Ich schreibe dir eine beschissene eidesstattliche Zusicherung auf die Speisekarte. Wenn ich den Jungen nicht morgen abliefere, werde ich meinen Abschied nehmen. Und du kannst meine Marke behalten.«
Sweets schaute in Isaacs Gesicht. »Ich will deine Marke nicht.« Er befreite seine beiden Kniescheiben aus der engen Sitznische und humpelte aus dem Restaurant.

19

LeComte.
Isaac hatte in Alexander Hamiltons Kleidern Ivanhoe gespielt. Und LeComte war der Zauberer ... und Marionettenspieler. Der Commish gehörte dem Justizministerium. LeComte hatte Maurie fertiggemacht, hatte Margaret Tolstoi als Turteltäubchen im Krieg zwischen den alten Rubino-Captains und Jerry DiAngelis benutzt, hatte Isaac manipuliert, hatte ihn in die Provinz geschickt, wo er ein Affentheater abziehen und von Henry Armstrong Lee erzählen sollte. Aber im Verlauf dieses Trips hatte Isaac Amerika gefunden, hatte Waisenhäuser und Strafkolonien besucht, mit Zuchthäuslern unter der nackten, grauenerregenden Sonne auf den Felder gearbeitet, mit trockenen, aufgeplatzten Lippen, mit brennender Kehle, doch er trank keinen Schluck Wasser, bis auch den Sträflingen erlaubt wurde, zu trinken. Die Aufseher hatten Angst vor Isaac. Er war mit dem Segen des Justizministeriums zu ihnen gekommen. Woher sollten sie auch wissen, daß Isaac selbst nichts als ein kleines Turteltäubchen war, LeComtes kleiner Geisha-Boy, der seine Nummer für ganze Populationen von Police Chiefs abzog?
Und jetzt hatte LeComte auch noch Kingsley McCardle in den beschissenen Zirkus eingeführt, hatte den Jungen in Gefahr gebracht, nur um an Ivanhoe ranzukommen, und das gefiel Ivanhoe ganz und gar nicht. Er konnte nicht zur Bürgermeisterin laufen. Er war aus der City Hall ausgesperrt worden. Und der Gouverneur wollte nichts mit Isaac Sidel zu tun haben. Aber keiner von ihnen würde sich mit LeComte anlegen. Isaac mußte direkt in den Vatikan, in die Zentrale der Macht, gehen.
Er rief die St. Patrick's Cathedral an. Aber der Kardinal war unterwegs, besuchte Gemeinden in der Bronx. »Es ist dringend«, sagte er dem Sekretär des Kardinals, und Isaacs Anruf wurde zu Jims Autotelefon durchgestellt.
»Ah, der gefährliche Knabe persönlich. Wie geht es Ihnen, Isaac?« erkundigte sich der Kardinal.
»Nicht besonders.«
»Ich habe von Ihren Schwierigkeiten gehört ... von allen möglichen Seiten. Isaac, ich kann mich da nicht einmischen. Ich habe meine eigenen Schäfchen zu schützen.«

»Das weiß ich, Jim. Aber ich habe ein Kind in meiner Obhut. Er braucht Hilfe.«

»Ein Junge, sagen Sie?« Der Kardinal mochte Kinder genau wie Isaac. Sie leiteten beide Baseball-Teams für die Police Athletic League. Der Kardinal war ein erbarmungsloser, effizienter Manager. Jims Team gewann immer. »Dieser Junge, wie heißt er?«

»Kingsley McCardle. Ein Waisenkind aus St. Louis.«

»Dann bringen Sie ihn mir doch kurz vorbei, Isaac. Ich habe es eilig. Wir treffen uns in einer halben Stunde in der Fox Street.«

Isaac wollte Kardinal Jim nicht warten lassen. Aber erst mußte er die Haare des Jungen striegeln und ihm das Halstuch umbinden und Sergeant Malone kommen lassen. Zu dritt fuhren sie dann über die Willis Avenue Bridge und drangen mit Sirenengeheul ins Indianerland der South Bronx ein. Der Junge schaute aus dem Fenster wie ein geschlagenes Kind. Er hatte die Slums von St. Louis gesehen. Aber nicht Berge von Trümmern mit einer Kirche mittendrin. Ratten spielten in dem Schutt. Sie sahen aus wie kleine Krokodile. Fast konnte er ihnen in die Augen sehen.

Eine Minute zu früh erreichte Isaac die Fox Street. Der Kardinal wartete in seinem schwarzen Lincoln. Der Junge mußte lächeln. Eine große glänzende Karre wie die schien unpraktisch bei all den Ratten.

»Bummel nicht rum«, sagte Isaac. »Und sei höflich zu Kardinal Jim.«

Isaac und der Junge stiegen aus dem Dodge und in den Wagen des Kardinals. Jim trug ein Scheitelkäppchen, ein Brustkreuz und eine rote Schärpe um den Bauch. Er saß da und rauchte eine Zigarette. An seinen Fingern klebten Tabakkrümel, als er die Hand des Jungen schüttelte. »Ah, das ist eine üble Angewohnheit«, sagte er. »Aber ohne fünf Zigaretten am Tag läuft bei mir gar nichts.«

»Hallo, Vater«, sagte der Junge.

»Kingsley«, zischte Isaac, »du redest mit dem Kardinal.«

»Aber ein Priester ist er doch immer noch, oder?« sagte der Junge.

»Isaac, lassen Sie ihn. Er debattiert wie ein Jesuit. Ihr Mr. McCardle gefällt mir.«

Kingsley McCardle starrte weiter. Er konnte das Scheitelkäppchen und das Brustkreuz nicht miteinander in Einklang bringen. Er war nicht blöd, was Religionen betraf. Aber er fragte sich, ob der Kardinal vielleicht auch noch Rabbi war.
»Vater, denken Sie schon mal an Mädchen?«
»Was ist das denn für eine Frage?« sagte Isaac, spürte, daß seine Chancen, den Kardinal zu gewinnen, mit Windeseile seiner Hand entglitten. Er hätte McCardle im Dodge warten lassen sollen.
Aber Jim beachtete Isaac nicht und schaute stattdessen den Jungen an. »Du meinst, auf fleischliche Art?«
»Ja, Vater. Ich tu's.«
»Nun«, sagte Jim, während er gierig an seiner Zigarette paffte und Tabakkrümel auf die Schöße seiner Robe fielen. »Als Junge lebte ich nicht im Zölibat.«
»Aber jetzt, Vater?«
»Ich bin kein Eunuch, Mr. McCardle. Ich tanze mit den hübschesten Ladies, die ich finden kann. Das ist meine Teufelei ... Isaac, was kann ich für den Jungen tun?«
»Bringen Sie ihn heimlich nach Hause.«
»Ich gehe nicht«, sagte der Junge. »Mir gefällt's hier.«
»Sshhh, Mr. McCardle«, sagte Jim. »Isaac, was hindert Sie?«
»Die Gerichte werden sich auf ihn stürzen. Sie werden ihn bei lebendigem Leib auffressen. LeComte steckt dahinter. Er rächt sich an mir, indem er Mr. McCardle Steine in den Weg rollt.«
»Nun, was hat der Junge denn ausgefressen?«
»Hat seinen Onkel umgebracht.«
»Scheiße«, sagte der Kardinal.
»Es war Notwehr. Der Onkel war ein Tier.«
»Wie alt war der Junge, als es passierte?«
»Sieben oder acht.«
Der Kardinal manövrierte die Zigarette in seinem Mund wie einen einäugigen Wurm; ein riesiges Stück Asche baumelte an ihrem Ende. »Isaac, kein Gericht in diesem Land würde einen Jungen anfassen, der im Alter von sieben Jahren ein Verbrechen begangen hat.«
»Aber sie werden die Sache an die Öffentlichkeit bringen. Sie werden die Vormundschaft über Mr. McCardle erhalten. Und dann wird er für immer und ewig Mündel der Stadt St. Louis bleiben.«

»Isaac, ich muß Rücksicht auf die Kirche nehmen. Und Sie erwarten von mir, daß ich mir LeComte zum Feind mache ... Mr. McCardle, sind Sie Christ?«
»Ja, ich denke schon, Vater. Onkel hat mich nie mit in die Kirche genommen.«
»Ein kleiner Heide, was? Und Sie mußten Ihr Leben schützen?«
»Es hieß: Er oder ich, Vater. er oder ich.«
»Ich glaube Ihnen«, sagte Jim, wobei die Asche immer noch aus seinem Mund ragte. Er klopfte gegen die Scheibe, die ihn von seinem schwarzen Chauffeur trennte. »Charles, seien Sie ein guter Mann und verbinden Sie mich mit dem Weißen Haus, hören Sie?«
Kingsley war mißtrauisch gegenüber einem Burschen mit einem Scheitelkäppchen, der mit dem Weißen Haus telefonierte. Er hörte, wie hinter der gläsernen Wand Knöpfe getippt wurden. Dann öffnete sich ein Schlitz in der Wand, und der schwarze Chauffeur reichte Kardinal Jim ein Telefon.
»Edith, hallo. Wie geht's dem Präsidenten? Würden Sie ihn bitte fragen, ob er vielleicht eine Minute für den alten Jim erübrigen kann?«
Der Kardinal legte eine Hand über die Sprechmuschel. Er flüsterte, und die Zigarette fiel auf seinen Schoß. Isaac mußte die Glut ausschlagen. »Schon gut«, meinte der Kardinal. »Isaac, ich werde ein bißchen flunkern müssen.«
Er nahm seine Hand von der Sprechmuschel. »Hallo, Mr. President. Ja, mir geht's gut ... Ich habe hier eine Berühmtheit im Wagen. Isaac Sidel ... Ja, genau, der *Hamilton Fellow*. Nun, das Justizministerium hat ihm ein bißchen Schwierigkeiten gemacht. Wie es aussieht, hat Isaac im städtischen Waisenheim von St. Louis einen Jungen kennengelernt. Einen wirklich reizenden Jungen. Der Commissioner hat ihn, wie soll ich sagen, quasi adoptiert. Aus der Ferne, meine ich. Und irgendwie sind dann die Gerichte ins Spiel gekommen. Sie wollen ihn aus seinem Heim holen. Der Junge ist Waise. Es gefällt ihm dort, wo er jetzt ist. Und ich habe gehofft ... Ja, Mr. President. Sein Name ist Kingsley McCardle ... Aber, natürlich. Ich weiß, daß Sie sich nicht über das Justizministerium hinwegsetzen wollen ... Ja, er ist hier bei mir.«
Der Kardinal machte Isaac ein Zeichen. »Können Sie viel-

leicht mal den beschissenen Hörer nehmen? Der Präsident möchte kurz mit Ihnen reden.«
Isaac umklammerte Jims Autotelefon wie ein ungeschickter Bär. Er war Demokrat, aufgewachsen unter der Herrschaft von Franklin Delano Roosevelt, und er hatte nicht sonderlich viel übrig für ein republikanisches Weißes Haus. Er hatte Richard Nixon bewacht, nachdem er in Ungnade gefallen war und Nixon eine Stadtwohnung in New York gehabt hatte. Isaac hatte keine Sekunde an den ganzen Affentanz wegen Watergate geglaubt. Präsidenten brauchten solche »Klempner« genau wie auch Police Commissioner ihre Handlanger benötigten. Aber er hatte noch nie direkt mit dem Weißen Haus gesprochen.
»Hallo«, sagte der Präsident, und der große Bär war perplex. Der Kardinal mußte ihm erst einen Stoß in die Rippen geben, bevor Isaac ein Wort herausbrachte.
»Hallo, Mr. President.«
»Wir sind sehr stolz auf Sie, Isaac. Meine Frau und ich haben Sie im Fernsehen gesehen, als Sie Henry Lee gefaßt haben. Es war sehr clever von ihm, Frauenkleidung zu tragen. Aber Sie waren einfach großartig.«
»Vielen Dank, Mr. President.«
Seine Hände zitterten, und Kardinal Jim mußte seinem schwarzen Chauffeur den Hörer zurückgeben.
»Ein reizender Mann, der Präsident, finden Sie nicht auch?«
»Aber wird er ...?«
»Isaac, es ist geritzt. Der Junge ist in Sicherheit. So, und wenn Sie jetzt aussteigen würden, bevor das FBI mich noch verhaftet.«
Isaac und Kingsley McCardle stiegen aus dem Wagen.
»Isaac«, fragte der Kardinal, »wie sieht Ihr Rentenanspruch aus?«
»Ich weiß nicht genau.«
»Geben Sie ihn nicht auf, mein Sohn ... Good bye, Mr. McCardle. Ich werde Sie in St. Louis besuchen kommen.«
Und der Lincoln fuhr durch den Schutt der Fox Street davon.
Kingsley hatte diesen Kardinal mit dem Scheitelkäppchen nett gefunden, aber um seinen Grandpa machte er sich Sorgen. Isaac hätte nicht so blöd aus der Wäsche glotzen sollen, als er mit dem Präsidenten sprach.

Auf dem Flughafen fühlte er sich schrecklich trostlos. Alles nötige war veranlaßt worden. Der Junge flog mit *United* zurück nach St. Louis. Ein Mietwagen-Service würde ihn am Flughafen abholen und ins Heim zurückbringen. Und die Gerichte würden bezüglich Mr. McCardle Gedächtnisschwund bekommen. Aber Isaac wollte ihn nicht wirklich gehen lassen. Er hatte gelernt, Kingsley Halstuch zu bewundern. Er liebte es, mit ihm zu frühstücken und zu langen langen Abendessen nach Chinatown zu gehen.

»Lächeln, Grandpa«, sagte McCardle, während sie beide auf die Maschine warteten. »Ich bin hier derjenige, der in den Kinderknast zurück muß. Nie werd ich einen Uni-Abschluß kriegen.«

»Doch, wirst du. Der Captain hat's versprochen. Er wird dir einen Platz auf der Washington University besorgen.«

»Quatsch«, sagte McCardle. »Ich kann Speisekarten lesen und Baseball-Tabellen, aber kein Buch.«

»Kein Mensch kann dich daran hindern zu lesen.«

»Grandpa, die Sätze bleiben einfach nicht in meinem Kopf.«

»Ich werde Loren bitten, einen Privatlehrer für dich zu suchen.«

»Würde nie funktionieren. Ist so was wie eine Angewohnheit von mir geworden«, sagte McCardle. »Du wirst in den Knast wandern, Grandpa, stimmt's?«

»Nicht, wenn ich was dagegen unternehmen kann.«

»Aber genau das hat der Vater doch angedeutet, als er von deiner Rente geredet hat.«

»Ach, alles nur Gerede«, meinte Isaac.

»Grandpa, wir könnten uns zusammen verstecken. Ich muß nicht in dieses Flugzeug steigen. St. Louis hat ein paar Straßen, an die sich kein Mensch mehr erinnern will. Wir könnten mit dem Auto hinfahren.«

»Verlockend«, sagte Isaac. »Aber ich kann nicht.«

Der Junge erhielt seine Bordkarte. Er wußte nicht genau, wie man richtig good bye sagte. »Du könntest mir mal schreiben, Grandpa, aus dem Gefängnis. Ich wäre ziemlich stolz, deine Briefe zu kriegen.« Und dann lief er zum Flugsteig.

20

Ohne den Jungen verfiel Isaac in eine tiefe Depression. Es hatte absolut nichts mit der Bestie in seinem Bauch zu tun. McCardle fehlte ihm. Der Junge hatte ihn daran erinnert, wie einsam er war. Er hatte schon viel zu lange Detektiv gespielt. Er war kein mittelalterlicher Ritter, der nach den Kreuzzügen nach Hause zurückgekehrt war. Sir Wilfred of Ivanhoe. Er war eher so was wie ein mechanischer Bär. Aber selbst ein Bär hatte gewisse Bedürfnisse. Und dieser spezielle Bär hatte ein plötzliches Verlangen nach Familie. Er rief seine Tochter in Seattle an. Ihr Mann meldete sich. Und Isaac war verlegen. Weil er sich nicht an den Namen des Mannes erinnern konnte. Sie zog immer von einem Mann zum anderen. Doch gerade noch rechtzeitig erinnerte sich der Bär.

»Hallo, Mark«, sagte er. Mark war Pflichtverteidiger, ein Anwalt des Volkes. Er würde gewiß nicht genug verdienen, um sich ein anständiges Haus und einen Wagen leisten zu können. Höchstwahrscheinlich mußte der Anwalt zu Fuß zur Arbeit gehen. Marilyn verliebte sich dauernd in solche hoffnungslosen Fälle wie Mark oder Manfred Coen. Isaac war erheblich glücklicher gewesen, als Blue Eyes noch da war. Vielleicht hatte er selbst einen Hang zu zweiter Wahl.

»Mark, ich würde gern Marilyn sprechen.«

»Ich werde sehen, was ich tun kann«, sagte Mark. Isaac hörte, wie er den Hörer aus der Hand legte. Er hatte ungeheuer große Ohren entwickelt. Mark flehte Marilyn an. Aber die Stimme seiner Tochter konnte Isaac nicht hören, bis er ihren Aufschrei erkannte. Es war Marilyn the Wild. »Scheiße«, sagte sie. Mark war wieder in der Leitung.

»Sie kann im Augenblick nicht kommen. Sie macht gerade ein Nickerchen.«

»Ja«, wiederholte Isaac. »Sie macht ein Nickerchen.« Sie gab ihm die Schuld für Blue Eyes. Und Marilyn hatte Isaacs Wesen. Sie konnte niemals verzeihen.

»Meinen Glückwunsch«, sagte Mark.

»Was habe ich denn getan?«

»Sie haben diesen Bankräuber hinter Schloß und Riegel gebracht.«

»Aber mal angenommen«, sagte Isaac wie ein verbitterter

Melamed, »mal angenommen, Sie hätten Henry Armstrong Lee vertreten.«

»Ich habe nur mit den Bedürftigen zu tun«, sagte Mark. »Ihr Mann hat Leute zusammengeschlagen und Banken überfallen.«

»Aber als er gefaßt wurde, hatte er nur zwanzig Cents in der Tasche.«

»Isaac, das war ein Fall des Bundes. Und ich arbeite für die City of Seattle.«

Raus aus dem beschissenen Schlamassel. Die lavierten sich immer irgendwie raus aus dem beschissenen Schlamassel. Genau so waren sie, die Anwälte. Und es spielte überhaupt keine Rolle, ob ihre Mandanten arm oder reich waren. Aber Maurie war die Ausnahme. Er hätte auf sein Honorar verzichtet und die Geschworenen dazu gebracht, daß sie Tränen um den meistgesuchten Mann Amerikas vergossen.

»Mark, würden Sie ihr etwas ausrichten? Ich vermisse Blue Eyes mindestens so sehr wie sie. Good bye.«

Er mußte sich in Zukunft von Waisen fernhalten. Es tat zu weh. Aber Isaac fühlte sich von traurigen Menschen magisch angezogen. Er hatte Blue Eyes adoptiert, einen Detective First Grade aus ihm gemacht, und dann hatte er es geschafft, daß er umgelegt wurde. Aber Gott sei Dank war Kingsley McCardle kein Cop. Und Isaac begann über diese andere Waise nachzudenken, Margaret Tolstoi. Ach, er *war* mittelalterlich. Weil er nicht aufhören konnte, sich um Draculas Tochter Gedanken zu machen, auch wenn sie ihn wahrscheinlich verraten hatte. Aber es war der Wurm, der Wurm, der Wilfred of Ivanhoe aus der Bahn warf.

Aber nicht seine Ivanhoes. Sal blutete Geld aus beiden Ohren. Seine Geldwucherer verloren eine Menge Cash. Die Ivanhoes schnappten sich auf der Straße ihre kleinen Taschen oder drangen wie Billy the Kid mit Halstüchern vor dem Gesicht in Sals Büros ein. Oder sie übernahmen selbst die Rolle von Sals Geldeintreibern und kassierten seine Kunden ab. Es gab keine Autobomben. Keine Feuergefechte mit Schrotflinten. Nur ein beharrliches Zermürben von Sal Rubinos Unternehmungen. Die Ivanhoes fälschten seine Unterschrift und erleichterten ihn um die Einkünfte seiner legalen Konten. Isaac hätte sich tierisch freuen sollen, doch es gelang ihm einfach nicht, seine düstere Stimmung abzuschütteln.

Einer der Geistlichen des Departments, Rabbi Horatio Goode, suchte Isaac in seiner Wohnung auf. Er war erheblich weltlicher eingestellt als die anderen Geistlichen. Isaac hatte einem Waffenschein für Rabbi Goode zugestimmt, und der Rabbi trug seine Police Special in einem Holster direkt neben dem Herzen. Er war schon bei den Marines Geistlicher gewesen. Er war ein Cowboy aus Oklahoma, so stämmig wie Isaac selbst, und er spielte nie den frommen Mann. Er war Präsident der *Hands of Esau*, einer Bruderschaft jüdischer Cops, doch nachdem er Commish geworden war, besuchte Isaac die Treffen nicht mehr. Er wollte keine Rivalitäten zwischen den verschiedenen Bruderschaften aufkommen lassen. Er war kein jüdischer Police Commissioner, ganz einfach nur der Commish.

Sie tranken ein Glas Wein. »Isaac, ich glaube, Sie sollten mal zu einem Shrink gehen. Ich meine nicht die Scheiße im Department. Ich kann Ihnen einen ausgezeichneten Mann empfehlen. Alles natürlich völlig vertraulich.«

»Wirke ich so mitgenommen auf Sie, Rabbi?«

»Ich habe mit Kardinal Jim gesprochen. Er ist meiner Meinung. Sie lassen sich treiben, Isaac. Wissen Sie eigentlich, wie viele Termine Sie verpaßt haben? Ich bin nicht sicher, was Sie gemacht haben. Und nichts könnte mich weniger interessieren.«

»Rabbi, ich bin Atheist«, sagte Isaac.

»Sie gehören immer noch zu meiner Gemeinde.«

»Welcher Gemeinde? Sie haben doch keine *shul.*«

»Das Department ist meine *shul*«, sagte der Rabbi.

»Ich habe Menschen getötet«, sagte Isaac.

»Das gehört zum Job.«

»Es ist nicht immer für das Department gewesen. Ich habe die Vorschriften übertreten.«

»Das geht allein Sie und Ihren Schöpfer etwas an. Aber Sie sollten sich wirklich mal aussprechen.«

»Rabbi, ich habe irgendwo gelesen, daß Freud seine eigene Tochter analysiert hat. Also, ich bitte Sie, was für ein Shrink würde so was tun?«

»Er war eine bemerkenswerte Person«, sagte der Rabbi.

»Seine eigene beschissene Tochter. Was hätte Freud ihr schon sagen können? Liebling, vergessen wir einfach den Ödipus-Komplex?«

»Elektra, Isaac, den Elektra-Komplex.«
»Nein, Freud hat sie wie einen Mann behandelt ... Ich habe selbst eine Tochter, Rabbi. Sie kann mich auf den Tod nicht ausstehen ... Ich werde auch ohne Shrink überleben.«

Er hatte keinen Appetit, aber er würde den Wurm nicht vernachlässigen. Wohin er auch ging, immer nahm er seine Flasche Milch mit. Er wartete und wartete und war nicht weiter überrascht, als er einen Anruf von Beckys für Korruption zuständigen Commissioner bekam. Boris Michaelson. Er nuckelte sicherheitshalber an seiner Milch. »Isaac, können Sie morgen in mein Büro kommen? Wir müssen über verschiedene Dinge reden.«
»Ich werde in meinem Terminkalender nachsehen«, sagte Isaac. Aber er hatte keinen Terminkalender. »Ja, Boris, ich kann Sie noch unterbringen ... Um wieviel Uhr?«
»Sagen wir, nach dem Mittagessen. Gegen halb drei.«
»Wunderbar.«
Isaac legte auf und lächelte in den Spiegel. Seine Appetit war zurückgekehrt. Becky hatte ihren Geier ausgeschickt, und jetzt konnte Isaac sich wehren. Er war Euer Ehren nichts schuldig. Als sie ins Rathaus eingezogen war, hatte sie ihn als Police Chief übernommen. Sie hätte ihn feuern können, aber Isaac war ein populärer PC. Sie waren so was wie ein Paar geworden, bis Isaac seine alte Mitschülerin Margaret Tolstoi wiederfand. Und dann brach die Politik Isaac Sidel den Hals.
In Chinatown löffelte er Schüssel um Schüssel Eiersuppe. Er bestellte Pekingente mit Pflaumensoße, auch wenn es ihm ein wenig zu schaffen machte, die Ente ohne Kingsley McCardle zu verspeisen. Er aß Shrimp-Bällchen mit scharfem Pfeffer. Er aß Huhn a la General Ming. Er trank Pflaumenwein mit dem Koch. Er aß Pistazieneis, und ihm tat der Bauch weh. Er hatte dem Wurm ein Festessen geboten, und Isaac ging wie ein betrunkenes Zelt nach Hause, schwankte von einer Seite auf die andere.
Er schlief bis Mittag.
Er rasierte sich in der Badewanne.
Er zog sich ein frisches Hemd an und benutzte sein bestes Rasierwasser.
Er traf in Michaelsons Büro an der Maiden Lane ein. Es war

zwei Uhr neunundzwanzig. Der Corruptions Commissioner, der Ermittler in Sachen Korruption, hatte seine »Drei Schwestern«, seine eigene kleine Bande junger Staatsanwältinnen, die inzwischen in Manhattan berühmt-berüchtigt waren. Michaelson hatte den Auftrag vom Gouverneur *und* von Becky Karp, den bösen Buben auf den Pelz zu rücken, die für die City of New York arbeiteten. Und der Gouverneur hatte ihm drei stellvertretende Generalstaatsanwältinnen der Spitzenklasse zur Seite gestellt. Keine von ihnen war dreißig. Alle wurden sie an der Columbia Law graduiert und hätten in eigenen Kanzleien Vermögen verdienen können. Aber sie wollten Boris nicht verlassen. Sie hatten Detectives und Buchprüfer und City Marshals zu ihrer freien Verfügung. Sie hatten Zugang zu jeder Behörde, konnten alle Unterlagen beschlagnahmen, die sie brauchten, und die Festnahme eines vom geraden Wege abgekommenen Commissioners veranlassen. Isaac stand auf ihrer Liste ganz weit oben. Er war *der* große Fisch, der diesen Hexen ins Netz gehen sollte.
Ihre Namen waren Susan Sodaman, Selma Beard und Trish Van Loon. Eine von ihnen war verheiratet, die anderen beiden verlobt, doch sie dachten nicht daran, vor ihrem fünfunddreißigsten Geburtstag Kinder zu bekommen. Und Isaac fragte sich, wie das Kind einer Hexe wohl aussehen würde. Aber das mußte er ihnen lassen: Sie waren die mit Abstand attraktivsten Hexen, die er je gesehen hatte. Große, langbeinige Frauen, während Michaelson Haare aus der Nase wuchsen und eher klein und fett war. Die drei Schwestern bewunderten ihn.
Der Wurm begann wieder an Isaac zu fressen, zu fressen und fressen. Der Commish nuckelte an seiner Milchflasche, noch bevor Michaelson auch nur den Mund aufgemacht hatte. Der Wurm hatte Angst vor den drei Schwestern.
»Sie sehen blaß aus«, sagte Susan Sodaman. »Möchten Sie sich setzen?«
»Das geht vorbei«, sagte Isaac. »Und jetzt sagen Sie mir, was Sie wollen.«
»Ihren Rücktritt«, sagte Michaelson.
Und plötzlich hörte der Wurm auf zu zerren und war wieder Isaacs Verbündeter. »Boris, haben Sie Ihre Handschellen mitgebracht?«

»Wir wollen Sie nicht verletzen«, sagte Michaelson. »Sie sind der Held von New York.«
»Tja, entweder legen Sie mich in Handschellen oder Sie lassen mich in Ruhe.«
»So einfach ist das leider nicht«, sagte Michaelson. Und die drei Schwestern bauten sich mit all ihrer herrlichen Größe um Isaac auf.
»Sie sind eine Belastung geworden«, sagte Selma.
»Sie haben sich mitten in einen RICO-Fall hineinmanövriert«, sagte Trish. Das *Racketeer-Influenced Corrupt-Organization Act*, besser bekannt unter dem Kürzel RICO, war ein Gesetz aus dem Jahre 1970, das zum ersten Mal gegen die Mafia verwendet worden war, als LeComte auf der Bildfläche auftauchte. Er mußte Jerry DiAngelis nicht wegen eines einzelnen Mordes verfolgen, der immer schwer nachzuweisen war. Er brauchte lediglich eine Geschichte zu erfinden, vor dem Gericht ein Märchen erzählen und nachweisen, daß DiAngelis das Oberhaupt einer Familie war, die in das organisierte Verbrechen verwickelt war. Die Feds hatten es auf DiAngelis abgesehen, und dabei war ihnen Isaac in die Quere gekommen.
»RICO«, brummte Isaac. »Damit meinen Sie Jerry und den Melamed?«
Michaelson lachte. »Der Melamed? Das ist ja köstlich. Isadore Wasser ist das Gehirn hinter Jerrys Hälfte des Rubino-Clans. Und er ist ein gottverdammter Dieb.«
»Nicht fluchen«, sagte Isaac. »Es sind Damen im Raum. Und Isadore ist ein Freund von mir.«
»Genau das ist das Problem«, sagte Michaelson. »Er ist ein etwas zu guter Freund. Isaac, wir haben ein Gespräch zwischen Ihnen und dem alten Mann auf Band. Wir haben Videoaufnahmen von Ihnen und DiAngelis vor seinem Schieß-Club.«
»Es ist ein freies Land«, sagte Isaac.
»Nicht für einen Police Commissioner. Sie haben ihnen Informationen gegeben, Isaac. Ich könnte Sie den Feds zum Fraß vorwerfen.«
»Was hindert Sie?«
»Sie sind einer von uns, einer wie wir.«
»Boris, lieber gehöre ich zu Izzy als zu Ihnen.«
»Isaac, wieviel Cash haben Sie auf der Bank?«

»Sagen Sie es mir.«
»Neunhundert Dollar und sechsundsechzig Cents«, sagte Trish.
»Können Sie es sich leisten, Ihre beschissene Pension zu verlieren? Treten Sie von Ihrem Amt zurück, Isaac, das ist Ihr einziger Ausweg. Die Dienstaufsicht hat genug über Sie in der Hand, um Ihren Arsch in der One Police Plaza zu grillen. Isaac, geben Sie auf. Gehen Sie mit ein bißchen Ruhm. Wir wollen keine Anklage erheben. Vergessen Sie Jerry. Sie haben mit einer sowjetischen Agentin geschlafen, die sich Margaret Tolstoi nennt. Und Sie haben dem Chef der syrischen Spionageabwehr, Abteilung Amerika, Baseball-Karten geschenkt.«
»Ismail?« brummte Isaac. »Der ist nur ein kleiner Angestellter.«
»Sein Name ist Amid Rashid ... Ich denke, Sie sollten sich wohl besser einen Anwalt suchen.«
»Ich habe einen Anwalt. Maurie Goodstein.«
»Das ist ja zum Schreien«, sagte Michaelson, zwinkerte den drei Schwestern zu. »Maurie ist auf dem Mond. Er kann es sich nicht leisten, sein hübsches Gesicht sehen zu lassen. Seine anwaltliche Schweigepflicht taugt einen Scheißdreck. Nicht, wenn es um eine RICO-Sache geht. Wenn Jerry den Bach runtergeht, wird er mit ihm untergehen.«
»Er ist immer noch mein Anwalt«, sagte Isaac.
»Ich freue mich zu hören, daß Sie sich gern von einem Gespenst vertreten lassen wollen.«
»Er ist kein Gespenst«, sagte eine der Schwestern. »Wenigstens noch nicht.«
»Und selbst wenn er wieder auftauchen sollte, Isaac, und LeComte ihm gegenüber ein bißchen Gnade zeigt, wird er Ihnen doch nichts nützen. Maurie ist bis über beide Ohren zugekokst. Der bringt keine zwei klaren Sätze zustande.«
»Woher zum Teufel wollen Sie das wissen?« fragte Isaac.
»Ich habe mit ihm telefoniert. Oh, ja, Maurie hat vorgefühlt. Ich bin sein Emissär, Isaac. Das hätten Sie sich doch eigentlich denken können. Ich werde für ihn mit LeComte verhandeln, wenn die Zeit reif ist. Und jetzt seien Sie ein braver Junge.«
»Scheiß auf Sie und Ihre drei Schwestern«, sagte Isaac. »Sie haben mich nicht zu meinem Vergnügen kommen lassen. Lie-

bend gern würden Sie mich festnageln. Davon träumen Sie doch schon lange. Aber es ist Becky, die sie gebremst hat.«

»Da irren Sie, Isaac. Sie will Sie draußen haben. Sie nutzen Becky nichts mehr.«

»Vergessen Sie nicht«, sagte Isaac, »sie lebt in einem Kartenhaus. Fassen Sie mich an, und das Haus könnte zusammenbrechen.«

»Wir werden das Risiko eingehen«, sagte Michaelson.

»Freut mich für Sie.«

»Isaac, was ist mit dem Jungen?«

»Mit welchem Jungen?«

»Ach, wie heißt er noch gleich?«

Die drei Schwestern vergruben sich in die Aktenordner auf Michaelsons Schreibtisch. »Kingsley McCardle«, sagte Selma.

»Jetzt kapiere ich. LeComte hat Ihnen ein kleines Liedchen vorgesungen, und Sie haben meinem First Dep Daumenschrauben angelegt.«

»Aber der Junge hatte hier nichts verloren.«

»Ich habe ihn zurückgeschickt, Boris, oder?«

»Er ist immer noch untergetaucht. Und zufälligerweise bin ich ganz gut mit einem gewissen Richter in St. Louis befreundet.«

Isaac sprang um den Tisch und packte Michaelsons Krawatte, bevor die drei Schwestern mit ihren Aktenordnern auf ihn einschlugen und einen von Isaacs eigenen Cops hereinriefen. Der Cop mußte mit dem Police Commissioner kämpfen, seine Hände mit Gewalt von Michaelsons Kehle lösen.

»Boris, was sollen wir mit diesem Schwachkopf machen?« fragte Selma.

Michaelsons hustete. Einen Moment lang brachte er kein Wort heraus. »Schafft ihn mir aus den Augen«, keuchte er schließlich.

Und Isaac verließ den Corruptions Commissioner und seine drei Schwestern, die einen finsteren, vielsagenden Ausdruck in den Augen hatten. Er stapfte hinunter auf die Straße und ging die Biegung der Maiden Lane entlang, vorbei an der Federal Reserve Bank, mit ihren dunkel- und hellgrauen Steinen, ihren stählernen Türen und ihrem Turm oben drauf. Amerikas Burg des Geldes. Er zitterte jetzt. Er hätte den Jungen nicht gehen lassen sollen. Und dann brummte er »*Ismail*«. Was war Isaac doch für ein hirnloser Idiot gewesen. Der syrische Chefspion und seine jüdische Connection. Und der PC hatte geglaubt, er hätte sich eines einsamen Mannes angenommen. Die Syrer mußten Isaacs Interesse am Baseball entdeckt haben. Und Ismail hatte sich seine eigene gottverdammte Legende zusammengebastelt. Damaskus konnte lächeln über Isaac Sidel. Amid Rashid alias Ismail alias König Faruk hatte den singenden Polizisten in der Hand.

21

Irgendwie konnte er weder in seinen Bau zurückkehren noch viel Trost in der One Police Plaza finden. In seinem Büro wimmelte es von Spionen. Und so zockelte er auf eine Tasse *caffelatte* in DiAngelis Territorium, um wieder einen klaren Kopf zu bekommen. Doch bevor er seine Lieblingstrattoria erreichte, entdeckte er Nose auf der Straße. Und irgend etwas an Jerrys Bruder kam ihm seltsam vor. Nose war in die Traumwelt seiner Gedanken versunken. Isaac konnte das gemächliche Mahlen seiner Gedanken beinahe hören. Und Nose war ein Mann, der nicht fürs Denken bezahlt wurde. Er teilte Abreibungen für seinen Bruder aus und petzte dann alles schnell dem FBI. Aber jetzt brabbelte Teddy Boy leise vor sich hin und latschte direkt am Commish vorbei, der seinen *caffelatte* opferte, um Ted folgen zu können.

Er konnte nicht in irgendeinem Auftrag unterwegs sein, denn dann hätte er seine Schläger dabeigehabt. Er arbeitete nicht besonders gern allein. Nose konnte sich nicht allein unterhalten. Er mußte seine *compares* oder die Gesellschaft einer Frau haben. Deshalb klebte er ja auch so an Eileen DiAngelis, aß wie das Kleinkind des Hauses alles, was sie kochte, oder besuchte eine *puttana*.

Isaac beobachtete seinen Hinterkopf. Teddys Ohren wackelten. Sein Hals war schmutzig. Er war zu sehr mit anderen Dingen beschäftigt, um sich zu waschen. Er erreichte das nördliche Ende der Mulberry Street, blieb vor einem Haus stehen, rieb seine Hände, um sie warm zu halten, und brüllte zu einem Fenster hinauf. »Silvana, komm runter.«

Es war kein kleines Liedchen, das in der winterlichen Luft er-

sterben sollte. Nose brüllte wie Caruso. »Silvana, komm runter zu mir.«
Isaac verstand. Nose war verliebt. Und diese Silvana konnte nur seine *innamorata* gewesen sein. Plötzlich spürte Isaac so etwas wie Sympathie für FBI-Informant M 76666. Nose war verrückt nach einer Frau, genau wie Don Isacco.
Sie kam herunter, seine Silvana. Isaac hätte sie nicht gerade als Schönheit bezeichnet. Ihre Hüften waren zu breit. Ihre Mund war mit dunkelrotem Lippenstift verschmiert. Unter einem Auge hatte sie einen Leberfleck.
Aber wer war Isaac, daß er sich darüber ein Urteil erlauben konnte? Ihm hatte es die kindliche Mätresse eines rumänischen Verrückten, des Schlächters von Bukarest, angetan. Isaacs *innamorata* hatte mit fünfhundert Männern geschlafen.
Um ein Haar hätte er Ted schon etwas zugerufen – Ich bin's, Isaac –, als ein Mann mit einem Hammer in der Hand hinter Silvana auftauchte. Der Kerl stand da, fror in seinem Unterhemd und zischte Ted an.
Aber Nose interessierte sich nicht für den Hammer. »Geh wieder rauf, Al. Das rettet dir dein beschissenes Leben.«
»Sie ist meine Frau«, sagte Al.
»Das ist Schnee von gestern.«
»Sie ist meine Frau.« Al ging mit dem Hammer auf Ted zu.
Ted zuckte mit keiner Wimper. Und genau in diesem Augenblick bemerkte Isaac, wie er eine kleine Derringer aus dem Ärmel gleiten ließ. Die Waffe einer Frau. Eine Einschüssige. Al starrte die Kanone an und zitterte. Er weinte jetzt. Er drehte sich um und verschwand im Haus.
Isaacs Gesicht war blau angelaufen vor Haß. Er hätte Teddy Boy anspringen können. Aber er ließ ihn mit seiner *innamorata* auf der Mulberry Street stehen.

Der Melamed lag nicht mehr auf der Intensivstation. Er hatte jetzt ein Einzelzimmer in der obersten Etage des St. Vincent's. Auf seinem Nachtisch standen Blumen und Süßigkeiten. Isaac hatte ihm eine einzelne gelbe Rose mitgebracht.
»Oh, das ist nett. Eine Blume von einem Freund. Und ich mag Gelb.«
»Das ist die Farbe der Werbung«, sagte Isaac.

Der Melamed lächelte. »Dafür bin ich schon ein bißchen zu alt.«

»Eine ganz besondere Werbung. Es läßt sich bis ins Mittelalter zurückverfolgen. Wenn zwei Ritter sich beim Zweikampf in einem Turnier gegenüberstanden, tauschten ihre Knappen eine gelbe Rose aus.«

»Wo hast du das denn her?«

»Aus einem Buch. Habe ich als kleiner Junge mal gelesen.«

»Dann bist du also nicht gekommen, um mir gute Besserung zu wünschen.«

»Nein, Izzy. Das bin ich nicht. Ich habe mir vorgestellt, wie es wohl sein würde, ein Kissen auf Ihr Gesicht zu drücken.«

»Bitte, nur zu! Ich könnte dich nicht daran hindern«, sagte der Melamed.

»Sie könnten nach einer Schwester klingeln.«

»Nee, das würde ich nicht tun. Das ist nicht mein Stil.«

»Es war Nose, der Jerrys Buchhalter umgelegt hat, stimmt's? Nose war sein bester Freund. Er hat mich zu Crabbs gebracht, hat mich wieder nach Hause gefahren und ist dann mit seiner kleinen beschissenen Derringer zum Swan Lake zurückgekehrt, der Derringer, die er in seinem Ärmel versteckt, wie ein Zauberer. Es war Ihre Idee, Iz. Sie wollten, daß ich dachte, Margaret Tolstoi hätte ihren Mann umgelegt.«

»Isaac, sie ist ein FBI-Spitzel. Wir mußten Crabbs ausschalten. Er wurde allmählich nervös, und er hätte todsicher irgendwann gesungen. Es war alles nur Margarets Schuld.«

»Aber wieso haben Sie sie überhaupt aufgenommen? Sie hätten sie nicht in die Nähe der Familie kommen lassen müssen.«

»Hab ein Einsehen«, sagte der Melamed. »Du kannst nicht alles an einem einzigen Tag herausbekommen. Aber sie hat keine besonders große Zukunft, dieses Mädchen. Wir haben Sal Rubino alles über sie erzählt.«

Und einen Augenblick lang quälte Isaac tatsächlich das drängende Bedürfnis, den hebräischen Schullehrer mit einem Kissen zu ersticken. »Sie haben es ihm erzählt? Einfach so?«

»Es war ein Geschenk. Ein verspätetes Hanukkah-Geschenk.«

»Ich dachte, Sie würden nicht mit Sal reden.«

»Ach, von Zeit zu Zeit unterhalten wir uns schon. Er hat versucht, mich und meinen Schwiegersohn umzulegen, aber wir gehören trotzdem immer noch zur gleichen Familie ... und

Isaac, ich glaube nicht, daß es ein besonders tolles Geschenk war. Deine Margaret hat in Chicago ziemlich schlampig gearbeitet, unter einem anderen Namen. Früher oder später wäre es sowieso bis zu Sal durchgedrungen.«

»Wieso haben Sie sie nicht selbst ausgeschaltet?«

»Das hätten wir, aber dann bist du auf der Bildfläche erschienen. Sie ist zu Sal gerannt, dachte wohl, er könnte ihren Hals retten. Armes Mädchen.«

»Und der Junge auf dem Fahrrad«, sagte Isaac. »Das war auch nicht Sal Rubino.«

Der Melamed linste unter seiner Bettdecke hervor. »Ich scheine Sodbrennen zu haben. Ich verstehe nicht ganz.«

»Die Null, die Sie auf der Straße angeschossen hat. Teddy war es, der ihn erwürgt und in einem Ihrer Lagerhäuser aufgehängt hat, damit ich denken sollte, es wäre Sal gewesen.«

»Isaac, in dem Augenblick, als du dich mit Margaret eingelassen hast, hast du dich in diesen ganzen Schlamassel reingeritten. Also, spiel jetzt nicht den Unschuldigen. Warum sollten wir Sals Gefälligkeit nicht erwidern? Dieser Junge hat mir ein Loch verpaßt.«

»Kommen Sie. Er war doch noch ein Kind. Höchstens zwölf oder dreizehn Jahre alt.«

»Dann wein doch um ihn, Isaac. Lauf in die Synagoge. Der Junge hat zu Sals Truppe gehört.«

»Es war keine Vergeltung«, sagte Isaac. »Das weiß ich jetzt. Es war reine Taktik, um mich in euren Krieg hineinzuziehen. Sie hätten dem Jungen nichts tun dürfen. Sie hätten sich etwas anderes einfallen lassen können.«

»Es gab keine andere Möglichkeit«, sagte der Melamed. »Willst du jetzt deine Blume zurück?«

»Nein, Iz.«

Er war jetzt der Schachspieler, der Taktiker, der Manager seiner eigenen Phantom-*Giants*. Er mußte Margaret Tolstoi von Sal Rubino befreien. Er hätte zu dem Candy-Man gehen können, zu LeComte. LeComte hätte den Stecker rausgezogen, hätte Margaret aus dem Verkehr gezogen. Aber was würde er mit Margaret machen, nachdem sie keinen Wert mehr für ihn besaß? Isaac konnte das Risiko nicht eingehen. Er hatte seine Ivanhoes. Er hätte eine Entführungsaktion starten können,

aber er wollte nicht, daß ganze Armeen durch die Stadt zogen. Das hätte zuviel Aufmerksamkeit auf Margaret gelenkt und gleichzeitig seine eigenen Männer demaskiert. Und die Ivanhoes waren außerdem damit beschäftigt, Sal fertigzumachen. Don Isacco mußte über die Ironie des ganzen lachen. Sal hatte den Fahrrad-Jungen nicht auf dem Gewissen. Aber Ende der Woche würde er keinen Nickel mehr besitzen.
Isaac ließ seine Ivanhoes, wo sie waren. Er wollte einen Wirbelsturm in Sal Rubinos Nähe. Das würde es leichter für ihn machen, sich Margaret inmitten des allgemeinen Durcheinanders zu schnappen. Er würde ohne Armee gegen Sal vorgehen, sein eigener Turm und Läufer, Shortstop und Second Baseman sein.
Er traf bei Sal Rubinos Adresse in Manhattan ein. Er meldete sich bei dem Türsteher an, zückte seine Marke mit den fünf goldenen Sternen. Der Portier erkannte Isaac. Seine Hände zitterten, als er die Sprechanlage bediente. »Mr. Rubino, Sie haben Besuch. Es ist der Commissioner, Sir. Isaac Sidel.«
Und Isaac fuhr mit dem Fahrstuhl ins Penthouse hinauf. Eddie Boy, einer von Sals Captains, ließ ihn herein. Er hatte einen Verband über dem Ohr. Er grinste wie ein Schwachsinniger. Es war Ed gewesen, der Isaac mit einem Beutel voller Dimes eins übergezogen hatte, Ed, der versucht hatte, ihn auf der Toilette des Steak House zu erwürgen.
»Wie geht's denn so, Commish? Das ist aber eine nette Überraschung.«
Der Mafia-Soldat führte Isaac durch die ganze Wohnung, vom Foyer über das tieferliegende Wohnzimmer in Sals Arbeitszimmer. Aber Sal war nicht in der gleichen Stimmung wie sein Captain.
»Du hast Nerven«, sagte er.
Isaac spielte den Unwissenden. »Was meinen Sie, Sal?«
»Glaubst du vielleicht, ich wüßte nicht, was hier gespielt wird? Jerry DiAngelis würde meine Geldeintreiber niemals überfallen. Also habe ich den hebräischen Lehrer angerufen. Ich mag Izzy Wasser. Wirklich. Und seine Tochter ist eine verdammt hübsche Lady. Jerry DiAngelis hat Eileen nicht verdient.«
»Sagen Sie das doch mal Jerry«, schlug Isaac vor.
»Hab' ich schon. Ich würde Eileen sofort heiraten ... Isaac,

deine Dreckskerle haben meine Leute zusammengeschlagen. Und dafür wird jemand bezahlen müssen.«

»Wieso rufen Sie nicht einfach die One Police Plaza an und dealen mit dem Chef-Unterhändler des Departments?«

»Weil die Typen, die du benutzt, keine normalen Cops sind. Die sind so was wie Kamikaze-Piloten. Gottverdammte Selbstmord-Kommandos. Die kennen keine Angst.«

»Ihre Geldeintreiber sind mir scheißegal«, sagte Isaac. »Ich will Ihre *comare.*«

Sal Rubino lächelte. Er trug eine Lederjacke mit einem Seidenschal um den Hals. Er konnte es nicht zulassen, daß die anderen Dons der Ansicht waren, DiAngelis würde sich besser kleiden als Sal. »Welche *comare* meinst du?«

»Ich interessiere mich nur für Margaret Tolstoi. Ich muß sie verhören ... im Zusammenhang mit einem Fall, der Sie nichts angeht.«

»Hast du einen Haftbefehl, Mr. Isaac, irgendein offizielles Papier von einem Richter?«

»Ich brauche keinen Haftbefehl«, sagte Isaac. »Ich könnte sie jederzeit festnehmen, wenn ich das wollte.«

»Du kannst Margaret nicht verhaften. Du bist kein normaler Polizist. Du bist ein lausiger, stinkender Commish. Aber ich werde fair sein, Isaac. Ich überlasse Margaret die Entscheidung.« Und er begann zu brüllen. »He, Honey, komm her ... Margaret, ich rede mit dir, du Schlampe. Beweg deinen Arsch in mein Zimmer.«

Margaret tauchte totenbleich auf. Ihre Mandelaugen registrierten Isaac nicht. Ihr Mund war farblos. Sie hatte nichts für den Commish. Nicht einen kleinen Finger. Er hätte genausogut irgendein Laufbursche sein können. Der Wurm begann zu schnurren und hörte wieder auf.

»Honey«, sagte Sal. »Der Commish will, daß du mit ihm gehst. Es ist deine freie Entscheidung.«

»Ich bleibe bei dir.« Und sie marschierte aus dem Zimmer.

»Die Königin hat gesprochen«, sagte Sal. »Du hast verloren.«

Eddie kam mit drei anderen Soldaten herein. Sie hatten Schlagringe und Baseballschläger. Eddie selbst hielt einen prächtigen *Louisville Slugger* in der Hand. Isaac mußte den Schläger einfach bewundern, auch wenn sein Herz wie eine irrwitzige Maschine hämmerte.

»Isaac«, sagte Sal. »Du mußt den Verstand verloren haben. Man ruiniert keinen Mann und geht anschließend in sein Haus ... Ed, bring ihn mit dem Lastenaufzug nach unten.«
»Vergessen Sie nicht ein paar Details, Sal? Ich bin nicht unangemeldet gekommen. Der Portier hat mich reingelassen.«
»Na und? Er arbeitet für mich. Mir gehört das Gebäude, Isaac. Meine Mieter legen ein Schweigegelübde ab, wenn sie den Mietvertrag unterschreiben.«
»Aber Ihr Name steht in meinem Terminkalender.«
»Affenscheiße. Isaac, du bist ganz allein.«

In Begleitung von Sals vier Soldaten stieg er in den Lastenaufzug. Eddie umklammerte einen Hebel, und die Kabine sprang von Etage zu Etage und stieg in die Eingeweide des Gebäudes hinab. Isaac hatte das Gefühl, sich im blutigen Herzen eines Wales zu befinden. Bislang hatten sie ihre Schlagringe noch nicht benutzt. Aber einer der Soldaten stieß ihn mit einem Baseballschläger. Sie erreichten den Keller, Eddie öffnete die Fahrstuhltür, und genau in diesem Augenblick fingen sie an, mit allem, was sie hatten, auf Isaac einzudreschen. Sie trieben ihn wie eine alte dreckige Kuh vor sich her. Die Schlagringe fraßen sich in seinen Rücken. Eddie mußte sich seine Genugtuung holen. Er drehte Isaac zu sich um und schlug ihm ins Gesicht. »Das ist für das, was du in Sals Restaurant mit mir gemacht hast.«
Aber sie ließen Isaac nicht zu Boden gehen. Sie klemmten die Schläger unter seine Achseln und schleppten ihn wie ein Kuli weiter, während Isaac sein eigenes Blut schluckte. Ach, was würde er am meisten vermissen? Erinnerungen an Marilyn als kleines Mädchen? Blue Eyes? Margaret Tolstoi? Den Bomber, wie er *fly balls* ins Centerfield pfefferte? Kingsley McCardle, seinen Freund aus St. Louis? Er mußte weinen.
»Eddie, sieh mal, der pißt sich in die Hosen.«
»Ich pisse nicht«, sagte Isaac.
»Wie nennst du das denn, wenn du in einem Keller flennst wie ein Baby?«
»Das ist mein Privileg«, sagte Isaac. »Das ist mein gutes Recht.«
Sie brachten ihn aus dem Dienstboteneingang nach draußen. Auf der Straße wartete ein Wagen. Die hintere Tür wurde

aufgestoßen. Zwei Hände griffen nach Isaac und schleuderten ihn auf das Sitzpolster. Eddie blinzelte den Fahrer an.
»He, das ist nicht Otto. Was zum Geier ist hier los?«
Das Auto schoß vom Bordstein, und Isaac schaute auf in die Mandarin-Augen von König Faruk und dem syrischen Geheimdienst.
»Ismail«, sagte Isaac, während seine Zähne in Blut schwammen. »Geben Sie mir meine Baseballkarte zurück.«

22

»Goose Goslin«, sprach Isaac aus den Tiefen von Ismails Polster. »Ich will Goose zurück.«
»Mein Freund, Ihr Mund blutet.«
»Sie sind nicht mein Freund. Sie sind ein Phantom. Ein beschissener *spook*, ein Agent ... Ismail, haben Sie mich in Moskaus Datenbank gefunden? Haben Sie so erfahren, daß ich ein Kartensammler bin?«
»So dick sind wir im Augenblick mit Moskau nicht. Und ich kann Ihnen versichern, Isaac, ich sammle schon mein ganzes Leben lang Baseballkarten ... Hier, wischen Sie sich damit den Mund ab.«
König Faruk reichte Isaac ein Taschentuch, das etwa halb so groß war wie ein Kopftuch. Isaac hustete Blut und Schleim in das Taschentuch, faltete es und gab es Faruk zurück. »Danke«, brummte er mit leerem Kopf. Seine Ohren klingelten immer noch nach Eddies brutalem Schlag. Seine eigenen Worte kamen aus einem tiefen Brunnen, und Isaac schwamm in irgendeinem verrückten Gewässer mit einer Unzahl Ochsenfröschen um ihn herum. Faruk selbst war ein Frosch. Isaac schloß seine Augen und versank in einen Traum.
Auf einer Couch aus vielen Kissen wachte er wieder auf. Zuerst konnte er seine Beine nicht finden. Er geriet in Panik, bis ihm klar wurde, daß sie irgendwo unter den Kissen vergraben sein mußten. Und dann fragte er sich, ob er wohl in Damaskus war, denn wer konnte schon sagen, was die Syrer vorhatten. Ein Schauprozeß gegen einen jüdischen Cop? Er streckte seinen Kopf aus den Kissen, konnte aber hinter den Jalousien

vor dem Fenster nicht besonders viel Himmel erkennen. Dann tauchte Faruk mit einer Kaffeekanne und einer mit Puderzucker überzogenen Süßigkeit namens *Turkish Delight* auf. Isaac aß mit Heißhunger. »Wo sind wir?«

»In einem sicheren Haus.«

»Das sagt mir eine Menge.«

»Spielt die Nachbarschaft wirklich eine so große Rolle?«

»Ganz sicher spielt sie das, falls wir in Damaskus sind.«

Faruk begann zu lachen, aber er mußte es wohl für unhöflich gehalten haben, denn schnell bedeckte er seinen Mund. »Sie halten ein wenig zuviel von mir, mein Freund. Wir sind in Brooklyn. Cobble Hill.«

»Das paßt«, sagte Isaac. »Die Süßigkeiten kommen aus der Atlantic Avenue. Hab' das Zeug schon mal gegessen.«

»Ah, jetzt denken Sie wieder wie ein Police Chief. Ist die Paranoia vielleicht verschwunden?«

»Woher wußten Sie, daß ich aus Sal Rubinos Keller kommen würde? Wer hat Ihnen den Tip gegeben?«

»Margaret Tolstoi.«

»Jesus«, sagte Isaac. »Ich geb's auf. Ist sie auch noch syrische Agentin?«

»Nein. Sie erweist uns von Zeit zu Zeit kleine Gefälligkeiten.«

»Wie zum Beispiel mit Männern zu schlafen, die Sie erpressen wollten. Sie war die perfekte Schwalbe, stimmt's? Bis das FBI sie sich von den Russen ausgeliehen und einen Kopfjäger aus ihr gemacht hat. Mir ist aber immer noch nicht ganz klar, wie sie sich so schnell mit Ihnen in Verbindung setzen konnte.«

»Über unsere Hotline. Margaret hat aus der Küche angerufen, während Sie bei Sal Rubino waren.«

»Aber in der Wohnung wimmelte es doch nur so von Sals Soldaten. Die müssen doch was mitgekriegt haben.«

»Wir haben unsere eigene private Sprache. Die Soldaten hätten nicht eine Silbe verstanden.«

Isaac fühlte sich demoralisiert. Ismail war sein Weihnachtsmann. Sollte Isaac ihn jetzt auf beide Wangen küssen? »Wieso nennt LeComte Sie König Faruk?«

»Weil die Amerikaner ihre heißgeliebten Codenamen über alles schätzen. Isaac, sehe ich für Sie wie ein König aus? Faruk war ein Playboy, und ich bin praktisch ein Mönch. Ägypter, Syrer, Saudis, für Uncle Sam sind wir doch alle gleich.«

»Aber ich bin nicht Uncle Sam. Und ich bin auch nicht Frederic LeComte. Sie haben mich benutzt, Ismail.«
»Ja. Ein bißchen. Aber wenn ich zu erkennen gegeben hätte, wer ich wirklich war, hätten Sie dann noch weiter mit mir geplaudert, Isaac? Es war besser, ein namenloser kleiner Angestellter zu bleiben. Sie brauchten die eine oder andere kleine Information, und die habe ich Ihnen gegeben. Ich habe Ihnen geholfen, Isaac, wann immer mir das möglich war.«
»Und was war der Preis? Sie haben mich als Informanten in Ihr kleines schwarzes Buch aufgenommen.«
»Ein solches Buch besitze ich nicht«, sagte Ismail. »Und Sie sind mein Freund. Darauf habe ich immer sehr viel Wert gelegt. Und ich habe meine Liebe zum Baseball mit Ihnen geteilt. Wie viele Commissioner sammeln Baseballkarten?«
»Keine Ahnung.«
»Den Goose Goslin können Sie wiederhaben, wenn Sie wollen«, sagte Ismail wie der kleine Angestellte mit den traurigen Augen, der er eigentlich sein sollte.
»Behalten Sie ihn. Wenn ich etwas verschenke, dann will ich es nicht wieder zurückhaben. Goose gehört Ihnen.«
»Und ich habe eine Überraschung ... falls Sie nicht zu müde sind.«
»Was?«
»Margaret«, flüsterte Ismail, und eine Frau trat aus der Dunkelheit. »Ich lasse euch jetzt allein«, sagte Ismail.
Isaac beobachtete sie von seinen Kissen aus. Er konnte kaum mehr als Margarets Silhouette erkennen. »Du hast da gestanden ... die ganze Zeit? Du hast unsere Unterhaltung mitgehört?«
»Nein«, sagte sie. »Ich bin eben erst gekommen. Und ich kann auch nur ein paar Minuten bleiben.«
»Du arbeitest mit den Syrern zusammen«, sagte Isaac wie ein gemeiner, hinterhältiger kleiner Junge.
»Die Syrer haben dir das Leben gerettet.«
»Komm näher, Margaret. Ich kann dich nicht richtig sehen.«
»Ich bin Anastasia«, sagte sie. »Das habe ich doch schon mal gesagt.«
»Ja. Anastasia bist du in meinen Träumen. Und Margaret Tolstoi, wenn du im Indianerland bist und für LeComte arbeitest.«

»Ich bin immer noch Anastasia.« Und mit der Verwegenheit eines Mädchens, das in seine Junior High eingedrungen war, trat sie näher zu Isaac.
»Ich will alles über Ferdinand Antonescu wissen.«
»Was könnte das schon für eine Rolle spielen?«
»Ich will es wissen.«
Sie lächelte den Commish an, und ihre Reife schien die Dunkelheit des Raumes zu zerschmettern. »Das war vor hundert Leben.«
»Hast du ihn geliebt?«
»Ja.«
»Mehr hast du nicht dazu zu sagen?«
»Isaac, ich bin ihm in Bukarest begegnet, als ich neun Jahre alt war. Er war mein Ballettlehrer.«
»Tolle Karriere für den Mann. Zauberer. Ballettlehrer. Und Finanzminister seines eigenen Landes.«
»Er hat mir Privatstunden gegeben. Ich war arm. Ich konnte mir keine Schule leisten. Und er war ... ein enthusiastischer Ballettfreund.«
»Und du bist dann prompt seine Mätresse geworden.«
»Beschmutz ihn nicht, Isaac, bitte. Ich habe mich verliebt. Aber das kam erst später.«
»Wieviel später? Als du elf warst?«
»Das geht dich nichts an, Isaac. Ich bin gekommen, weil ich sehen wollte, wie's dir geht.«
»Erzähl mir von Odessa ... während des Krieges.«
»Was gibt es da groß zu erzählen? Wir haben in dem Palast irgendeines längst vergessenen Grafen oder Prinzen gewohnt. Eines jüdischen Grafen, falls es so was überhaupt je gab. Ich glaube, Zar Nikolaus hatte ein paar jüdische Bankiers in den Adelsstand erhoben.«
»Und so ist es gekommen, daß du von Anastasia besessen wurdest. Während du in diesem Palast gelebt hast.«
»Nein. Das war lange vorher. Mir gefiel die Vorstellung einer verlorenen Prinzessin. Anastasia gefiel mir. Also borgte ich mir ihren Namen.«
»Und ist die kleine Prinzessin mit Ferdinands offiziellem Dienstwagen in Odessa herumkutschiert?«
»Manchmal«, sagte sie. »Isaac, du könntest es dir nie vorstellen. Die Leute haben auf dem Schwarzmarkt Menschenfleisch

verkauft. Ferdinand hat seine eigene Währung eingeführt. Er druckte mehr und immer mehr davon, doch nach einer Woche war es schon wieder wertlos. Wir mußten Hühner klauen, um zu überleben ... und wir waren reich. Aber Isaac, ich habe jetzt wirklich keine Zeit. Sal hat sich nach dem Mittagessen zu einem Nickerchen hingelegt. Er wird aufwachen und nach mir fragen.«

»Margaret, er weiß Bescheid. Deswegen habe ich doch überhaupt nur an seine Tür geklopft. Bist du taub? Er weiß, daß du für LeComte arbeitest. Er wird dich umbringen. Du mußt dich von Sal absetzen.«

»Isaac, ich werde ihn fertigmachen. Das ist mein Job. Und misch dich bitte nicht wieder ein.«

»Jesus, ich kann mich nicht verständlich machen. Er hat mit dem Melamed über deine Karriere als LeComtes kleiner *gangbuster* in Chicago gesprochen. Er wir dich umbringen, habe ich gesagt.«

»Nein, wird er nicht. Du weißt überhaupt nichts über Sal. Er genießt die Gefahr, mich in seiner Nähe zu haben. Genau das ist es, was ihn anturnt. Er liebt mich, Isaac.«

»Ich auch.«

»Aber du bist keiner meiner Freier.«

»Doch, bin ich«, sagte Isaac. »Doch, das bin ich.«

»Mach es mir nicht kaputt, Isaac. Ich will ihn fertigmachen.«

»Margaret, gibt LeComte dir so was wie eine Provision für jeden Kopf, den du ihm bringst?«

»Nein«, sagte sie. »Es ist die Arbeit. Ich bin wirklich gut darin. Und wenn du noch einmal in Sals Nähe auftauchst, bist du derjenige, der dafür verantwortlich ist, wenn ich ermordet werde.«

In Margarets Gegenwart zerrte der Wurm wieder an Isaac. Aber er schnurrte nicht mehr.

»Tut mir leid«, sagte sie. »Das, was Sal mit deinem Gesicht gemacht hat, meine ich.«

»Das war nicht Sal. Es war sein Captain, der mit den schmutziggelben Augen.«

»Ach, Eddie. Den habe ich noch nie gemocht.«

Und ihre Silhouette sprang durch den Raum. Sie war Sals Flittchen. Und wieso mußte er an Samoware denken? Jetzt verstand er auch die Manöver des Wurmes. Das Biest trauerte um Margaret.

»Anastasia, hast du mich wenigstens ein bißchen geliebt, als ich noch ein kleiner Junge war?«
»Nein. Ja. Nein.«
Er sah ihre dichte Mähne, die kleine Narbe unter ihrer Lippe, die in dem trüben Licht an eine prächtige Raupe erinnerte.
»Isaac, ich bin mit Ferdinand zusammen gewesen. Ich habe als seine Frau mit ihm gelebt. Und du warst ein kleiner grüner Junge. Ich bin nicht sicher, ob ich dich geliebt habe. Aber ich habe mich an deine dunklen Augen erinnert. Das bedeutet etwas.«

Er blieb eine ganze Nacht im sicheren Haus der Syrer. Sein Mund war immer noch geschwollen. Ismail konnte ihm keine Gesellschaft leisten. Isaac hatte andere Babysitter. Und es machte auch nicht besonders viel Spaß, obwohl sie ihn mit dieser Puderzuckersüßigkeit fütterten. Sie waren keine Sammler. Sie wußten nichts von Baseball. Und er hatte kein besonders großes Verlangen, mit einer Bande syrischer Banditen zu fachsimpeln. Er badete, tupfte die Innenseiten seines Mundes mit einer Kochsalzlösung ab und verließ das sichere Haus. Mit der U-Bahn verließ er Brooklyn, suchte nach Phantomen hinter seinem Rücken, Männern des Schattens von der Dienstaufsicht, und fuhr weiter in den Norden Manhattans zu dem Reitstall, wo seine Ivanhoes waren.
Die Straße war etwas zu ruhig.
Isaac betrat den Stall. Das Morgenlicht schlug auf die Balkone ein. Er hätte in einer heiligen Krippe sein können. Aber nirgends gab es Stroh, keine Pferde und Esel, keine drei Weisen, keine Zauberer.
Die Ivanhoes hatten das Gebäude spurlos verlassen.
Es gab nichts, das auf einen Kommandoposten von Isaacs privater Polizeitruppe hindeutete, nicht einen Bleistift oder eine Fußspur oder eine verschlüsselte Nachricht an der Wand, die einfachen Zeichen dafür, daß Burton Bortelsman vielleicht fortgegangen sein könnte. Nichts für Isaac.
Er war ein falscher Fuffziger, ein kaputter Schuh. Sogar der Wurm hatte angefangen zu schnarchen.

TEIL FÜNF

23

Er mußte nicht lange darauf warten, daß das Haus einstürzte. Seine Sergeants riefen ihn noch an diesem Nachmittag an. Isaac war beinahe dankbar. Er wurde im vierzehnten Stock verlangt. In einem ausgebeulten Mantel und einem Anzug, den er in einem Second-Hand-Laden gekauft hatte, fuhr er zur One Police Plaza. Der Kragen seines Hemdes war durchgescheuert. Seine Krawatte hatte mehrere Eigelbflecken. Sein Gürtel stammte von der Hose seines Vaters. Die Socken suchte er sorgfältig aus. Sie hatten die gleiche Farbe. Die Absätze seiner Schuhe waren praktisch nicht mehr vorhanden. Aber er hatte seine Milchflasche dabei.

Er begrüßte die Sergeants und Sekretärinnen und setzte sich an seinen Schreibtisch. Niemand besuchte ihn oder kam herein, um die Blumen zu gießen. Die Ruhe um Isaac war wie die Ruhe vor einem schweren Sturm. Die Luft atmete ihre eigene blaue Farbe.

Und dann begann das Hämmern. Leise zuerst, so als käme es von einem anderen Planeten, und Isaac war lediglich der unbeteiligte Beobachter eines düsteren Schicksals, das nicht das seine war.

Er saß, wo Teddy Roosevelt einmal gesessen hatte, dieser unerschrockene Mann mit Schnurrbart, der die Korruption aufspürte und vernichtete, wohin er auch immer ging, der persönlich in den alten Stadtknast ging, um einen Gefangenen herauszuholen, der nach Connecticut und nicht nach New York gehörte; und manchmal stand er im Gefängnishof und exerzierte mit den Sträflingen, denn Commissioner Ted war davon überzeugt, daß ein Mann, der seinen Körper trainierte, wenigstens noch einen Funken Moral besitzen mußte. Der Schreibtisch war aus Eiche, hatte so tiefe Schubladen, daß Isaac dort seine gesamte Erfahrung und dazu noch alle Hemden, die er je besessen hatte, hätte hineinstopfen können. Aber sie waren nicht tief genug, daß er sich in ihnen verkriechen konnte.

Und der Lärm wurde lauter und lauter, bis Isaac dachte, die Wände müßten von der Hitze all der Körper außerhalb seines Zimmers schmelzen. Sie würden ihm nicht die letzte kleine Würde lassen, anzukündigen, wer zum Teufel sie waren. Das hatte er verdient. Er war der Commish, wie es lange vor Isaac Teddy Roosevelt gewesen war.

Sie kamen in sein Büro gewalzt, ein Mob aus Frauen und Männern, mit Bob Michaelson an ihrer Spitze. Der Corruptions Commissioner war mit seinen drei Schwestern und der Hälfte aller Reporter Manhattans gekommen. Es gab nicht genug Platz für sie alle. Sie zertrampelten Isaacs Pflanzen. Aber nicht mal Michaelson konnte die magischen Worte aussprechen. Er war ein Ankläger, kein Polizist. Sie mußten auf Deputy Chief Inspector Morris McCall, den Chef der Dienstaufsicht, warten. Er ließ sich Zeit.

In McCalls Augen war nichts zu finden, was an Freude erinnerte. Er gehörte eigentlich nicht wirklich zu diesem Mob. Er war lediglich der Beamte, der die Festnahme durchführte. Er war in Isaacs Abschlußklasse auf der Polizeiakademie gewesen. Er war ein Cop der alten Schule, grimmig und höflich. Er glaubte an das Protokoll.

»Entschuldigen Sie, Commissioner, aber Sie sind verhaftet.«

Isaac wurde, genau wie Tiger John, offiziell im Revier am Ericsson Place in Gewahrsam genommen. Zwei PCs hintereinander waren wie gewöhnliche Kriminelle in Handschellen aus ihrem Reich abgeführt worden. Reporter knurrten bösartig in sein Gesicht. »Hast du uns was zu sagen, Isaac?«

»Sprechen Sie mit Michaelson. Er ist ein wortgewaltiger Mann.«

Und während Isaacs Fingerabdrücke genommen und Fotos von ihm geschossen wurden, erschien Becky Karp in den Fünf-Uhr-Nachrichten. McCall erlaubte Isaac, sich Becky auf dem winzigen Fernseher des Reviers anzuschauen. Der Empfang war schlecht, und Becky mußte gegen Geister ihrer selbst konkurrieren. »Es ist ein trauriger Tag«, sagte sie. »Wir alle haben Commissioner Sidel sehr geschätzt. In meinen Augen ist er immer noch unschuldig. Aber ich würde niemals eine laufende Untersuchung behindern.«

»Euer Ehren, werden Sie ihn feuern?« fragte ein Reporter.

»Auf gar keinen Fall. Aber ich werde ihn unter Aussetzung seiner Bezüge vom Dienst suspendieren müssen.«

Und Isaac wurde zum Criminal Courts Building in der 100 Centre Street gebracht. Er saß in einer Arrestzelle zusammen mit schwarzen Prostituierten und ihren Zuhältern, mit einer Verrückten, die mit Jesus redete, mit Latino-Drogendealern, Männern, die vielleicht auf Kaution draußen gewesen und dann geflohen waren und jetzt auf eine weitere Sitzung vor dem Richter warteten. Isaac schien der einzige *Anglo* der Stadt zu sein, und keiner war sich seiner Herkunft wirklich sicher. Die Bürgermeisterin hoffte, Isaac zu demütigen, ihm eine Lektion zu erteilen. Aber Isaac war in der Arrestzelle durchaus nicht verloren. Es war erheblich ruhiger als in der Unfallstation des Bellevue.

Er wurde in den Raum hinaufgeführt, in dem Anklage gegen ihn erhoben werden sollte und der an eine große, schmutzige Bibliothek ohne Bücher erinnerte. Zwei Anklagepunkte wegen »Annahme von Bestechungsgeldern zweiten Grades« wurden gegen ihn vorgebracht. Isaac hatte sein Amt mißbraucht, um sich mit einer kriminellen Organisation, einer Familie des organisierten Verbrechens einzulassen. Vor der Richterbank kam es zu einer kleineren Konfusion. Der Richter hatte nach Isaacs Rechtsanwalt gefragt, und Isaac hatte Mauries Namen genannt. Der Richter lächelte. Er mochte Isaac. Außerdem war er im Manhattan Criminal Court so etwas wie ein König. »Isaac, Sie können sich nicht von einem unsichtbaren Mann vertreten lassen.«

»Er wird zu gegebener Zeit schon noch auftauchen«, erwiderte Isaac. »In der Zwischenzeit, Euer Ehren, halte ich Zwiesprache mit Maurie und vertrete mich selbst.«

Der Richter bot an, die Anklageerhebung zu verschieben, doch Isaac lehnte ab.

»Dann wird das Gericht Ihnen einen Anwalt zur Seite stellen müssen, bis Mr. Goodstein sich entschließt, hier zu erscheinen.«

Im Gerichtsgebäude lungerten immer eine Reihe Pflichtverteidiger herum. Sie sahen beinahe genauso kaputt und gebrochen aus wie Isaac.

»Mr. Swanberg«, sagte der Richter zu einem dieser gebrochenen Männer. »Ich ordne Sie Mr. Sidel zu. Das Gericht wird sich jetzt für fünfzehn Minuten zurückziehen.«
»Sitzungspause, Sitzungspause«, brummte Isaac mit spröder Stimme. Er kannte Owen Swanberg, der Prostituierten und verrückten alten Frauen Geld abpreßte.
Isaac stand mit Swanberg in einer Ecke. »Owen, Sie können mich mal.« Und er kehrte auf die Anklagebank zurück.
Swanberg zog an seiner vergammelten Krawatte. »Fürs Protokoll, Euer Ehren, mein Mandant lehnt ab, sich mit mir zu besprechen.«
Der Richter hätte Roy Bean in den *badlands* von Manhattan sein können. Er machte das Gesetz, und er verlor die Geduld. »Ich kann Ihren Mandanten ins Bellevue überstellen lassen, falls Sie eine psychiatrische Untersuchung wünschen und beantragen.«
Isaac knurrte Owen etwas ins Ohr. »Euer Ehren, könnnen wir vielleicht noch ein paar Minuten bekommen?« fragte Swanberg.
»Aber keine Tricks mehr.«
Und Isaac walzte mit Owen Swanberg wieder in die Ecke. »Owen, wenn Sie nicht genau das tun, was ich Ihnen sage, werde ich Ihnen jeden einzelnen Tag der Woche die Eier zerquetschen. Ich werde eidesstattliche Erklärungen aller alten Ladies bekommen, die sie um ihr Bares beschwindelt haben. Und wenn ich sie nicht auftreiben kann, Owen, werde ich eben einfach ein paar erfinden.«
»Ich verstehe nicht«, sagte Swanberg.
»Ich brauche eine Verschnaufpause.«
»Ich verstehe nicht.«
»Halten Sie einfach den Mund, und bringen Sie mich nach Hause.«
Sie waren wie ein Komiker-Gespann, Swanberg und Sidel.
»Also, wie plädiert Ihr Mandant zu den Anschuldigungen?«
»Nicht schuldig«, sagte Swanberg.
»Das Gericht möchte anmerken, daß Isaac Sidel ein guter Polizist gewesen ist«, sagte der Richter. »Und ich möchte ihn gern auf freien Fuß setzen, sofern Ms. Beard keine Einwände hat.«
Die drei Schwestern steckten mit Boris die Köpfe zusammen.

»Keine Einwände, Euer Ehren«, sagte Ms. Beard. Boris wollte nicht, daß Isaac im Gefängnis saß. Das würde den Commish nur zu einem Märtyrer machen und könnte eventuell Beckys Chancen bei den Wahlen beeinträchtigen.
Wieder brummte Isaac etwas in Owens Ohr. »Euer Ehren, mein Mandant kann die Großzügigkeit des Gerichtes nicht annehmen. Die Anklagen sind ernst. Er könnte auf der Straße Kriminellen über den Weg laufen und ...«
»Mr. Swanberg«, sagte der Richter.
»Er könnte einen unwiderstehlichen Drang haben.«
»Mr. Swanberg.« Der Richter war jetzt wütend. Isaac hatte sein hohes Amt verspottet. Und Isaac war nicht der König dieses Gerichtes. »Dann wird Ihr Mandant wieder vor Gericht erscheinen müssen. Ich werde heute abend jedenfalls keine Kaution mehr festsetzen.«
Isaac schlief im Keller. Er fand einen Kakerlak in seiner Hose. Am nächsten Morgen war der Richter immer noch wütend. Er funkelte Owen und Isaac an, und setzte die Kaution auf sechzigtausend Dollar fest. »Ich hoffe, das wird Ihren Mandanten daran hindern, zu vielen Kriminellen über den Weg zu laufen.«

Isaac wurde hinunter geführt und in einen Bus nach Riker's Island gesetzt. Er war nur ein weiteres Stück Dreck, er mit seinem geschwollenen Mund, in Handschellen gefesselt und an eine Sitzbank gekettet. Er saß zwischen all den Prostituierten und kleinen Eierdieben und Schwachsinnigen, die ihre Kaution nicht zusammenbekommen konnten. Aber Isaac war ein Grenzfall. Er sah aus wie ein Penner, doch die professionellen Kautionssteller im Criminal Court würden jederzeit für Isaacs Kaution gebürgt haben, wenn er ihnen nur zugezwinkert hätte. Aber Isaac dachte gar nicht daran zu zwinkern. Er wollte eine Weile in den Knast. Ein Einbrecher, der direkt neben Isaac im Bus saß, warf ihm einen finsteren Blick zu. »Was zum Geier hat ein Weißer in unserem Bus zu suchen?«
Der schwarze Beamte der Haftanstalt, der als Aufpasser bei ihnen saß, sagte dem Einbrecher, er sollte die Klappe halten. Der Beamte rutschte dichter zu Isaac. Er hatte einen kleinen goldenen Stern in seinem Ohr, wie ein verlorener Prinz von

Riker's Island. Er war der größte Mann im Bus. »Commissioner, ich habe Sie einmal reden gehört. Über die Sozialsiedlungen in Brooklyn und der Bronx. Sie wissen Bescheid über all die Scheiße, die abgeht. Aber Sie hätten Henry Lee nicht jagen sollen. Er war unser letzter Held, Mann. Er hat's Uncle Sam gezeigt. Ihn interessierten keine Banken. Er hat jede einzelne Gemeinde in Harlem unterstützt. Er hat Krankenhäuser besucht und das Altersheim. Deshalb hat er ja auch diese Frauenkleider getragen. Er brauchte eine gute Verkleidung.«
»Wie heißen Sie, mein Sohn?«
»Isaac, genau wie Sie«, sagte der Beamte.
»Nun, Isaac, wenn ich nicht zu Henry da reingegangen wäre, hätten meine Kollegen ihn erschossen.«

Er wurde in den Isolationstrakt des House of Detention gesteckt. Er lebte in einer Gesellschaft von gefallenen Staatsdienern, Kinderschändern und Spitzeln, die auf ihre Prozesse warteten, Männer, die unter der übrigen Knastbevölkerung keine großen Überlebenschancen gehabt hätten. Und so nahmen sie ihre Mahlzeiten allein in einem kleinen Speisesaal ein und hatten einen eigenen winzigen Hof, auf dem sie spielten. Aber sie mußten an einem anderen Zellenblock vorbei, um auf ihren Hof zu gelangen. Und die Häftlinge zischten ihnen nach oder warfen mit Glühbirnen nach ihren Köpfen.
Die Kinderschänder klebten an Isaac. Er mußte ihnen Händchen halten wie kleinen Kindern. Die krummen Cops und Deputy Commissioners drängelten sich am Ende dieses traurigen Haufens. Aber es war Isaac, der den größten Teil des Bombardements abbekam. Die Rastafari und Black Muslims raunten: »Henry Lee, Henry Lee.« Isaac starrte in ihre Augen, als würde seine Psyche in ihre Zellen eindringen, und allmählich begannen die Muslims ihn zu bewundern. Doch sie hörten nicht auf, auch weiterhin »Henry Lee« zu raunen.
Einer von ihnen verschaffte sich Zugang in den Isolationstrakt und begann, einen Kinderschänder zu würgen, und es war Isaac, der den Muslim vom Rücken des Schänders runterholen mußte. »Bist du der Affenmensch?« wollte der Muslim wissen.
»Nein. Ich bin nur Isaac Sidel.« Und um seine guten Absichten zu beweisen, half er, den Muslim wieder aus dem Zellen-

trakt hinauszuschmuggeln. »Danke für den Besuch. Aber falls du noch mal wiederkommen solltest, schlage ich dir deinen beschissenen Schädel ein.«

Und eine Art Waffenstillstand wurde ausgerufen. Die Burschen aus dem Isolationstrakt konnten zu ihrem Laufstall gehen, und mußten dabei nicht mehr über sich ergehen lassen als ein bißchen Gezische und irgendwelche Bemerkungen über Henry Lee.

Der Gefängnisdirektor besuchte Isaac in seiner Zelle. Sein Name war Salinger. Er war einmal Polizist gewesen, Mitglied der *Hands of Esau,* die Bruderschaft jüdischer Cops.

»Die haben Sie gekreuzigt«, sagte er. »Michaelson hat Sie vor den Augen ihrer eigenen Männer verhaftet und Sie wie ein beschissenes Tier in den Criminal Court geschleift.«

»Das ist Politik, Direktor. Rebecca will mich in Verlegenheit bringen.«

»Ohne Anklageerhebung?«

»Sie wird ihre Anklageerhebung schon noch bekommen. Die drei Schwestern sitzen wahrscheinlich genau in diesem Augenblick mit Michaelsons Grand Jury zusammen.«

»Es ist Mickey-Mouse-Zeit. Michaelson wird Sie laufen lassen müssen.«

»Wir werden sehen«, sagte Isaac. »Der Corruptions Commissioner ist ein cleverer Junge.«

Der Gefängnisdirektor nahm ein kleines Stück Pflaumenkuchen aus der Tasche und teilte es mit Isaac. »Wenn ich irgendwas für Sie tun kann, sagen Sie's einfach.« Und dann war er wieder verschwunden.

Isaac fühlte sich einsam. Er stellte sich ganze Generationen von Baseballspielern der Vergangenheit vor. Socks Seibold. Bubbles Hargrave. Braggo Roth. Cotton Tierney. Sheriff Blake. Flint Rhem. General Crowder. Und Goose. Baseball war zu Isaacs Amerika geworden. Es hatte einen Jungen aus der Lower East Side »eingebürgert«. Und die Namen selbst waren wie ein Fluß, auf dem Isaac reisen konnte. Er hatte seinen eigenen Mississippi auf Riker's Island. Mit Bubbles Hargrave und Braggo Roth.

Ein Wärter klopfte an Isaacs Tür. »Telefon.«

Isaac nahm den Anruf in einer Telefonzelle entgegen, die extra für den Isolationstrakt errichtet worden war. Sie war aus

Plexiglas und sah aus wie eine merkwürdige Zeitblase, wie eine nur in Umrissen erkennbare Gebärmutter.
»Hallo, Grandpa.«
Isaac zitterte und weinte in der Blase. Es machte ihn fertig, daß sein erster Anruf auf Riker's ausgerechnet von einem Jungen in einer ähnlichen Institution kam.
»Wie geht's Ihnen, Mr. McCardle? Ich schätze, Sie werden die Neuigkeiten wohl schon gehört haben.«
»Grandpa, ich bin nicht sicher, ob du wirklich auf dich selbst aufpassen kannst.«
»Ich denke, du hast wohl recht. Ich habe besser funktioniert, als du in der Nähe warst.«
»Ich könnte zurückkommen und wieder bei dir leben.«
»Man würde dich nicht auf Riker's lassen. Ich bin ein Gefangener, Mr. McCardle.«
»Ich auch«, sagte der Junge.
»Nein, das bist du nicht. Das ist ein Kinderheim, in dem du dich befindest.«
»Es ist ein Knast, Grandpa. Genau wie deiner.«
»Kingsley«, fragte Isaac, »lernst du auch fleißig für's College?«
»Ich würde sowieso nie aufgenommen.«
Und dann hörte Isaac nur noch totes Rauschen. Er stand in der Blase, bis ein Aufseher ihn wieder herausholte und Isaac in seine Zelle zurückführte.

An diesem Nachmittag gab es einen Aufruhr. Der Kardinal war nach Riker's gekommen. Er trug sein rotes Scheitelkäppchen. Die Rastafaris hatten einen solchen Kirchenfürsten noch nie gesehen. Und sogar die Muslims zeigten ihren Respekt. »Morgen, Kardinal.«
»Gleichfalls einen guten Morgen.«
Jim lächelte, während er über die schmale Brücke zwischen den verschiedenen Zellenreihen entlangschritt. Direktor Salinger hatte angeboten, ihn zu begleiten, doch der Kardinal wollte den Oberschließer auf seinem Trip über Riker's nicht dabeihaben. Er erreichte den Isolationstrakt und setzte sich mit Isaac in den Besucherraum, während sich eine kleine Gruppe blauäugiger Jungs dicht um Isaac scharte.
»Wer sind diese wohlgestalteten Knaben?« erkundigte sich der Kardinal.

»Kinderschänder«, sagte Isaac.
»Herr im Himmel. Eines Tages schaffen Sie es noch, daß ich einen Herzinfarkt bekommen.« Und der Kardinal nahm ein Päckchen Zigaretten heraus. »Könnten wir uns vielleicht auch unter vier Augen unterhalten?«
»Natürlich«, sagte Isaac und drehte sich zum Anführer der Gang um, einem jungen Latino mit den blauesten Augen von allen. »Macho, würdest du *por favor* zu den Schachbrettern rübergehen?« Aber Macho kniete sich hin und flüsterte in Isaacs Ohr.
»Jim, Macho würde gern Ihren Kardinalsring küssen.«
Die blauen Augen des Kardinals verdrehten sich. »Isaac, das kann ich nicht erlauben. Er ist ein verdammter Perverser ... hat ein Kind angefallen, richtig?«
»Bislang ist er noch nicht verurteilt. Er wartet auf seine Verhandlung, genau wie wir anderen auch.«
»Ich kann nicht«, sagte der Kardinal.
Und Macho ging mit den anderen blauäugigen Jungs fort.
Der Kardinal steckte mit unsicheren Händen seine Zigarette an und blies Rauchfahnen um Isaacs Ohren. »Er hat mich vorgeladen, dieser kleine Scheißhaufen.«
»Michaelson?«
»Michaelson, in der Tat. Ich mußte mich mit seinen drei Schwestern treffen.«
»Tut mir leid, Jim.«
»Ist ja nicht Ihre Schuld«, sagte der Kardinal. »Er spielt Oliver Cromwell. Ich werde den Mann exkommunizieren.«
»Er ist nicht katholisch.«
»Ich werde mir einen Dispens vom Papst holen«, sagte der Kardinal augenzwinkernd. »Er poltert im Dunkeln herum, stellt mir Fragen über Ihre finanziellen Verhältnisse. Die werden niemals Anklage gegen Sie erheben.«
»Oh, doch, das werden sie. Die Grand Jury wird den Schwestern geben, was immer sie haben wollen.«
»Sie hätten vorsichtiger sein sollen. Sie waren leichtsinnig, Isaac. Wer ist Ihr Anwalt?«
»Maurie Goodstein.«
Der Kardinal hustete einen kleinen Rauchball. »Sie sind verrückt. Ich kann unseren eigenen Mann nicht bitten, Sie zu vertreten. Wäre nicht kosher. Er arbeitet für das Erzbistum.

Aber ich kann dafür sorgen, daß sein Kanzleipartner sich um Ihre Angelegenheit kümmert.«
»Vielen Dank, Jim. Aber ich bleibe bei Maurice.«
»Denken Sie an Selbstmord? LeComte wird ihn doch sofort in dem Augenblick gerichtlich vorladen lassen, sobald er sein Gesicht blicken läßt.«
»Ich lasse es drauf ankommen.«
»Lassen Sie mich wenigstens ein paar Anrufe machen, um die Kaution zusammenzubekommen. Sie müssen raus aus diesem Loch. Vergessen Sie nicht, die Kirche kann sich nicht unmittelbar in diese Sache einmischen. Aber ich habe da ein paar Freunde.«
»Mir gefällt's hier«, sagte Isaac.
»Das ist doch Wahnsinn. Mit Kinderschändern an einem Tisch zu sitzen ... Isaac, ich werde Sie nicht noch einmal besuchen können.«

An Isaacs fünftem Tag im Isolationstrakt bestätigte die Grand Jury, daß die Anklage wasserfest war. Die drei Schwestern strickten eine kleine Geschichte von Isaac als einem korrupten Police Chief *und* Mann des organisierten Verbrechens. Er war der Pirat der One Police Plaza.
In den übrigen Zellenblocks erhob sich Jubel. Und Isaac meinte, daß die Muslims und Rastafaris seinen Sturz feierten. Aber es war nicht Isaac, den sie feierten. Es war Henry Armstrong Lee. Er war am Nachmittag der Anklageerhebung gegen Don Isacco aus dem Bundesgefängnis in Leavenworth, Kansas, geflohen. Und die Muslims und die Rastafaris vergaßen das Abendessen. Sie hatten nur noch Henry Lee im Kopf. Die Rastafaris beteten zu ihrem eigenen Jesus, Haile Selassi, dem Löwen von Juda, um Henrys sichere Rückkehr nach Harlem. Nirgendwo sonst konnte er funktionieren. Harlem war seine Blutsheimat. Harlem war es, wo er lebte. Und zum zweiten Mal in seinem Leben war Henry Armstrong Lee der meistgesuchte Mann Amerikas.
Und genau mitten in dieses Irrenhaus des Jubels platzte Isaacs Tochter. Marilyn the Wild war von Seattle herübergeflogen, um ihren Dad zu besuchen. Isaac hatte eine Todesangst. Er wollte seiner Tochter nicht gegenübertreten. Er hatte einen gewissen Frieden im Isolationstrakt gefunden. Doch er

schlurfte in den gleichen Raum, in dem er auch Kardinal Jim gesprochen hatte.
»Wir haben das Haus verkauft«, sagte sie. Das war ihre Begrüßung für Vater Isaac. Nach acht oder neun Ehemännern schien sie nicht im geringsten angegriffen zu sein. Sie hatte das irische Temperament ihrer Mutter und Isaacs Sturheit geerbt. Der Wurm krallte sich in Isaacs Bauch und rollte sich dann zu einer Faust zusammen, versteckte sich vor dem Gespenst von Blue Eyes, von Manfred Coen.
»Wie geht's deinem Mann?« fragte Isaac. »Wie geht's Mark?«
»Wir haben das Haus verkauft.«
»Bist du nicht glücklich in Seattle?«
»Quatsch nicht wie ein Vollidiot. Sag mir einfach, zu welchem Kautionssteller ich gehen soll. Ich bin irgendwie ein bißchen aus der Übung.«
»Du brauchst keinen Kautionssteller. Ich bleibe, wo ich bin.«
»Ja, ja, mein Vater der Knastvogel. Das paßt zu deinem Teint. Du hast die Sonne noch nie gemocht. Aber du wirst es schon noch leid werden. Ich kenne dich, Isaac. Das ist wieder eine Rolle, die du spielen kannst. Also, machen wir Schluß mit diesem kleinen Drama, und sag mir endlich, was ich tun soll. Oder sollte ich zum obersten Rabbi in der One Police Plaza gehen?«
»Marilyn, du verstehst nicht. Ich hätte die Kaution stellen können. Ich will es nicht.«
»Gut. Dann kann ich mir mein Haus zurückholen. Und wir haben nichts weiter zu besprechen.«
»Marilyn.«
»Good bye, Isaac, Good bye.«
In Marilyn kochte das Blut. Aber er wagte nicht, sie zu berühren, sie zurückzuhalten. Sie hätte geschrien.
»Baby«, sagte er.
Dieses eine Wort hielt Marilyn the Wild auf. Sie drehte sich mit einer solchen lodernden Wut zu Isaac um, daß er schon dachte, er würde zusammen mit seinem Wurm in der trockenen Luft ertrinken.
»Nenn mich nie wieder so!«
»Sorry«, sagte er.

»Sorry für was?«
»Coen.«
Sie gab ihm eine Ohrfeige, und Isaac war froh, daß sich zwischen ihnen kein Eisengitter befand. Der Gefängnisdirektor hatte es entfernen lassen. Er hatte eine Berühmtheit im Haus, den ersten *Alexander Hamilton Fellow*.
Fast hätte Isaac gegrinst. Wenn er schon keinen Kuß von seiner Tochter bekommen konnte, dann mußte es eben eine Ohrfeige tun.
»Wenn du noch einmal ›Coen‹ sagst, bringe ich dich um, Daddy-Schatz.«
»Ich dachte, ich könnte ihn retten.«
»Er hat dich geliebt, Isaac. Und du hast ihn herumgeschoben wie irgendeinen kleinen Bauern.«
»Ich bin Polizist, um Himmels willen. Er ist mit dieser Zuhälterbande aufgewachsen. Ich mußte ihn einsetzen ... Ich habe nicht gewollt, daß er dabei stirbt.«
»Oh, doch, das hast du. Du konntest es nicht ertragen, mein lieber Daddy-Schatz, daß ich verrückt nach Coen war.« Nun weinte sie. »Gott, er war so süß ... und so dumm. Er hat nicht mal mitbekommen, wie du ihn benutzt hast. Wir waren Waisenkinder, Manfred und ich. Deswegen habe ich ihn so sehr gemocht.«
»Du bist keine Waise«, sagte Isaac.
Aber Marilyn war fort.

24

Er wurde nicht im Blue Room von Rebeccas City Hall vereidigt. Davor hätte er Angst gehabt. Sämtliche Clowns der Bürgermeisterin hätte ihm auf die Schulter geklopft. Es gab keine Förmlichkeiten für Sweets. Er war nur der amtierende Commish. Er trug Isaacs Marke, saß an Isaacs Schreibtisch, hielt Vorträge vor dem *Harlem Ecumenical Council* und *B'nai B'rith*. An fünf Abenden die Woche wurde er in Talk Shows verlangt. Hübsche Ladies puderten sein Gesicht. Er wurde als der erste schwarze Commissioner des NYPD vorgestellt. Und es spielte auch keine Rolle, wie oft Sweets sagte, daß er sich lediglich um die laufenden Geschäfte kümmerte, bis Isaac zurückkehrte.

»Commissioner Montgomery, Isaac kehrt nicht mehr zurück.«

»Lassen Sie sich von ihm nichts vormachen«, hatte Sweets bekanntzugeben. »Er ist wie der Graf von Monte Christo. Isaac kehrt immer wieder zurück.«

Er sah seine Kinder nicht mehr. Er konnte nicht mehr mit seiner Frau schlafen. Carlton Montgomery III war eine Kreatur des öffentlichen Lebens geworden. Und jetzt verstand Sweets auch, warum Isaac sich in diesem Raum wie ein Zigeuner aufgeführt hatte, wieso er abgedreht war und die Ivanhoes gegründet hatte, wo er doch seine eigene nachrichtendienstliche Abteilung hatte, die die russische und die iranische Botschaft hätten überwachen können. Isaac hatte irgendeinen gottverdammten Weg finden müssen, um wieder hinaus auf die Straßen zu kommen.

Sweets schlichtete Auseinandersetzungen zwischen dem Chief of Detectives und dem Chief of Patrol. Er sprach vor der Bruderschaft der schwarzen Polizisten und der *Shamrock Society* der irischen Cops. Die Iren hatten sich krank gemeldet und würden nicht zur Arbeit zurückkehren, solange ihr »Prinz« auf Riker's Island verbannt war. Sie führten Brian Boru ins Feld, den ersten König von Irland, und dabei war Isaac nur ein Judd, dessen Großvater aus London gekommen war, sofern Sweets sich richtig erinnerte. Die *Hands of Esau* gaben nicht einmal eine öffentliche Stellungnahme zu Isaac ab. Die Polen und Italiener verhielten sich ruhig. Aber der konservativste von allen Vereinen hatte plötzlich einen radikalen Flügel bekommen.

Rebecca wollte die *Shamrocks* bestrafen. »Schaffen Sie sie sich vom Hals. Kürzen Sie ihre Gehälter.« Aber sie verstand ihr eigenes Police Department nicht. Wenn die Iren gingen, würde das gesamte Gebäude langsam einstürzen. Ein Viertel der Reviere würde sich in Geisterstädte verwandeln. Und Carlton Montgomery III dachte gar nicht daran, gegen Brian Boru zu kämpfen.

Er traf sich mit den *Shamrocks*, versicherte ihnen, daß er nicht auf Isaacs Job aus war. Und einer nach dem anderen kehrten die Iren an ihre Arbeit zurück. Sogar Isaacs Fahrer,

Sergeant Malone, kam zurück. Und er chauffierte Sweets von einem Bankett oder einer Kirche oder Synagoge oder Fernsehstudio zum nächsten. Der Sergeant fuhr ihn zu einer Moschee in Bushwick, wo Sweets schwören mußte, daß sein Geheimdienst nicht versucht hatte, die *Nation of Islam* zu infiltrieren. Und dann mußte er nach Hause zu seinem Nachrichtendienstchef rasen und feststellen, ob es die Wahrheit war.

»Inspector Hines, lassen Sie Ihre Finger von dieser verdammten Moschee.«

»Es gab Gerüchte, daß die Mistkerle Bomben basteln.«

»Das glaube ich nicht. Und falls Sie diesbezüglich irgendwelche hieb- und stichfesten Informationen haben, geben sie sie ans FBI weiter.«

Hines schlug mit einem kleinen Stock gegen den Absatz eines Schuhs. »Isaac hat gesagt, ich sollte mich mit dem Bureau nicht zu dick anfreunden. Die könnten sich umdrehen und uns eins auf den Kopf geben.«

»Das ist kein Problem. Sie können jederzeit zurückschlagen.«

Es war nicht Hines' Schuld. Der Job war gespickt mit Minenfeldern. Die magischen Rabbis und all ihre Brooklyner Bodyguards, die Sweets nicht gemocht hatten, als er noch First Dep war, begannen ihn in die dunkelsten Ecken ihrer Synagogen einzuladen, in denen sie Mahlzeiten kochten und ihm einen Gebetsschal liehen, während die *bloods*, die Schwarzen in Williamsburg und Crown Heights dem stellvertretenden PC gegenüber immer mißtrauischer wurden. Man konnte nie gewinnen. Und einen Augenblick lang wünschte sich Sweets, er hätte seine eigenen Ivanhoes, die nach Belieben verschwinden konnten.

Sergeants zuckten zusammen, wenn er in der vierzehnten Etage eintraf. Er konnte keine kleinen Schwätzchen mehr mit den Deputy Chiefs halten. Jedes Zucken seines Mundes wurde interpretiert, als Zeichen ausgelegt. Niemand kritisierte ihn. Seine Blumen wurden gewissenhaft gegossen. Er war ganz allein.

Und als LeComte aus Georgetown anrief, ihn um ein Treffen bat, war es der amtierende PC, der Zeit und Ort bestimmte. Sweets wollte ihn nicht im Haus haben. Es war LeComte, der Isaacs Sturz beschleunigt hatte, ihn ermutigt hatte, neue »Länder« außerhalb der Kenntnis des Police Department aufzubauen. Ohne LeComte hätte es die Ivanhoes niemals geben können.

Sie trafen sich in einem Weinkeller in der Nähe der Gold Street. Für junge Broker, die mit ihren Sekretärinnen flirteten, war es der Himmel. Aber Sweets war vor dem Fünf-Uhr-Gedränge gekommen. Er hatte eine Sitznische für sich und LeComte gesichert, der mit einer nachmittäglichen Pendelmaschine aus D.C. heraufkam. LeComte hatte schmale Schultern und war farbenprächtig herausgeputzt wie ein Kakadu. Er trug ein Hemd mit rosa und blauen Streifen. Er hatte kleine Ohren. Sein Mund war wie ein Riß quer über sein Gesicht. Er hatte die Hände eines Cellisten. Er wäre nie in der Lage gewesen, einen Mann zu erwürgen.
»Hat Rebecca Sie gut behandelt?« fragte er, während er mit diesen zarten Händen einen Pokal Wein umklammerte.
»Ich gehe Rebecca wann immer möglich aus dem Weg.«
»Nun, sie wird kurz vor den Vorwahlen bei Ihnen reinschauen. Sie sind die große Kanone der Stadt.«
»Wirklich?« sagte Sweets. »Wahrscheinlich ernennen Sie mich als nächstes noch zum neuen *Hamilton Fellow*.«
LeComte lachte, und sein Brustkorb bebte. Sweets war danach, LeComte einfach zu packen und ihn quer durch den Weinkeller zu schleudern.
»Isaacs Amtszeit dauert ein ganzes Jahr«, sagte LeComte.
»Schließt das die Zeit im Gefängnis mit ein?«
»Ich bin nicht sicher. Ich habe das Reglement für *Hamilton Fellows* nicht verfaßt.«
»Das einzige existierende Reglement, LeComte, ist das in Ihrem beschissenen Kopf ... Sie haben Isaac im Stich gelassen. Sie haben ihn an Oliver Cromwell und seine drei Schwestern verkauft. Michaelson würde nicht mal aufs Scheißhaus gehen, ohne vorher um Ihre Erlaubnis gefragt zu haben.«
»Das ist nicht wahr«, sagte LeComte in der Dunkelheit des Weinkellers. Der Kellner hatte ihnen Äpfel und Käse gebracht. Und Carlton Montgomery III, der mit Kindermädchen und Gouvernanten aufgewachsen war, beobachtete, wie LeComte einen Apfel in vier perfekte Viertel zerteilte. Nicht einmal Carltons Dad hatte am Eßzimmertisch diese Art der Präzision beherrscht. Wer zum Teufel war dieser Mann vom

Justizministerium, dieser Mormone, der sich aus Salt Lake City hochgearbeitet hatte, um über Manhattan zu herrschen?

»Ich wollte nicht, daß er Anklage erhob«, sagte LeComte, verspeiste eines der Viertel. »Aber Michaelson hat große Pläne für seine weitere Zukunft.«

»Hören Sie auf«, sagte Sweets. »Sie hätten die ganze Anklagegeschichte im Keim ersticken können.«

»Damit es dann so aussah, als würde ich das wichtigste Ermittlungsteam der City beeinflussen? ... Ich mußte ihm Isaac geben.«

»Es ergibt trotzdem keinen Sinn. Isaac wußte, daß die Dienstaufsicht ihn überwacht. Er hätte zur Poplar Street gehen und McCall fertigmachen können, bis die IAD Kugeln scheißt und Isaac aus dem Schneider war. Aber er läßt es zu, daß die Ermittlungen gegen ihn fortgesetzt werden. Er läßt McCall in Ruhe. Stattdessen kriegt er Handschellen, macht sich über den Richter lustig, der die Anklage gegen ihn zu verhandeln hatte, und kommt nach Riker's.«

»Isaac hat es selbst so gewollt.«

»Nein«, sagte Sweets. »Das ist nur wieder eine seiner Eskapaden. Genau wie damals, als er in den Süßwarenladen der Guzmanns gegangen ist und so getan hat, als wäre er bestechlich. Er hat seine Marke verloren ...«

»Und Manfred Coen. Und die Guzmanns haben ihm diesen Wurm verpaßt.«

»Ist mir egal. Das ist nur wieder eine seiner Eskapaden. Isaac kann ohne eine Prise vom Indianerland nicht überleben. So macht er seine Geschäfte. Er lebt im Arsch des Elefanten. Ich habe das nie verstanden ... bis ich selbst amtierender PC geworden bin. Das Herz der Dunkelheit wäre mir allemal lieber als das. Alles, was ich bin, LeComte, ist Rebeccas Achselhöhle, ein Public Relations-Mann.«

»Haben Sie einen Anruf von den drei Schwestern bekommen?«

»Verdammt, nein. Ich würde Michaelsons Grand-Jury-Zimmer kurz und klein schlagen, wenn Selma Beard je mit mir herumspielen würde.«

»Selma könnte Sie im Zeugenstand gebrauchen. Aber sie weiß, daß Sie Isaac gegenüber loyal sind. Sie würden eine Falschaussage machen.«

»Bin ich deswegen zur Gold Street gekommen? Um die Aspekte von Isaacs Fall mit Ihnen zu diskutieren?«
LeComte vertilgte das zweite Viertel. »Versuchen Sie mal ein Stück von dem Apfel. Köstlich.«
»Was kann ich für Sie tun, LeComte?«
»Ziehen Sie Ihre Tiger von Jerry DiAngelis und Sal Rubino ab. Ich will nicht, daß uns irgendein übereifriger Detective in die Quere kommt. Ich habe Jerry und Sal im Sack. Ich brauche nichts weiter zu tun, als den Druck noch ein bißchen weiter zu verstärken, und dann werden sie sich ganz von allein fertigmachen. Die Hälfte von Sals Soldaten ist jetzt schon hirntot. Und nachdem der hebräische Lehrer nun im Krankenhaus liegt, ist Jerry in einer relativ hoffnungslosen Lage.«
»Ich ziehe mich zurück«, sagte Sweets. »Aber ziehen Sie diese Braut aus dem Verkehr.«
LeComte aß das dritte und vierte Viertel. Sweets hatte in seinem ganzen Leben noch nie jemanden so gefühlvoll essen sehen.
»Welche Braut?«
»LeComte, wenn Sie mich verarschen wollen, werde ich die Schotten dicht machen müssen.«
»Aaah«, sagte LeComte. »Sie meinen Isaacs alte Mitschülerin. Diese Margaret Tolstoi.«
»Nein. Magda Antonescu. Ich will keine russischen Agenten im Mafialand rumlaufen haben.«
»Sie ist keine russische Agentin. Die Frau arbeitet zufälligerweise für mich.«
»Fein. Aber falls sie festgenommen oder getötet werden sollte, sitze ich voll in der Scheiße. Und Sie werden so viel Distanz zwischen sich und Magda bringen wie möglich. Ziehen Sie sie ab, LeComte.«
»Sie ist wertvoll«, sagte LeComte. »Geben Sie mir ein paar Monate Zeit.«
»Ich will sie von der Straße haben.«
»Haben Sie mal einen Blick in ihre Berichte geworfen? Sie ist meine beste Kopfjägerin. Die Frau setzt nie was in den Sand ... Ich könnte zu Rebecca gehen, Sweets. Sie wird Ihnen bei dieser Sache nicht den Rücken stärken.«
»Dann werde ich ihr sagen, daß sie von mir aus die Marke fressen kann, die ich für Isaac Sidel trage.«
»Ich werde Margaret abziehen ... bald.«

»Und sie kann auch nicht vor einem öffentlichen Gericht aussagen. Am Ende landen wir alle noch in der Lubjanka.«
»Sie wird nicht aussagen. Ich verspreche es.«
»Und was, wenn Michaelson sie vorladen läßt?«
»Wird er nicht.«
»Die drei Schwestern möchten Isaacs alte Freundin aber vielleicht gern im Zeugenstand sehen.«
»Dann werden wir sie eben verschwinden lassen«, sagte LeComte.
»Einfach so?«
»Einfach so.«
»Tja«, sagte Sweets, erhob sich von seinen Äpfeln und dem Wein. »Vielleicht kann ich nach der Musik des Justizministeriums tanzen ... bis mir was Besseres über den Weg läuft. Ach, übrigens, LeComte, was beabsichtigen Sie wegen Henry Lee zu unternehmen?«
»Den Mistkerl schnappen.«
»Ich meine, beim letzten Mal hatten Sie nicht gerade eine glückliche Hand ... ohne Isaac. Und es macht sich gar nicht gut für das Justizministerium, den gefährlichsten Bankräuber der Welt aus einer gottverdammten Bundesfestung abhauen zu lassen.«
»Wir haben Spuren«, sagte LeComte. »Das Bureau wird ihn schon erwischen.«
»Ich will's hoffen«, sagte Sweets. »Denn ich habe eine Scheißangst vor Henry Lee.«
Und er marschierte aus dem Weinkeller, überließ es dem Justizministerium, die Zeche zu bezahlen.

25

Es war ein Leben wie jedes andere Leben auch, Einwohner von Riker's zu sein. Don Isacco mochte den Isolationstrakt inzwischen recht gern. Er war ihm allemal lieber als die Etage des Commissioners. Hier konnte er sich zur Ruhe setzen, nach seiner Pension schreien, mehr Eiscreme für die Kinderschänder fordern. Macho, er war neunzehn Jahre alt, hatte nie lesen gelernt. Und Isaac verfaßte ein Lesebuch, erfand kleine Geschichten, die er Macho auswendig lernen ließ. Niemals fragte er den blauäugigen Jungen, was er gemacht hatte. Es war nicht kosher, über seinen Fall zu sprechen. Und Isaac dachte gar nicht daran, seine Phantasie zu benutzen. Innerhalb von zwei Wochen hatte er es geschafft, daß Macho atemberaubend gut buchstabieren konnte. Nach einem Monat bekam er die ersten Absätze zusammen. Isaac war stolz auf seinen Schüler. Doch all die kleinen Polster, die er sich geschaffen hatte, die Gewohnheiten eines Mannes unter Geächteten wie er selbst, ließen ihn in dem Augenblick im Stich, als Margaret im Block auftauchte.

Es war als wäre sie ein Wunder, das durch die Gitter geschwebt war. Ihr Besuch war genauso beunruhigend wie der von Marilyn the Wild und gleich doppelt magisch, denn Margaret war wie ein vertrautes Möbelstück, das Isaac verloren hatte. Und wieder war er verwundet. Für Don Isacco war der Urlaub zu Ende. Riker's war nur ein weiteres Gebrüll in seinem Kopf. Der Isolationstrakt war in die Unendlichkeit abgedriftet, und Isaac saß da mit Margaret Tolstoi.

»Die Aufseher sind Scherzbolde«, sagte sie. »Die haben immer wieder meine Titten abgegrabscht.«

»Das ist nichts«, sagte Isaac wie ein Schlafwandler. »Leibesvisitation.«

»Das war keine Leibesvisitation. Das war eher schon Vergewaltigung. Aber ...«

»Ich weiß, Sal Rubino schnarcht, und du kannst nicht lange bleiben. Er könnte jeden Moment aufstehen und nach seiner Margaret schreien.«

»Isaac, psssst. Ich habe gehört, wie Sal mit seinem Captain gesprochen hat.«

»Du meinst den guten alten Gelbauge.«

»Die zwei haben einen Mord ausgeheckt. Sie haben einen Soldaten in diesem lausigen Knast. Sie haben ihn Big Blue genannt. Sie haben gesagt: ›Wir lassen Isaac von Big Blue fertigmachen. Blue wird ihm das Licht ausblasen.‹ Wieso zum Teufel lachst du?«

»Ein Blue ist ein Schwarzer. Der Big Blue könnte auf Riker's praktisch jeder sein.«

»Dann finde ihn, Isaac, denn er wird nicht verschwinden. Sal hat von Dollars geredet, von vielen Dollars.«

Isaac umklammerte ihren Ärmel. »Du bist meine halbe Familie. Du hast mir gefehlt, und ich habe nicht einmal nach dir gerufen. Habe mich nicht gefragt: ›Wo ist das Odessa-Mädchen?‹«
»Isaac, werd jetzt nicht verrückt.«
»Ich bin verrückt«, sagte Isaac. »Bin's schon immer gewesen. Meine Mutter hat Lumpen gesammelt. Mein kleiner Bruder war immer wieder im Heim. Mein Vater ist nach Frankreich abgehauen.«
»Das hat absolut nichts mit Sal Rubinos Killer zu tun. Isaac, auf deinen Kopf ist Geld ausgesetzt worden.«
»Dann muß ich wohl ein wichtiger Mann sein.«
»Ich habe dich gewarnt, Isaac. Es liegt jetzt nicht mehr in meiner Macht.«
Sie wollte gehen, doch Isaac drehte sie zu sich um, Draculas Teenager-Braut.
»Ich könnte dich hier festhalten«, sagte er. »Auf Riker's sind schon viele Seelen verschollen. Ich könnte dich unter der Pritsche verstecken.«
»Und was hättest du davon? Du würdest in meine Augen schauen und etwas sehen, was nicht da ist. Du würdest mit so etwas wie einer Leiche schlafen. Ich bin in Odessa gestorben, Commissioner Sidel.«
Isaac ließ sie los. »Ich bin kein Commissioner mehr.«

Er hatte keine Angst vor Big Blue. Er begrüßte die Vorstellung, seinen Henker kennenzulernen. Don Isacco würde ihm beide Ohren abbeißen. Er fragte sich, ob Blue wohl einen Aufseher bestechen und sich heimlich in den Isolationstrakt schleichen würde. Big Blue hatte Rubinos Geld im Rücken. Isaac schlief mit einer angeschärften Gabel im Ärmel. Aber Big Blue kam nicht, und mit der Zeit verfiel Isaac wieder in seine alten Gewohnheiten. Er kramte Machos Lesebuch wieder heraus. Selbst Baseball verschwand aus seinem Kopf. Er hatte diesen Fluß von Namen verloren. Isaac träumte von den Städten, die er als *Hamilton Fellow* besucht hatte. Nicht die malerischen Routen, die andere Police Chiefs ihm angeboten hatten. Sondern das Barrio von East L.A. Die Slums entlang dem Rio Grande. Und während er träumte, wurde ein Zettel in Isaacs Zelle geschoben.

LIEBER COMMISSIONER,
ICH WILL DIESEN KLEINEN SHORT
EYES ALS MEIN BABY.
ICH BRINGE DICH UM,
WENN ICH MACHO NICHT KRIEGE.
EIN FREUND

Isaac lächelte. Big Blue war über einen Zettel an ihn herangetreten, da er erkannte, daß Don Isacco Macho niemals aufgeben würde und sich daher mit dem Mann treffen mußte. Isaac kritzelte auf die Rückseite des Zettels: »Lieber Freund. Fick dich selbst.«

Er gab den Zettel einem der Rastafaris und vergaß die ganze Sache. Und dann schmuggelte Big Blue eine zweite Nachricht unter Isaacs Tür.

ZEIT, DASS WIR REDEN.

Aber Isaac wußte weder wann noch wo. Er schärfte die Zinken der Gabel, die er im Ärmel versteckte. Er hatte jetzt seinen eigenen Dreizack, wie ein Wassergott aus dem Meer. Er schlief mit einem offenen Auge, doch Big Blue kam nicht, bis Isaac zu träumen begann. Er spürte eine Hand über seinem Mund. Als Aufseher verkleidete Häftlinge hoben Isaac von seiner Pritsche und trugen ihn aus dem Isolationstrakt. Er wehrte sich nicht. Er umklammerte den Dreizack in seinem Ärmel. Er wurde von Zellenblock zu Zellenblock geschleppt, und er konnte hören, wie diese Häftlings-Aufseher ihn auslachten. Ein Police Chief zählte nicht besonders viel auf Riker's. Er war ein stämmiger weißer Mann in einer Horde Latinos und Schwarzer. Es war nicht mehr Rebeccas Planet. Es war nicht die Maiden Lane mit Boris Michaelsons drei Schwestern. Die Schwestern hier trugen Schnurrbärte und hatten Bizeps wie Straußeneier.

Isaac wurde in eine Art Freizeitraum geworfen, der eigentlich für Häftlinge nicht zugänglich sein sollte. Aber seine Entführer kontrollierten den Raum. Ihr Captain hatte einen rasierten Kopf wie Marvin Hagler, der Mittelgewichts-Weltmeister. Er hatte kleine Dellen wie Krater auf seinem Schädel.

»Bist du Sal Rubinos Mann, der Big Blue?«

Der Captain mußte lachen, und schon bald brüllte die ganze Bande über Isaac. Ihnen standen Tränen in den Augen.
»Der ist tot, Bruder. Er hatte einen schrecklichen Unfall. Hat sich im Maschinensaal selbst gegrillt ... Wir mögen keine schwarzen Mafiosi. Scheiße, ich hab' dir das Leben gerettet. Erkennst du mich nicht, kleiner Bruder? Ich bin dein schwarzer Engel.«
Isaac schaute noch einmal hin. Er war schon immer gut dabei gewesen, Gesichter zu lesen. Doch seine Fähigkeiten hatten ihn verlassen, bis schließlich so etwas wie Traurigkeit in die Augen des Captains trat.
»Henry Armstrong Lee«, sagte Isaac. »Ohne Perücke.«
»Ich bin verdammt stolz auf dich, kleiner Bruder.«
»Henry, wieso bist du hier?«
»Kannst du dir einen besseren Ort für einen schwarzen Mann vorstellen, der von dem ganzen weißen Abschaum gejagt wird? Auf Riker's wartet immer ein Bett auf mich. Ich komme und gehe.«
»Wie Mandrake der Zauberer.«
»Beleidige mich nicht, Bruder. Der war auch nur weißer Abschaum. Er hat sich einen Sklaven gehalten.«
Und Isaac verzichtete darauf, mit Henry Armstrong Lee über die besonderen Leistungen von Mandrake zu streiten.
»Ich will dein Bürschchen«, sagte Henry.
»Bürschchen? Ich verstehe nicht.«
»Short Eyes, den kleinen Burschen. Den Macho-Man. Ich will ihn als Schätzchen.«
»Dann war es nicht Sals Killer, der mir den Zettel geschickt hat.«
Der Bankräuber lächelte. »Ich war's, Mr. Henry Lee.«
»Ich kann ihn dir nicht geben.«
»Wieso nicht, kleiner Bruder? Ist er dein Schätzchen?«
»Ich habe ihm Lesen beigebracht. Henry, er ist noch ein beschissenes Kind.«
»Sollte ich dir vielleicht mal erzählen, was er draußen auf der Straße gemacht hat, dieses Kind?«
»Ich will's nicht wissen.«
»Sollte ich dir vielleicht mal von all den schwarzen Kindern erzählen, die er angepackt hat? Kleiner Bruder, werd vernünftig. Gib ihn mir.«

»Ich kann nicht«, sagte Isaac. »Ich kann nicht.«
Und Henry Lee sah Isaac finster an. »Ich könnte dir das Herz rausschneiden, und kein Mensch würde je deinen weißen Arsch vermissen.«
»Ich würde ihn dir trotzdem nicht geben. Ich würde dir für den Rest deines beschissenen Lebens keine Ruhe mehr lassen.«
Der Bankräuber kratzte seine Lippen. »Schätze, dann werde ich mir wohl ein anderes Schätzchen suchen müssen.«

Nachdem er in seinen Zellenblock zurückgebracht worden war, sagte Isaac: »Oh, Scheiße.« Er hatte vergessen, Henry Lee zu gratulieren, seit siebzehn Jahren als erster Mann erfolgreich aus Leavenworth ausgebrochen zu sein. Cops und Gefängiswärter wußten einen Scheißdreck über Gefängnisse. Die Institutionen, die sie leiteten, waren Phantome ihrer selbst. Riker's war nicht das, was der Gefängnisdirektor darin sah. Die Schließer waren Kinder, die erwachsene Männer bewachten. Und Isaac war wie ein Eindringling in diesem Hotel. Er gehörte nicht hierher. Er war eine Leihgabe der Außenwelt, ein Luxus, den Riker's jederzeit schlucken konnte, wann immer ihm danach war. Am Ende würde Macho doch das Schätzchen von irgendwem werden, gleichgültig, wie viele Lesebücher Isaac auch immer verfaßte. Das war das Gesetz auf Riker's Island.
Er erhielt einen Anruf von Eileen DiAngelis, der Tochter des Melamed. Izzy Wasser hatte einen Schlaganfall gehabt. Seine linke Seite war gelähmt. Aber er wollte Isaac sehen.
»Eileen, ich kann nicht. Ich bin ...«
»Er sagt, er ist bereit, Ihre Rechnung zu bezahlen. Keine Sicherheit auf die Kaution. Die ganze Kaution.«
»Das ist nicht nötig.«
Isaac ging den Direktor aufsuchen.
»Sie werden jede Minute, die Sie fort sind, Handschellen tragen müssen«, sagte Direktor Salinger. »Und Sie werden mir die Zusicherung unterschreiben müssen, daß Sie in sechs Stunden wieder hier sind.«
»Ich unterschreibe alles, was immer Sie verdammt noch mal wollen.«
»Das ist nicht die richtige Einstellung, Commissioner. Ich

könnte in Schwierigkeiten geraten. Sie werden über jeden einzelnen Aufenthaltsort Ihres Ausfluges genau Buch führen müssen.«
»Salinger, um Himmels willen. Ich will einen sterbenden Mann besuchen.«
»Dieser sterbende Mann ist mir wohl bekannt«, sagte der Direktor. »Er ist Mitglied einer gewissen Mafia-Familie. Ist Ihnen eigentlich klar, welchen Ärger mir Michaelson machen könnte? Wenn Sie irgendein Geschäft machen, Isaac, schmeiße ich Sie eigenhändig in Einzelhaft.«
Die »Braut«, die ihn begleitete, war der gleiche junge Strafvollzugsbeamte, der zusammen mit Isaac im Bus nach Riker's gesessen hatte, der Junge mit dem goldenen Stern im Ohr, dessen Name ebenfalls Isaac war.
»Ich kann Ihnen eine Muschi besorgen«, sagte der schwarze Isaac.
»Nicht auf diesem Trip.«
Black Isaac brachte ihn in einem winzigen Transporter, der als Lieferwagen einer Wäscherei getarnt war, zum St. Vincent's Hospital.
Isaac fuhr mit auf dem Rücken gefesselten Händen im Fahrstuhl nach oben. Die Leute starrten immer wieder auf die Handschellen. Eine alte Lady erkannte ihn. »Sie sind immer in meinen Gebeten«, sagte sie, und verließ die Fahrstuhlkabine.
Isaac betrat das Zimmer des Melamed, während der schwarze Isaac vor der Tür stehenblieb. Izzy saß wie ein grauer Stein in seinem Schlafanzug. Er zitterte nicht. Er rührte sich nicht. Er hatte seine Stimme noch nicht verloren, aber sein Gesicht war durch den Schlaganfall verzerrt. Und wenn er sprach, mußte Eileen ihm den Speichel vom Mund wischen.
»Geh«, sagte er zu ihr. »Ich habe Dinge mit dem Sträfling zu besprechen.«
Eileen leistete Black Isaac Gesellschaft.
»Du bist ein Narr«, sagte der Melamed, »daß du so eine lächerliche Figur aus dir machst. Märtyrer konnte ich noch nie leiden. Du hättest dir auf der Straße besser geholfen.«
»Wie? Es ist gottverdammt zu politisch, der Commish zu sein.«
»Dann hättest du eben deinen Abschied nehmen sollen.«
»Und was hätte ich dann gemacht? Bei einer solchen Karriere

geht man keinen Schritt zurück. Es gibt immer Alligatoren, die dir in den Arsch beißen. Man schafft sich die ganze Zeit über Feinde.«

»Dann sitz doch, Isaac, sitz in deinem Gefängnis. Ich wollte mich entschuldigen. Du bist unser Freund gewesen, und ich hätte dein Vertrauen nicht mißbrauchen dürfen. Aber Isaac, ich mußte jeden noch so geringen Vorteil nutzen. Jerry ist kein großer Planer. Und Ted ...«

»Er spioniert gern.«

»Genau.«

»Aber wie kann ich Ihnen helfen, Iz?«

»Kümmere dich um Eileen.«

»Von Riker's Island aus kann ich keinen Escort-Service aufziehen.«

»Isaac, ich habe ein separates Konto über sechzigtausend Dollar eröffnet. Versprich's mir: wenn Jerry was passiert, wirst du das Geld für deine Kaution nehmen. Und dann wirst du sie nach Boca Raton bringen. Isaac, ich habe nur eine Tochter, ein Mädchen.«

»Ich verspreche es«, sagte Isaac.

»Und jetzt sieh zu, daß du hier rauskommst. Was bist du für ein blöder Mann.« Der Melamed weinte auf einer Hälfte seines Gesichtes.

»Ich habe doch gesagt, daß Sie sich keine Sorgen machen müssen«, sagte Isaac. »Ich werde mich um Eileen kümmern.«

»Aber du bist doch das größere Baby ... Ich werde dich vermissen, Isaac.«

Isaac pfiff durch seine Zähne. »Noch sind Sie nicht tot.«

»Aber ich weiß es. Ich werde dich vermissen, wenn ich tot bin. Einen Commissioner, der sich wie der letzte Penner anzieht. Verschwinde endlich.«

Isaac hatte eine Stunde totzuschlagen. Black Isaac fuhr ihn zur One Police Plaza. Hier besaß er keine Identität. Er war unsichtbar geworden, tot und vergessen. Er war ein Sträfling, der einmal PC gewesen war. Er mußte sich wie ein kleiner Dieb einen Passierschein holen, um nach oben zu kommen. »Bitte sagen Sie Commissioner Montgomery, daß ich gern kurz mit ihm sprechen würde, falls er ein paar Minuten erübrigen kann.«

Der Wächter warf einen schrägen Blick auf Isaacs Handschellen. »Ich bin nicht sicher, ob der PC im Haus ist.«
»Der APC«, korrigierte Isaac. »Mr. Montgomery ist der Acting Commish, der amtierende PC.«
Isaac fuhr zusammen mit dem schwarzen Isaac, der noch nie so viele Police Inspectors auf einem Haufen gesehen hatte, in den vierzehnten Stock. Niemand verlor auch nur ein Wort über die Handschellen. Seine früheren Sergeants und Sekretärinnen sahen Isaac nicht einmal ins Gesicht. Er war der Geächtete von Riker's Island. Nur Sweets schien sich aufrichtig zu freuen, Isaac zu sehen, aber Sweets Rang war hoch genug, um sich nicht zu schämen. Er umarmte Isaac, der nicht mal seine eigenen Hände benutzen konnte.
»Ach, Scheiße«, sagte Sweets. »Isaac, hol mich aus diesem Loch und nimm deinen Schreibtisch zurück.«
»Ich bin auf Urlaub.«
»Kann ich dir ein Essen spendieren?«
»Nein. Der Gefängnisdirektor wird ein Mordsspektakel veranstalten, wenn ich nicht in seinen Gulli zurückkehre. Aber würdest du mir einen Gefallen tun, Sweets? Ich mache mir Sorgen um Margaret Tolstoi.«
Sweets Jovialität begann zu schwinden. Er sah aus wie ein amtierender Commish. »Ich kann dir nicht helfen, Isaac. Die Frau gehört zu LeComte.«
»Aber du könntest doch ...«
»Isaac, der Fall ist geschlossen. Sie ist Sache des FBI.«
»Aber dieser beschissene Sal wird sie umlegen lassen.«
»Dann benutz das Telefon. Bitte LeComte, sie abzuziehen.«
»Ich kann LeComte nicht anrufen. Das weißt du genau.«
Sweets starrte aus dem Fenster.
Und Don Isacco kehrte nach Riker's Island zurück. Er konnte sich nicht mal mehr an die Straßen erinnern. Er gehörte zu den Kinderschändern.

Magda, Margaret, Minnie the Moo.
Sie hatte mehr Masken als das Phantom der Oper, das nichts als ein Schädel mit Fleischfetzen war. Und das Phantom war kein Informant des FBI. Sie war als Kind in der Pariser Oper gewesen. Es war während der Besatzungszeit gewesen, und die Deutschen waren sehr an Kultur interessiert. Ferdinands

kleiner jüdischer Schneider auf der Avenue Pierre de Serbie hatte eine Uniform für ihn entworfen, weil nicht einmal das Deutsche Oberkommando genau sagen konnte, was er tragen sollte. Offiziell war er der Finanzminister von Russisch-Rumänien. Aber Ferdinand liebte es, sich wie ein General oder Herzog anzuziehen. Und Margaret konnte sich nicht erinnern, ob die Hosen braun oder blau gewesen waren. Aber auf seiner Brust hatte er goldene Knöpfe, und die Knöpfe rochen nach gebrannten Mandeln. Es mochte an dem Schneider gelegen haben, einem sturen kleinen Mann mit dicken Fingern, der pausenlos Wutanfälle bekam. Die Deutschen wagten es nicht, Ferdinands jüdischen Schneider anzufassen, weil Ferdinand von entscheidender Bedeutung für ihre Pläne war. Der Schneider hieß Karl. Er sah aus wie Ludwig van Beethoven oder einer der Sieben Zwerge.

Er kleidete auch die kleine Magda ein. Und sie haßte all die Anproben, bei denen er mit kleinen Nadeln im Mund um sie herumhuschte. Und sie konnte diese gebrannten Mandeln auf seiner Zunge riechen. Die Mandeln stammten von großen Honigkuchen, die er in seinem Geschäft aufbewahrte. Er hatte viel zuviel zu tun, um Zeit fürs Frühstück oder Mittagessen zu erübrigen. Er riß sich einfach zwischen den Anproben ein Stück von dem Kuchen ab und kaute und kaute und kaute. Margaret fragte sich, was aus all den Nadeln wurde, aber sie fragte Grumpy den Schneider nie danach.

Sie wurde immer als Ferdinands Nichte und Protegée vorgestellt. Generäle tanzten mit ihr. Gräfinnen bewunderten ihre Kleider. Und wenn Ferdinand mit ihr in die Oper ging, hüllte er sie immer in sein Cape, damit sie wie ein geheimnisvolles Wesen unter ihm herausspringen konnte. Und sie begann auf Französisch zu plappern und zu den Kronleuchtern hinaufzuschauen und versuchte zu erraten, wo das Phantom mit seinem von Säure zerfressenen Gesicht wohl steckte.

»Margaret, wo bist du gewesen?«

»Aus«, sagte sie, blickte an Eddies gelben Augen vorbei auf Sal Rubinos Kürbiskopf. Nach einem langen Schlaf war sein Kopf immer geschwollen.

»Baby, ich kann ohne dich nicht schlafen.«

»Du bist doch ganz gut klargekommen.«

Durch ihren Ausflug nach Riker's hatte sie LeComtes gesamte

Operation gefährdet. Sie hatte Abhörgeräte in ihrer Unterwäsche getragen, Wanzen in Blumentöpfen versteckt, war mit Sal und seinem gelbäugigen Banditen in die Nähe von Observierungsfahrzeugen des FBI spazierengegangen. Sie hatte mit Jerry DiAngelis geschlafen, Sals Soldaten provoziert und hätte auch mit dem Melamed geschlafen, doch er war an ihren Vorzügen nicht interessiert. Sie hatte jeden Flügel der Rubinos gegen den anderen aufgehetzt und ließ sie wie tollwütige Hunde gegeneinander kämpfen. Sie hatte wie das Phantom der Oper eine Maske aufgesetzt und Jerrys Laufburschen überfallen, und das alles im Namen des FBI. Sal kannte ihre Vergangenheit, aber er brauchte seine Margaret nachts. Er haßte es, allein zu schlafen. Und in seinem Herzen und seinem Kopf hegte er die Phantasie, daß er sie kontrollieren, Margaret Tolstoi entschärfen und für seine eigene Sache bekehren konnte. Ihm stand jederzeit die Möglichkeit offen, sie in einen Sack zu stecken, und das war auch der Grund, warum Margaret um ihn herumtänzeln mußte. Doch dieses Mal war sie vielleicht zu weit gegangen, hatte seine verrückte Liebe zu sehr strapaziert.

»Aber wo bist du gewesen, Margaret?«

»Einkaufen«, sagte sie.

Und etwas Bedrohliches tauchte in Sals schläfrigen Augen auf. »Ich sehe aber keine Päckchen und Tüten, Hon.«

»Ich habe nichts gefunden, was mir gefallen hat.«

»Wußtest du, daß Blue tot ist? Ein paar Nigger haben ihn vor ein paar Tagen abgemurkst.«

»Welcher Blue?«

»Ach, komm schon, Margaret. *Unser* Big Blue.« Und er schlug ihr quer übers Gesicht. Sie stolperte gegen seinen Captain, der sie sofort an den Haaren packte.

Eddie hatte ein idiotisches Grinsen auf dem Gesicht. »Du hättest nicht nach Riker's fahren sollen, Sweetheart.«

»Hast du unseren Blue verpfiffen?« sagte Sal. Und wieder verpaßte er ihr einen Schlag. Ihr Kopf flog durch die Wucht des Schlages nach hinten. Und sie mußte ihr eigenes Blut schlucken, während Eddie ein Knie in ihren Unterleib stieß und ihre Haare nicht losließ. Sal begann leicht zu schwanken. »Das FBI ist eine Sache. Scheiß auf LeComte. Nichts könnte mich weniger interessieren, als daß du bei seiner Truppe bist.

Aber Isaac? Du bist in diesen Judenbengel verknallt ... Habe ich dich nicht immer gut behandelt?«
Margaret nickte, so gut es trotz der Faust des Captains in ihren Haaren eben ging.
»Der Scheißhaufen hat versucht, mich und alle meine Leute fertigzumachen ... Und du rennst zu ihm nach Riker's? Ed, sollen wir die Schlampe alle machen?«
»Absolut.«
Und Sal fing an, in seinem Schlafanzug herumzustolzieren. »Mein eigener Mann stimmt zu.« Dann wurde er bedrückt. »Margaret, liebst du mich, Margaret?«
Doch mit all dem Blut im Mund konnte sie nicht denken. Sie schloß ihre Augen und spürte Sals Knöchel in ihrem Gesicht. Dann tat es nicht mehr weh. Sie war nicht mehr länger in diesem Raum bei Sal und Ed. Sie war das Phantom ihrer eigenen kleinen Oper. Die zwölfjährige Prinzessin eines neuen Landes. Ferdinand hatte seinen Palast, den er Finkelshtein, dem jüdischen Grafen, gestohlen hatte. Und Margaret konnte über ganz Bessarabien herrschen. Sie hatte Halva und Honig, und der Reichskommissar für die Ukraine fuhr mit ihr zum Picknick in die Berge, wo sie Partisanen und Juden an den Bäumen hängen sah. *Das ist nichts, meine Liebe*, sagte er. *Das sind nur Untermenschen. Die existieren gar nicht.*
Ich bin ein Untermensch, ich bin ein Untermensch, sang sie leise vor sich hin, während der Reichskommissar ihre Wade streichelte. Und dann hatte sie keinen Honig mehr. Die Halva war ausgegangen. Ferdinands eigene kleine Armee begann zu plündern. Und als es nichts mehr gab, das man noch nehmen konnte, ließen ihn seine Soldaten im Stich. Ihm blieben nur zwanzig Polizisten in blauen Hosen. Die Polizisten mußten in Bessarabien und Gebieten entlang des Bug patrouillieren. Sie saß im Palast und lauschte auf das Knurren ihres Magens. Es gab keine Bettwäsche mehr, und Ferdinand schlief mit ihr auf Decken, die seit Monaten nicht mehr gewaschen worden waren. Odessa war eine Geisterstadt geworden. Wilde Hunde beherrschten die Straßen. Sie fielen kranke Pferde an.
Sucht mir einen Juden, den ich essen kann, brüllte ihr Prinz. Und Margaret fragte, ob er seinen kleinen Schneider vergessen hatte. *Scheiß auf den Schneider. Der ist jetzt wahrscheinlich sowieso schon tot.*

Die Polizisten kehrten mit Beute zurück. Sie hatten in der städtischen Irrenanstalt einen schwachsinnigen Jungen gefunden. Sie traten ihn mit ihren schlammbeschmierten Stiefeln besinnungslos. Sie schlachteten ihn vor Margarets Augen ab. Sie rissen an seinem Fleisch. Sie weinte und weinte, doch als es Essenszeit war, aß sie den Jungen. Die Polizisten gingen und fanden mehr Beute. Und Margaret brachte sich bei, auf einen Jungen wie auf einen wilden Truthahn einzudreschen.

Captain Eddie mußte ihre Haare loslassen.

»Sal redet mit dir. Bist du taub?«

Und so war sie zu Isaac gekommen, die kleine Mörderin, die Französisch plappern konnte. Und was hatte er nur an sich, das sie auch heute noch rühren konnte? Die Art und Weise, wie er ihr nachgelaufen war. Wie ein weiterer Idiot ohne Irrenanstalt. Sie bewunderte die Löcher in seiner Hose, die ungekämmten Haare.

»He, bist du taub?«

Und Margaret öffnete ihre Augen. Sal plärrte. »Baby, ich werde dir noch eine Chance geben. Versprichst du, mich nie wieder zu verlassen?«

»Versprochen«, sagte sie.

»Und du wirst dich auch nie wieder Isaac nähern?«

»Nie wieder.«

Er drehte sich zu Eddie. »Was soll ich machen?«

»Gib Sie mir, Boss. Sie ist eine miese kleine Schlampe.«

Und Sal verpaßte ihr noch einen Schlag.

»Liebst du mich, Margaret?«

Das Blut mischte sich mit den Geräuschen, die sie von sich gab.

»Liebst du mich, Margaret?«

Sie war stumm.

»Leg sie um«, sagte Sal. »Ist mir scheißegal.« Und er trottete in seinem Schlafanzug in ein anderes Zimmer.

Eddie grinste.

Mit Blut auf der Zunge wirbelte sie herum und erwischte ihn mit ihrer kleinen Faust unter dem Adamsapfel. Eddie wollte husten. Mit diesen gelben Augen sah er aus wie ein erschrecktes Tier. Margaret fand ein Küchenmesser und schnitt ihm die Kehle durch. Ihre Arme tanzten wie bei einem Chirurgen oder einer Prinzessin von Odessa, die darauf wartete, das Fleisch kleiner Jungs zu verspeisen.

26

Isaac schlenderte in die anderen Zellenblocks. Es gab keinen Big Blue, der ihn belästigt hätte. Er begann, den anderen Häftlingen Unterricht zu geben. Er hielt keine Vorträge über Strafgesetze. Er sprach über Philosophie und Wissenschaft. Er schnitt Artikel aus Journalen aus und erwähnte den Pfeil der Zeit. »In Oxford oder Cambridge gibt es einen Wissenschaftler, der lebt in einem Rollstuhl und ist davon überzeugt, daß falls sich das Universum je zusammenziehen sollte, die Zeit in die entgegengesetzte Richtung davonschnellen wird, und so würde unsere Wiege auch zu unserem Grab. Wir würden von Minute zu Minute jünger.«

Die Schließer hatten keinerlei Verständnis für Isaacs Spekulationen. Die Rastas meinten, er würden den Löwen von Juda entweihen. Die Latinos hielten ihn für verrückt, wie irgendeine *cucaracha*, die schon viel zu lange gelebt hatte. Doch die Muslims hörten Isaac zu. Sie diskutierten mit ihm darüber, daß Allah die Welt erschaffen hatte, nicht irgendein Wissenschaftler in einem Rollstuhl. Und was war ein Mann wert, wenn er wieder zu einem Baby wurde und alles über Gott vergaß.

Isaac hatte keine Antwort. Er kehrte in seinen eigenen Block zurück. Jemand wartete auf ihn. Maurice war aus seinem kleinen Gefängnis unter dem Dach des *Christy Mathewson Club* herausgekommen. Seine Nase lief, und er zitterte, als er sich neben das Heizungsrohr setze.

»Sie schnupfen Kokain, richtig?«

»Ich kann nichts dagegen machen, Isaac. Ich habe mich zu lange versteckt.«

Isaac packte ihn am Kragen. »Schön, verschwinde und komm ohne laufende Nase noch mal wieder.«

»Vielleicht komme ich aber nie wieder zurück«, sagte Maurie.

»Was ist passiert? Hat LeComte Ihnen grünes Licht gegeben? Er braucht Sie nicht mehr, nachdem der Melamed jetzt für immer angeschlagen ist. Er interessiert sich nicht sonderlich für Jerry DiAngelis. Was für einen Deal haben Sie gemacht?«

»Keinen Deal«, nuschelte Maurie. »Er hat signalisiert, daß mir nichts passieren würde, wenn ich mich vor Gericht um Sie kümmere.«

»Er muß gewußt haben, wo Sie waren. Ist er eines nachmittags im Club aufgekreuzt?«
»Ja.«
»Hat an der Bar ein Gläschen getrunken?«
»Ja.«
»Und Ihren Namen gepfiffen?«
»Ja.«
»Dachte ich mir. Und jetzt raus hier, Maurie, und werden Sie wieder clean.«

Er konnte nicht aufhören zu zittern. Er hatte seine eigene kleine juristische Bibliothek in Isaacs Zelle und im Besuchsraum eingerichtet. Der Isolationstrakt war zu einem Gelage von Papieren, Akten und Büchern geworden. »Ich tauge nichts«, stöhnte er. »Es ist schon ein Jahr her, Isaac, ein ganzes Jahr, seit ich das letzte Mal einen Gerichtssaal von innen gesehen habe.«
»Dann setzen Sie sich eine Sonnenbrille auf und gehen Sie zum State Supreme Court. Gucken Sie sich soviel und solange Sie wollen um, aber lassen Sie mich nicht hängen, Maurie.«
»Ich tauge nichts.«
Isaac begann ihn vor den Augen der Kinderschänder zu würgen. »Ich bringe Sie um, Maurie. Ich mein's ernst.«
»Sie könnten sich doch einen anderen Anwalt suchen.«
»Es gibt keine anderen Anwälte. Es gibt nur Sie.«
»Aber ich kann Michaelsons beschissenen drei Schwestern nicht gegenübertreten.«
»Es wird Ihnen Spaß machen«, sagte Isaac.
»Aber die sind unwahrscheinlich gut.«
»Ich auch.«
»Dann sagen Sie mir, wie kommt's, daß Sie Sträflingskleidung tragen, während Michaelson in der Maiden Lane auf seinem Arsch sitzt?«
»Mir gefällt's hier.«
»Das hilft uns auch nicht weiter.«
Maurie zitterte weiter in seiner kleinen Bibliothek, brummelte Isaac und die Kinderschänder an, die ihm in den Weg kamen. Manchmal vergaß er, nach Hause zu gehen, und dann kampierte Maurie bei seinen juristischen Büchern, schlief auf einer Pritsche, die Isaac von Salinger persönlich auslieh. Die

Schließer lieferten Kaffee und Pizza. Mit der Zeit begann er juristischen Rat zu geben. Er richtete eine kleine Anwaltskanzlei im Isolationstrakt ein. Er erfuhr, daß Macho fälschlicherweise angeklagt worden war. Irgendein übertrieben ehrgeiziger Hilfsstaatsanwalt hatte Macho hinter Gitter gebracht, um in einigen schwarzen Vierteln der Bronx Pluspunkte zu sammeln.

»Er ist geistig zurückgeblieben, Isaac, siehst du das nicht? Die haben ihm nicht mal seine Rechte vorgelesen. Er ist auf den Straßen herumspaziert, als sie ihn verhaftet haben.«

Maurie rasierte sich, fuhr in die Bronx, und erreichte es, daß die dortige Bezirksstaatsanwaltschaft die Anklage fallenließ. Maurie wurde zum Wundertäter von Riker's gekürt. Aber Macho wollte seine Freunde nicht verlassen. Er hatte mit Isaacs Lesebüchern Fortschritte gemacht.

Isaac knurrte Maurie an. »Scheiße, Mann«, sagte er. »Die beschissene Heilung ist schlimmer als das Verbrechen. Wo soll der Junge hin? Die werden ihn doch sofort wieder schnappen, und dann steckt er wieder in der gleichen Scheiße.«

»Fein. Aber was wird aus ihm, wenn Sie wieder hier weg sind?«

»Darüber zerbrechen wir uns dann später den Kopf«, sagte Isaac.

Und Macho wurde ein weiterer *invisibilito* auf Riker's. Doch Mauries Ruf nahm keinen Schaden.

»He, Wundertäter«, riefen die Muslims aus ihren Zellenblökken, »was kannst du für mich tun?«

Die Schließer brachten ihm frische Hemden und fingen an, Maurie von Riker's zum einen oder anderen Gericht zu kutschieren. Der Gefängnisdirektor beschwerte sich bei Isaac.

»Das ist absolut gegen das Reglement, wissen Sie.«

»Aber es ist ein gutes Geschäft. Die Häftlinge haben einen Champion. Nehmen Sie ihnen nicht die Hoffnung. Auch wenn's sich am Ende nur als eine weitere beschissene Illusion herausstellt.«

»Für meinen Geschmack sind Sie zu philosophisch, Commissioner Sidel. Ich habe es hier mit Politik zu tun.«

»Salinger«, sagte Isaac, »Maurie ist die beste Politik, die Sie jemals haben werden.«

Das Selbstvertrauen des Rechtsanwaltes kehrte zurück. Er zog saubere Hemden an, besuchte seine Freunde, ging zu republikanischen und demokratischen Bällen. Eines Nachmittages kam er in einem Smoking. »Ich habe gestern abend Michaelson gesehen. Er sah bedrückt aus. Er hatte nie beabsichtigt, Sie so lange sitzen zu lassen. Ich glaube, ich kann Sie aus Riker's rausholen.«
»Aber ohne Beziehungen spielen zu lassen, Maurie.«
»Ich versprech's.«
Als würde eine schwere Last auf seinen Schultern liegen, kehrte er aus der Maiden Lane zurück. »Es sind die drei Schwestern. Die üben einen schlechten Einfluß auf Boris aus. Die werden es nicht zulassen, daß er die Anklageschrift zerreißt. Die haben diese dumme Vorstellung, daß sie vor Gericht gewinnen können. Die sind weit gegangen, Isaac, soweit sie nur gehen konnten.«
Maurie lebte in seinem Smoking. Er versäumte es, sich zu waschen. Er pendelte zwischen Riker's und der Maiden Lane hin und her, hin und her, während die drei Schwestern ihren Fall gegen Isaac Sidel aufbauten. Maurie las die eidesstattlichen Aussagen und Polizeiberichte, zählte die Zeugen ab, die die Schwestern hatten, und dachte über das Beweismaterial nach.
Er zitterte wieder.
»Um Himmels willen, Maurie, was ist denn los?«
»Die haben Ihre Bankkonten eingefroren.«
»Toll. Wenn sie mehr als tausend Dollar finden, können sie die gerne behalten.«
»Und auch ihr Schließfach beschlagnahmt.«
»Haben Sie ein Einsehen, Maurie. Irgendwo muß ich doch schließlich meine Geburtsurkunde deponieren, oder?«
»Aber bei der Bank of North China?«
»Chinatown liegt ganz in der Nähe des Präsidiums. Und ich kenne den Bankmanager. Er sponsert einen Baseball-Club für die Police Athletic League.«
»Isaac, die sind in den Tresorraum gegangen. Die drei Schwestern, zwei City Marshals und ihr hauseigener Schlüsseldienst. Sie haben sechshunderttausend Dollar in Ihrem Fach gefunden, alles in Hundert-Dollar-Scheinen.«
»Das ist doch verrückt«, sagte Isaac und machte einen Schritt

über Maurices kleinen See juristischer Fachbücher. »Das haben die mir doch untergejubelt.«
»Isaac, es wäre besser, wenn wir langsam mit denen verhandeln würden.«
»Nein. Wer sind ihre Zeugen?«
»Nun, da ist McCall.«
»Sie werden mit dem Chef der Dienstaufsicht zusammenarbeiten müssen. Aber McCall hat nicht vor, mich fertigzumachen.«
»Sie haben Sie auf Video, Isaac, wie Sie Jerry DiAngelis und den Melamed besuchen. Kapieren Sie nicht? Sie werden sagen, es war DiAngelis, der Ihnen die sechshunderttausend gegeben hat ... Wer ist Burton Bortelsman? Er steht auch auf der Liste. Ach, mein Gott. Ist er vielleicht der Chef von Ihrem kleinen Geheimdienst? Isaac, die Regierung hat ihn. Geben Sie auf.«
»Wer sonst noch?« knurrte Isaac. »Wer noch?«
»Teddy DiAngelis.«
»Das FBI würde ihn niemals an die drei Schwestern ausleihen. Er ist ihre Star-Ratte.«
»Aber wenn sie nicht mehr hinter Jerry her sind, brauchen die ihn auch nicht mehr.«
»Maurice, das ergibt doch alles keinen Sinn. LeComte läßt Sie aus dem Schneider, und dann schenkt er Teddy Boy den Schwestern.« Isaac bekam einen hochroten Kopf. Seine Koteletten erstarrten auf seinem Gesicht. »Maurie, haben Sie mich vielleicht verkauft? Sind Sie mein beschissener Judas?«
Maurice hielt der lodernden Wut in Isaacs Augen ruhig stand. »Wenn ich den Judas spielen wollte«, sagte er, »dann ganz sicher nicht auf Riker's Island.«

Und so bereitete sich Isaac darauf vor, seinen eigenen Untergang zu feiern. Sechshunderttausend Dollar. Teddy würde ihm dieses Sümmchen anhängen, und Burt würde nichts anderes tun müssen, als im Zeugenstand wie ein Afrikaander zu reden, und damit wäre Isaac dann erledigt. Aber aus LeComte wurde er einfach nicht schlau. Was hatte das Justizministerium noch von dieser Sache außer Isaacs Skalp? War es Rache dafür, daß er der *Hamilton Fellow* gewesen war, der einfach alles hingeschmissen hatte?

Vor seinen Gerichtsterminen rasierte er sich nicht. Der Richter war ein Demokrat aus der Bronx, der sich hochgearbeitet hatte, bis er schließlich beim State Supreme Court gelandet war. Isaacs Kapriolen hatten ihn noch nie interessiert. Sein Name war Richard Dorn. Er war ein gewaltiger Mann, dessen Korpulenz jeden Raum zu beherrschen schien, in dem er sich befand. Es dauerte zwei Wochen, bis die Auswahl der Geschworenen abgeschlossen war. Isaac saß am Tisch der Verteidigung, während sich Maurie, so zerlumpt wie er war, mit Michaelsons drei Schwestern über das Schicksal zukünftiger Geschworener duellierte. Isaac musterte kein einziges Mal das Gesicht eines Geschworenen, doch er war fasziniert von den Schwestern, die das Gericht wie eine einzige langbeinige Spinne zu bearbeiten schienen. Ihre Körper bewegten sich synchron. Sie hatten einen Redefluß, eine lyrische Art, die Isaac noch nie zuvor erlebt hatte. Sie stritten sich nie. Sie besaßen eine gewisse hellseherische Gabe, einen kollektiven Wunsch, Isaac fertigzumachen. Jetzt verstand er auch, wieso Maurie zögerte, sich gegen Boris' Mädchen zu stellen. Es war wie die Schlacht gegen eine erbarmungslose, zielstrebige und unbeirrbare Armee.
»Isaac«, sagte Maurice mitten während der Auswahl der Geschworenen. »Ich denke, wir sollten verhandeln.«
»Scheiß auf die drei Schwestern.«
»Sie werden verdammt lange sitzen müssen.«
»Dann werde ich mit Tiger John in Green Haven sitzen und Schach spielen.«
»Tiger John ist zu blöd, um Schach zu spielen. Er ist der dümmste Police Commissioner, den wir je hatten.«
»Aber er war so loyal wie ein Heiliger«, sagte Isaac.
»Machen Sie weiter, Maurice. Wählen Sie Ihre Geschworenen.«
Und in der Zwischenzeit starrte Richter Dorn Isaac mit all der Schwere und Eindringlichkeit an, die sein massiger Leib ihm erlaubte. Isaac wußte, auf welcher Seite Dorns Sympathien lagen. Bei den drei Schwestern.

Der Prozeß begann nach einem weiteren Monat. Isaac wusch sich früh morgens, zog seine Pennerkleidung an, und irgendein Schließer führte ihn in Handschellen aus dem Isolationstrakt. Im Bus, der ihn über die Riker's Island Bridge zu Dorns Burg im State Supreme Court brachte, wurde er angekettet. Als er den Bus verließ, versuchten Reporter ihn zu packen.

»Isaac, sagen Sie uns was, okay?«

»Ich mag Susan Sodamans Beine.«

Und die Justizvollzugsbeamten trieben ihn zusammen mit wer auch immer sonst noch im Bus gewesen war in das Gebäude. In den Verwahrzellen bekam er, wenn er wollte, Kaffee und Kuchen. Menschen starrten ihn an. Er war Don Isacco. Nur wieder ein weiterer Commish, der sich dem Mob angeschlossen hatte. Jeder in der Burg schien über Isaacs Kohle bestens informiert. Es war ziemlich clever von ihm, eine chinesische Bank zu benutzen. Der Pink Commish war nicht mal Patriot. Während seiner langen Aufenthalte in der Arrestzelle dachte Isaac nicht über seinen Fall nach. Seine Gedanken wanderten zurück zu der Margaret, an die er sich erinnerte, und seine dreißig Jahre beim NYPD waren nichts als ein wurzelloser, ereignisloser Traum. Er war nicht Dick Tracy. Er war ein kleiner Junge auf den Tribünen, verliebt in eine dunkelhaarige Lady von der anderen Seite des Mondes.

Einer der Gerichtsdiener der Burg rief seinen Namen. In seinen Handschellen wurde er in ein winziges Besprechungszimmer geführt, in dem Maurie in einem Hemd auf ihn wartete, das beinahe genauso schmutzig war wie Isaacs. Die Nase des Rechtsanwaltes lief wieder.

»Verdammter Dreckskerl. Sie hatten mir doch versprochen, kein Kokain mehr zu schnupfen, solange mein Prozeß dauert.«

»Isaac, ich habe Angst ... Wir könnten Vertagung beantragen.«

»Maurie«, sagte Isaac. »Wir sehen uns dann am Tisch der Verteidigung.«

Und so begann Isaacs Prozeß.

Er wurde in den Gerichtssaal geführt. Es war ein volles Haus. Die Zuschauerbänke waren bis auf den letzten Platz besetzt. Die Gerichtszeichner saßen mit ihren Blöcken bereit. Die Journalisten tuschelten und kicherten und stopften kleine Sandwiches in ihre Münder. Und die Bisons, alte Männer und Frauen, die es sich zur Aufgabe gemacht hatten, sämtliche Geschworenengerichtsverfahren zu besuchen, nahmen die meisten Plätze in Beschlag. Es war, als würde man in einen Zirkus gehen. Und Isaac war ihr Clown des Monats. Er erkannte Jerry und Eileen DiAngelis in diesem Pöbel. Sie hatten den Melamed aus seinem Krankenbett geholt. Sein Gesicht war nach dem Schlaganfall immer noch verzerrt. Aber er strahlte mehr Würde aus als die Bisons. Er trug eine Decke um seine Schulter. Mit seinem weißen Haar sah er richtig gut aus.

Der Gerichtsdiener kündigte mit einem Schrei das Erscheinen des Richters an. »Hört, hört! Das Supreme Court des New York County eröffnet die Verhandlung. Der ehrenwerte Richard Dorn führt den Vorsitz. Alle aufstehen.« Richter Dorn tauchte mit seiner stattlichen Gestalt aus seinem Zimmer auf und stolzierte wie ein Ballsaaltänzer die wenigen Stufen zu seiner Bank hinauf. Es sah schlecht aus für Isaac, denn dieser Richter konnte mit einem einzigen Beben seines Körpers ein Gericht kontrollieren. Aber selbst Isaac mußte zugeben: Gott, kann dieser fette Mann schweben!

Dorn lächelte den drei Schwestern zu. Er ließ den Wagen mit ihrem Beweismaterial von seinem eigenen Protokollführer hereinrollen. Er ignorierte Michaelson und Maurie, während er sein schelmisches Geplänkel mit den Schwestern abzog. »Ich kannte Ihren Dad«, sagte er zu Trish Van Loon. Susan Sodaman machte er Komplimente bezüglich des Kostümes, das sie trug. Selma Beard zwinkerte er zu.

Maurie begann zu kochen. »Euer Ehren, wir sind hier nicht im *Russian Tea Room*. Mein Mandant kann wohl kaum eine faire Verhandlung erwarten, wenn Sie in die Mannschaft der Anklage verliebt sind. Es ist schon schlimm genug, daß Mr. Michaelson mir zahlenmäßig drei zu eins überlegen ist. Aber welche Bedeutung kommt Miss Sodamans Kostüm für diesen Fall zu?«

Isaac stöhnte. Sein Rechtsanwalt schaufelte ihm das Grab, noch bevor Selma Beard ihren Mund aufgemacht hatte. Er versuchte Mauries Ärmel zu packen, doch Maurie schüttelte ihn ab und begann auf dem Tisch der Verteidigung herumzuhämmern. »Das nenne ich Befangenheit, Euer Ehren, und ich will, daß das sofort ein Ende hat.«

Der fette Mann starrte wie eine unschuldige Eule von seiner Bank herunter. »Wir fangen aber schon früh an, was, Goodstein?«

»*Mr.* Goodstein«, korrigierte Maurie. »Ich muß früh anfangen, denn andernfalls schenken Sie diesen Fall der Staatsanwaltschaft, und ich kann ins Bett gehen.«
»Noch ein solcher Ausbruch, Goodstein, und Sie sind wegen Mißachtung des Gerichts dran.«
Maurie katzbuckelte vor dem Richter. »Mit allem gebührenden Respekt, Euer Ehren, bitte ich das Hohe Gericht um Entschuldigung.«
»Counselor, würden Sie bitte vortreten.«
Maurie verließ seinen Tisch in der Mitte des Gerichtssaales und trat an die Stelle der Richterbank, die vor den Blicken der Geschworenen verborgen war. Er und der Richter tuschelten, und dann kehrte Maurie an seinen Tisch zurück.
»Maurie«, sagte Isaac, »Sie bringen uns um.«
»Nein, tue ich nicht. Es ist, als würde man auf einem bockigen Pferd reiten. Man muß im Sattel bleiben, andernfalls kriegt man einen Tritt vor den Kopf.«

Selma Beards Eröffnungsplädoyer überraschte Isaac nicht. Sie baute sich dicht vor den Geschworenen auf, stützte sich auf das Geländer und stellte Isaac als einen bösen Menschen dar. »Die Anklage wird beweisen, daß Mr. Isaac Sidel vorsätzlich und böswillig die Macht seines Amtes mißbraucht hat, um sich selbst Vorteile zu verschaffen, daß er Bestechungsgelder angenommen hat ...« Und während sie ihr kleines Liedchen sang, bewegten die anderen Schwestern ihre Schultern im Rhythmus ihrer Worte. Die Geschworenen schienen hypnotisiert zu sein. Boris Michaelson lieferte die beste Show der Stadt. »... und ist Komplize einer gewissen Familie des organisierten Verbrechens unter Leitung der DiAngelis-Brüder.«
Maurie erhob sich vom Tisch der Verteidigung. »Einspruch! Die DiAngelis-Brüder sind vor diesem Gericht nicht angeklagt. Und Ms. Beard stellt eine Verbindung zwischen meinem Mandanten und einer frei erfundenen Familie des organisierten Verbrechens her.«
»Stattgegeben«, sagte der fette Mann.
»Euer Ehren«, sagte Selma. »Mr. Sidel ist unser erster Police Commissioner, der Mitglied des Mob ist.«
Maurice begann zu toben. »Ist das hier ein Karneval, Euer Ehren? Denn sollte dem so sein, kann ich meine Hosen run-

terlassen und die Geschworenen belustigen. Ich kann auch mit Namen jonglieren. Ich kann den Geist von Al Capone heraufbeschwören.«

»Goodstein«, sagte der Richter. »Ich warne Sie. Benehmen Sie sich. Und Ms. Beard, Sie werden es von nun an unterlassen, solche Epitheta wie ›Mitglied des Mob‹ zu benutzen.«

»Aber ich werde über jeden Zweifel hinaus beweisen, daß ...«

»Bitte widersprechen Sie nicht«, sagte der Richter, wackelte drohend mit seinen Hängebacken.

Und Selma Beard sang mit Hilfe ihres besonderen Chores weiter. Alle drei Schwestern starrten Isaac mit hochgezogenen Augenbrauen und einer solchen Verachtung an, daß er sich am liebsten unter dem Tisch verkrochen hätte.

Und dann war Mauries Augenblick gekommen. Er hielt die Anklageschrift in der Hand wie ein klassischer Gelehrter, der von Plato träumte. Er hatte ein engelhaftes Lächeln auf den Lippen. Sein Mund verwandelte sich in einen dünnen Strich. »Meine Damen und Herren Geschworenen, verzeihen Sie mir, aber diese Anklageschrift hier ist ein Stück Dreck. Schlimmer noch. Es ist ein Märchen. Es ist etwas für kleine Kinder. Mein Mandant ist der beste Police Commissioner, den das Department je hatte.«

Susan Sodaman begann zu kichern. Und mit einem Mal hatte Maurice sein Publikum verloren. Zuschauer und Geschworene sahen nur noch Michaelsons drei kleine Mädchen. Kein Rechtsanwalt konnte mit ihnen konkurrieren. Sie waren Traumschwestern, die sich einen Weg in das Unterbewußtsein des Gerichtes gebahnt hatten.

Isaacs Speichel wurde dunkel. Macho wurde seinen Händen entzogen. Der District Attorney der Bronx hatte seinen Aufenthaltsort herausgefunden und daraufhin eine Verfügung ausgestellt, mit der Macho aus Riker's entfernt wurde. Der Junge hatte Angst. Seine blauen Augen schienen sich zu winzigen Kreisen zu verengen. Sein ganzer Körper begann sich zu winden. Im Inneren des Jungen hätte ein Geier stecken können. Und Isaac besaß keinerlei Vollmachten, die ihn retten konnten.

Schon nach einer Woche wurde Macho von einer Bürgerwehrtruppe aus der Bronx zu Tode getrampelt. Isaac rief den amtie-

renden Police Commissioner an. »Ich will, daß du deine besten Männer auf den Fall ansetzt. Der Junge war unschuldig.«
»Woher willst du das wissen?«
»Ich habe sieben Monate mit ihm zusammengelebt.«
»Und jetzt bist du also der große Kenner von Kinderschändern. Isaac, es war in der Hunts Points-Siedlung. Man hat ihn mit einem zwölfjährigen Kind gefunden. Sie waren beide unbekleidet.«
»Das hat nichts zu bedeuten. Er war geistig zurückgeblieben, Sweets. Ich will, daß gegen diese Bürgerwehr ermittelt wird. Hol dir einen Captain vom Geheimdienst dazu, wenn es nötig sein sollte.«
»Isaac, Baby, erinnerst du dich nicht mehr? Du selbst hast fünfzig Prozent der Stellen dieser Abteilung abgebaut. Du hattest deine Ivanhoes. Ich werde den Geheimdienst der Polizei von New York nicht auf diesen Fall ansetzen.«
»Sweets.«
»Was? Soll ich dich vielleicht für vierundzwanzig Stunden aus dem Loch holen und die Ermittlung leiten lassen? Isaac, das ist Indianerland. Was wirst du mit all dem Schutt machen? Du wirst dein halbes Leben nach Beweismaterial suchen. Du hast deine eigenen Probleme. Konzentrier dich lieber auf die drei Schwestern. Die sind nämlich schlimmer als jede Bürgerwehr aus der South Bronx.«
Aber Isaac war nicht zufrieden. Er rief Sharkey an, den D.A. der Bronx.
»Sie verdammtes Stück Scheiße, konnten Sie den Jungen nicht einfach vergessen?«
»Darling, es war Ihr Anwalt, der ihn aus dem Ameisenhaufen rausgeholt hat. Maurie hat uns in Verlegenheit gebracht. Meinen Jungs vorzuwerfen, es wäre eine illegale Festnahme gewesen. Also, tun Sie uns allen einen großen Gefallen und ficken Sie sich ins Knie.«
Isaac traf mit einem dunkelblauen Bart im Gericht ein. Seine Haut war fleckig. Er hätte durch einen Feuersturm gegangen sein können. Während der kleinen Parade von Zeugen der Anklage, begann er an seinen Knöcheln herumzunagen. Seine Finger bluteten. Er wachte aus seinem düsteren Schlaf auf, als McCall von der Dienstaufsicht in den Zeugenstand gerufen wurde.

Isaac hatte ihn für diesen Job ausgesucht. Er wußte, daß McCall die IAD niemals dazu benutzen würde, Rache zu üben. McCall mochte das Spiel der Politik nicht.

Es war Trish Van Loon, die ihn ins Kreuzverhör nahm. Weder die Zuschauer noch die Journalisten noch die Gerichtszeichner konnten ihre Augen von ihren langen Beinen abwenden.

»Können Sie der Jury sagen, Chief McCall, aus welchem Grund Sie Ermittlungen gegen Ihren eigenen Police Commissioner aufgenommen haben? Ist dies nicht eine äußerst ungewönhnliche Sache?«

»Das ist es ganz sicher«, sagte McCall.

»Hat Ihnen jemand Informationen über den Angeklagten zugespielt, Isaac Sidel verpfiffen?«

»Einspruch!« sagte Maurie. »Die Anklägerin beeinflußt ihren Zeugen. Mir gefällt das Wort ›verpfiffen‹ nicht.«

»Abgelehnt«, sagte der Richter. »Ich lasse die Frage zu. Aber wenn es Ihnen nichts ausmacht, Ms. Van Loon, könnten Sie Ihre Worte bitte etwas weniger farbig wählen? ... Als persönlichen Gefallen für das Gericht?«

»Ja, Euer Ehren. Chief McCall, können Sie uns sagen, wer Sie ursprünglich auf Mr. Sidels mögliche Vergehen aufmerksam gemacht hat?«

»Verschiedene Beamte des Departments. Sie waren mit Observierungsaufgaben betraut. Und sie haben den Commissioner - ich meine natürlich, Mr. Sidel – immer wieder in Gesellschaft von Jerry DiAngelis und seinem Schwiegervater Izzy Wasser, auch bekannt unter dem Namen *der Melamed*, gesehen.«

»Einspruch!« sagte Maurie. »In der Gesellschaft eines anderen Mannes gesehen zu werden, ist im Staate New York immer noch kein Verbrechen.«

»Abgelehnt«, sagte der fette Mann. »Fahren Sie bitte fort.«

»Und es gab andere Beschuldigungen. Daß Mr. Sidel den polizeieigenen Geheimdienst umgangen hätte, um seinen eigenen Nachrichtendienst aufbauen zu können.«

»Und hat dieser Nachrichtendienst auch einen Namen?«

»Ja. Die Ivanhoes.«

»Und einen Chief?«

»Ja. Ein Mann namens Bortelsman, den zu finden mir allerdings nie gelungen ist.«

»Und wozu hat Mr. Sidel seine Ivanhoe Division eingesetzt?«
»Schwer zu sagen. Aber es gab Anschuldigungen, daß die Ivanhoes sich in Jerry DiAngelis' Krieg gegen Sal Rubino und die alten Rubino-Captains eingemischt hätten.«
»Eingemischt? Auf wessen Seite?«
»Jerrys.«
»Ihr Zeuge, Counselor«, sagte Trish und kehrte an den Tisch der Anklage zurück.
Maurie war nicht Trish Van Loon. Er hatte weder den gleichen singenden Tonfall noch Trishs lange Beine. Seine Nase lief, und er mußte ein Taschentuch in seiner Faust halten.
»Chief McCall, bei all Ihren Observierungen von Isaac Sidel, haben Sie da jemals auch nur ein einziges Verbrechen aufgedeckt, das er begangen hat?«
»Nein.«
»Wir haben eine Menge über Ivanhoes gehört, aber haben Sie jemals einen gesehen?«
»Nein.«
»Mit einem gesprochen?«
»Nein.«
»Vielen Dank, Chief McCall.«
Das Gericht zog sich zur Mittagspause zurück. Isaac aß mit Maurice in einem der Besprechungszimmer Pickles und Pastrami Sandwiches. Maurie hatte keinen Appetit. Isaac verschlang mit seinem dunkelblauen Gesicht zwei Sandwiches, während Maurie über einem eingelegten Gürkchen brütete.
»Burton ist der nächste. Er wird uns umbringen.«
»Ich bin nicht so sicher«, meinte Isaac.
»Wie können wir die Existenz der Ivanhoes abstreiten, wo Burton doch gleich dort draußen stehen wird?«
»Essen Sie«, sagte Isaac.

Burt sah mehr wie ein Sträfling aus, denn wie ein Zeuge der Anklage. Die drei Schwestern hatten ihn in irgendeinem Hotel versteckt. Sein Anzug war nicht weniger schäbig als Isaacs. Sein Mund schien mit einer weißen Paste gefüllt. Ah, Burt, brummte Isaac vor sich hin. Und diesmal führte Susan Sodaman ihn durch ihren kleinen Zirkus. Er erzählte von seiner Zeit als Captain der Mordkommission in Kapstadt und von seiner Flucht aus Südafrika, weil er einen Mann ermordet hatte. Er war bereits eine abstoßende Figur. Selbst die Bisons beäugten ihn voller Ekel.

»Und jetzt verraten Sie uns doch bitte, was Sie für Isaac Sidel gemacht haben?«

»Ich war der Chef der Geheimabteilung.«

»Geheimabteilung?«

»Ja, Mum. Die Ivanhoes.«

»Aha, die Ivanhoes. Die Ivanhoes.«

Und Susan Sodaman ließ ihn den Tanz aufführen, was die Ivanhoes alles getan hatten.

»Also, Mum, genau genommen haben wir, also, irgendwie über die Welt gewacht. In New York, natürlich. Wir sind niemals gereist. Wenn die Saudis irgendeinen Trick ausheckten, haben wir die Sache entschärft.«

»Wie jede andere nachrichtendienstliche Truppe auch.«

»Ja, das würde ich so sagen.«

»Haben Sie jemals einen Menschen getötet?«

»Während meiner Zeit bei Isaac? Nein.«

»Würden Sie es tun, Mr. Bortelsman, wenn Isaac darum gebeten hätte?«

»Einspruch!« sagte Maurie.

»Stattgegeben.«

»Miststück«, zischte Maurie Isaac zu. »Mit so einer Scheiße kann sie nicht ungeschoren davonkommen.«

»Beruhigen Sie sich. Sie springt noch ziemlich behutsam mit Burt um.«

»Natürlich tut sie das. Er ist schließlich ihr beschissener Zeuge.«

»Und was war Ihr letzte Auftrag für Mr. Sidel?« fragte Susan Sodaman.

»Sal Rubino zu destabilisieren. Und das hätten wir auch getan, wären wir nicht zurückgepfiffen worden.«

Susan Sodaman lächelte, als sie am Tisch der Verteidigung vorüberkam.

Isaac mußte Maurie an der Hose festhalten. »Geh sachte mit ihm um, Counselor.«

»Was wollen Sie damit sagen? Ich werde ihm den Hals umdrehen.«

»Burt hat mir Zeichen gemacht, als er im Zeugenstand saß.«

»Zeichen?«

»Mit seinen Ohren. Das ist so ein Gag, den wir als Ivanhoes

angenommen haben. Er braucht Hilfe. Führen Sie ihn ein bißchen, Maurie. Vorsichtig. Sehr sehr vorsichtig. Fragen Sie ihn, wie er bezahlt worden ist.«
Und Maurie ging zum Zeugenstand. »Mr. Bortelsman, würden Sie dem Gericht bitte sagen, welche Art von Gehalt Sie als Ivanhoe bezogen haben? Wie wurden Sie bezahlt?«
»In Dollar«, sagte Burt.
»Ohne Quittung?«
»Natürlich. Wir waren schließlich die Geheimabteilung.«
»Und wer hat Sie bezahlt?«
»Der Boss.«
»Könnten Sie diesen Boss bitte für uns identifizieren? Befindet er sich in diesem Gerichtssaal?«
»Ja. Er sitzt an Ihrem Tisch. Es ist Mr. Sidel.«
»Und wie ein Weihnachtsmann hat er einmal wöchentlich Geld rangeschleppt?«
»Ja. Er war unser Weihnachtsmann. Aber er hat das Geld nicht direkt rangeschleppt. Er hat es in unsere Geldkassette gelegt. Und wir haben uns genommen, was immer wir brauchten.«
»Sie haben also einfach in den großen Topf gegriffen.«
»Es war alles ganz informell. Sehr informell.«
»Und es gab niemanden, der Buch führte.«
»Hätte keinen großen Sinn gemacht, einen Buchhalter in unserer Abteilung zu haben. Es gab nie irgendwelche schriftlichen Unterlagen, verstehen Sie.«
»Wie viele Ivanhoes hatten Sie denn?«
»Das schwankte von fünf bis fünfzehn. Je nach Höhe der zur Verfügung stehenden Mittel.«
»Und wo sind sie jetzt?«
»Könnte ich Ihnen nicht sagen, Counselor. Sie haben sich, na, ja, zerstreut ... wie die ganze Abteilung.«
»Dann sind Sie also der letzte Ivanhoe?«
»Ja.«
»Und haben Sie irgendeinen Beweis, daß all die anderen Ivanhoes jemals existierten?«
»Nicht direkt.«
»Sie hatten aber doch ein Büro.«
»Ja. Aber wir sind dauernd umgezogen.«
»Und wenn ich Sie nach einer Adresse fragen würde?«

»Hätten Sie nichts von. Bei jedem Umzug haben wir hinter uns aufgeräumt, da war anschließend nichts mehr zu finden.«

»Also würde es keinerlei Beweise für diese speziellen Wohnsitze geben.«

»Nicht den geringsten.«

»Aber Sie erwähnten doch eine Geldkassette.«

»Ich habe sie auseinandergenommen und die Einzelteile in den Hudson River geworfen.«

»Was Sie also im Grunde genommen sagen, Mr. Bortelsman, ist doch, daß Sie außer Ihrer eigenen Person keinerlei Beweise für die Existenz der Ivanhoes haben.«

»Einspruch!« sagte Selma Beard. »Euer Ehren, Mr. Goodstein legt dem Zeugen die Worte in den Mund.«

»Stattgegeben.«

»In Ordnung«, sagte Maurie. »In Ordnung. Mr. Bortelsman, darf ich Sie Burt nennen?«

»Ja. Sicher, Sir.«

»Können Sie mir einen einzigen Grund nennen, warum ich Ihnen glauben sollte, daß die Ivanhoes je existiert haben?«

Jetzt war die Reihe an Nose. Er schwitzte im Zeugenstand. Sein Bruder und seine Schwägerin und der Melamed saßen im Zuschauerraum. Er war Michaelsons Ratte Nummer Eins. Die Gerichtszeichner skizzierten sein unglückliches Gesicht. Die Journalisten machten sich über Teddy Boy lustig. Die Bisons machten unanständige Bemerkungen. Der Richter mußte mehrere Male mit seinem Hammer schlagen. Das Scheppern von Holz auf Holz dröhnte in Isaacs Ohren. Der Gerichtsdiener schrie: »Ruhe im Gerichtssaal!« Aber die Leute hörten nicht auf den Gerichtsdiener. Sie amüsierten sich viel zu prächtig. Richter Dorn erhob sich aus seinem Sessel und marschierte die kleine »Meile« hinter der Richterbank auf und ab. Man konnte seine Wut an seinen Hängebacken ablesen. Dieser gewaltige Körper hinterließ sein eigenes Kielwasser. Die Richterbank war zu einem schaukelnden Boot geworden. »Ich lasse den Saal räumen, wenn nicht endlich Ruhe einkehrt. Ich werde keinerlei Respektlosigkeit dulden.« Doch diese Erklärung war nicht nötig. Allein schon sein massiger Leib hatten die Zuschauer zum Verstummen gebracht. Er setzte sich wieder.

Und in diesem Augenblick betrat Kardinal Jim mit seinem roten Scheitelkäppchen den Gerichtssaal. Es war, als wäre der Fall der Anklage in gottlose Trümmer zerfallen. Die drei Schwestern kamen aus dem Konzept. Sie hatten ihre innere Poesie verloren. An ihrem Tisch sah man jetzt nur noch ein wildes Durcheinander von Armen und Beinen.
Der Kardinal war wegen Isaac gekommen. Er war wie seine eigene wandelnde Kathedrale. Die Bisons drängelten sich aneinander, um ihm auf einer ihrer Bänke Platz anzubieten. »Danke, danke«, sagte er. Sogar Richter Dorn war verwirrt. Er versuchte, sich mit seinem massigen Körper zu verbeugen. »Schön Sie zu sehen, Euer Gnaden.« Doch sein Bauch verklemmte sich hinter der Richterbank, und er brauchte eine ganze Weile, bis er sich wieder frei gewackelt hatte. »Ich meine, Euer Eminenz.«
»Ach, machen Sie sich darüber mal keine Gedanken«, sagte Jim. »Jeder Titel ist in Ordnung.« Doch der Schaden war angerichtet. Durch Jims Erscheinen wurde der Zeuge in Mißkredit gebracht, und er wurde zu einem weiteren unsichtbaren Mann. Teddy kaute auf seinen Ärmeln, als Selma Beard begann. Was Nose zu sagen hatte, war vorhersehbar. *Er* hatte Isaac die sechshunderttausend Dollar gegeben.
»Wir haben ihn gekauft. Isaac war unser Mann. Er hat getan, was ihm gesagt wurde. Wenn wir eine Gefälligkeit brauchten, dann hat mein Bruder zu mir gesagt: ›Geh zum Commish.‹«
»Und was ist mit dem ehrenwerten Isadore Wasser?«
»Iz hat Isaac wirklich richtig nahe gestanden. Ich habe gesehen, wie sie zusammen Schach gespielt haben. Isaac hätte für den alten Mann alles getan.«
»Mr. DiAngelis, können Sie sich an eine bestimmte Gefälligkeit erinnern?«
»Klar, wir haben ihn engagiert, um Sal Rubinos Jungs zu fikken ...« Er schaute zu der Eule auf der Richterbank auf. »Sorry, Euer Ehren.« Dann konzentrierte er sich wieder auf Selma Beard. »Wir haben ihm Geld gegeben, um Sal fertigzumachen. Isaac hat dann mit seinen Bambinos losgelegt.« Er schürzte die Lippen. »Die Ivanhoes.«
»Und auf welchen Preis haben Sie sich geeinigt?«
»Weiß ich nicht so genau. Wir haben unseren Buchhalter verloren. Aber es mußten über hundert Riesen gewesen sein.

Isaac war ein ziemlich habgieriger Bursche.«
»Und seit wann arbeitet Ihre Familie schon mit Isaac Sidel zusammen?«
»Da müßte ich raten. Ich bin nicht so besonders toll, was Zahlen betrifft. Aber mit dem alten Mann war er schon immer dicke. Würde mal so sagen, neun, zehn Jahre.«
»Ihr Zeuge«, sagte Selma, verbeugte sich vor Maurie und Isaac.
»Keine Fragen«, sagte Maurie.
Isaac packte die Jacke des Rechtsanwaltes. »Sie wollen ihn so unverschämt lügen lassen?«
»So schadet es viel mehr.«
»Maurie, stellen Sie ihm ein oder zwei Fragen, hören Sie?«
»Isaac«, flüsterte Maurie, »halten Sie gottverdammt noch mal die Schnauze.«
Teddy bewegte sich nicht von der Stelle. Er saß wie ein gehirntoter Junge im Zeugenstand, verloren und allein in seinem eigenen Amerika. Nicht ein einziges Mal schaute er zu Jerry oder Eileen oder dem Melamed hinüber. Er drehte Däumchen und beobachtete die Schatten auf der Wand.
»Mr. DiAngelis«, sagte der Richter. »Sie dürfen jetzt gehen.«
»Ja, Vater«, sagte Teddy in all dieses Durcheinander der Gesichter.
Und Maurie zwinkerte Isaac zu. »Deshalb habe ich ihn nicht ins Kreuzverhör genommen. Je mehr man ihn schlägt, desto sympathischer wird er.«
Teddy verschwand durch einen Nebenausgang. Und Isaac saß am Tisch der Verteidigung. Er war nicht mal sauer auf diesen armen Dreckskerl. Ohne Eileens Abendessen würde Nose niemals überleben.

Das war der Fall gegen Isaac Sidel. Burt, Teddy Boy und Polizisten wie McCall und einer der City Marshals, die Isaacs Schließfach aufgebrochen und sechshunderttausend Dollar darin gefunden hatten.
»Ich möchte in den Zeugenstand«, informierte Isaac seinen Anwalt.
»Die werden Sie wegen dieser Ivanhoe-Geschichte fertigmachen.«
»Ich will aber in den Zeugenstand.«

»Dann lege ich mein Mandat nieder«, sagte Maurie. »Das ist Selbstmord. Suchen Sie sich einen anderen, der bei der Urteilsverkündung neben Ihnen sitzt.«

»In Ordnung. Wen haben wir?«

»Peter Wang.«

»Sie haben an dem Fall gearbeitet und gearbeitet, und wir haben keinen anderen als den Manager meiner Bank? Ist er Zeuge für meinen guten Charakter? Wird Peter Wang erzählen, wie wir ein paar Kids in unserer eigenen kleinen Little League trainiert haben?«

»Er reicht«, sagte Maurie.

Und Isaac fuhr ins Gericht. Mit seiner finsteren, finsteren Miene saß er hinter dem Tisch der Verteidigung. Die Gerichtszeichner begannen ihn *Bluebeard* zu nennen. In den Zeitungen sah er aus wie ein Pirat. Isaac war es egal. Er beobachtete, wie Peter Wang in den Zeugenstand trat. »Tiny« war über einsdreiundachtzig groß. Seine Eltern stammten aus der Provinz Hunan, in der es ganze Kolonien von Riesen gab. Er hatte nicht das dienstbeflissene Äußere eines Bankdirektors, sondern vielmehr den ochsenartigen Rumpf und die Klavierbeine eines Babe Ruth. Maurie hatte recht. Die Schwestern würden es verdammt schwer haben, Tiny Wang zu erschüttern.

Maurie veranstaltet keinen Tanz. Er ging schnurstracks zu dem Wagen mit dem Beweismaterial der Schwestern. Beweisstück 17-B der Anklage, die sechshunderttausend Dollar, die über Nacht in Plastikbeuteln im Tresor der Asservatenkammer der Burg aufbewahrt wurden. Der Gerichtsdiener schob den Karren persönlich zum Zeugenstand und reichte Tiny die beiden Beutel.

»Mr. Wang«, sagte Maurie, »ist dies das Geld, das aus dem Banksafe des Angeklagten in Ihrer Bank entnommen wurde?«

»Soweit ich das beurteilen kann, ja.«

»Würden Sie das Beweisstück bitte untersuchen. Und nicht so schüchtern, greifen Sie ruhig hinein.«

Tiny öffnete eine der Plastiktüten und zog eine Handvoll Geld heraus.

»Wie lauten die Nennbeträge, Mr. Wang?«

»Das sind ausnahmslos Einhundert-Dollar-Scheine.«

»Und die Daten?«

»Nun, sie variieren ... Neunzehnneunundsechzig. Neunzehnsechsundsiebzig.«
Maurices Bürzel begann anzuschwellen. Er arbeitete immer am besten, wenn er seinen Arsch rausstreckte. Das war sein Stammestrieb. »Greifen Sie noch mal rein.«
»Einspruch«, sagte Selma Beard. »Ich sehe nicht ganz den Sinn dieser kleinen Showeinlage. Das Geld wurde vor langer Zeit deponiert.«
»Euer Ehren«, sagte Maurie. »Seien Sie nachsichtig mit mir. Eine Minute noch.«
»Aber kommen Sie zum Ende«, sagte die Eule.
»So, Mr. Wang, würden Sie bitte auch die Daten dieser Scheine vorlesen?«
»Serie Neunzehnsiebenundsiebzig ... Serie Neunzehnsechsundsiebzig.«
»Und können Sie uns vielleicht aufklären, Mr. Wang, verraten Sie uns doch bitte, wann Mr. Sidel das letzte Mal ihren Tresorraum aufgesucht hat?«
»Am elften Juni neunzehnhundertdreiundsiebzig.«
»Wie können Sie so sicher sein, was dieses Datum betrifft?«
»Wir sind nicht wie andere Banken. Wir führen sorgfältig Buch über jeden Besuch in unserem Tresorraum. Die Passierscheine werden fotokopiert und auf Mikrofilm archiviert. Und wir haben keinen Eintrag für Mr. Sidel nach dem elften Juni des genannten Jahres.«
»Einspruch!« sagte Selma. »Euer Ehren, Mr. Goodstein hat diesem Gericht ein solches Beweisstück bislang nicht vorgelegt. Wo ist dieser mysteriöse Mikrofilm?«
Die beiden anderen Schwestern tuschelten mit ihr. »Euer Ehren, ich ziehe den Einspruch zurück. Ich denke, Mr. Wang sollte das Privileg haben, sich selbst *und* Mr. Goodsteins Mandanten zu hängen.«
»Euer Ehren«, sagte Tiny. »Ich kann den Mikrofilm noch heute ... morgen vorlegen.«
»Das wird nicht nötig sein«, sagte Selma. »Ich glaube Ihnen.«
»Ihr Zeuge«, sagte Maurie.
Und Trish Van Loon, die mit den langen Beinen, stand auf, um Tiny Wang ins Kreuzverhör zu nehmen.
Die Schwestern schienen ihren Rhythmus wiedergefunden zu haben; sie waren wieder diese eine prächtige Spinne.

Michaelson saß mit einem riesigen Grinsen hinter seinem Tisch.
»Mr. Wang«, sagte Trish, »seit wann kennen Sie den Angeklagten Isaac Sidel?«
»Schon lange«, sagte Tiny. »Zwanzig Jahre.«
»Und würden Sie ihn als einen Freund ansehen?«
»Ja. Wir waren Konkurrenten in derselben Liga.«
»Konkurrenten? Ich dachte, Sie wären Freunde.«
»Ja. Aber wir managen verschiedene Teams der P.A.L.«
»Aha, der Police Athletic League. Dann managen Sie also eine Bank *und* ein Baseball Team.«
»Ich ziehe das Baseball Team vor«, sagte Tiny, und Trish lachte mit den Journalisten und der Eule auf der Richterbank. Sie ließ das Lachen ausklingen.
»Und Mr. Sidel war also schon ein Freund, bevor er Kunde Ihrer Bank wurde?«
»Ja.«
»Könnten Sie uns von einigen Ihrer anderen Kunden erzählen?«
»Die Liste wäre zu lang«, sagte Tiny.
»Ich werde Ihnen helfen. Besitzt Isadore Wasser ein Konto auf Ihrer Bank?«
»Einspruch«, sagte Maurie. »Das tut nichts zur Sache.«
»Nein. Ich lasse die Frage zu«, sagte der Richter.
»Mr. Wasser hat ein Konto. Aber es ist sehr klein.«
»Das habe ich nicht gefragt, Mr. Wang.«
»Er spielt Mah-Jongg in Chinatown. Er braucht etwas Taschengeld. Also kommt er in die Bank.«
»Das ist wirklich eine reizende Geschichte, Mr. Wang. Aber die Details interessieren mich nicht.«
»Einspruch!« sagte Maurie. »Ms. Van Loon fährt meinem Zeugen über den Mund.«
»Mr. Wang, Sie dürfen antworten, wenn Sie möchten.«
»Es gibt nichts zu antworten«, sagte Tiny. »Er spielt Mah-Jongg. Er ist vergeßlich. Er braucht Bargeld.«
»Das Sie ihm geben, Mr. Wang, nicht wahr? Genau wie Sie auch Isaac Sidel finanziell unter die Arme gegriffen haben. Können Sie uns vielleicht erklären, wie der Angeklagte an all dieses wundersame Geld gekommen ist?«
»Ich kann es nicht erklären.«

»Ist vielleicht ein Kobold in sein Bankschließfach geschlichen?«
»Ein Kobold vielleicht, aber auf keinen Fall ein anderer Mensch.«
»Ist es nicht möglich, daß Sie selbst Mr. Wassers Strohmann gewesen sind?«
»Ich verstehe nicht.«
»Haben Sie das Geld von Mr. Wasser erhalten und es in den Banksafe des Angeklagten gelegt?«
»Nein. Das ist nicht möglich. Der Banksafe hat ein Schloß, zu dessen Öffnung zwei Schlüssel nötig sind. Nur Mr. Sidel besitzt den zweiten Schlüssel.«
»Aber den hätte er Ihnen doch geben können.«
»Maurie«, flüsterte Isaac. »Halten Sie sie zurück, hören Sie?«
»Nein. Sie hat ihre beschissenen Hausaufgaben nicht gemacht. Soll sie doch reden.«
»Kommen Sie, kommen Sie«, sagte Trish. »Mr. Sidel könnte Ihnen doch seinen Schlüssel ausgeliehen haben ... damit sein Name später nicht auf irgendwelchen Unterlagen auftaucht.«
»Ich würde seinen Schlüssel nicht annehmen.«
»Aber dafür haben wir lediglich Ihr Wort. Und einen rätselhaften Haufen Geld. Wie ist dieses Geld dort hineingelangt, Mr. Wang? Wie ist es dort hingekommen?«
»Ich weiß es nicht.«
»Sie waren nicht immer Bankdirektor, nicht wahr? Können Sie uns bitte verraten, was Sie gemacht haben, bevor Sie Ihren Sitz in der North China Bank geerbt haben?«
Tiny nuschelte irgend etwas.
»Lauter«, sagte sie. »Ich kann Sie nicht verstehen.«
»Ich war beim FBI. Leitender Special Agent des Außenbüros Philadelphia ... bis ich meinen Abschied genommen habe.«
Trish schaute Tiny an, und die Zuschauer schauten sie an. Die Geschworenen wirkten wie zwei Reihen verkrüppelter Kinder.
»Hab's doch gesagt«, meinte Maurie. »Das Miststück hat ihre Hausaufgaben nicht gemacht.«

27

In einem neuen schwarzen Ledermantel, der an der Feuerleiter eines Ladenbesitzers in der Orchard Street gehangen hatte, traf er in der vierzehnten Etage ein. Er feilschte nicht. Er plünderte sein Bankkonto, um den Mantel kaufen zu können. Er sah aus wie ein Gestapo-Agent. Sein Bart war immer noch blau. Die Menschen zitterten, wenn sie den Knastvogel sahen. Seine Sergeants wollten ihm gratulieren, aber sie trauten sich nicht. Er hätte nicht aus diesem Grab auf Riker's Island zurückkehren sollen. Er brachte die Ordnung der Dinge durcheinander, und dieses Department brauchte irgendeine geheime innere Ordnung inmitten des Chaos. Die Sergeants hatten sich an Sweets gewöhnt, und jetzt hatten sie einen Commish, den sie eigentlich hatten vergessen wollen. Er würde nicht den Diplomaten spielen.

Er läutete nach seinem alten First Dep.

Sweets kam mit Isaacs Marke. »Freut mich, dich zu sehen, Boss. Ich habe mir schon langsam Sorgen gemacht. Ich wollte nicht auf deinem Sessel sterben.«

»Hunts Point«, sagte Isaac ohne ein Wort der Begrüßung.

Er zog ein Dutzend Detectives aus den fünf Boroughs ab und stellte eine Sondereinheit für »Turbulenzen« auf. Einige von ihnen hatten Manfred Coens traurige blaue Augen. Sie trugen schwarze Ledermäntel wie der PC. Sie waren nach Mitternacht unterwegs. Isaac stürzte sich auf Hunts Point, suchte nach den Mitgliedern der Bürgerwehr, die Macho ermordet hatten, seinen zurückgebliebenen Jungen. Er sah verängstigte Menschen, die in schmutzigen Fluren lungerten. Er sah Ratten so groß wie Hunde, und Hunde, die aussahen wie Moby Dick mit Schwanz und großen Zähnen. Überall nur Schutt und Trümmer. Kinder zogen in den Trümmern umher wie hundert Jahre alte Männer. Isaac brachte es nicht übers Herz, sie zu vernehmen. Er knallte ein paar streunende Hunde ab und kehrte nach Manhattan zurück.

Mit seiner lederbemantelten Armee betrat er Sal Rubinos Steak House. Sal aß Pasta Primavera mit den Vizepräsidenten seines Betonunternehmens und deren Frauen. Er sang Melodiefetzen von Puccini und dirigierte dazu mit seiner Gabel in der Luft, erzählte schmutzige Witze, während er gleichzeitig den Schenkel einer bestimmten Ehefrau drückte. Er war bester Laune. Es gab keine Ivanhoes mehr, die seine illegalen Geldeinnahmen störten. Der Melamed war aus dem Verkehr gezogen. Nose hatte sich selbst als Regierungsspitzel entlarvt. Und Jerry DiAngelis mußte sich hinter die Mauern seines Schieß-Clubs verkriechen, wenn er am Leben bleiben wollte. Jetzt war Sal der Prinz und Hohepriester aller Dons. Die anderen Familien strichen ihm um den Bart und nannten ihn *cardinale*. Aber Margaret Tolstoi vermißte er noch immer. Es war schon komisch, wie eine *puttana* einem doch ans Herz wachsen konnte. Sie war der größte Männermörder des FBI. Sie hatte im ganzen Land Captains und Soldaten der Mafia vernichtet. Und als er am Ende versucht hatte, sie sich vom Hals zu schaffen, hatte sie seinen eigenen Captain umgebracht.

Sal schaute vom Tisch auf und sah einen Mann mit einem blauen Kopf in einem schwarzen Ledermantel. Aber Sal war der große Boß, und er hatte es nicht nötig, wegen irgendeinem dahergelaufenen Cop mit dem Essen aufzuhören.

»*Buon giorno*, Isaac«, sagte er. »Wie schmeckt die frische Luft? Besser als auf Riker's, häh? Komm schon, iß Pasta mit meinen Leuten. Die Steaks liegen schon auf dem Grill. Keinen Streit mehr, Isaac. Darf ich vorstel...«

Und genau in diesem Moment wurde er gewahr, daß er von seinem Stuhl flog. Isaac lag auf ihm, erstickte ihn mit seinem Ledermantel. Und Sal spürte einen Schmerz, den er noch nie zuvor empfunden hatte. Es war, als würde ein Hai an seinem Kopf fressen. Er schrie auf. »Mama.« Der verrückte Commish biß ihm ins Ohr. Und dann hörte das Beißen auf.

»Sal, wenn du das nächste mal anfängst, einen Mann umzubringen, solltest du die Sache besser erfolgreich zu Ende bringen.«

In den Zeitungen stand nicht eine Silbe. Aber die ganze Stadt wußte Bescheid. Don Isacco hatte dem Mob den Krieg erklärt. Er hatte nach Mitternacht mit Sal Rubino gekämpft, ihm ein Stück von seinem Ohr abgebissen. Sämtliche irischen Sergeants sangen Schlaflieder. »Brian Boru ist wieder da. Wir haben unseren König.« Und Isaac bekam Besuch in der vierzehnten Etage. Es war Boris Michaelson. Er saß nicht mehr in der Maiden Lane.

»Hat Becky Ihnen Druck gemacht, Boris? Hat sie gesagt, daß Sie und ihre kleinen Generalstaatsanwältinnen den Job verpfuscht haben? Konnten nicht mal Isaac hinter Gittern beerdigen, und dabei hatten Sie doch das beste Ankläger-Team der Stadt. Wie geht's den drei Schwestern?«

»Sie sind von ihren Ämtern zurückgetreten. Ich habe sie in meine Kanzlei geholt. Ich vertrete jetzt Sal Rubino. Ich habe hier eine richterliche Anordnung, Isaac. Falls Sie jemals wieder auch nur in Sals Nähe kommen sollten, werde ich Sie so schnell mit gerichtlichen Verfügungen zubombardieren, daß Sie wieder auf Riker's sind, bevor sie einmal blinzeln können.«

»Ich weiß Ihr Interesse sehr zu schätzen, Boris. Grüßen Sie die Mädchen von mir. Und verschwinden Sie gottverdammt schnell aus meinem Büro.«

»Das werde ich«, sagte Michaelson. »Sie sind ein verdammter Glückspilz von einem Dreckskerl. Sie und Ihre chinesische Bank. Wie haben Sie das geschafft? War das Ivanhoe-Geld in dem Banksafe?«

»Fragen Sie Burt. Burton sollte es eigentlich wissen. Er war Ihr Starzeuge. Und was Peter Wang betrifft? Da haben Ihre Mädchen Scheiße gebaut. Ihre beschissenen Undercover-Schmeißfliegen müssen wohl gedacht haben, er wäre nur ein weiterer Chinese ohne Vergangenheit.«

»Es war ein Fehler, das ist alles. Unsere Computer haben ihn mit einem anderen Peter Wang verwechselt, einem ehemaligen Schuhverkäufer.«

»Boris, Sie sind voller Scheiße. Sie haben sich einfach nie träumen lassen, daß Tiny jemals beim FBI gewesen sein könnte. Maurie hatte recht. Die Mädchen hatten ihre Hausaufgaben nicht gemacht.«

Boris ging, doch Isaac hatte keine Ruhe. Henry Armstrong zog seine Frauenkleider wieder an und überfiel zwei nebeneinander liegende Banken in Queens. Der *Daily News* schickte er ein paar Zeilen: »Lieber Herausgeber, schöne Grüße vom meistgesuchten Mann. Sag dem FBI, daß sie mich nie kriegen werden. Dein Freund, Henry Armstrong Lee.«

Der meistgesuchte Mann Amerikas raubte zwei weitere Banken aus. Er hatte jetzt seine eigene »Kolumne« in der *News*. »Bankraub ist mein Geschäft. Ich zahle Uncle Sam vierteljährlich meine Steuern. Aber ich gebe keinen Absender an.«

Unterdessen saß Isaac hinter Teddy Roosevelts Schreibtisch und wartete, daß Henry Lee wieder auftauchte. Es war ein FBI-Informant auf Riker's, der Henry Lee verpfiff. Und Isaac war einer der letzten, die auf dem ausgebombten Berg in Harlem eintrafen, wo das Bureau und Isaacs eigenes Sondereinsatzkommando den Bankräuber umstellt hatten. Das FBI arbeitete Hand in Hand mit dem SEK zusammen. Sie hatten gottverdammte Elefantenbüchsen mit Zielfernrohren, durch die man selbst in eine Höhle reinsehen konnte. Sie hatten Daniel Boone, den Roboter des Departments, der eine Tür niederwalzen und eine Ziegelwand in Fetzen schlagen konnte. Daniel Boone war einszwanzig groß. Er stand auf Raupenketten. Er hatte klauenartige Arme. Die Videokamera, die auf ihm befestigt war, sah beinahe wie ein Kopf aus.

»Ich will Daniel Boone nicht«, sagte Isaac zu Chief Whitman, dem Chef der SEK.

»Aber er hat da drinnen ein ganzes Waffenarsenal«, erwiderte Whitman. »Und er ist nicht bereit, mit uns zu sprechen. Er droht damit, jeden umzulegen, der ihm vors Visier kommt. Es muß Daniel Boone sein.«

»Ich werde da reingehen«, sagte Isaac. »Allein.«

»Sir«, sagte Whitman. »Das kann ich nicht zulassen. Sie sind Zivilist. Und ich leite diese Einheit.«

»Wollen Sie mich verhaften, Whitman?«

»Sie können mich degradieren, mich in die Bronx schicken, aber ich bin für Ihre Sicherheit verantwortlich.«

»Genau das ist das Problem. Auf der anderen Seite des Hügels ist es sicherer.«

Und Isaac kletterte in seinem Ledermantel über den Berg. Er marschierte durch eine Art Niemandsland. Seine Füße versanken im Matsch. Er sah den Kopf einer Ratte, und er betete, daß Henry Lee ihn trotz all des Leders erkennen würde, das er anhatte. Er wagte nicht, seinen Namen zu brüllen, weil er nicht wußte, wie zuverlässig die Echos waren. Isaac machte keine abrupten Bewegungen. Er marschierte. Er kam sich vor, als würde er ein Baseball-Feld überqueren. Ah, wenn er nur ein Center Fielder wie Harry Lieberman hätte sein können. Dann wäre er in langen, dunklen Socken herumgaloppiert. Und er wäre niemals zur *Mexican League* gegangen.

Er erreichte einen Block leerstehender Gebäude. Henry Lee hatte sein eigenes Fort. Er konnte irgendwo auf den Dächern liegen oder auch unten in der Kanalisation. Isaac mußte sich auf seine Intuition verlassen. Er wuchtete seinen Arsch durch ein Fenster, genau wie er es das letzte Mal bei Henry Lee gemacht hatte. Der Bankräuber saß mit einem Schulterpatronengurt Munition und mehreren M16ern auf dem Boden. Er fror in seinen Frauenkleidern. Aber er hatte keine Perücke. Er trug ein Kopftuch.
»Kleiner Bruder, hast du mir Bier oder Limo mitgebracht?«
Isaac biß die Zähne zusammen. »Hab keine Läden da draußen gesehen.«
»Tja, komm her und setz dich zu mir«, sagte Henry. Und Isaac setzte sich neben den Bankräuber.
»Wieso bist du nicht auf Riker's geblieben, wo's dir doch ganz gut gegangen ist?«
»Ich sag's dir immer wieder, kleiner Bruder. Harlem ist mein Zuhause.«
»Aber hättest du dir nicht wenigstens eine bessere Unterkunft suchen können? Ich meine, du hast immerhin vier beschissene Banken überfallen.«
»Ich hab alles verschenkt«, sagte Henry. »Geld rinnt mir immer durch die Finger. Was ist aus Macho geworden?«
»Er ist in Hunts Point zu Tode getrampelt worden.«
»Das war Short Eyes? Ich hab im Radio davon gehört. Er hat versucht, es mit einer Zwölfjährigen zu treiben, und die Nachbarn haben ihn dabei erwischt.«
»Nachbarn? Ein aufgebrachter Pöbel, willst du wohl sagen. Und welche Beweise hatten sie? Alles nur Indizien. Vor Gericht wären sie damit nie durchgekommen.«
»Gerichte bedeuten einen Scheißdreck in Hunts Point. Du brauchst mehr Bildung.«
»Dann gib sie mir.«
Der Bankräuber lachte. Er wischte sich mit dem Kopftuch über die Augen. »Ich hab keine Zeit für Unterricht. Der große weiße Polizist will meine Leiche, will meine Knochen.«
Sie hörten beide ein merkwürdiges, mahlendes Geräusch, wie ein Mammut-Spielzeug auf einem Ameisenhaufen. Henry schnappte sich seine Gewehre. »Sie kommen, kleiner Bruder. Besser, wenn du jetzt verduftest. Du bist nur ein weiterer klei-

ner Weißer, der mal auf Riker's gewesen ist. Die machen dich fertig.«

Der Lärm wurde lauter und lauter. »Keine Angst«, sagte Isaac. »Das ist nur Daniel. Der gehört zur Einsatzgruppe.«

»Ich glaube dir. Aber wer zum Henker ist Daniel?«

»Unser Roboter. Er frißt Türen.«

Sie krochen zu einem der Fenster. Daniel Boone walzte durch den Matsch. Die Ketten des Roboters erklommen Hügel, bis Daniel schließlich das Haus erreichte, in dem sich Henry und Isaac befanden.

»Ich werde nie wieder zurück nach Kansas in den Knast gehen.«

»Komm schon«, sagte Isaac. »Du bist Henry Lee. Wer könnte dich je lange irgendwo festhalten?«

Zusammen verließen sie das Gebäude, während Daniel Boone sich daranmachte, die Mauern niederzureißen. Isaac schützte den Bankräuber mit den Schößen seines Ledermantels für den Fall, daß irgendein Scharfschütze auf komische Gedanken kam. Gemeinsam machten sie sich auf den Weg über das freie Gelände. Henry Lee klammerte sich an Isaac Mantel.

Chief Whitman kam ihnen auf halbem Weg im Matsch entgegen.

»Na los«, brüllte Isaac den Chief an. »Verhaften Sie den Mann. Und lesen Sie ihm seine Rechte vor.«

Er wurde in den Blue Room der City Hall zitiert. Isaac hätte Becky Karp sagen können, daß sie ihn mal konnte, aber das hätte einen Mordsstunk gegeben. Die Bürgermeisterin überreichte ihm einen Orden. Er war der einzige lebende Mann, der jemals Henry Armstrong Lee gefangen hatte, ja ihn sogar zweimal gefangen hatte. Er kam in seinem Gestapo-Mantel und dachte gar nicht daran, ihn auszuziehen. Im Blue Room erwarteten ihn Flaschen mit Rosé Champagner. Reporter umringten Isaac. Sein blauer Kopf tauchte vor Fernsehkameras auf. Unter seinem Kinn steckte ein ganzer Garten von Mikrophonen.

»Commissioner, war es gefährlich dort draußen im Indianerland mit Henry Armstrong Lee?«

»Nein«, sagte Isaac. »Er war ein Engel.«

Becky zerrte ihn schnell fort von den Mikrophonen. »Du

wirst die ganze Sache noch verderben. Wieso bist du in diesem Schläger-Mantel hergekommen? An so einen Mantel kann ich keinen Orden stecken. Und außerdem solltest du dich mal wieder rasieren, Freundchen. Es gefällt mir nicht, wenn meine Commissioner Bärte tragen. Das gibt ein schlechtes Beispiel. Und tu mir einen Gefallen, Isaac. Keine Interviews, okay? Ich übernehme das Reden ... Was ist denn?«

»Du hättest mir nicht Michaelson und seine drei Schwestern auf den Hals hetzen sollen.«

»Hatte ich denn eine andere Wahl? Du hast dich in Mafiageschichten eingemischt. Ich konnte dem Corruptions Commissioner wohl schlecht den Mund stopfen. Es war seine Party.«

»Affenscheiße«, sagte Isaac. »Ohne deine Einwilligung hätte er nie etwas unternommen.«

»Isaac, ich mußte an die Vorwahlen denken. Du hast aufgehört, Polizist zu sein, als du in deinen eigenen geheimen Spiegel getreten bist.«

»Und wieso gibst du mir dann jetzt einen Orden?«

»Weil du offiziell für unbedenklich erklärt worden bist. Und du hast diesen Schädling geschnappt.«

»Ich habe ihn nicht geschnappt. Ich wollte einfach nur, daß Henry am Leben bleibt. Mach dich doch ein, Rebecca. Könnte gut sein, daß ich mich entschließe, in den Vorwahlen gegen dich zu kandidieren.«

Sie ließ Isaac stehen und stieg auf das Podium zu ihrem Mikrophon. Der Raum versank in einem Lichtermeer. In ihrer Hand hielt sie einen Peter-Minuit-Orden. Es war eine winzige goldene Münze mit Minuits Kopf auf der einen und dem Wappen der Stadt auf der anderen Seite. Isaac mußte lächeln, denn es war Minuit, der die Indianer um Manhattan Island betrogen hatte. Er war der erste Pirat der Stadt.

Isaac hörte Beckys Geplapper nicht zu. Sie konnte Lobeshymnen auf ihn singen, bis der Himmel in den Blue Room krachte. Aber er mußte gehen und seinen Orden annehmen, denn andernfalls würde die gesamte Stadtregierung zusammenbrechen. »Wir lieben Sie, Commissioner«, sagte sie in die Kameras. »Sie sind ein Sohn New Yorks.« Und schließlich heftete sie den Orden an Isaacs Mantel. »Schwanzlutscher«, trällerte sie in sein Ohr. Und sie bat die Reporter, Isaac nicht weiter zu belästigen.

»Der Mann hat eine Menge durchgemacht.«
Isaac mischte sich unter die Gäste. Er trank Champagner mit Kardinal Jim. »Mazel tov«, sagte der Kardinal.
»Danke, Jim. Sie haben einiges riskiert, als Sie bei meinem Prozeß auftauchten. Ich hätte auch verurteilt werden können, und ...«
»Jungchen, das war nichts, absolut nichts.«
Der Kardinal mußte Isaac stehen lassen, um zusammen mit Rebecca Karp eine kleine Pressekonferenz abzuhalten. Und im Kielwasser von Jims rotem Scheitelkäppchen bemerkte Isaac LeComte. Der Kulturkommissar plauderte mit Maurie Goodstein. Die Politiker ließen Maurie einfach nicht in Ruhe. Sie zerrten und zogen an ihm. Maurie war in die Zivilisation zurückgekehrt, und die Stadt wollte bei ihm wieder gut angeschrieben sein. Maurie war eine unwahrscheinlich gute zusätzliche Sicherheit. Keiner der Politiker wußte, wann er ihn womöglich vor Gericht brauchte. Sie lockten ihn in eine Ecke, und Isaac hatte LeComte ganz für sich.
»Wo ist Margaret?«
»Ich liebe Ihren Orden, Isaac. Jetzt haben Sie schon zwei große Stars auf Ihrer Seite. Hamilton und Peter Minuit.«
»Wo ist Margaret?«
»Ich habe sie den Syrern verkauft.«
»Sie verkauft? Sie ist keine gottverdammte Kuh.«
»Sie ist etwas noch viel Schlimmeres«, sagte LeComte. »Eine gemeingefährliche Lady. Mußte sie einfach loswerden, Isaac. Es lagen zu viele Leichen in der Gegend herum.«
»Jesus, was sind Sie doch für ein reizender Mann. Ich bin wirklich froh, daß ich Ihnen und Ihren Jungs vom Bureau Henry Lee weggeschnappt habe.«
»Isaac, Sie sind nur in den Matsch hinausgegangen. Wir haben Henry Lee. Ich mißgönne Ihnen nicht die Schlagzeilen. Sie sind unser *Hamilton Fellow*. Genau deshalb bin ich heute hier. Ich will, daß Sie wieder auf Tour gehen.«
»Ein Knastvogel wie ich?«
»Damit sind Sie gleich doppelt wertvoll. Sie sind freigesprochen worden. Sie haben Rebecca dumm aussehen lassen. Sie hat auf ihrem eigenen Polizisten herumgehackt.«
»Ist es das, worum's letzten Endes geht? Sie hätten gern einen Republikaner auf dem Stuhl, auf dem jetzt Rebecca sitzt?«

»Wäre mir schon lieber.«
»Und wieso haben Sie dann Teddy DiAngelis an die drei Schwestern ausgeliehen? Er war Ihr As.«
»Ich mußte ihnen irgend etwas geben, denn andernfalls hätte es womöglich geheißen, ich wollte etwas vertuschen. Und ich habe mir durchaus den Kopf darüber zerbrochen, Sie untergehen zu lassen. Sehr ernsthaft. Sie sind eine fürchterliche Nervensäge und Landplage. Aber Sie können sich beim Vatikan bedanken.«
»Was zum Teufel soll das wieder heißen?«
»Kardinal Jim. Er hat mich unter Druck gesetzt.«
»Ich verstehe immer noch nicht.«
»Er wollte keinen schwarzen Police Commissioner. Er hätte seinen Einfluß auf das Department verloren. Die Iren lieben Sie, Isaac. Die sterben bereits aus. Aber bei einem schwarzen Commish wären sie vollends verschwunden.«
»Dann ist es also letzten Endes alles nur beschissene Politik, häh?«
»Nein. Der Kardinal mag Sie. Das war der entscheidende Punkt.«
Und Isaac verließ seine eigene Feier in der City Hall.

Er ging in die Rivington Street. Er grub seine gesamte Sammlung von Baseball-Karten aus, alles, was er hatte. Von George Sisler, 1915, bis zu Joe DiMaggio, 1936, und Harry Lieberman, 1942.
Er traf sich mit König Faruk.
»Ismail, Sie können alles haben. Aber holen Sie Margaret Tolstoi aus Damaskus zurück. Ich will nicht, daß sie dort stirbt. Ich werde mich nicht mit ihr treffen. Ich werde nicht mit ihr sprechen. Das verspreche ich Ihnen. Aber holen Sie sie da raus.«
Isaac interessierte es nicht, daß Faruk der Chef der syrischen Spionage war. Er besaß immer noch das Benehmen und die Kultiviertheit eines kleinen Büroangestellten.
»Selbst wenn ich Ihnen helfen könnte, und ich kann es nicht«, sagte Faruk, »könnte ich doch niemals Ihren Harry Lieberman annehmen. Ich weiß, wie sehr Sie diese Karte lieben ... Sie sollten mich nicht in Versuchung führen. Ich bin ein Fanatiker. Bitte, stecken Sie Ihre Karten wieder ein.«

»Und was ist mit Margaret?«

»In dieser Angelegenheit habe ich kein Mitspracherecht. Ich habe das Geschäft mit LeComte nicht gemacht.«

»Aber sie ist in Damaskus?«

»Vielleicht. Vielleicht auch nicht. Vertrauen Sie niemals einem Geheimdienstchef. Wir alle sind wie kleine Broker. Ich wäre übrigens gern zu Ihrem Prozeß gekommen, doch ich dachte, es könnte Sie kompromittieren, falls es je herauskommen sollte. Ich hatte allerdings einen meiner Leute im Gerichtssaal. Es war schon merkwürdig, Ihr Prozeß, wie eine Geschichte von Scheherezade.«

»So merkwürdig war es auch wieder nicht«, sagte Isaac. »Burt war LeComtes Mann. Von Anfang an.«

»Ja«, sagte Faruk. »Das denke ich mir. Aber die sechshunderttausend Dollar?«

»Burt muß noch nebenbei Geschäfte für LeComte gemacht haben. Drogen. Wertpapierbetrügereien. Banküberfälle. Wer weiß?«

»Und der Bankdirektor?«

»Tiny? Ich denke, der wird wohl auch LeComtes Mann gewesen sein.«

»Ah, jetzt fangen Sie langsam an, wie ein Spion zu denken. Isaac, gehen Sie zurück zum Drahtzieher.«

»LeComte?«

»Er ist der einzige, der Sie zu Margaret Tolstoi bringen kann, selbst wenn sie in Damaskus steckt. Aber ich habe eine Frage.« Und Faruks Augen flatterten. »Wieviel wollen Sie für Ihren Joe DiMaggio haben, neunzehnhundertsechsunddreißig?«

Er lauerte LeComte vor seiner Zweitwohnung in Manhattan auf.

»Okay«, sagte er. »Ich werde verhandeln.«

LeComte schaute ihn an. »Wovon zum Teufel reden Sie?«

»Ich sagte, ich werde verhandeln. Ich gehe wieder auf Tour. Ich werde Ihr *Hamilton Fellow* sein. Aber ich verlange ein Treffen mit Margaret Tolstoi.«

»Das ist unmöglich. Die Syrer haben sie.«

»Ein Treffen, LeComte. Es muß auch nicht sehr lange dauern. Ich will nur ihr Gesicht sehen.«

»Wissen Sie eigentlich, wie viele Fäden ich da ziehen müßte? Können Sie sich überhaupt vorstellen, welche ungeheure Logistik dahintersteckt?«
»Ein Treffen.«
»Aber ich werde nicht sagen, wo oder wann. Es könnte einen Monat dauern. Zwei Monate. Ein Jahr. Ich kann nichts versprechen.«

Auf dem Nachhauseweg war Isaac tief in Gedanken versunken. Er vermißte die tiefe runde Schüssel des Himmels über den Catskills. Er dachte immer wieder über dieses weiße Hotel am Swan Lake nach. Und allmählich beschlich ihn ein komisches Gefühl. Er holte seinen Chauffeur aus dem Bett. »Sergeant, holen Sie die Karre aus der Garage. Ich brauche Sie in einer halben Stunde.«
»Wo fahren wir denn hin, Chief?«
»Unwichtig.«
Sie fuhren über die Washington Bridge. Isaac spürte sein Verderben im Wind hinter seinen Ohren. Der Sergeant brachte ihn an den Rand des Grundstückes des weißen Hotels.
»Warten Sie hier«, sagte Isaac.
»Mir gefällt das nicht. Wollen Sie meine Kanone?«
»Warten Sie hier.«
Und Isaac kletterte den Berg hinauf zur Veranda auf der Vorderseite des Hotels. Hinter keinem Fenster brannte Licht. Keiner seiner eigenen Männer wäre dumm genug gewesen, seine Anwesenheit mit kleinen Rechtecken des Lichts zu verraten.
Er war aufgrund einer vagen Ahnung herausgekommen, das war alles. Der freie Tag eines Polizisten. Er betrat die dunkle Höhle des *Hotel Gardenia*.
Eine Stimme hallte durch die leeren Räume. »Stehenbleiben.«
Don Isacco lächelte. »Burt, kümmert sich LeComte so um seine Männer?«
»Ich arbeite nicht für das Justizministerium. Habe es nie getan. LeComte hat mich eine kleine Weile ausgeliehen. Ich habe dir doch gesagt, daß er uns ficken würde. Aber du wolltest nicht auf mich hören. Du hast ihm die Ivanhoes geopfert.«
»Das würde ich niemals tun.«
»Bist du nachtragend?« fragte der Afrikaander.
»Dir gegenüber, Burt?«

»Du weißt verdammt gut, was ich meine.«
»Wo sind die anderen? Bei dir?«
»Sei nicht albern. Wir sind aufgelöst worden, Boss. LeComte hat Allen Locksley übernommen und sich die anderen vom Hals geschafft, hat ihnen Tickets nach Timbuktu spendiert.«
»Aber du bist mein Kommandant.«
»Das ist ja zum Schreien«, sagte Burt. »Er wollte mich deportieren lassen, Isaac.«
»Du brauchst mir nichts zu erklären. Aber wie hast du es geschafft, all das viele Geld in meinen Banksafe zu schmuggeln?«
»Ganz einfach. Ich habe deinen Schlüssel genommen. Du warst immer so zerstreut.«
»Und die Sechshunderttausend?«
»Das war Geld, das wir Sal abgenommen haben. Ich habe es aus unserem Tresor in Tinys Bank transferiert. LeComte hat die drei Schwestern reingelegt. Little Maurice war dermaßen voll auf Koks abgefahren, daß LeComte ihn am Händchen führen mußte. LeComte hat deine gesamte Verteidigung eingefädelt. Es war wie ein Kriegsspiel. Bring den *Hamilton Fellow* in Gefahr und bastle ihm dann zwei Flügel, damit er aus Boris Michaelsons Käfig wegfliegen kann. Michaelson ist ein dummer Mann. Jetzt hat LeComte es geschafft, daß der Gouverneur und Becky Karp ihm zweimal täglich den Arsch küssen. Und ich habe ein dickes, fettes Sümmchen für mich auf die Seite legen können.«
»Und wieso bist du dann nicht nach Lissabon oder auf die Kanaren abgehauen?«
»Habe gewartet«, sagte Burt.
»Auf was?«
»Auf dich, mein Lieber. Ich bin dein Lehnsmann. Du mußt mich erst freigeben.«
»Ich kann nicht«, sagte Isaac. »Ich will die Ivanhoes wieder auferstehen lassen.«
»Sollte ich jetzt furzen oder erst später?«
»Ich meine es ernst.«
»Dann könnte ich eventuell in Erwägung ziehen, ein Loch in deinen Hals zu machen.«
»Das würde nicht viel bringen. Du würdest trotzdem immer noch mir gehören.«

Und Isaac verließ das weiße Hotel. Auf dem Weg den Berg hinunter summte er leise vor sich hin. »Brian Boru«, brummte der Sergeant. »Geht in das finsterste aller Häuser, setzt sich mit dem Teufel an einen Tisch und kommt singend wieder raus. Brian Boru.«

28

Der *Hamilton Fellow* hatte fünf Tage Zeit zum Packen. Es war, als hätte er Riker's Island und seinen Prozeß nur geträumt. Der einzige Fetzen Wirklichkeit war Henry Armstrong Lee. Das war seine spezielle Perle. Doch er würde keine Vorträge über Henry Lee halten. Er sprach über Baseball in Detroit. »Es war Krieg. Amerika vermißte DiMaggio. Doch die *Giants* hatten während des Krieges einen Ersatzspieler, der schlagen und fangen konnte wie Joltin' Joe. Harry Lieberman. Der Bomber. Jeder Luftschutzwart in Manhattan hatte sein Bild an der Wand. Die Fans belagerten ihn auf den *Polo Grounds*. Die *Giants* mußten für Harry ein geheimes Tor öffnen, denn andernfalls wäre er nie reingekommen. Aber wer erinnert sich heute schon noch an den Bomber?«
Schweigen im Auditorium. Die Police Chiefs dachten, Isaac hätte Malaria und würde irgendeine alte Verletzung noch einmal durchleben. Und dann kamen die Fragen.
»Commissioner Sidel, was hat dieser Mann, dieser Bomber, mit Verbrechensverhütung zu tun?«
»Alles. Er ist ein Symbol für unsere kollektive Amnesie. Wie kann man Verbrechensverhütung ohne Geschichte und einen Sinn für die Vergangenheit realisieren?«
Die Police Chiefs pfiffen leise vor sich hin, nannten Isaac einen verschlagenen Hund, der es fertigbrachte, Baseball in den Krieg gegen das Verbrechen einzuflechten.
Er machte einen Stop in Albuquerque. Er machte halt in Phoenix und Tucson, redete, redete über den Bomber. Und dann in Oklahoma City entdeckte er einen Mann, der wie er einen blauen Bart trug. Es war Teddy DiAngelis. Wie eine Leiche kam er am hellichten Tag auf Isaac zugetorkelt. Seine Augen waren schwarze Knöpfe in seinem Kopf. Sein Mund

war ein dünner Strich. Nicht einmal mitten in der größten Hitzewelle konnte er schwitzen. LeComte mußte ihn hier im Rahmen des Zeugenschutzprogrammes versteckt haben.
»Isaac, die Schwestern haben gesagt, ich würde ins Gefängnis gehen. Ich habe Angst bekommen. Michaelson hat mir meinen Text gegeben. Ich habe ihn auswendig gelernt ... Ich habe aus den Zeitungen von deinen Vorträgen erfahren. Ich mußte einfach kommen. Isaac, ich würde den Bomber nie vergessen. Ich erinnere mich noch heute an alle seine *home runs.*«
»Wenn LeComte dich ins Zeugenschutzprogramm aufgenommen hat, solltest du besser untergetaucht bleiben.«
»Scheiß auf den Zeugenschutz. Das ist kein Leben. Ich bin immer noch in der gleichen Branche. Seit ich nach Oklahoma gekommen bin, hab ich schon zwei Leute umgelegt.«
»Jesus, erzähl mir so was nicht. Ich bin Cop.«
»Ich habe Eileen angerufen. Sie hat gesagt, ich wäre eine miese kleine Ratte von einem Spitzel.«
Teddy mit seinem blauen Bart fing an zu flennen. Isaac war das letzte an Familie, das ihm auf dem ganzen verknitterten Antlitz Amerikas noch geblieben war. Er nahm einen Stift und leckte die Spitze an. »Ich gebe dir meine Adresse. Wir könnten vielleicht ein paar Rippchen zusammen essen und ...«
»Da brauchst Du nicht mal dran zudenken, Teddy. Du bist ein U-Boot, ein Geist, ein Bursche im Tiefschlaf.«
Isaac verließ das Auditorium. Er verfluchte LeComte. Aber er war immer noch der *Hamilton Fellow.* An diesem Nachmittag traf er in St. Louis ein. Er ging schnurstracks in das Kinderheim. Er besaß keinerlei Befugnis, McCardle zu sehen, aber er log. »Ich bin im Auftrag des Justizministeriums hier.«
»Wir haben unsere Vorschriften«, unterrichtete ihn die Oberschwester. Sie war genauso muskulös wie Isaac, aber sie hatte keine boshaften Augen. Sie beschützte nur McCardle. St. Louis stand nicht auf Isaac Reiseroute. LeComte hatte ihn nicht noch einmal in dieses Dorf des alten Kreuzritterkönigs gesandt.
»Nun, dann rufen Sie doch bitte Loren Cole an«, sagte Isaac. »Er ist der Chief of Detectives in dieser Stadt.«
»Das weiß ich. Ich gebe Ihnen fünf Minuten mit Mr. McCardle.«
Man ließ Isaac nicht einmal in den Aufenthaltsraum des Kin-

derheimes. Wie ein streunender Hund mußte er vor der Tür warten.
»Hallo, Grandpa.«
Kingsley hatte immer noch den gleichen braunen Overall, den er auch schon das letzte Mal in St. Louis getragen hatte. Und Isaac erforschte die dunklen Linien seines Gesichtes – die winzigen fleckigen Ohren, die abgefressene Nase –, und er fühlte sich betrogen: dieses Kid war ein beschissener alter Mann.
»Sorry«, sagte Isaac. »Ich habe nicht viel Zeit. Andernfalls hätten wir uns zusammen ein Spiel der *Cardinals* ansehen können.«
»Ich sitze hier fest«, sagte McCardle. »Darf das Gelände nicht verlassen.«
»Ich habe immer noch einen gewissen Einfluß.«
»Aber das wäre undemokratisch«, sagte McCardle.
»Seit wann sind Sie so ein Mann des Volkes?«
»Bin's schon immer gewesen, Grandpa.«
Die Schwester hing ihnen auf der Pelle, deutete auf die Uhr an der Wand.
»Ma'am«, sagte Isaac. »Könnten wir nicht ein paar Minuten ungestört miteinander sprechen?«
Und die Schwester verschwand in irgendeinen Winkel des Gefängnisses.
»Grandpa, dein Kopf ist ja ganz blau.«
»Das ist nichts«, sagte Isaac. »Die Riker's Island Krankheit. Kann ich dir irgendwas besorgen? Zum Beispiel eine Baseball-Karte von ›Country‹ Slaughter?«
»Ich wüßte nicht, was ich damit anfangen sollte, Grandpa. Irgendein Kid würde mir die Karte klauen, und dann müßte ich ihm den Kopf einschlagen. Und was würde dann aus mir werden? Ich muß gehen. Ich freue mich, daß du aus dem Gefängnis raus bist.«
Und McCardle ging in seinem braunen Overall hinter eine Tür, wie ein Sträfling, der nie entlassen werden würde. Isaacs blauer Kopf kochte. Er war von dem Kreuzritterkönig hereingelegt worden.
Loren Cole wartete in einem Polizeiwagen vor dem Heim. Isaac machte einen Bogen um ihn. »Isaac?« sagte Loren.
»Fick dich.«
»Würden Sie bitte einsteigen?»

»Versuchen Sie doch mal, mich zu zwingen.«
Loren fuhr neben Isaac her.
»Ich hätte es mir eigentlich denken können«, brummte Isaac. »Mir all diese Scheiße über McCardle aufzutischen. Daß irgendein Gericht ein neunjähriges Kind verurteilen würde, wenn Sie ihn nicht aus dem Verkehr ziehen würden. Er ist kein Kind, richtig?«
»Nein«, sagte Loren.
»Er sieht nur zufälligerweise aus wie ein Knirps. Wie alt ist McCardle wirklich? Fünfundzwanzig?«
»Ich bin nicht sicher«, sagte Loren.
»Jesus Christus. Ein entfernter Cousin von Ihnen? Teil der Sippe? Na, ist es nicht so?«
»Er ist mein Neffe. Der Junge meiner verstorbenen Schwester.«
»Haben Sie sich jemals die Zeit genommen, darüber nachzudenken, Loren, ob eine Gefängnisstrafe nicht vielleicht besser für ihn wäre als das hier? Er sitzt hier für sein ganzes Leben fest.«
»Im Knast hätte er nie überlebt«, sagte Loren. »Die Nigger hätten ihn wie Schildkrötensuppe behandelt ... Und, was ist, steigen Sie jetzt endlich ein? Ich muß Sie zum Flughafen fahren. Das Justizministerium hat mir den ganzen Nachmittag über die Ohren voll gebrüllt. Sie werden in Salt Lake City erwartet.«

Isaac schwamm im Great Salt Lake. Er hätte den Auftrieb nie für möglich gehalten. Ohne einen Schwimmreifen oder ein Floß ließ er sich eine halbe Meile weit treiben. Er behandelte die Police Chiefs erheblich zivilisierter. Er besuchte ihren privaten Schießplatz. Er schoß mit einem Colt Commander auf einen hölzernen Hasen, der wie ein verrückt gewordener Ball eine Metallschiene entlanghoppelte. Isaac fetzte dem Hasen den Schwanz ab ...
Es war Juni, und Isaac trug seinen Ledermantel in L.A. Auf dem Farmers Market kaufte er sich einen gigantischen Pfirsich. Er marschierte herum, sah aus wie ein Nazi-Polizist, der aus dem Pilotfilm einer Fernsehserie entsprungen war. Er sprach im Beverly Hilton. Er erwähnte den Bomber kein einziges Mal. Wie ein braver kleiner Junge sang er für sein

Abendessen. Im Publikum befand sich eine Gruppe von Kriminalromanautoren, die etwas über seine Monate auf Riker's wissen wollten. »Mr. Sidel«, fragte ihr Sprecher, »wie sind Sie mit den anderen Gefängnisinsassen zurecht gekommen?«

»Keine Probleme.«

»Aber Sie waren doch in einem Isolationsblock, nicht wahr?«

»Theoretisch, ja. Aber ich habe mich unter die anderen Gefangenen gemischt. Ich hatte Zugang zu den anderen Zellenblöcken.«

»Stimmt es, daß Riker's eines von Henry Lees Verstecken gewesen ist?«

Isaac fragte sich, ob der kleine Drecksack vielleicht nebenbei noch Bezirksstaatsanwalt war. Er dachte ja nicht daran, Henrys versteckte Wege zu verraten.

»Schon möglich. Eine Strafanstalt ist wie ein Hotel. Es könnte durchaus sein, daß Henry sich dort eingecheckt hat. Allerdings weiß ich nichts davon.«

Isaac war im *Chateau Marmont* abgestiegen. Von seinem Zimmer unter dem Dach konnte er auf die Bungalow-Kolonie genannt West Hollywood mit ihren endlosen Lichterketten herabblicken. Sein Telefon klingelte. Es war zwei Uhr morgens.

»Grandpa, ich hätte höflicher zu dir sein sollen.«

»Kingsley, haben Sie meine Telefonnummer aus dem Hut gezaubert?«

»Loren hat sie mir gegeben.«

Isaac konnte sich McCardle immer noch nicht als fünfundzwanzig- oder dreißigjährigen Burschen vorstellen. »Wer ist hier der Grandpa?« fragte er. »Ich oder Sie?«

McCardle lachte. »Ich bin schon so lange vierzehn, ich kann mich nicht mehr erinnern, wie das überhaupt ist, Geburtstag zu haben ... Scheiße, die Schwester kommt. Muß mich verpissen. Jedenfalls, paß auf dich auf.«

»Weswegen denn, verdammt noch mal? Ich bin ein beschissener Dozent, Mr. McCardle. Ich mache nichts anderes als immer nur reden, reden, reden.«

»Mir juckt der Rücken. Und das hat was zu bedeuten. Good bye.«

Isaac blieb vor dem Fenster stehen. Er hörte Schritte vor seiner Tür. Der *Hamilton Fellow* mußte sich nicht in geheimnis-

volle Rätsel hineinziehen lassen. Und er trug auch keine Waffe. Er öffnete die Tür und konnte am anderen Ende des Ganges einen Mann mit einem Filzhut sehen.
»He, Sie kommen mir irgendwie bekannt vor«, sagte Isaac. »Waren Sie vielleicht auf einem meiner Vorträge?«
Doch das Gesicht des Mannes war nicht zu erkennen. Er trug einen Wintermantel, der in Kalifornien genauso fehl am Platz war wie Isaac selbst.
»Wollen Sie nicht reinkommen?« fragte Isaac, streckte seine Hand nach einem Lichtschalter aus, doch der Bursche mit dem Filzhut rannte fort. Isaac schloß seine Tür ab. Er schlief nicht. Um sieben Uhr erreichte er den Flughafen und kaufte sich in einem der Selbstbedienungsrestaurants einen mitleidерregenden Bagel. Und zum ersten Mal seit Monaten registrierte Isaac wieder seinen Wurm. Das Biest hatte ihn auf Riker's weitgehend in Ruhe gelassen. Es aß das Gefängnisessen. Während des Prozesses hatte es ihn kein einziges Mal gepackt. Und jetzt, auf dem International Airport von L.A., beschloß es, sich wieder zu rühren. Es saugte mit seinen hundert Köpfen an Isaac. Er konnte spüren, wie sich seine Innereien im elektrischen Rhythmus des Wurms schlängelten. Isaac mußte sich setzen.
Ein blauer Kopf schwebte auf ihn zu. Er war unverwechselbar. Teddy DiAngelis war aus Oklahoma City herübergekommen. LeComte hatte ihm einen sonderbaren Zeitplan gegeben. Das U-Boot war zweimal aufgetaucht. Er lächelte nicht. Er näherte sich Isaac und streckte dabei seinen Arm aus. Und in diesem Augenblick sah Isaac den silbernen Lauf der Einschüssigen, dieser kleinen Derringer, die er, Hokuspokus, hervorzaubern konnte. Und jetzt ergab auch alles einen Sinn. Nose hatte sich an Isaac herangemacht. Er war auf Isaacs Vortrag aufgekreuzt, um seine beschissene Uhr aufzuziehen. Aber Isaac ging in Oklahoma nicht mit Ted bummeln. Stattdessen machte er aus einer Laune heraus einen Abstecher nach St. Louis, um den Ex-Jungen Kingsley McCardle zu sehen. Und Nose hatte seine Chance verpaßt.
»Na los«, knurrte Isaac. »Erledige deinen Job.«
Die Derringer schnellte in Teddys Ärmel zurück. Isaac hatte ihn erschreckt. Seine kleinen Knopfaugen explodierten mit verrückten Lichtblitzen. Er sah aus wie ein Blinder mitten in

einem Hurrikan, als plötzlich jemand neben Ted auftauchte und ihn mit einem in einer Socke versteckten Totschläger niederschlug. Nose fiel in Isaacs Arme. Der Bursche mit dem Totschläger trug einen Filzhut. Er griff in Noses Ärmel, zog die Derringer heraus und steckte sie in seine eigene Tasche.

»Margaret«, flüsterte Isaac. »Du kannst den verdammten Hut ruhig abnehmen.«

»Nein«, sagte sie. »Mir ist es lieber, wenn ich wie ein Mann aussehe. So ist es sicherer.«

»Du bist nie in Damaskus gewesen. LeComte hat dich nicht an die Syrer verkauft.«

»Wer würde so ein Märchen schon glauben?«

»Nur ein Vollidiot«, sagte Isaac. »Er hat dich einfach in einen anderen Teil des Waldes versetzt.«

Ihre Haare waren unter dem Hut zu einem Knoten hochgebunden, und ihre Brüste waren unsichtbar unter dem Mantel, den sie trug. Ah, Isaac hatte es vergessen. Margaret war den größten Teil ihres Lebens Schauspielerin gewesen. Er fragte sich, welche Identität das Bureau ihr jetzt wohl gegeben hatte. Ihre Augen hatten diese Mandelfarbe verloren. Ihr Mund war roter als Isaac sich erinnerte. War sie jetzt Rita aus Detroit? Oder Carolina Carole?

»Es war nicht LeComte, der dich geschickt hat.«

»Nein. Ich war in New Orleans. Ich habe gehört, wie sich zwei Männer bei einem Poker-Spiel unterhielten. Jedesmal, wenn sie deinen Namen erwähnten, lachten sie laut.«

»Waren sie Melameds, wie Izzy Wasser?«

»Du bist ein Vollidiot. Sie gehörten zu Sal Rubino.«

»Nose steht unter Zeugenschutz, und er arbeitet für Sal?«

»Warum nicht? Wer sonst wollte ihn haben? Isaac, es wäre besser, wenn du etwas gegen die Rubinos unternehmen würdest.«

»Das werde ich. Aber wie hast du herausgefunden, wo ich war?«

»Ich habe einen kleinen Angestellten des Justizministeriums bestochen. Es war nicht schwer. All deine Fahrten befinden sich in den Akten.«

»Anastasia?«

»Ich bin nicht mehr Anastasia.«

»Ah, das kleine Mädchen mit dem Loch in den Socken ist

verschwunden. Und ich vermute, ich sollte wahrscheinlich auch besser den Samowar vergessen. Aber ich kann nicht, Anastasia.«

»Halt den Mund«, sagte sie.

»Margaret«, sagte Isaac, Nose immer noch in seinen Armen. »Margaret. Bist du nicht lange genug LeComtes kleine Schwalbe gewesen?«

»Es spielt wirklich keine große Rolle, wer meine Herren sind. Ist dir das immer noch nicht klargeworden? Du nimmst alles viel zu ernst, Commissioner Sidel. Das hast du schon immer gemacht.«

»Ja«, sagte Isaac, »aber könntest du nicht bei mir bleiben?«

»Ich würde dich nur enttäuschen, Isaac. Ich war nie eine besonders gute Hausfrau, nicht mal mit zwölf. Und nach Manhattan kann ich nicht mehr zurück. Also, halt deinen Mund. Ich werde zu spät nach New Orleans zurückkommen.« Sie deutete auf Ted. »Was ist mit dem Scharfschützen hier?«

»Ich werde ihm den Hintern versohlen, wenn er wieder zu sich kommt.«

Margaret verschwand, und Isaac saß da mit diesem riesigen gemeingefährlichen Baby. Er hatte jede Menge Zeit. Das Flugzeug, das er nehmen mußte, interessierte ihn nicht. In Isaacs Universum gab es keine Ersatzspieler. Welches Publikum auch immer da war, es würde warten müssen.

Sie saß mit ihren frisch gefärbten roten Haaren im Flugzeug. Der Mann neben ihr versuchte, mit Margaret zu flirten. Er war ein Cajun-Anwalt aus der Magazine Street. Er trug ein Toupet und war zwanzig Jahre jünger als Margaret.

»Ich kann dir in Hollywood einen Vertrag besorgen«, sagte er. »Einfach so. Kein Problem.«

»Ich bin Großmutter«, unterrichtete Margaret ihn.

»Macht mir nichts. Hast du einen festen Freund, Puppe?«

»Ja, er heißt Isaac. Und er verdient sich seine Brötchen damit, andere Leute aufzufressen.«

»Aber er ist nicht in der Maschine. Nur wir beide, du und ich, Cher.«

»Und meine Enkel«, sagte Margaret, dachte an den Schuljungen, den sie in L.A. zurückgelassen hatte, mit seinen Koteletten und den großen braunen Augen. Es war die längste Liebesgeschichte aller Zeiten. Sie lachte über die Vorstellung von sich selbst als Isaac Sidels widerspenstiger Braut. Der Rechtsanwalt ließ seine Hand wie ein silbernes Nagetier auf ihren Schoß fallen. »Nur du und ich, Cher.« Margaret bog seinen Daumen zurück, bis er sich auf die Lippe beißen mußte, um nicht laut aufzuschreien.

»Bist du glücklich, Cher?« sagte sie und gab dem Anwalt seinen Daumen wieder. Er sprang auf den Sitzplatz hinter Margaret. »Führst du mich ins *Galatoire's* aus? Essen wir etwas schmutzigen Reis und Pompanos, während du mir ins Höschen gehst? ... Das nächste Mal belästigst du keine Großmutter mehr.«

Aber dann begann sie zu weinen, denn sie hatte ihre eigenen Kinder gegessen, Waisen, die irgendein Heim in diesem Odessa unter der Kleiner Engel Straße verlassen hatten. Margaret wünschte sich, sie wäre ein Kind der Katakomben, ein Tier der Nacht, das nie in die sonnige Außenwelt herausgekommen war.

Die Leonardo-Brüder, junge Lords der Dauphine Street, holten sie auf dem Flughafen ab. Sie hatte ihnen erzählt, sie hätte eine kranke Cousine in L.A., denn andernfalls wäre sie niemals aus ihrem kleinen Bezirk herausgekommen, um Isaac Sidel zu suchen. Emile war sechsunddreißig. Martin fünfunddreißig. Sie trugen Filzhüte und Haifischleder-Mäntel, die sich wie die Flügel einer Fledermaus um ihre Körper legten. Beide hatten sich auf einer Party in der Royal Street in Margaret verliebt. Sie sahen aus wie Backenhörnchen mit beginnenden Glatzen. Zusammen mit zwei anderen Familien kontrollierten sie die Prostitution im Quarter. Aber sie hatten Margaret nicht für einen ihrer Nachtclubs gewollt. Sie war ihre eigene, ganz besondere Lady. Sie konnte mit den kreolischen Hausangestellten Französisch sprechen. Sie wußte, wie man in einem halben Dutzend Sprachen Tee und Schildkrötensuppe bestellte. Und sie konnte ihnen im Bett den Verstand rauben.

Die Brüder hatten ihr Halsketten und Verlobungsringe geschenkt, aber sie hatten nicht das Rätsel gelöst, wie sie sie heiraten und dennoch Freunde bleiben konnten.

»War's warm in Los Angeles, Red?«

»Ja«, berichtete Margaret den Brüdern, doch sie spürte die leichte Gereiztheit in Emiles Stimme: sie hatten ihr die Geschichte von der Cousine nicht abgekauft. Sie fuhren mit ihr in ihren Club an der Dauphine Street, sie aßen zusammen, und Martin verbrachte die Nacht mit ihr. Sie schloß ihre Augen und dachte an Isaac, während Martin neben ihr mit seinem Holster unter dem Schlafanzug schnarchte. Die Illusion des normalen Lebens machte sie nur noch mißtrauischer. Sie konnten Margaret nicht mal in die Augen sehen. In der zweiten Nacht wachte sie mit Metall auf ihrer Haut auf. Martin hatte ihr einen weiteren Armreifen geschenkt. Doch die Täuschungsmanöver der Brüder hatten etwas Trauriges. Sie konnten töten und Unschuldige in irgendein mieses Lagerhaus locken, aber Margaret anlügen konnten sie nicht. Ihre Hände zitterten. Emile entwickelte einen Tick.

»Wir haben Geschäfte, Red«, sagte Martin in der dritten Nacht zu ihr. »Hast du Lust mitzukommen?«

»Natürlich«, sagte sie.

Und sie fuhren sie zu einer Wurstfabrik in der Nähe des Bayou St. John. Sie ging mit Emile und Martin in die Fabrik. Sie roch Blut und Pfeffer auf den Wänden. Der Boden war mit irgendeiner uralten Gelatine überzogen, und um ein Haar wäre Margaret ausgerutscht.

»Vorsichtig, Red.«

Männer in braunen Uniformen kamen und gingen; Margaret konnte nicht sagen, ob es ein Treffen alter Metzger war. Dann sah sie Sal Rubino mit einem Sommerhut. »Hallo, Hon«, sagte er.

Die Brüder starrten weiter die Wände an.

Sal lächelte. »Du siehst sagenhaft aus mit deinen roten Haaren.« Männer kamen und gingen. »Geben dir die Feds einen Bonus, wenn du Martin und Emile festnagelst?«

Die Brüder begannen mit den Füßen zu scharren.

»Wie blöd können die beim Bureau eigentlich noch sein? New Orleans ist praktisch so was wie mein Hinterhof. Die Kids hier sind meine Cousins. Ich würde sie nie im Stich lassen, Margaret. Ich würde sie nie im Stich lassen.«

»Ach, Sal«, sagte Martin. »Könnten wir sie nicht einfach nur ein bißchen aufmischen?«

»Nein«, sagte Sal. »Sie ist eine beschissene Landplage. Nur die übelste FBI-Schlampe wäre einverstanden, gleich zwei Männer zu heiraten.«

»Das ist doch nicht offiziell«, sagte Emile. »Wir haben ihr beide Ringe geschenkt, das ist alles. Sie hat keine Versprechungen gemacht.«
»Jesus«, sagte Sal. »Die Frau verkauft euch an die Vereinigten Staaten, und ihr verteidigt sie auch noch?«
»Ich hab sie nicht verteidigt«, sagte Emile. »Ich wollte nur die Fakten wiedergeben.«
»Tja, sie hat's hinter sich. Wo ist deine Kanone, Emile?«
»Ohne meine Kanone wäre ich nie gekommen«, sagte Emile.
»Ich will, daß ihr beide ihr genau zwischen die Augen schießt.«
Martin und Emile zogen ihre Kanonen aus den schicken Lederhalftern, die sie trugen. Ihre Hände waren jetzt ganz ruhig. Und Margaret war beinahe froh. Sie brauchte nicht zwischen den Brüdern und Sal zu manövrieren. Sie konnte in dieses Odessa unter der Erde gehen.
Zwei Männer in braunen Uniformen näherten sich. Sie trugen Einkaufstüten. Suchten sie in dieser Leichenhalle vielleicht nach frischen Würstchen? Die Einkaufstüten fielen zu Boden. Sie hielten Mossberg Persuaders in den Armen.
Emile erkannte Jerry DiAngelis. »Wie geht's dir, Padrone?»
»Er ist nicht dein Padrone«, sagte Sal. »Er ist ein Stück Scheiße.«
»Wer ist der andere Bursche?«
»Der Police Commissioner von New York.«
»Was macht der denn hier mit Jerry?«
»Kapierst du's nicht, Emile? Die sind ein Team ... Knallt die Schlampe endlich ab, um Himmels willen.«
»Nicht, wenn ein Commissioner dabei ist«, sagte Martin.
»Seid ihr blind? Jerry hat seine Persuader dabei. Legt sie um, bevor sie uns umlegen.«
»Wir sind Bürger von New Orleans«, sagte Martin. »Kein PC würde je in unserem eigenen beschissenen Bezirk die Waffe gegen uns heben.«
»Er ist in eure Frau verknallt, und mich kann er auf den Tod nicht ausstehen.«
Margaret versuchte, sie zu warnen, aber sie wußte, daß es hoffnungslos war für Martin und Emile. Sie würden Isaac Sidel niemals verstehen. Sie war nicht einmal sicher, ob sie selbst diesen verrückten Commish verstand. »Martin«, sagte

sie, »Emile, legt eure Kanonen auf den Boden und seht zu, daß ihr hier rauskommt.«
»Das geht dich nichts an, Red«, sagte Martin zu ihr. Die Brüder richteten ihre Waffen auf Isaac und Jerry, und Margaret hörte fünf oder sechs Explosionen, die das Dach der Wurstfabrik erschütterten und die Wände zersplitterten. Ein weiterer Mann kam. Es war Isaacs Ivanhoe, der mit der Glatze. Burt. Er nahm beide Schrotflinten und verließ die Fabrik.
Sie schaute auf den Boden zu Martin und Emile hinunter. »Sie haben mich wirklich gemocht.«
»Hör auf damit«, sagte Jerry. »Der Commish hat dir das Leben gerettet.«
»Und was machst du hier? Deine eigenen Leute haben ein halbes Dutzend Mal versucht, mich umzubringen.«
»Das war was anderes«, sagte Jerry. »Ich konnte Isaac unmöglich allein in diesen Scheißhaufen gehen lassen. Mein Schwiegervater hätte mir das nie verziehen.«
»Und was wird LeComte dazu sagen?«
»LeComte hat dich hier nicht rausgeholt. Wir waren's.«
»Du bist ja so gütig«, sagte Margaret. »Du hast eine bequeme Möglichkeit gesehen, dir Sal vom Hals zu schaffen. Genau deshalb bist du jetzt hier.«
»Ich wäre doch blöd, wenn ich nicht meine eigenen Interessen wahren würde, oder?«
»Und du«, sagte sie zu Isaac, er mit den dunklen Augen, der in dieser Katakombe bislang noch kein einziges Wort von sich gegeben hatte. »Habe ich dir nicht gesagt, du solltest mir nicht folgen?«
Isaac nahm ihre Hand. Und er führte sie mit Jerry DiAngelis aus der Fabrik. Mit Isaac Sidel würde sie dieses unterirdische Odessa niemals erreichen.
»Ich werde nicht mit dir leben.«
»Pssst«, machte Isaac. »Ich muß nach Dallas.« Und wie eine Art Ehemann hielt er immer noch ihre Hand.

Jerome Charyn

Marilyn the Wild

Supercop Isaac Sidel von der Lower East Side. Kriminalroman. Mit einem Nachwort des Autors. Aus dem Amerikanischen von Uschi Gnade. 206 Seiten. SP 5660

Die Lower East Side in New York ist das Revier des großen blonden jüdischen Supercops Isaac Sidel, der sich über seine Stadt keine Illusionen macht. Die offizielle Politik ist korrupt, das Schulsystem ein Witz, und neben der Polizei sind die einzig funktionierenden Ordnungsmächte das organisierte Verbrechen: die Mafia, chinesische Geheimgesellschaften oder eine Familie von südamerikanisch-jüdischen Kleinkriminellen. Sidels Feldzug gegen das Böse beginnt, als sich diese Guzmans in »seinem« Manhattan auf Zuhälterei und Mädchenhandel werfen und seine alte Mutter von einer Jugendgang in ihrem Second-Hand-Laden überfallen und schwer verletzt wird.

Blue Eyes

Supercop Isaac Sidel von der Lower East Side. Kriminalroman. Aus dem Amerikanischen von Uschi Gnade. 214 Seiten. SP 5667

Patrick Silver

Supercop Isaac Sidel von der Lower East Side. Kriminalroman. Aus dem Amerikanischen von Uschi Gnade. 189 Seiten. SP 5681

In Isaac Sidel, dem mächtigen jüdischen Supercop der Lower East Side, rumort es: Bei seinem Kampf gegen die Verbrechersippe der Guzmans hat sich Sidel einen tödlichen Bandwurm geholt, der ihn von innen aufzehrt. Auch die überraschende Beförderung auf den einflußreichen Posten zum First Deputy kann Sidel nicht aufmuntern, denn er befindet sich wieder auf Kriegsfuß mit den Guzmans. Er ist hinter Guzmans jüngstem, schwachsinnigem Sohn Jerome her, der kleine Buben bestialisch umbringt. Sidel baut Fallen auf, doch Papa Guzman schützt seinen Sohn und versteckt ihn in einer Synagoge mit Sidels ehemaligem Cop Patrick Silver als Bodyguard. Für Gerechtigkeit sorgt schließlich nicht die Polizei, sondern Silver selbst.

»Dieser Roman ist ein Meisterwerk voll Leben und voller Farben. Charyn hat den Bauch von New York untersucht.«
The New York Times

Thomas Adcock

Hell's Kitchen

Ein Neil-Hockaday-Krimi. Aus dem Amerikanischen von Jürgen Bürger. 382 Seiten. SP 5674

Was ist los in Hell's Kitchen, dem verkommenen New Yorker Stadtteil der irischen Einwanderer? Kaum hat Detektiv Neil Hockaday, genannt Hock, von der SCUM-Patrol dort eine bezahlbare Wohnung gefunden, mehren sich die Leichen um ihn: Zuerst trifft es seinen Spitzel, dann liegt der verdächtige Mieteintreiber Griffiths nackt und tot in seiner Badewanne. Die Ereignisse überschlagen sich, als Hock offiziell den heiklen Auftrag erhält, den bedrohten schwarzen Prediger Father Love zu schützen. Als Neil die unheilvolle Verbindung der Fälle erkennt, ist es fast zu spät.

Feuer und Schwefel

Ein Neil-Hockaday-Krimi. Aus dem Amerikanischen von Jürgen Bürger. 352 Seiten. SP 5675

New York, sagt Polizeidetektiv Neil »Hock« Hockaday, zuständig für den sozialen Rinnstein, ist eine Brutstätte für Verrückte. Und einem dieser waschechten New Yorker Irren, dem heruntergekommenen, haßerfüllten Original, das sich Picasso nennt, begegnet Hock. Früher schuf er geniale Wandgemälde für Vergnügungsparks, doch heute ist diese Kunst nicht mehr gefragt. Picasso vegetiert als Penner und Gelegenheitsmaler dahin. Als plötzlich serienweise Bekannte von Picasso umgebracht und die Morde nach seinen blutrünstigen Bildern arrangiert sind, scheint klar, daß der Psychiatriepatient Picasso der Täter ist. Auf der Suche nach ihm gerät Hock in die Welt der Barbesitzer und Schausteller auf Coney Island, stößt auf Immobilienspekulationen, verwickelte Familiendramen und auf viele Menschen, die wie Picasso im Leben gescheitert sind.

Sarah Andrews

Das Ölfeldkomplott

Emmy Hansen ermittelt. Aus dem Amerikanischen von Susanne Aeckerle. 348 Seiten. SP 5666

Emily (kurz Em) Hansen, jung, ledig, intelligent, burschikos, doch schüchtern und leicht zu verunsichern, hat sich ausgerechnet einen Männerberuf ausgewählt: Sie ist Geologin, hat gerade ihr Studium abgeschlossen und arbeitet nun bei einer Ölgesellschaft auf den Ölfeldern von Wyoming. Als Ems väterlicher Freund und Mentor durch einen dubiosen Autounfall ums Leben kommt, folgt sie ihrer Intuition und stellt hartnäckig Ermittlungen an. Irgend etwas ist faul in der Ölgesellschaft und mit dem vielversprechenden Bohrloch 17-1. Als schwerwiegende Arbeitsunfälle zunehmen und ein weiterer Kollege, inzwischen mißtrauisch geworden, durch einen seltsamen Unfall stirbt, gerät auch Em zunehmend in Lebensgefahr. Doch sie überwindet ihre Furcht und löst den Fall bravourös.

»Das Faszinierendste ist die Tour durch die Welt der Ölfelder, die Sarah Andrews selbst so gut kennt. Und sie belohnt uns mit einem sehr lebendigen Krimi.«

Tony Hillerman

Ein schlechter Tausch

Emmy Hansen ermittelt. Aus dem Amerikanischen von Susanne Aeckerle. 360 Seiten. SP 5680

Emmy Hansen wird als Geologin in die Zentrale der Blackfeet Oilgesellschaft in Denver befördert. Warum hat ausgerechnet Em den hochdotierten Posten erhalten? Noch während ihres Antrittsgesprächs beim Chef segelt ein Mann am Fenster vorbei und stürzt in die Tiefe. Em ist entsetzt. Entsetzt über die Kollegen, die herzlos dumme Witze über den Todesfall reißen, und entsetzt darüber, daß sie an ihrem neuen Arbeitsplatz weder ein konkretes Aufgabengebiet hat noch Informationen bekommt. Doch es bleibt nicht bei nur einem Todessturz aus dem sechzehnten Stock. Em läßt sich bei ihren Ermittlungen nicht abschrecken. Viele Fragen tauchen auf: Was haben zum Beispiel ihre Schulfreundinnen und deren Männer mit den merkwürdigen Todesfällen zu tun? Sie muß auch dieses Mal feststellen, welch tödliche Folgen Geld und Macht im Ölgeschäft haben.

Iain Pears

Der Raffael-Coup

Kriminalroman. Aus dem Englischen von Klaus Berr. 198 Seiten. SP 5586

Zunächst weist nichts auf eine langfristige, gute Zusammenarbeit hin zwischen Generale Taddeo Bottando, Chef des Kunstraubdezernats in Rom, seiner jungen Assistentin Flavia di Stefano und dem englischen Kunsthistoriker Jonathan Argyll mit Spezialkenntnissen über Raffael, den großen Künstler der Renaissance. Als Argyll in einer kleinen römischen Pfarrkirche aufgegriffen wird, tischt er den Behörden eine abenteuerliche Geschichte auf über einen übermalten und verschwundenen Raffael. Ehe die Frage nach Original oder Fälschung geklärt werden kann, beginnt in der Kunstszene eine Hetzjagd nach diesem Bild quer durch Europa. Zwei Morde, viele falsche Spuren und die ehrgeizigen Pläne eines recht zwielichtigen italienischen Museumsdirektors sorgen für Flair und Spannung in diesem ungewöhnlichen Krimi.

Der Tod des Sokrates

Kriminalroman. Aus dem Englischen von Klaus Berr. 240 Seiten. SP 5711

Jonathan Argyll, ein in Rom lebender englischer Kunsthändler, hat eine große Schwäche für Italien und eine noch größere für die hübsche Polizistin Flavia di Stefano vom italienischen Kunstraubdezernat. Jonathan transportiert für einen Kollegen aus Gefälligkeit ein Bild von Paris nach Rom. Etwas sonderbar ist es allerdings, daß ein Dieb versucht, bereits in Paris am Bahnhof das Bild zu stehlen, und daß der Käufer in Rom das Bild mit dem Titel »Der Tod des Sokrates« nach kurzem Betrachten doch nicht haben will. Jonathan muß mit dem höchst mittelmäßigen Bild wieder unverrichteter Dinge abziehen. Aber wer hätte ahnen können, daß dieser Käufer am nächsten Tag in seiner Wohnung grausam ermordet wird? Was ist an diesem unauffälligen Bild so besonders, daß ein zweiter potentieller Käufer umgebracht wird?

Roger Graf

Die haarsträubenden Fälle des Philip Maloney

Kriminalstories. Mit Illustrationen von Christoph Badoux.
272 Seiten. SP 5662

Der ultraschräge Privatdetektiv Philip Maloney geht in Zürich seinem gefährlichen Handwerk nach. Seine Urteilskraft wird gelegentlich getrübt durch den übermäßigen Genuß seines Lieblingswhiskys und den Anblick schöner Frauen. Ständig knapp bei Kasse, löst er ohne Auto und ohne jegliche Computerkenntnisse mit Herz und losem Mundwerk bravourös seine kniffligen Fälle: ob die mordende Sekte im Internet, die verlorene Formel für schmelzsichere Schokolade oder die von einem Golfball tödlich getroffenen Vorstandsmitglieder des Golfclubs – immer weiß Maloney auf alles eine Antwort und hat das letzte Wort.

Ticket für die Ewigkeit

Ein Fall für Philip Maloney.
205 Seiten. SP 2302

Ein Leckerbissen für Maloney-Fans sowieso – und Krimisüchtige im besonderen.

Philip Maloney Tödliche Gewißheit

Kriminalroman.
237 Seiten. SP 5664

Philip Maloney, der schrullige Privatschnüffler, stochert im kalten Züricher Nebel herum und findet die Leiche eines äußerst zweifelhaften Kollegen, der eigentlich schon seit Jahren tot ist. Maloney kooperiert mit seiner klugen und verführerischen Kollegin Jasmin. Beide rollen die alten Fälle des Toten wieder auf und stoßen dabei auf häßliche Querverbindungen zu einem Kindermörder. Jasmins Büro wird auf den Kopf gestellt, in Zürich häufen sich obskure, tödliche Verkehrsunfälle von Mailboxbenutzern, eine merkwürdige Rücktrittswelle hoher Regierungsbeamter löst eine Regierungskrise aus, und Kommissar Hugentobler ist wie immer ratlos. Nichts scheint mehr zusammenzupassen, als ganz unerwartet alles in einem Bürogebäude zum großen Showdown zusammenfließt.

»Man heiße den legitimen Nachfolger jenes von Raymond Chandler geborenen Philip Marlowe herzlich willkommen. Philip-Maloney-Krimis – höherer Blödsinn besonderer Güte.«
Süddeutsche Zeitung

Torsten Tornow

Sills' Verhängnis

Kriminalroman.
286 Seiten. SP 5665

Sills ist pleite. Da ist ihm jeder recht, der in seiner zwielichtigen Agentur in Kreuzberg hereinschneit und ihm erklärt, er habe einen Job für ihn. Daß es dabei allerdings um eine übel zugerichtete Frauenleiche geht, paßt ihm ganz und gar nicht in den Kram. Schon bald steckt er ganz tief in einem Fall, in dem die Spuren nur einen Schluß zulassen: Er muß hinter das Geheimnis einer obskuren Pornofilm-Produktionsfirma kommen, sonst geht es ihm selbst an den Kragen . . . Thorsten Tornow knüpft mit diesem Roman keineswegs nahtlos, sondern mit ironisch-parodistischen Nadelstichen an die Tradition der amerikanischen »hard boiled« Detektivgeschichten an. Und er beweist ganz nachdrücklich und vergnüglich, daß Kreuzberg und der Hollywood Boulevard gar nicht so weit auseinanderliegen und daß Lakonie eine hohe Kunst ist.

Unter Senkern

Kriminalroman.
336 Seiten. SP 2679

Berlin im November 1989: Im ostdeutschen Bruderstaat braut sich politisch Explosives zusammen. Nur Sills überhört die Signale der Völker und hängt stockbetrunken als Senker, sprich Sargträger, herum. Besorgt hat ihm diesen Job sein alter Freund Schlesinger. Sills soll herausfinden, was Gohlke, der zwielichtige Inhaber der Sargträgerfirma, mit dem Verschwinden des reichen Antiquitätenhändlers Osterrot zu tun hat. Als Sills statt eines Toten acht verfaulte Schweineköpfe versenkt, kommt eine Lawine ins Rollen. Die deutsch-deutsche Wende bringt nicht nur ein paar kleine Gauner, sondern auch die Stasi auf den Plan. Als Sills schließlich Schlesinger mit üblen Folterspuren tot auffindet, weiß er, daß Kommissar Reisz recht hat: Der Fall ist ihm einige Nummern zu groß. Er gerät in ernste Gefahr.

Sara Paretsky

Blood Shot
Ein Vic-Warshawski-Kriminalroman. Aus dem Amerikanischen von Anette Grube. 352 Seiten. SP 5589

Brandstifter
Ein Vic-Warshawski-Kriminalroman. Aus dem Amerikanischen von Dietlind Kaiser. 410 Seiten. SP 5625

Deadlock
Ein Vic-Warshawski-Kriminalroman. Aus dem Amerikanischen von Katja Münch. 246 Seiten. SP 5512

Engel im Schacht
Ein Vic-Warshawski-Kriminalroman. Aus dem Amerikanischen von Sonja Hauser. 476 Seiten. SP 5653

Fromme Wünsche
Ein Vic-Warshawski-Kriminalroman. Aus dem Amerikanischen von Katja Münch. 227 Seiten. SP 5517

Schadenersatz
Ein Vic-Warshawski-Kriminalroman. Aus dem Amerikanischen von Uta Münch. 272 Seiten. SP 5507

»In der neuen amerikanischen Krimiszene ein Superstar!«
Der Spiegel

Tödliche Therapie
Ein Vic-Warshawski-Kriminalroman. Aus dem Amerikanischen von Anette Grube. 255 Seiten. SP 5535

Windy City Blues
Vic-Warshawski-Kriminalgeschichten. Aus dem Amerikanischen von Sonja Hauser, Renate Kunze und Vera Mansfeldt. 287 Seiten. SP 5650

Hände hoch, Kleiner!
14 exklusive Kriminalgeschichten. Herausgegeben von Sara Paretsky. Übersetzt von Sonja Hauser, Sylvia List und Michael Hofmann. 278 Seiten. SP 5651

Hamlets Dilemma
12 exklusive Kriminalgeschichten. Herausgegeben von Sara Paretsky. Übersetzt von Sonja Hauser und Michael Hofmann. 249 Seiten. SP 5652

Sister in Crime
Kriminalstories. Herausgegeben von Sara Paretsky. 246 Seiten. SP 5602

Vic Warshawskis starke Schwestern
Kriminalstories. Herausgegeben von Sara Paretsky. 238 Seiten. SP 5601

SERIE PIPER

Gemma O'Connor

Tödliche Lügen

Psychothriller. Aus dem Englischen von Inge Leipold. 479 Seiten. SP 5658

Es ist kaum drei Wochen her, daß Grace Heartfield ziemlich überraschend und brutal von ihrem Mann verlassen wurde. Dann findet sie einen amtlichen Brief im Briefkasten! Doch er hat nichts mit ihrem Mann zu tun, sondern kündigt eine Erbschaft an: Ihre Schwester sei gestorben – Grace wußte nichts von deren Existenz. Und wer ist der mysteriöse Holländer, der sich im Dubliner Kanal ertränkte? Grace reist nach Dublin und muß mehr und mehr erkennen, daß ein Gespinst aus Halbwahrheiten und Verschleierungen ihr Leben vergiftete, daß Angst und Terror ihre Kindheit bestimmten. Sie folgt den Spuren der drei Toten und wagt es, genau hinzusehen, wagt es, die Büchse der Pandora zu öffnen. Gemma O'Connor gelang ein psychologisch dichter Thriller, der in London und Dublin spielt, dessen Schauplatz aber gleichzeitig die Abgründe menschlichen Versagens sind.

»Ein Buch, das man nicht aus der Hand legt.«

Brigitte Dossier

Fallende Schatten

Psychothriller. Aus dem Englischen von Inge Leipold. 412 Seiten. SP 5659

Auf dem Begräbnis ihrer Mutter Lily erhärtet sich in Nell Gillmore der Verdacht, daß der Unfalltod ihrer Mutter Mord war. Sie sucht nach einem Motiv in Lilys Vergangenheit und erfährt dabei von drei kunstvoll gebundenen, aber bisher vermißten Tagebüchern – und stößt auf einen weiteren Mord: In einer Dubliner Bombennacht wurde vor fünfzig Jahren ein brutaler Hausbesitzer erschossen. Der Verdacht fällt auf Lilys Freund Milo. Nell wird zunehmend ratloser, was hat dies alles zu bedeuten? Endlich findet sie zwei der Tagebücher, das dritte ist im Besitz des Mörders. Wider Erwarten können der totgeglaubte Milo, jetzt schwerkrank, und sein Sohn Nell helfen. Doch nun gerät sie selbst in Lebensgefahr.